Alexandra Flint

MEET ME IN MAPLE CREEK

Alexandra Flint

Meet Me
IN MAPLE CREEK

1

Ravensburger

TRIGGERWARNUNG
Dieses Buch enthält Themen, die potenziell triggern können.
Auf Seite 465 befindet sich ein Hinweis zu den Themen.

ACHTUNG: Dieser enthält Spoiler für die gesamte Handlung.

MIX
Papier | Fördert gute Waldnutzung
FSC® C111262

1 3 5 4 2

Originalausgabe

Dieses Werk wurde vermittelt durch
die Literarische Agentur Silke Weniger, Gräfelfing.

Cover- und Umschlaggestaltung unter Verwendung von Motiven
von Adobe Stock (Aonprom Photo, millefloreimages)
und Shutterstock (graphuvarov, Chim)

Layout: Emely Wenzel

Printed in Germany
ISBN 978-3-473-58631-8

ravensburger.com

Für meinen wundervollen Mann
und besten Reisebuddy der Welt –
ohne dich würde es diese Geschichte nicht geben.

»Die, die das Dunkel nicht fühlen,
werden sich nie nach dem Lichte umsehen.«

Henry Thomas Buckle

Playlist

Lost – *Maroon 5*

Greenback Boogie – *Ima Robot*

Start A Riot – *BANNERS*

Bad Habits – *Ed Sheeran*

Go Solo (feat. Tom Rosenthal) – *Zwette, Tom Rosenthal*

Cats In The Cradle – *Ugly Kid Joe*

Hold Me Like You Used To – *Zoe Wees*

Sword from the Stone – Gingerbread Mix – *Passenger*

Clocks – *Coldplay*

Fake It – *Bastille*

Stop This Flame – *Celeste*

Cheap Thrills (feat. Sean Paul) – *Sia, Sean Paul*

Because You Move Me – *Tinlicker, Helsloot*

I Follow – *Loi*

Drops of Jupiter (Tell Me) – *Train*

no body, no crime (feat. HAIM) – *Taylor Swift, HAIM*

Good Girls Gone Wild – *Klaas*

Wild Life – *OneRepublic*

Always – *Gavin James*

Wrecked – *Imagine Dragons*

Leap of Faith – *Christopher*

If I Didn't Have You – Acoustic – *BANNERS*

Girls Like Us – *Zoe Wees*

KAPITEL 1

Letters in the Sky

Mira

Stille.

Es war so wunderbar still. Friedlich und ruhig, bis auf einen leichten Wind, der den Duft der Natur zu mir trug. Er fuhr durch das Blätterdach über mir, ließ es in den Ästen rauschen und verwirbelte die dunkelblonden Strähnen, die sich aus meinem Pferdeschwanz gelöst hatten.

Es war still – bis auf die kreisenden, lauten Gedanken in meinem Kopf. Dunkle Gedanken, Zweifel, die mich nicht mehr losließen und sich wie fiese Kletten mit Widerhaken in meinem Kopf festgesetzt hatten.

Dad würde das nicht tun. Er würde nicht …

Ich brachte diese Vorstellung erst gar nicht zu Ende, sondern schob sie resolut zur Seite, während ich gegen das Brennen in meinen Augen anblinzelte. Ein einzelner Sonnenstrahl brach durch die

Bäume, als wollte mich die Natur daran erinnern, dass ich nicht allein war, auch wenn es sich gerade so anfühlen mochte. Seufzend lehnte ich mich nach hinten, stützte mich auf meine Arme und streckte mein Gesicht in Richtung Himmel.

Es waren Momente wie dieser, die mich immer wieder an diesen Ort zogen, den ich seit meiner Kindheit meinen *magischen Ort* nannte. Ich war als kleines Mädchen hierhergekommen, wenn ich mich mit Elias oder Tami, meinen besten Freunden, gestritten hatte, oder wenn bei meinem Dad Ben und mir der Haussegen mal wieder schief gehangen hatte. Was zugegeben auch heute noch ziemlich häufig der Fall war. Vermutlich, weil wir beide uns einfach zu ähnlich waren.

Jetzt, mit meinen neunzehn Jahren, trieb es mich an diesen Platz, wenn mir mein Studium über den Kopf wuchs, mir die Menschen um mich herum die Luft zum Atmen raubten, oder ich für einige Augenblicke eine Auszeit brauchte. Eine Auszeit von meinem Leben.

So wie jetzt.

Die Gründe, aus denen ich hierherkam, mochten sich geändert haben, aber der Zauber, der mich an diesem Ort wie eine warme Decke umgab, war der gleiche geblieben. Ein Gefühl von Geborgenheit und Sicherheit, das meine aufgekratzten Nerven beruhigte und den Druck von meiner Brust nahm.

Es war, als würde der spiegelglatte See, der den passenden Namen *Mirror Lake* trug, besänftigende Worte murmeln, die wie Balsam für meine Seele waren. Worte, die aus den Tiefen des Wassers zu mir kamen und von den Bergen, die den See im Norden einrahmten, widerhallten. Starke, uralte Ahornbäume säumten das Ufer und hielten ihre mächtigen Äste wie schützende Arme über den flachen Felsen, auf dem ich mich niedergelassen hatte. Überall um mich herum lagen ähnlich geformte Steine, ragten teilweise in den See hinein, als hätte ein Riese einen Sack gewaltiger Murmeln achtlos über die Landschaft verteilt. In der spätsommerlichen Sonne funkelten sie manchmal so, dass sie tatsächlich wie echtes Glas wirkten.

Ich hatte schon ganze Tage auf diesem Felsen verbracht. Vor mir der See, in dem sich die Berge spiegelten, hinter mir der Wald aus Ahornbäumen, der meiner Heimatstadt im Norden Oregons ihren Namen gab. Hier schien alles, was in Maple Creek auf mich wartete, meilenweit entfernt und belanglos zu sein. Als wären die Probleme und Konflikte dort nicht weiter von Bedeutung und würden schlichtweg nicht mehr existieren.

Und gerade heute wünschte ich mir nichts sehnlicher, als dass es wirklich so wäre. Dass dieser Ort die Macht hätte, Sorgen mit einem Fingerschnippen verschwinden zu lassen. Denn dann müsste ich nicht länger mit dem kämpfen, was mir heute Morgen den Boden unter den Füßen weggerissen hatte. Dann könnte ich einfach nach Hause gehen, zurück in mein altes Leben, und so weitermachen wie bisher. Aber ich war alt genug, um zu wissen, dass Wünsche nur selten in Erfüllung gingen und einem oft nichts anderes übrig blieb, als sich mit der hässlichen Realität auseinanderzusetzen. Auch, wenn es schmerzhaft war. Auch, wenn man am liebsten aufgeben und für immer davonlaufen würde.

In meiner Tasche vibrierte etwas – und erinnerte mich daran, dass ich eigentlich nicht *hier* sein sollte, sondern in der Uni an der Seite meines besten Freundes. Nur hatte ich keine Ahnung, wie ich jetzt einfach zur Tagesordnung zurückkehren sollte, nachdem ich diesen verfluchten Brief in Dads Sachen gefunden hatte.

Der Sonnenstrahl, der eben noch mein Gesicht gewärmt hatte, verschwand hinter einer hellgrauen Schäfchenwolke. Kühler Wind frischte auf und ließ das Laub am Boden rascheln. Ein erster Vorbote für den Herbst, der bald in Oregon einfallen würde.

Wieder erklang ein drängendes Brummen, lauter dieses Mal und penetranter. Gut möglich, dass es mir auch nur so vorkam, weil sich der Zauber nach und nach verzog, während die Wirklichkeit ihre kalten Finger nach mir austreckte, um mich zurückzuholen.

Widerstrebend richtete ich mich auf, winkelte ein Bein an und zog meine Tasche auf den Schoß. Tami hatte sie mir bei einer unserer irren Shoppingtouren in Portland aufgeschwatzt mit der Begründung: *Schätzchen, sie ist handgefertigt, aus veganem, weichem Leder, mit bunten Blumenstickereien und Innentaschen. Und es passt verdammt noch mal ein Buch hinein. Also nenn mir einen vernünftigen Grund, der gegen dieses Schmuckstück spricht.*

Mit einem schiefen Grinsen hatte ich sie schließlich gekauft – auch wenn sie in meinen Augen viel zu teuer und in Anbetracht der Tatsache, dass meine Taschenschublade bereits überquoll, nicht unbedingt lebensnotwendig gewesen war. Aber einer Tamara McGivan schlug man eben nichts ab.

Mein Handy setzte zu einem dritten Klingeln an, als ich schließlich den Atem ausstieß und annahm.

»Wo zum Teufel steckst du, Mira?«

Ich kniff die Augen zusammen. *Mist, er ist wirklich sauer.* »Guten Morgen, Elias.«

Am anderen Ende der Leitung hörte ich ihn unzufrieden brummen. »Du weißt, was heute für ein Tag ist, oder? Ich stehe seit einer halben Stunde vor deinem Haus und warte auf dich. Was ist los?«

»Sorry, Eli. Ich habe die Zeit vergessen.« Was für eine bescheuerte Ausrede.

Ich sah meinen besten Freund förmlich vor mir, wie er ungehalten den Kopf schüttelte und sich dabei durch seine dunkelbraunen Wuschellocken fuhr. »Lügen konntest du noch nie. Geschweige denn, eine glaubwürdige Ausrede finden.«

»Manche würden sagen, gerade das sei etwas Gutes«, antwortete ich mit einem leisen Schnauben und griff nach meinem dunkelroten Strickpulli, den ich neben mich gelegt hatte. »Glaubst du mir zumindest, wenn ich dir verspreche, mich sofort auf den Weg zu machen?«

»Schwer zu sagen, aber ich hoffe es. Denn noch mal werde ich dir nicht aus der Patsche helfen.«

Entgegen meiner schlechten Laune und dem Chaos in meinem Kopf sprudelte mir ein trockenes Lachen über die Lippen. Der Druck auf meiner Brust wurde ein wenig leichter. Diese Wirkung hatte Eli schon immer auf mich gehabt. Seine ganz persönliche Superkraft.

»Natürlich würdest du mir helfen. Egal, wie sehr du dich auch dagegen sträubst. Das ist einer deiner Urinstinkte.«

»Ja, ja. Jetzt schwing endlich deinen hübschen Hintern hierher, Mira. Sonst grillt Professor Willingdale uns beide.«

Alles in mir sträubte sich dagegen, mein sicheres Versteck zu verlassen und mich der Welt da draußen – und damit unweigerlich auch meinem Dad und dem Brief – zu stellen. Aber Elias war mein bester Freund, und was ich gesagt hatte, entsprach der Wahrheit. Er würde mir immer helfen, ohne zu zögern für mich in die Bresche springen, also konnte ich im Gegenzug für ihn auch meine eigenen Dämonen zur Seite schieben. Zumindest für den Moment.

Ich schlüpfte in meinen Pulli, hängte mir meine Tasche über eine

Schulter und sprang von dem großen Stein. Ein paar bunte Blätter wirbelten auf und raschelten unter den Sohlen meiner Ankle Boots, als ich mich in Bewegung setzte und dem schmalen Pfad durch den Wald folgte.

»Wir treffen uns bei mir. Ich bin in zehn Minuten da.«

»Besser in fünf. Bis gleich.« Dann hatte Eli auch schon aufgelegt.

Leise vor mich hin schimpfend, stopfte ich mein Handy in die Tasche und strich das cremefarbene Kleid, das ich unter dem Pullover trug, glatt. Mit einem wehmütigen Blick sah ich über die Schulter zurück zu meinem geheimen Ort und spürte, wie seine Magie verpuffte, während mich meine Schritte zurück in die Wirklichkeit führten.

Du hattest deine Auszeit, Mira, aber jede Auszeit hat ihr Ende.

Ich verzog das Gesicht und schob ein paar Äste zur Seite, ehe ich den Feldweg erreichte, auf dem ich meinen dunkelgrünen Jeep abgestellt hatte.

Zeit, sich der Realität zu stellen. Willkommen in deinem neuen Leben.

Ein paar Minuten später lenkte ich meinen Wagen mit klopfendem Herzen vor die Doppelgarage unserer Stadtvilla aus grauem, grobem Stein. Der Motor verstummte, genau wie das Radio, von dem ich während der Fahrt kaum etwas mitbekommen hatte, als ich den Schlüssel abzog und aufblickte. Dads Mercedes fehlte in der Einfahrt, was bedeutete, dass er schon in der Uni war und vermutlich genau in diesem Moment Schadensbegrenzung betrieb.

Großartig.

Meine Tasche in der einen, den Autoschlüssel in der anderen Hand, sprang ich aus dem Jeep und schlug die Tür unsanft hinter mir zu. Nur einen Herzschlag später kam Elias auch schon auf mich zu und wirkte alles andere als entspannt. Die Finger hatte er in seinen wilden Locken vergraben, während seine braunen Augen mir förmlich ein Loch in die Stirn brannten.

»Gerade heute, Mira! Wir reden seit Wochen von nichts anderem mehr als *diesem einen* Tag.«

Ich nickte, ein entschuldigendes Lächeln auf den Lippen, und spürte, wie mir das schlechte Gewissen sauer aufstieß.

Eli hatte recht. Wir hatten uns für diesen Tag beinahe zwei Monate lang den Hintern aufgerissen, gearbeitet bis zum Umfallen und unseren kompletten Sommer geopfert. Statt in der Sonne am See zu liegen, hatten wir jede freie Minute genutzt, um voranzukommen und etwas wirklich Großes auf die Beine zu stellen. Wir beide. Gemeinsam. Ihn hängen zu lassen, war eine miese Aktion gewesen. Das wusste ich selbst und ich bereute, dass es überhaupt so weit gekommen war, aber als ich heute Morgen den Brief gefunden hatte –

»Hallo? Mirella? Wo bist du bloß mit deinen Gedanken?« Eli schnipste vor meinen Augen und griff sanft, aber bestimmt nach meinen Schultern. »Du weißt, was heute alles auf dem Spiel steht, oder? Für uns beide.«

Etwas benommen blinzelte ich und nickte. Der Brief konnte – nein, er *musste* bis zum Abend warten. Ich würde Dad später darauf ansprechen und die Sache klären. Sofern man so etwas überhaupt *klären* konnte. »Es tut mir leid«, sagte ich, schluckte und kam mir dabei wie die größte Idiotin vor. »Meine Nerven … liegen blank. Das ist alles.«

Ungläubig zog Eli seine Augenbrauen zusammen und sah mich stirnrunzelnd an. »Du bist immer noch eine miese Lügnerin. Ist alles in Ordnung?«

Ich biss mir auf die bebende Unterlippe und nickte wieder bloß, unfähig, auch nur einen vernünftigen Satz zustande zu bringen.

Mein bester Freund ließ seine Hände von meinen Schultern gleiten und schüttelte den Kopf, ehe er mich ohne ein weiteres Wort in seine kräftigen Arme zog. Mit seinen eins neunzig war er gut eineinhalb Köpfe größer als ich und dank seines Einsatzes fürs Lacrosseteam unserer Uni muskulös und durchtrainiert. Normalerweise liebte ich seine Bärenumarmungen, doch in diesem Moment, in dem ich kläglich versuchte, meine Haltung zu bewahren, war sie alles andere als hilfreich.

»Mira, rede mit mir«, murmelte er an meinem Ohr, während er langsam über meinen Rücken strich.

Ich wollte es ihm sagen. Das wollte ich wirklich, weil ich ihm immer alles sagte. Wir hatten keine Geheimnisse voreinander – das hatten wir noch nie gehabt –, aber ich wusste, dass die Wahrheit in diesem Moment keinen Platz hatte. Nicht jetzt, wo wir uns voll und ganz auf unseren Vortrag konzentrieren sollten und keine Ablenkung gebrauchen konnten. Wir würden danach noch genug Zeit haben, über das zu sprechen, was ich heute in den Unterlagen meines Dads gefunden hatte. Über dieses eine dumme Stück Papier, das meine ganze Welt auf den Kopf gestellt hatte.

Später. Später. Später.

Ich musste es nur oft genug denken, dann würde ich ganz von selbst daran glauben. So war es doch immer.

Also holte ich tief Luft, setzte ein Lächeln auf und befreite mich aus seinen Armen. »Wirklich, es geht mir gut, Eli. Ich bin aufgeregt, habe Lampenfieber und mir ist wegen dieses bescheuerten Vortrags kotzübel, aber ansonsten ist alles in Ordnung.«

Sein Beste-Freunde-Röntgenblick fuhr ein weiteres Mal prüfend über mein Gesicht. Ich konnte die Skepsis in seinen haselnussbraunen Augen förmlich tanzen sehen und hoffte inständig, dass sie über mich hinweggleiten würde. Nur dieses eine Mal.

Nach einer kleinen Ewigkeit – zumindest kam es mir so vor –, in der ich unwillkürlich den Atem angehalten hatte, seufzte er schließlich und ließ von mir ab. »Das ist definitiv kein gutes Zeichen bei jemandem, der sonst nie nervös vor Präsentationen ist.«

Ich zuckte möglichst unbeschwert mit den Achseln und schob mir den Träger meiner Tasche über die Schulter. »Es geht ja auch um etwas, oder nicht?«

Noch einmal warf er mir diesen durchdringenden Blick zu, dann entspannten sich seine Züge endlich und sein typisches Lächeln kehrte zurück. Beinahe wäre mir ein *Halleluja* entfahren.

Gemeinsam liefen wir zu seinem Wagen, dem alten silbernen Honda Jazz seiner Mom, und waren wenig später auf der Hauptstraße. Sie führte einmal durch Maple Creek hindurch und war von ganz unterschiedlichen Lädchen, Bäckereien und Cafés gesäumt. Für einen Mittwochmorgen war es erstaunlich voll auf der Main Street, und wir mussten mehrmals abwarten, bis Fußgänger mit Taschen und Körben die Straße überquert hatten. In den ersten Schaufenstern erkannte ich schon Herbstdekoration, orange-rote Girlanden hingen in den Bäumen, die rechts und links auf den breiten Gehsteigen gepflanzt waren, und immer wieder sprang mir das bunte Plakat des Jahrmarkts entgegen, der in wenigen Wochen hier stattfinden würde. An den Straßenlaternen und über einigen

Eingängen wiegte sich die Flagge unserer Stadt im leichten Wind. Ein orangefarbenes Ahornblatt über dem weißen Mirror Lake und die dunklen Berge im Hintergrund waren auf dem rotbraunen Stoff abgebildet.

»Ist deine Mom wieder beim Orga-Team für *Fallington* dabei?«

Keine Ahnung, wer irgendwann mal auf diesen glorreichen Namen für das Spektakel gekommen war, aber seit mittlerweile fünfundfünfzig Jahren war der Herbstmarkt mit seinen Attraktionen einer der Highlights des Maple Countys in Oregon. Und Maple Creek war zu Recht stolz auf das große Festival.

Elias warf mir einen kurzen Seitenblick zu und nickte. »Sie steckt seit Wochen in den Vorbereitungen. Ich bekomme sie noch weniger zu sehen als sonst. Sie lebt quasi auf dem alten Feld.«

»Macy ist auch die Beste, wenn es ums Organisieren geht. Ohne sie wäre *Fallington* nicht das, was es heute ist.«

Er lachte. »Lass sie das bloß nicht hören.«

Mit einem gemurmelten Fluch verstärkte er den Griff um das Lenkrad, als er ein weiteres Mal bremsen musste, während eine Gruppe älterer Damen seelenruhig über den Zebrastreifen wackelte. Es war unübersehbar, dass Elis Anspannung mit jeder Sekunde wuchs, die wir länger brauchten, um die Uni zu erreichen. Mir ging es da nicht anders – nur hatte meine Anspannung einen ganz anderen Grund.

»Mom glaubt schon jetzt, dass sie an jeder Stelle anpacken und überall auf dem Markt die Finger im Spiel haben muss, damit es ordentlich gemacht wird. Pete meinte, sie ist die reinste Glucke. Hütet ihr Ei wie einen goldenen Schatz und gibt nichts aus der Hand.«

Pete war Elias' größerer Bruder und als Schreiner für den Aufbau der Hütten und Stände des diesjährigen *Fallington* zuständig. Ich konnte mir vorstellen, dass die Zusammenarbeit mit Macy nicht einfach war. Sie war eine stadtbekannte Perfektionistin und machte weder halbe Sachen noch Ausnahmen, bis nicht alles genau *so* war, wie sie es sich vorstellte. Ihre akkurate Genauigkeit schien dabei nicht einmal vor ihrem ältesten Sohn haltzumachen.

»Treffender Vergleich«, kommentierte ich und hob einen Mundwinkel, als sich in meinem Kopf das Bild von Macy mit einem goldenen Ei in den Händen formte.

Mein bester Freund atmete mit einem leisen Seufzen aus und fuhr wieder an. Der schnellste Weg zum Campus war trotz Zebrastreifen und alten Herrschaften die Main Street, die an ein paar weiteren Lädchen und dem winzigen Kino vorbei aus dem Zentrum führte. Die Universität lag eine halbe Meile außerhalb, weswegen wir kurz nach dem Stadtkern den Creek überquerten, den wilden Fluss, der vom Mirror Lake kam und Maple Creek von Norden nach Süden durchlief. Auch hier säumten Ahornbäume die felsigen Ufer und bildeten zu beiden Seiten einen dichten Wald. Der Creek selbst war an dieser Stelle mehr eine Aneinanderreihung von Wasserbecken und kleinen Kaskaden, die sich wunderbar fürs Canyoning eigneten.

Elias lenkte den Honda auf die einspurige, dunkelgrüne Eisenbrücke, die über den Fluss führte, und fuhr im Schritttempo über die hölzernen Bohlen. An den Seitenspiegeln war jeweils nur knapp ein halber Meter Luft zu den verschnörkelten Geländern. Als eine der ältesten Brücken Nordamerikas war die *Old Creek Bridge* eines unserer wichtigsten Wahrzeichen und lockte jedes Jahr unzählige Touristen an. Ich hatte sie selbst schon viele Male fotografiert und liebte das Motiv, auch wenn mir das Knarren unter den Autoreifen jedes Mal eine Gänsehaut verursachte.

»Hast du dir die Mail, die ich dir gestern Abend geschickt habe, noch durchgelesen?«

»Du meinst die seitenlangen Anmerkungen von Ethan zu unserer Einleitung?« Fragend runzelte ich die Stirn.

Eli nickte. »Was hältst du davon?«

»Nichts. Wir bleiben bei unserem alten Konzept und lassen alles so, wie wir es mit Professor Willingdale durchgesprochen haben. Ethan mag Ahnung in der Forschung haben, aber er ist ein miserabler Redner. Ich schlafe regelmäßig bei seinen Vorträgen ein.«

»Ich bin froh, dass du das auch so siehst. So knapp vor unserer Präsentation hätte ich ungern noch etwas umgeschmissen. Selbst dann nicht, wenn die Vorschläge von ihm kommen.«

Ethan war der persönliche Assistent unseres Dozenten Professor Willingdale, der unsere Arbeit in den letzten Wochen betreut hatte. Ein Pilotprojekt und deswegen so ungeheuer wichtig für die Universität, den Prof, Eli und mich. Ein Grund mehr, warum ich meine Privatangelegenheiten, die lautstark in meinem Hinterkopf pochten, zurückstellen musste. Es stand zu viel auf dem Spiel: ein nachträgliches Vollstipendium für meinen besten Freund und mich, der Naturwissenschaftspreis der Westküste der USA und die Chance auf ein bezahltes Praktikum im weltweit größten Konzern für angewandte Forschung in Washington.

Eine ganze Menge.

Das alles konnte ich nicht einfach so riskieren, nur weil ich ein altes Schreiben gefunden hatte, von dem ich nicht einmal mit Sicherheit wusste, ob es wirklich das war, für das ich es im Strudel meiner Wut gehalten hatte. Dad und ich hatten keine Geheimnisse voreinander. Daran musste ich mich festhalten. Daran und an dem, was Elias und ich in den vergangenen Wochen auf die Beine gestellt hatten. Nur das zählte.

»Wir bekommen das schon hin, Mira. Ist ja nicht so, als hätten wir in den letzten Tagen irgendetwas anderes gemacht, als uns mit unserem Projekt zu beschäftigen. Wir rocken diese Präsentation und dann lassen wir es uns heute Abend im *Cracked Pot* gut gehen, was meinst du?« Eli stieß mich an und fuhr um ein Pärchen herum, das halb auf der Straße Selfies machte, ehe er wieder beschleunigte. »Oder hast du schon etwas anderes vor? Schließlich kommt Tami wieder.«

Der Name unserer quirligen besten Freundin reichte schließlich aus, um die grübelnde Stimme in meinem Kopf verstummen zu lassen. Ich hatte sie seit Wochen nicht gesehen und freute mich ungemein darauf, sie endlich wieder in die Arme schließen zu können.

»Hast du sie schon erreicht?«

»Nein, aber ich glaube, sie landet auch erst in einer halben Stunde in Portland.«

Tami war beinahe die gesamten Semesterferien in Florida bei ihrer Tante gewesen und hatte uns mit den schönsten Urlaubsbildern versorgt – *gequält* traf es wohl eher –, während Eli und ich nichts Besseres zu tun gehabt hatten, als die freie Zeit vor dem neuen Semester mit freiwilliger, unbezahlter Arbeit zu verbringen. Ein kleines bisschen hatten wir beide sie dafür gehasst, aber nur ein kleines bisschen und im besten Sinne der Freundschaft.

Das eindrucksvolle Hauptgebäude des Unicampus kam in Sicht und sorgte dafür, dass jeder Gedanke an Tami genauso schnell verschwand, wie er gekommen war. Stattdessen rückten der Vortrag und das nervöse Flattern meiner Nerven wieder in den Vordergrund. Zähneknirschend umklammerte ich meine Tasche fester.

Die *Maple University of Oregon* war eine Ansammlung von Gebäuden aus grauem Stein mit großen, weißen Fensterrahmen. Helle Säulen flankierten jeden Eingang, zu dem grob gehauene Treppenstufen führten, auf denen nicht ein trockenes Blatt lag. Unzählige Wege und kleine Plätze, die von Beeten und Holzbänken gesäumt waren, durchzogen den gesamten Campus, in dessen Mitte ein ovaler See lag. Gepflegtes, hellgrünes Gras war auf den Flächen zwischen den Gebäuden angelegt worden und auch hier dominierten alte Ahornbäume die Natur. In wenigen Wochen würden sie in einem kräftigen Orangerot leuchten. Für mich war der Campus in seiner Gesamtheit wunderschön. Es gab Türme und Erker, verspielte Giebel und spitze Dächer, die jedes Gebäude in ein historisches Kunstwerk verwandelten. Einer der Gründe, aus denen ich mich für diese Uni entschieden hatte, anstatt nach Harvard oder Yale zu gehen. Die *MUO* war allein optisch schon das reinste Paradies für eine Architekturstudentin.

Elias lenkte den Wagen zu dem größten der Gebäude, das der Administration, dem Direktor der Universität und der zentralen Verwaltung vorbehalten war. Dort befand sich außerdem die große Assembly Hall im Erdgeschoss, eine der vier Versammlungshallen und der Ort, an dem wir unsere Präsentation halten würden.

Der Motor und das leise Radio verstummten, als wir endlich in einer Lücke auf dem Parkplatz zum Stehen kamen.

»Mira, warte kurz.« Eli berührte mich sanft am Arm, als ich mich in Bewegung setzen wollte und hielt mich zurück. »Ich verstehe, dass du jetzt nicht mit der Sprache rausrücken willst – oder kannst –, mir geht auch der Arsch auf Grundeis, wenn ich an den Vortrag denke, aber ich hoffe wirklich, dass du danach mit mir sprichst. Ich kenne dich schon mein ganzes Leben, und ich sehe, wenn dir etwas auf der Seele liegt.«

Ich erwiderte seinen besorgten Blick und nickte seufzend. Dann schulterte ich meine Tasche und stieg aus. Über das Autodach hinweg schenkte ich ihm ein schwaches Lächeln, das es vermutlich kaum über meine Lippen hinaus schaffte. »Später, okay? Ich verspreche es.«

Eli neigte nur knapp den Kopf und schlug die Tür zu. Damit schien das Thema fürs Erste verschoben. Auf *später.* Langsam, aber sicher begann ich dieses kleine Wort zu hassen.

Im Eilschritt legten wir den restlichen Weg zum Oregon-Building zurück – jedes Gebäude hier war nach einem der Bundesstaaten von Amerika benannt. Wir hatten kaum die Eingangshalle mit der beeindruckenden Kuppel betreten, da stießen wir auch schon auf unser ganz persönliches Empfangskomitee. Es war ziemlich offensichtlich, dass weder die zwei Frauen im Kostüm und mit strengem Dutt noch die Männer in Anzug und Krawatte begeistert über unsere Verspätung waren. Elias versteifte sich neben mir merklich, als sich ihre Aufmerksamkeit auf uns richtete.

»Ms Aberdeen, Mr Morton, ich habe mich bereits gefragt, wann Sie beide hier auftauchen.« Professor Illman, Direktor unserer Universität und absoluter Pünktlichkeitsfanatiker – selbst mein Vater nannte ihn einen Korinthenkacker –, zupfte an den Manschettenknöpfen seines Sakkos herum und bedachte uns mit kühler Missbilligung auf den verkniffenen Zügen. Manchmal fragte ich mich, ob er überhaupt anders als unzufrieden schauen konnte. Neben ihm stand Professor Willingdale, der mindestens genauso unglücklich wirkte. Möglichst unauffällig wischte er sich einige Schweißtröpfchen von der Stirn und blickte immer wieder zwischen uns und den übrigen Anwesenden hin und her. Seiner Anspannung nach zu urteilen, mussten das die Vertreter der anderen Universitäten und des nationalen Forschungsausschusses sein.

Nur Dad, der rechts von Willingdale Stellung bezogen hatte, wirkte nicht, als stünde er kurz vor einem Nervenzusammenbruch. Alles andere hätte mich auch ernsthaft überrascht, denn er hatte sich noch nie etwas aus Titeln gemacht. Mein Vater, Benedict Michael Aberdeen, berühmter Architekt und Ehrenmitglied des Rates der *Maple University of Oregon*, stand völlig entspannt mit den Händen in den Hosentaschen neben den Schlipsträgern und zwinkerte mir lächelnd zu, als wäre alles in bester Ordnung.

Unter normalen Umständen hätte ich das Zwinkern erwidert – das war so eine Sache zwischen Dad und mir –, aber jetzt konnte ich nur an diesen verdammten Brief denken. Ich musterte seine vertrauten Gesichtszüge, während ich mich fragte, ob er wirklich dazu fähig war, mir so etwas *jahrelang* zu verschweigen. Denn wenn ja, war absolut gar nichts in Ordnung.

»Wie dem auch sei, jetzt sind Sie ja hier. Darf ich Ihnen die Damen und Herren des Forschungsausschusses der Universitäten der Vereinigten Staaten vorstellen?« Illman gab irgendwelche hochtrabenden Titel zum Besten, bei denen er sich fast verhaspelte und über seine eigene Zunge stolperte. Mit leuchtenden Augen lobte der Dekan unsere Uni und Elias' und meine Arbeit, sprach von unserem Engagement außerhalb der Vorlesungen und gab sich alle Mühe, unseren ersten Eindruck aufzupolieren. Vermutlich hätte ich ihn dabei unterstützen oder zumindest lächeln sollen, doch ich hörte kaum zu. Sah nicht einmal richtig hin. Meine Augen waren starr auf Dad gerichtet, bohrten sich in sein Gesicht, während sich die wenigen nüchternen Zeilen des Briefs wieder und wieder in meinem Kopf wiederholten. Nicht mehr als ein paar Sätze, die alles veränderten.

Als Dad meinen düsteren Blick bemerkte, runzelte er besorgt die Stirn und hob fragend eine Augenbraue, ein vorsichtiges Lächeln zupfte an seinen Mundwinkeln.

Ich presste nur wortlos die Lippen aufeinander und drückte meine Tasche fester an meine Seite, klammerte mich förmlich daran, während die Welt um mich herum zu schwanken begann. Meine Gedanken drehten sich immer schneller im Kreis und beschworen einen dicken Kloß in meinem Hals herauf, der mir die Luft zum Atmen nahm.

Er würde mir das nicht antun. Er ist mein Dad. Dad würde nicht … nicht bei mir, nicht bei so etwas … Würde er?

Ich ballte die Hände zu Fäusten und schluckte gegen den Kloß an.

Er würde es tun, wenn er glauben würde, es wäre das Beste für mich. Er. Würde. Es. Tun.

»Ms Aberdeen? Haben Sie gehört, was ich gesagt habe?« Professor Willingdales scharfe Stimme durchschnitt die Karussellfahrt in meinem Kopf und ließ mich zusammenzucken. Ich spürte eine Hand an meinem Arm – Elias – und riss meinen Blick von Dad los. Acht Augenpaare waren auf mich gerichtet und warteten darauf, dass ich irgendeine Reaktion zeigte, etwas Anstand, und mich entschuldigte, doch ich nahm sie kaum wahr. Es spielte keine Rolle. Ich konnte nicht vor diese Leute treten, einen Vortrag halten und so tun, als wäre alles in bester Ordnung. Als hätte ich diesen Brief nie gefunden. Ich war kein Roboter ohne Gefühle. Ich war ein Mensch, und es war absolut *menschlich*, dass ich das hier nicht mehr konnte. Dass ich eine Grenze erreicht hatte.

Ich wollte – ich *brauchte* – eine Antwort. *Jetzt.*

Ich schob das Kinn vor, blendete alle anderen um mich herum aus und fixierte meinen Vater. »Dad, wer ist Lilac?«

Mit einem Schlag wich jede Farbe aus seinen Zügen. Und diese stumme Reaktion sagte mir alles, was ich wissen musste.

Es stimmt. Jedes einzelne Wort dieses beschissenen Briefs stimmt.

Hier war sie also: die Gewissheit, vor der ich mich so sehr gefürchtet hatte.

»Mira …«

Kopfschüttelnd hob ich die Hände und machte einen Schritt rückwärts. Ich hatte das Gefühl, keine Luft mehr zu bekommen und jeden Moment umzukippen. »Nein, Dad, ich kann das jetzt nicht«, entgegnete ich heiser und kämpfte gegen die Tränen an.

Er wollte auf mich zukommen, doch ich hielt ihn mit einem warnenden Blick auf Abstand. Ich wollte jetzt keinen Trost, keine Entschuldigungen oder Ausreden. Ich wollte die Wahrheit. Ich wollte ihm ins Gesicht sehen und wissen, warum er mir das all die Jahre über verschwiegen hatte.

Ich schluckte und sog zittrig frische Luft in meine Lunge. »Sei nur dieses eine Mal ehrlich zu mir. *Bitte.* Wer ist Lilac und warum steht sein Name in meiner Geburtsurkunde neben meinem?«

KAPITEL 2

The Beginning of the End

Joshka

»Du bist irre. Absolut und vollkommen irre.« Ich schüttelte den Kopf und fuhr mir durch die Haare, die mittlerweile in alle Richtungen abstehen mussten. Der Wind, der durch das zugige Skelett des halbfertigen Hochhauses pfiff, tat sein Übriges. »Das ist bescheuert. Selbst für deine Verhältnisse. Hast du jetzt vollkommen den Verstand verloren, Lil?«

Einer der zwei Typen, die uns gegenüberstanden, gab ein belustigtes Hüsteln von sich und stieß feixend seinen dicklichen Partner neben sich an. Ich zog die Augenbrauen zusammen und schoss einen tödlichen Blick in Richtung dieser Idioten. Ich hatte mir erst gar nicht die Mühe gemacht, mir ihre Namen zu merken. Für mich waren sie nur weitere Beweise dafür, wie verkommen das geworden war, wofür ich mir jahrelang den Arsch aufgerissen hatte.

»Findest du nicht, dass das meine Entscheidung ist, Josh?«, entgegnete Lilac in gefährlich ruhigem Ton und wandte sich halb zu mir um.

Ich kannte diese Nuance in seiner Stimme und wusste, dass es unter der Oberfläche brodelte wie in einem Vulkan, der kurz vor dem Ausbruch stand. Und ich wusste auch, dass ich der Grund dafür war. Wieder einmal.

Ich sah das Funkeln in Lilacs hellen Augen, seine angespannte Haltung, wie eine Bogensehne kurz vor dem Abschuss. Alles an ihm war eine stumme Warnung an mich, weil ich ihn vor diesen Typen aus unserer Szene vorführte. Ihn bevormundete und damit irgendeinen seiner verdrehten Pläne zunichtemachte. Mich interessierte das herzlich wenig. Das Einzige, das für mich eine Rolle spielte, war die Tatsache, dass sich Lil hier gerade kopfüber in einen Berg Scheiße manövrierte, der ihn das Leben kosten konnte.

Kosten würde. Und das würde ich nicht zulassen. Nur über meine Leiche.

»Wenn du diesen Climb machen willst, bitte, aber erwarte nicht, dass ich danebenstehen und zuschauen werde, wie du in den Tod stürzt«, erwiderte ich in demselben passiv-aggressiven Tonfall, hob herausfordernd eine Augenbraue und versenkte die Hände in den Hosentaschen meiner tief sitzenden, schwarzen Jeans. Meine Finger stießen auf die angefangene Zigarettenpackung und es juckte mich, mir eine anzustecken, aber mit all den Plastikplanen und den Chemikalien, die hier herumflogen, war mir das Risiko zu hoch. Und ich war kein Idiot – zumindest kein völliger. Mein Vater würde das vermutlich anders sehen. Er und der Rest der ganzen *privilegierten* Welt.

»Vielleicht solltest du auf ihn hören, Kleiner. Die Nummer ist etwas zu groß für dich. Komm in ein paar Jahren noch mal wieder.«

Das war vermutlich das Schlimmste, was der blonde Vollpfosten in dem viel zu großen Brooklyn-Bulls-Trikot hätte sagen können. Lilac mochte viele Macken haben, aber die Tatsache, dass er keiner Herausforderung widerstehen konnte – egal, wie idiotisch sie auch sein mochte –, war die gefährlichste von allen. Provokationen wie diese waren für ihn wie ein unberechenbarer Trigger, der ihn in eine tickende Zeitbombe verwandelte, und ich hatte schon oft genug miterlebt, was das aus ihm machte.

Unwillkürlich legte ich ihm eine Hand auf die Schulter und grub meine Finger warnend in seine Haut, doch Lil schüttelte mich mit Leichtigkeit ab und ging stattdessen auf die zwei Mistkerle zu. Ich wusste, dass er sich selbst verteidigen konnte. Wenn nötig, wäre er definitiv in der Lage, ihnen die Köpfe abzureißen, aber manchmal … manchmal vergaß ich einfach, dass er nicht mehr der kleine Junge von früher war. Dass Lilac mittlerweile ein junger Mann war, der seine eigenen Entscheidungen traf. Dumme, bescheuerte Entscheidungen, an denen ich nichts mehr ändern konnte. So sehr ich es mir auch wünschte.

Ich kannte uns beide gut genug, um zu wissen, dass ich diesen Kampf gegen ihn verloren hatte. Er würde diese Aktion durchziehen und mit großer Wahrscheinlichkeit daran scheitern. Ich sagte das nicht, weil ich Lil nicht vertraute oder ihm diesen Climb nicht zutraute. Ganz im Gegenteil: Ich wusste, dass mein kleiner Bruder ein Genie auf seinem Gebiet war. Ein Naturtalent, das hatte ich schon beim ersten Training gesehen, zu dem ich ihn vor elf Jahren geschleift hatte. Aber die Brooklyn Bridge? Das war der mit Abstand gefährlichste Climb in New York City. Eher ein Gedankenexperiment in den Köpfen der Leute aus der Parkour-Szene als eine wirkliche Aktion, die man durchzog. Das war quasi unmöglich.

Ich musste es wissen, denn ich hatte es versucht und *war* gescheitert. Es hatte mich zerlegt und es würde auch Lilac zerlegen. Die Brücke würde ihn zerlegen und wenn nicht sie, dann die Cops, und dieses Mal würde ihn nicht einmal mein Dad raushauen können, egal, auf welchen Deal ich mich mit ihm einließ. Nicht einmal meine wertlose Seele, auf einem Silbertablett serviert, könnte daran etwas ändern, denn der *Daddy-regelt-das-schon-irgendwie*-Zug war definitiv abgefahren.

Lil baute sich, wenn überhaupt möglich, noch bedrohlicher vor den zwei Idioten auf. »Sagt Cam, dass ich dabei bin. Halb zehn heute Abend. Und trommelt ordentlich Leute zusammen. Ich werde Geschichte schreiben.«

Die Typen, die Cam – seit ein paar Monaten der neue Obermacho im Untergrund New Yorks – geschickt hatte, um diesen Climb unter Dach und Fach zu bringen, stießen sich lachend an. Der Dicke verschluckte sich dabei fast an seiner eigenen Spucke, und ich spürte, wie mir langsam, aber sicher der ohnehin erschreckend dünne Geduldsfaden zu reißen drohte. Für sie war Lilac nur ein Witz. Es war ihnen scheißegal, dass er sein Leben aufs Spiel setzte, solange sie nur etwas zu sehen bekamen und die Taschen des Untergrunds durch die Wetten und Deals, die beim Climb abgeschlossen werden würden, füllen konnten. Ihr Verhalten, ihre ganze Existenz widerten mich an und mein Verlangen, ihnen ihr dämliches Lachen aus den Visagen zu prügeln, stieg ins Unermessliche.

»Oh-oh, jetzt nimmt der kleine Scheißer den Mund aber ganz schön voll. Hast du deine letzte Blamage denn schon verarbeitet? Cam amüsiert sich immer noch gerne über deinen Reinfall, *Lilly*.«

Der Blonde im Trikot tat, als würde er sich eine Träne wegwischen und grinste breit.

Das reichte. Ich stellte mich einen Schritt vor Lilac und schob die Ärmel meines dunklen Hoodies hoch. So, dass man die Striche auf meinen Unterarmen sehen konnte. Diese Typen kannten mich und wussten, was alles auf meine Kappe ging. Was ich für meine damalige Stellung und meinen Ruf getan hatte. Dass ich im wahrsten Sinne des Wortes *über Leichen gegangen* war. Ich selbst hatte nie getötet, aber das bedeutete im Umkehrschluss nicht, dass ich unschuldig war. Ganz im Gegenteil, ich hatte meine Liste. Trug sie auf meinem Körper. Linien, die für all die Namen standen, deren Leben ich zerstört hatte. Keine schöne Sache, wenn ich ehrlich war, aber wenn sie dazu beitrug, dass diese Mistkäfer lernten, wo ihr Platz war, dann waren die vielen Stunden vor Gericht, in Haft und bei der Sozialarbeit doch zumindest für eines gut gewesen.

Ein dunkler Anflug von Genugtuung durchzuckte mich, als ich die aufkeimende Furcht in den Augen der Idioten wahrnahm. *Kluge Mistkäfer.*

»Ihr habt Lil gehört. Der Climb steht. Und jetzt verzieht euch.«

Der Trikot-Typ hob abwehrend die Hände und nickte. »Ja, ja. Mann, schon gut. Lil, pfeif deinen Wachhund zurück.«

Lilacs Kiefermuskulatur arbeitete – ich meinte sogar seine Zähne knirschen zu hören –, dann stellte er sich wieder neben mich. Ich spürte die Missbilligung förmlich in Wellen von ihm abstrahlen. Jap, er war ziemlich wütend auf mich.

»Verpisst euch«, knurrte er und verschränkte die Arme vor der Brust.

Die zwei wechselten einen kurzen Blick und bleckten die Zähne wie Hunde in einem Kampf, in dem ihnen nicht viel mehr übrig blieb als zu bellen, weil sie nicht mehr beißen konnten. Wäre die Situation nicht so angespannt gewesen, hätte ich über sie gelacht.

Das sollen Cams beste Leute sein? Der Laden hat definitiv abgebaut.

»Vergiss die Startgebühr nicht, Kleiner. Und deine Windel. Hab gehört, es ist verdammt hoch auf der Bridge und man scheißt sich schneller ein, als man *Good Old America* sagen kann«, rief uns der Dicke über seine speckige Schulter zu. Dann drehten er und sein minderbemittelter Kumpel endlich ab und verschwanden über die nackte Betontreppe aus unserem Blickfeld.

Ich stieß meinen Atem mit einem gemurmelten Fluch aus und zerrte mir das schwarze Tuch von Mund und Nase, mit dem ich mein Alter Ego *Tomber* von Joshka trennte. Keine Ahnung, wie lange ich ihnen noch tatenlos gegenüber hätte stehen können, bevor ich dem Drang nachgegeben hätte, sie persönlich von den Gerüchten, die sich um mich rankten, zu überzeugen.

»Wann zum Teufel wirst du endlich damit aufhören, dich ständig in meine Angelegenheiten einzumischen?!« Lil stieß mich so fest vor die Brust, dass ich einige Schritte zurücktaumelte, und ballte die Hände zu Fäusten, als wollte er mich schlagen. Ich wusste, er würde das nie tun. Er war kein Schläger, nicht so wie ich, aber ich spannte trotzdem alle Muskeln an und biss die Zähne aufeinander.

Seine grünen Augen sprühten förmlich Funken, und auch wenn er knapp vier Jahre jünger war als ich, wirkte er in diesem Moment keineswegs wie der kleine Junge, den ich vor fast elf Jahren als meinen Bruder unter meine Fittiche genommen hatte. Ganz im Gegenteil. Der alte Hass in ihm kochte höher denn je. Ein Grund mehr, ihm entgegenzuwirken, bevor er wieder außer Kontrolle geraten konnte.

Ich lockerte meine Haltung, zupfte betont gelassen meinen Hoodie zurecht und zuckte mit den Schultern. »Wenn du aufhörst, dich wie ein hirnloser Arsch zu verhalten, denke ich vielleicht noch mal darüber nach. Du weißt, was Cam mit dieser Scheiße erreichen will. Dass es nicht nur um den Climb geht.« Der war schon schlimm genug, doch viel gravierender war, dass er nur als Tarnung diente. Ein illegales Event, das zum Umschlagpunkt der dunklen Geschäfte des Untergrunds wurde.

Lil fluchte und fuhr sich über das Gesicht. Aber immerhin verschwand das Lodern wieder aus seinen Augen. »Ich dachte, wir hätten das geklärt? Ich weiß, was ich tue und ich bin gut darin, okay? Ich packe das!«

»Schon klar. Das weiß ich, aber auch du hast Grenzen und die Brooklyn Bridge ist definitiv eine davon.«

»Das kannst du nicht wissen«, spuckte er mir sofort entgegen. »Nur, weil du gescheitert bist, heißt das nicht, dass ich es auch verkacken werde. Also lass deinen Frust nicht an mir aus. Ich bin nicht du, Joshka.«

Frieden hin oder her, das hier ging in die falsche Richtung und war ein Schlag unterhalb der Gürtellinie.

Ich überwand die Distanz zwischen uns, sodass uns nur noch wenige Zentimeter voneinander trennten. Wind fuhr durch das noch nicht fertiggestellte Hochhaus, in dem wir uns befanden, und fegte mir einige Strähnen meiner dunkelblonden Haare in die Stirn. Unwirsch wischte ich sie zur Seite. »Du bist ein noch größerer Idiot, als ich dachte, wenn du glaubst, das hier hätte irgendetwas mit meinem verletzten Stolz zu tun. Ich bin damals fast draufgegangen, Lil. Hast du das vergessen? Ich will nicht, dass du das Gleiche durchmachen musst, aber ich kann dir versprechen, dass du das wirst, wenn du diesen Climb annimmst.«

»Ich bin besser als du. Das hast du selbst gesagt.«

Frustriert senkte ich den Kopf und kickte einen kleinen Betonbrocken zur Seite. Ich war damals durch die Hölle gegangen, wieder und wieder, und Lil war mir zu wichtig, um ihn blindlings in die gleiche Scheiße laufen zu lassen. Auch wenn ich die Befürchtung hatte, dass ich in dieser Hinsicht längst auf verlorenem Posten kämpfte. Mal wieder. Es hatte mich Jahre und viele meiner Nerven gekostet, überhaupt so nahe an Lilac heranzukommen, um einen winzigen Blick auf das werfen zu können, was unter seiner unbeherrschten, harten Schale lauerte. Bis heute verstand ich kaum, was in ihm vor sich ging. Er war ein Buch mit weitaus mehr als sieben Siegeln und manchmal wusste ich nicht, warum ich mich seiner überhaupt angenommen hatte. Vielleicht, weil ich eine Aufgabe gebraucht und vielleicht auch ein Stück von mir selbst in diesem dürren Jungen gesehen hatte, den das Leben so achtlos zerquetscht hatte. Was auch immer es letztlich gewesen war, ich fühlte mich für ihn verantwortlich. Tat es jetzt, und wahrscheinlich würde es auch in zwanzig oder dreißig Jahren noch so sein. Und dabei spielte es keine Rolle, dass in unseren Adern nicht das gleiche Blut floss und die Straße uns zusammengebracht hatte.

Ich atmete langsam ein und aus, ehe ich ihn wieder ins Auge fasste. Seine wütende Miene, die hellbraunen Haare, die unter seiner Cap hervorlugten, die zu weiten Klamotten mit den Löchern, dort, wo das Training sie zerschlissen hatte. Ich sah seine breiten Schultern, die kräftigen Muskeln und die sichtbaren und unsichtbaren Narben, die ihm das Schicksal verpasst hatte. Ich sah Lilac.

Meinen kleinen Bruder, für den ich durch jede Hölle gehen würde. Auch, wenn es ihm nicht in den Kram passte.

»Du *bist* gut. Sehr gut. Und aus diesem Grund werde ich die Quali-Gebühr nicht zahlen. Nicht dieses Mal.«

Sein Atem entwich mit einem lauten Zischen. »Du bist ein Arschloch, Josh.«

Meine Lippen verzogen sich zu einem freudlosen Grinsen, als ich mit den Schultern zuckte. »Und wenn schon. Das ändert nichts an meiner Einstellung. Also hör auf, dich wie ein Kleinkind zu benehmen und blas die Sache ab, bevor es zu spät ist und sie dir um die Ohren fliegt.«

»Das kann ich nicht, und das weißt du auch. Du kennst die Regeln, schließlich hast du einen Großteil davon selbst gemacht.« Lil ließ seine Fingerknöchel knacken und zog dann sein Handy hervor. »Ich treibe das Geld schon auf. Auch ohne dich. Ich bin nicht auf dich angewiesen.«

Die Bitterkeit in seinen Worten ließ mich resigniert die Augen schließen.

»Lil …«, begann ich und wusste mit einem Mal nicht mehr, was ich sagen sollte. Vermutlich war es auch egal. Er hatte seine Position bezogen und würde keinen Rückzieher machen. Das hatte er in all den Jahren, die ich ihn nun schon kannte, noch nie getan. Manchmal glaubte ich, dass sein Starrsinn und seine Entschlossenheit, für das zu kämpfen, was er sich in den Kopf gesetzt hatte, die einzigen Gründe waren, aus denen er noch am Leben war.

»Mach dir keine Mühe. Wir sehen uns. Oder auch nicht«, murmelte er, tippte etwas ins Handy und sprang dann mit zwei großen Sätzen die Treppe runter.

Ich hörte, wie seine alten Turnschuhe dumpf auf dem groben

Beton aufkamen. Und während sich seine Schritte entfernten, blieb ich allein zurück und verfluchte ihn. Ich verfluchte Lilac, das elende New York, die ganze Welt. Aber am allermeisten verfluchte ich mich selbst.

Um mich herum waren unzählige Jogger, Leute, die ihre Hunde ausführten, und Obdachlose, die ihre Nacht auf einer der Bänke verbringen würden und sich schon jetzt den besten Schlafplatz sicherten. Trotzdem fühlte ich mich mitten im belebten Central Park einsam. Vermutlich schaffte es nur ein wirklich verkorkster Mensch, sich in einer der überfülltesten und lautesten Städte der Welt einsam zu fühlen. Wäre diese Tatsache nicht so düster, hätte ich gelacht. Aber in diesem Moment war mir nicht nach Lachen zumute, denn ich wusste, was dieses Gefühl bedeutete. Ich kannte diese Leere, diese Kälte in meinem Inneren. Sie war wie ein stetiger Begleiter, eine stumme Erinnerung an alles, was ich bereits erlebt und getan hatte. Und eine Warnung, dass ich im Begriff war, eine Grenze zu überschreiten, nach der es kein Zurück mehr geben würde. Die Frage war nur, ob ich dieses Mal auf meine innere Stimme hören würde.

In meinem bisherigen Leben hatte ich mir im wahrsten Sinne des Wortes Stück für Stück meine Seele herausgerissen, bis nichts mehr davon übrig gewesen war. Mein Gewissen zum Teufel gejagt, mich selbst mit jeder Tat mehr zerstört und war schließlich zu der Person geworden, die ich nun war. Ich war nicht besonders stolz darauf, aber ich hatte gelernt, damit umzugehen. Irgendwie. Manchmal gab es sogar Augenblicke, in denen sich die Dunkelheit für ein paar wertvolle Sekunden zurückzog und mich in Frieden ließ. Momente, in denen ich einfach nur dankbar war und beinahe so etwas wie Glück verspürte.

Glück darüber, dass ich noch lebte, obwohl ich dem Tod unzählige Male ins Gesicht gesehen hatte.

Glück darüber, dass ich eine Familie hatte – auch, wenn sie noch so kaputt war und nicht wusste, wer ich wirklich war.

Und Glück darüber, dass mich irgendeine abgedrehte Fügung in dieser einen Nacht damals zu Lilac geführt hatte.

Aber diese Augenblicke waren selten, winzig, wie ein doppelter Sechser im Lotto, und ich war auf dem besten Weg, auch die letzten verbliebenen Momente unwiederbringlich zu zerstören. Vielleicht sogar mutwillig. Einfach, um nicht mehr so tief zu fallen, wenn ich in der kalten Realität erwachte.

Ich zog mir die Kapuze meines Hoodies tiefer in die Stirn und versenkte die Hände in der Tasche meines Pullovers, ehe ich mich wieder in Bewegung setzte. Ich spürte die skeptischen Blicke der Passanten auf mir kribbeln und wich ihnen so gut es ging aus, während ich immer weiter nach Norden lief. Weg von dort, wo Lilac in ein paar Minuten sein Leben auf Spiel setzen würde. Es war fast halb zehn, und ich hatte möglichst viel Abstand zwischen die Brooklyn Bridge, sein hirnverbranntes Vorhaben und mich gebracht. Auch, wenn es mich innerlich zerriss und die Finsternis nur weiter anstachelte. Aber ich wollte nicht dort sein, wenn Lilac versagte. Wollte nicht mitansehen müssen, wie er an sich selbst und diesem Climb scheiterte, von der Polizei abgeführt oder, schlimmer noch, von einem Krankenwagen weggebracht wurde. Ich konnte das ganz einfach nicht. Vielleicht machte mich das zu einem Feigling oder einem Heuchler, weil ich einem kleinen Jungen vor einer scheinbaren Ewigkeit gesagt hatte, dass ich immer auf ihn aufpassen würde. Dass ich ihn beschützen und an seiner Seite sein würde, egal, was auch passierte.

Fuck.

Ich kam abrupt neben einer Bank zum Stehen und hob den Kopf. Eine junge Frau sprang bei meinem Anblick instinktiv auf und flüchtete in die entgegensetzte Richtung, als würde sie sich vor mir fürchten.

Gut so. Ich *war* gefährlich. Ich zerstörte. Und Menschen taten gut daran, sich von mir fernzuhalten. Diejenigen, die mir zu nahegekommen waren, hatten sich nicht nur ein bisschen an mir verbrannt. Von ihnen war nach der Begegnung mit mir schlichtweg nichts mehr übrig gewesen und die, die geblieben waren und es überlebt hatten …

Lilacs wütendes Gesicht schob sich vor meine Augen, der Ausdruck, mit dem er mich bedacht und die Anspannung, die in seinen Gliedern gezittert hatte. Herrgott noch mal, er war nicht bei der Sache. Er war es bei der Abklärung des Climbs mit Cams Lakaien nicht gewesen und er würde es bei der Aktion auf der Bridge auch nicht sein. Das bedeutete seinen sicheren Tod. Ich kannte ihn und wusste, wie er an Parkour heranging, seine Philosophie dahinter und seine mühelose Art, Hindernisse zu überwinden. Für ihn war es nicht nur ein Sport, es war seine Lebenseinstellung, die ihm in Fleisch und Blut übergegangen war. Etwas, das ihn aufrecht hielt, wenn ihn alles andere niederdrückte. Doch dieser Lilac war nicht derselbe, den ich heute auf der Baustelle vor mir gehabt hatte.

Kopfschüttelnd fixierte ich den Weg vor mir, der weiter in den Central Park hineinführte. Weiter weg von meinem Bruder, der Bridge, dem Climb, dem wohl größten Fehler, den er je begehen würde. Ich hatte ihm geschworen, auf ihn aufzupassen, ihn niemals im Stich zu lassen und über ihn zu wachen. Jahrelang hatte ich das getan. Hatte ihn vorwärtsgebracht, ihm gezeigt, dass es genügend andere Möglichkeiten für ihn gab, auch wenn das Glück nie auf seiner Seite gestanden hatte. Dafür hatte ich ihm den Rücken freigehalten. Immer. Ich zerstörte alles und jeden um mich herum, aber Lilac, den hatte ich nicht zerstört. Wir hatten einander überlebt und waren an der Gegenwart des anderen gewachsen. Ich hatte ihm auf die Beine geholfen, er hatte dasselbe für mich getan – auch, wenn ich das ihm gegenüber wahrscheinlich niemals offen zugeben würde.

Trotzdem war es die Wahrheit.

Der kleine Junge hätte die Nacht damals ohne meine Hilfe nicht überstanden, aber vermutlich wäre ich in den letzten Jahren genauso draufgegangen, wäre er nicht Teil meines Lebens gewesen. Und mit ihm die Aufgabe, ihn zu schützen. Sie hatte mich auf Kurs gehalten, wenn ich alles zum Teufel gejagt hatte. Sie hatte mich dazu gebracht, es besser machen zu wollen. Lil war stark genug gewesen, um bei mir bleiben, mich aushalten zu können, und er war auch jetzt stark genug. Aber nicht für das. Nicht für die Brooklyn Bridge.

Ich würde das nicht zulassen. Ich konnte und durfte das nicht zulassen. Oft genug hatte ich weggeschaut, weil es einfacher gewesen war. Doch dieses Mal würde ich nicht wegsehen. Nur über meine Leiche. Das war ich ihm und mir selbst schuldig.

Ich griff in die Hosentasche, fand mein iPhone und zog es hervor. Ohne darüber nachzudenken, wählte ich den Notruf und tat etwas, das mir Lil niemals verzeihen würde, sollte er jemals dahinterkommen.

»Notruf. Was kann ich für sie tun?«

Ich schloss die Augen und legte den Kopf in den Nacken. »Auf der Brooklyn Bridge findet gleich ein illegaler Climb statt. Und Tomber wird auch dort sein.«

Ohne auf eine Antwort zu warten, legte ich auf, zog die SIM-Karte aus meinem Handy und zertrat sie unter meiner Schuhsohle. Dann machte ich kehrt und lief in die entgegensetzte Richtung. Nach Süden. Zur Brücke.

Irgendwo heulten Sirenen auf und hallten in den Hochhäuserschluchten wider und ich betete, dass ich nicht längst zu spät war.

DAMALS

Just a Little Kid

Lilac, 10 Jahre, New York City

Ich drücke fester. Immer fester, aber es macht keinen Unterschied. Ich höre sie und ich höre ihn.

Ich höre ihre Schreie, ihr Wimmern, ihr Flehen und das Donnern seiner Stimme. Ich höre alles.

Irgendetwas kracht und die papierdünnen Wände erzittern. Ich frage mich, wie lange es noch dauert, bis dieses Loch, in dem wir wohnen, zusammenbricht, und ob es so schlimm wäre, wenn mir das Dach jetzt einfach auf den Kopf fallen würde. Macht doch eh keinen Unterschied, wenn wir darunter begraben werden. Niemand vermisst mich und niemand vermisst Mommy. Wir sind Dreck. Mehr nicht. Höchstens das, was unter den Schuhen irgendwelcher Bonzen klebt, keinen Blick wert. Das habe ich früh gelernt und werde es ganz sicher nicht mehr vergessen. Er hat es schließlich oft genug gesagt. Es immer wieder in mich reingeprügelt. Ich bin gebrandmarkt und ich bin Dreck und es wird niemand kommen, um mich vom Gegenteil zu überzeugen. Ich glaube ihm. Ich habe aufgehört, auf etwas zu hoffen, das sich niemals ändern wird.

Das stinkende, abgenutzte Kissen auf meinen Kopf gedrückt, sodass sich der letzte verbliebene Knopf in meine Haut bohrt, schließe ich die Augen. Das winzige Zimmer, eher eine versiffte Abstellkammer, in der ich schlafe, verschwindet, aber die Geräusche bleiben.

Ich höre das Klatschen, mit dem seine Hand auf meiner Mom landet, habe es vor Augen, ohne es sehen zu müssen. Das brauche ich nicht mehr, dafür habe ich es schon zu oft miterlebt. Habe es zu oft selbst gespürt. Ich weiß, wie es sich anfühlt. Wie sehr es brennt. Deswegen bin ich hier oben. Weil ich feige bin. Ein kleines, feiges Arschloch, *würde er sagen, mit einem schmierigen Grinsen im Gesicht, den fettigen, hellblonden Haaren und den versoffenen, aufgedunsenen Zügen. Dabei würde er sich an den Eiern kratzen und über die widerlichen Lippen fahren.*

Ich hasse ihn. Ich hasse ihn so sehr, dass es mir Angst macht und dennoch bleibe ich hier. Verkrieche mich, anstatt das Messer, das mir Josh zugesteckt hat, zu benutzen. Ich weiß, er hat es mir nicht gegeben, um jemanden umzubringen, sondern um mich zu verteidigen, aber ich kann den Gedanken, die Klinge in den fetten Bauch dieses Bastards zu stoßen, nicht verdrängen. Genauso wenig wie das Schluchzen meiner Mommy.

Meine Finger krallen sich in das Kissen, fester und fester, aber es ändert nichts. Die Bilder von meiner Mom bleiben, er *bleibt und das, was er mir angetan hat. Wieder und wieder. Es ist, als würde ich seine Finger noch immer auf mir spüren, seine heißen Zigarettenstummel, die mir die Haut versengt haben, die Scherben, die er mir ins Fleisch getrieben hat.*

Ich sehe das Messer, höre es nach mir rufen, während Mom unten nach mehr Drogen bettelt und sich dafür verkauft. Ich beiße die Zähne zusammen, ziehe die Beine an die Brust, mache mich ganz klein und versuche, das alles zu verdrängen.

Herrgott noch mal, Knirps, du bist noch ein Kind, okay? Niemand erwartet von dir, dass du die Welt rettest. Schon gar nicht deine Mutter. Die kannst du nicht mehr retten. Nur noch dich selbst, also bleib verdammt noch mal am Leben!

Joshs Stimme rauscht durch meinen Kopf, vermischt sich mit Moms weinerlichem Flehen und den derben Ausdrücken des Mistkerls.

Mein Schädel dröhnt, droht jeden Moment zu platzen. Ich presse das Kissen noch fester auf meinen Kopf.

Ich bin nie ein Kind gewesen!

Ich habe ihm diese Worte ins Gesicht geschleudert, obwohl ich kaum weiß, was sie bedeuten. Als wäre das Josh nicht auch so klar. Als wüsste er nicht, wie mein Leben aussieht. Er weiß fast alles. Fast. Er weiß von Mom, von dem Arschloch, von dem Drecksloch, das ich mein Zuhause nenne. Von dem, was ich tun muss, um zu überleben.

Etwas fliegt gegen die Wand, Glas klirrt und Mom schluchzt auf. Mein Herz zieht sich zusammen.

Warum bin ich noch hier? Warum verschwinde ich nicht einfach?

»Du hast nichts, Jane, und dein dreckiger Körper interessiert mich nicht mehr!«, höre ich den Bastard brüllen.

Wieder zittern die Wände. Wieder erschaudere ich, denn ich weiß, was jetzt kommt und ich fürchte mich davor. Fürchte mich so sehr, dass mir die Tränen kommen. Dass ich mir beinahe in die Hose mache, wie ein kleiner Scheißer.

Herrgott noch mal, du bist noch ein Kind.

»Mein Sohn. Ich habe noch meinen Sohn«, sagt meine Mom, bietet mich an. Ich sehe sie förmlich vor mir, wie sie die Beine des Drecksacks umklammert und fleht. Um Drogen bettelt, das Einzige, das sie am Leben hält und gleichzeitig immer mehr auslöscht.

Josh hat gesagt, dass Drogen Teufelszeug sind. Dass meine Mommy nicht meine Mommy ist, wenn sie Drogen nimmt und nicht weiß, was sie tut. Ich liebe meine Mom, deswegen hoffe ich, dass Josh recht hat. Dass sie nicht weiß, was sie mir antut.

In mir wird alles ruhig, erstarrt, als ich sein finsteres Lachen höre. Und weiß, was es bedeutet.

Dann wird meine Tür aufgerissen, Licht blendet mich und dagegen zeichnet sich das schlimmste Ungeheuer ab, das ich je zu Gesicht bekommen habe.

KAPITEL 3

Welcome to My Broken Boulevard

Mira

Was zum Teufel …?

Was zum Teufel hatte ich mir dabei gedacht, dieses Thema kurz vor einem der wohl wichtigsten Vorträge meiner noch jungen Karriere anzusprechen?

Warum hatte ich nicht einfach den Rand gehalten, anstatt Elis und meine Arbeit mit diesen wenigen Worten zunichtezumachen?

Warum hatte ich meinen Drang, immer auf alles eine Antwort zu bekommen, nicht ein einziges Mal runterschlucken können?

Aber die wohl noch viel wichtigere Frage war: Was zum Teufel hatte sich *Dad* dabei gedacht, mich neunzehn Jahre lang zu belügen? *Neunzehn Jahre.*

Ich zog die Beine an und legte meinen Kopf auf die Knie. Kniff die Augen so fest zusammen, dass kleine bunte Punkte davor zu tanzen begannen, die im extremen Kontrast zu der wirbelnden Dunkelheit in mir standen. Vielleicht würde das ja alles verschwinden, wenn ich es mir nur lang genug einreden und mich in der Finsternis hinter meinen geschlossenen Lidern verstecken würde. Zugegeben, es war nicht sehr wahrscheinlich, aber wie pflegte mein Vater so schön zu sagen? Ich lebte ohnehin viel zu oft in meiner Fantasiewelt, da konnte ich genauso gut auf Wahrscheinlichkeiten pfeifen. Und wie es aussah, hatte Dad damit auch vollkommen richtig gelegen: Mein ganzes Leben war ein einziges Hirngespinst, das er nur erfunden hatte.

Er und meine Mutter.

Der Gedanke stieß mir sauer auf und ließ mich das Gesicht verziehen. Nicht, weil er so abwegig war, sondern einfach ungewohnt. Ich hatte nie viel über meine Mom nachgedacht. Aus dem schlichten Grund, dass sie für mich nie wirklich existiert hatte.

Meine Mutter war nur eine flüchtige Erscheinung gewesen, die nie eine große Rolle in meinem Leben gespielt hatte. Ein bisschen wie eine Figur, die man aus dem Spiel genommen hatte. Und ich hatte sie nie vermisst oder gebraucht. Ich hatte Dad, unseren Hund Flex, meine besten Freunde und Maple Creek. Das war mein Leben, und ich war zufrieden damit. Klar, mir war bewusst, dass ich eine Mutter hatte – alleine schon aus biologischen Gründen –, aber ich hatte sie nie kennengelernt, und Dad hatte auch nie ein Wort mehr als nötig über sie verloren.

Mit fünf Jahren hatte ich dann doch nachgefragt, wo meine Mommy war, weil jeder, den ich kannte, eine Mom hatte. Meine beste Freundin Tami sogar zwei, nur ich eben nicht. Mein Vater hatte mir damals erklärt, dass sie nicht mit uns zusammenleben wollte. Später, als ich älter gewesen war, hatte er es noch einmal deutlicher auf den Punkt gebracht: Mom war kurz nach meiner Geburt abgehauen, ist mit einem anderen Kerl durchgebrannt, der ihre selbstzerstörerische Art unterstützt hatte – im Gegensatz zu meinem überordentlichen Dad.

Harte Worte, die mich damals wie heute von jeder weiteren Nachfrage abgehalten hatten. Vielleicht war das immer seine Absicht dahinter gewesen. Keine Fragen stellen, nicht weiterbohren. Es stehen lassen, wie es war. Und es hatte funktioniert.

Bis jetzt. Denn jetzt begann ich, Fragen zu stellen. Ich fragte mich, was an Dads Geschichte überhaupt dran war. Ob meine Mom uns wirklich verlassen und was er mir all die Jahre über verschwiegen hatte.

Ich biss die Zähne zusammen und legte den Kopf in den Nacken. Über mir breitete sich der graublaue Himmel Maple Creeks aus, einzelne Schleierwolken zogen vorüber wie ungeordnete Pinselstriche, die nie zu Ende geführt worden waren. Der Geruch nach frischen Blättern, Herbst und Kaminrauch lag in der Luft. Um mich herum rauschte der frische Septemberwind in den Ahornbäumen unter mir und verwirbelte einzelne Strähnen meiner Haare vor meinen Augen.

Wie konntest du nur, Dad?

Ich spürte, wie Tränen in mir aufstiegen und fuhr mir rücksichtslos mit dem Pulloverärmel übers Gesicht. Wieder und wieder, aber das Brennen wollte nicht verschwinden. Genauso wenig, wie der stechende Schmerz in meiner Brust, den mir mein Vater mit seinem Ausdruck in den Augen und den wenigen Worten versetzt hatte. Wenn ich dieses verdammte Schreiben doch nie gefunden hätte …

Ich schluckte gegen das Schluchzen an, das in meiner Kehle saß, und starrte mit verschwommenem Blick auf die nassen Flecken, die meine Tränen auf dem Kleid hinterließen. Stumme Zeugen meines Kummers. Wütend wischte ich sie fort, aber sie liefen einfach weiter und erinnerten mich unaufhörlich daran, dass mein Leben gerade innerhalb von Sekundenbruchteilen in unzählige Scherben zerbrochen war. Bisher hatte ich angenommen, dass dafür mehr nötig war. Ein großes Ereignis, irgendetwas, das viel Lärm machte und sichtbaren Schaden hinterließ. Doch ich hatte mich geirrt. Zerstörung kam unangekündigt und schweigend. Unglück schlich sich lautlos auf stillen Pfoten von hinten heran und überraschte dich eiskalt.

Erschaudernd zog ich mir die Ärmel weiter über die Hände und schloss meine Finger dann wieder um die Umrandung des Dachs, auf dem ich saß. Meine Füße baumelten gute zwanzig Meter über dem Hof vor dem Indiana-Building. Mit seinen Türmchen und Giebeln gefiel es mir am besten, und das zugängliche Dach, auf dem ich mich zu gern versteckte, war definitiv ein weiterer Pluspunkt.

Ich beugte mich weiter nach vorn und sah nach unten. Auf dem halbmondförmigen Platz vor dem Gebäude standen einige Bänke um Bäume herum, verfärbte Blätter lagen auf dem Pflaster, und von hier oben wirkte es, als hätte jemand Farbspritzer über die grauen Steine verteilt.

Im nächsten Moment hörte ich hinter mir das leise Quietschen einer Tür, dann knirschende Schritte, die sich langsam über den Kies bewegten.

»Ich wusste, ich finde dich hier oben. Du wirst dich jetzt aber nicht für die nächsten Wochen auf dem Dach verschanzen, oder?« Die Frage war als Scherz gemeint, aber ich hörte die Besorgnis in seinen Worten. Mit einem leisen Seufzen ließ Elias sich neben mir nieder und zog ein Bein an, den Blick genauso nach unten gerichtet wie ich.

»Nein.« Meine Antwort war nicht mehr als ein leises Murmeln. Hastig wischte ich mir ein weiteres Mal über die Augen und vermutete, dass ich längst wie ein Pandabär auf Bambusentzug aussehen musste. »Eli, es tut mir leid.«

Mein bester Freund machte eine abwinkende Handbewegung und atmete dann hörbar aus. »Das muss es nicht. Und hättest du es mir schon vor deinem Haus gesagt, hätten wir erst gar nicht hier aufkreuzen müssen, Mira.« Er fuhr sich durch die hoffnungslos verstrubbelten Locken. »Das war es, was dich vorhin so aufgewühlt hat, oder? Deswegen warst du so merkwürdig.«

Ich sah ihn von der Seite an und nickte. »Der Vortrag ist – *war* – wichtig.«

»Ja, aber du bist wichtiger. Und dieser Lilac. Erzählst du mir jetzt, was genau passiert ist?«

Meine Finger zitterten ein kleines bisschen, als ich mir einige Haarsträhnen hinter die Ohren schob und meine rote französische Wollmütze über die Haare zog. »Sag du mir erst, was da unten los ist. Wie schlimm ist es?«

Eli verzog das Gesicht. »Du hattest schon immer eine selbstzerstörerische Ader. Aber ich kann dich beruhigen, dein Dad betreibt Schadensbegrenzung und unser Professor versucht den Forschungsausschuss davon zu überzeugen, uns einen Nachholtermin zu genehmigen. Wie auch immer, das ist doch jetzt völlig nebensächlich. Wie kann es sein, dass du einen *Zwillingsbruder* hast?«

Elias war der sensibelste und empathischste Mensch, den ich kannte. Für ihn kamen diejenigen, die ihm am Herzen lagen, immer an erster Stelle und er selbst erst ganz zum Schluss. Egal, worum es ging. Einer der Gründe, warum ich ihn so liebte – und gleichzeitig fürchtete. Seine Art brachte einen dazu, alles preiszugeben zu wollen, die innersten Gefühle und Geheimnisse, unabhängig davon, wie schmerzhaft und dunkel sie auch waren.

»Soll ich ehrlich sein? Ich weiß es nicht.«

Eli hob eine Augenbraue und sah mich lange an, dann fuhr er sich übers Kinn. »Ich dachte immer, deine Mom …«

»Das habe ich auch gedacht. Dad hat gesagt, sie sei abgehauen, wie vom Erdboden verschluckt und hätte nie wieder ein Lebenszeichen von sich gegeben oder Interesse an mir gezeigt.« Das Brennen in meinen Augen kehrte mit einem Schlag zurück. Zu denken, dass Mom für mich eine fremde Person war, war eine Sache, es nun meinem besten Freund gegenüber laut auszusprechen eine ganz andere. Es holte einen längst vergessen geglaubten Schmerz aus meinen Tiefen hervor, der sich unweigerlich in meine Brust grub. Genau davor hatte ich solche Angst gehabt.

»Dad hat nie von ihr gesprochen, geschweige denn von einem Geschwisterchen oder einem Zwillingsbruder. Ich hatte keine Ahnung.«

Ein sanfter Ausdruck trat auf Elis Züge, dann griff er nach einer meiner verkrampften Hände und verschränkte unsere Finger miteinander. »Und wie kam dieses Thema dann an die Oberfläche?«

Ironischerweise sprudelte ein trockenes Lachen über meine Lippen. »Peony braucht für den neuen Arbeitsvertrag im Laden meine Geburtsurkunde. Also habe ich in Dads Unterlagen danach gesucht und bin auf einen Brief gestoßen, der mir quasi in den Schoß gefallen ist. Zusammen mit einer älteren Version meiner Geburtsurkunde, in der der Name Lilac neben meinem auftaucht. Derselbe

Geburtstag, fast dieselbe Uhrzeit. Dieselben Eltern.« Mit einem freudlosen Lächeln zupfte ich am Saum meines Kleides. »Der Brief ist von einem Familienanwalt namens Harald Plankeys, in dem er etwas von einem Lilac Henningway und seiner Festnahme schreibt.« Der Name schmeckte fremd in meinem Mund und gleichzeitig auf seltsame Art und Weise richtig. Ich drückte Elis Finger fester.

»Und weiter?«, hakte er behutsam nach und runzelte die Stirn.

Ich holte tief Luft und rief mir den Inhalt vor Augen. »Der Anwalt hat nicht viel geschrieben. Nur ein paar knappe Worte zu der allgemeinen Situation und dass Dad dabei eine Rolle spielt. Da Lilac noch keine einundzwanzig ist, hat sich Plankeys vor Gericht auf vermindertes Strafmaß berufen, und in diesem Fall ist die Anwesenheit eines Erziehungsberechtigten erforderlich, um den Prozess abzuschließen.« Meine Stimme klang seltsam tonlos und unbeteiligt. Und trotzdem hörte ich die Bitterkeit in jeder einzelnen Silbe. »Bisher hat Lilac anscheinend immer seine Mutter – *unsere* Mutter – Jane Henningway angegeben. Aber Jane ist vor acht Jahren gestorben. Heroin.«

Ich wusste, ich sollte irgendetwas fühlen. Bedauern, Trauer, Mitgefühl, aber das Einzige, was in mir pochte, waren Wut und diese zermürbende Leere. Die Fassungslosigkeit darüber, wie sich meine ganze Welt innerhalb eines Wimpernschlags auf den Kopf gestellt hatte.

Das alles klang wie das Leben eines Fremden: Gericht – Anwalt – Tod – Drogen – Jane. Diese Worte hatte es nie in meinem Alltag gegeben, sie gehörten nicht hierher, und ehrlich gesagt hatte ich eine Heidenangst davor, was sie alles noch verändern würden.

Elias gab ein unverständliches Gemurmel von sich, das verdächtig nach einer Reihe von französischen Flüchen klang. Nur, wenn er wirklich aufgebracht war, kehrte er zur Muttersprache seines Vater zurück. Dann räusperte er sich vernehmlich. »Wenn ich das richtig sehe, kann es genauso gut sein, dass dieser Lilac gar nicht dein Bruder ist. Was ist, wenn die Geburtsurkunde gefälscht ist? Schließlich hast du eine, in der er mit keinem Sterbenswörtchen erwähnt wird.«

»Dad hat es nicht bestritten. Außerdem hat er Plankeys schon mit einer Bestätigung geantwortet und um ein weiterführendes Telefonat gebeten.«

»Das beweist gar nichts.«

Ich runzelte die Stirn, sah auf unsere ineinander verschränkten Finger herab und schüttelte resigniert den Kopf. »Nein, aber sein Gesichtsausdruck hat es bewiesen. Er wusste von Lilac und der Urkunde. Und vermutlich auch von Janes Tod. Er wusste es, aber hat nie ein Wort darüber verloren.« Meine Stimme war immer lauter geworden. »Warum, Eli? Warum hat er nie etwas gesagt?«

Hätte er überhaupt jemals etwas gesagt, wenn ich ihn nicht auf diesen Brief angesprochen hätte?

Mein bester Freund musterte mich noch eine Sekunde länger, dann zog er mich wortlos an seine Brust, sodass ich von seiner Wärme und seinem Geruch eingehüllt wurde. Am liebsten wäre ich für immer hiergeblieben. Auf dem Dach, mit Eli, der mich vor dem Rest der Welt abschirmte, in die ich plötzlich nicht mehr zu passen schien.

»Dein Dad ist einer von den Guten. Ich bin mir sicher, es gibt einen triftigen Grund für sein Schweigen, und wenn du ihn darauf ansprichst, dann wird er es dir mit Sicherheit erklären. Du musst ihm nur die Chance dazu geben.«

Das machte es nicht besser. Ganz und gar nicht. Und ich wusste beim besten Willen nicht, was mein Vater sagen könnte, um diese Situation irgendwie zurück in die richtige Bahn zu lenken. Denn für so etwas gab es keine einfache Erklärung oder Entschuldigung. So etwas passierte nicht in einem stinknormalen Leben. Und schon gar nicht in meinem.

Eli drückte mich fester an sich, als würde er die Unruhe, die sich in mir zusammenbraute, spüren. »Sprich mit ihm, Mira. Irgendwann wirst du es ohnehin tun müssen, und wenn ihr es nicht bald hinter euch bringt, dann wird es euch beide zerfressen.«

Elias hatte recht. Das hatte er in solchen Angelegenheiten eigentlich immer, dennoch schob ich das Gespräch mit Dad noch ein bisschen auf und erlaubte mir, mich erst einmal in dem Chaos, das dieser Brief angerichtet hatte, selbst wiederzufinden.

In meinem Fall bedeutete das, dass ich mich in alles stürzte, *außer* dem Offensichtlichen. Verdrängung war nie eine besonders effektive Methode, sich mit einem Berg an Problemen auseinanderzusetzen, aber für einen kurzen Augenblick half es. Beinahe wie bei einem Mückenstich: Es juckte schrecklich, und wenn man dem Drang zu kratzen nachgab, wurde es für einen Moment besser – bevor es dann umso schlimmer wurde.

Ich tat es trotzdem, ich *kratzte*. Ich schob Dad, den Brief, Jane und Lilac zur Seite, verscharrte sie in einem der hintersten Winkel meines Kopfes und stürzte mich stattdessen in ein Problem von einem ganz anderen Kaliber. Ein Problem, das ich mir freiwillig aufgehalst hatte und abgöttisch liebte.

Also fuhr ich nach dem gescheiterten Vortrag und meiner Flucht auf das Dach der Universität nicht nach Hause, um mich dort zu vergraben, sondern bat Eli, mich früher zu *Maple's Adventures* zu bringen. Meine Chefin Peony beschwerte sich nicht, als ich fast zwei Stunden vor Beginn meiner Schicht auftauchte und band mich, ohne Fragen zu stellen, in die Aufgaben des Tagesgeschäfts ein. Ich hätte sie dafür küssen können, dass sie mich weder auf meine geröteten Augen noch auf meine angespannte Haltung ansprach und mir stattdessen nur eine ellenlange Arbeitsliste überreichte. Als wüsste sie nur zu gut, dass ich jetzt eine Ablenkung brauchte, bei der ich nicht viel nachdenken musste.

Mit jedem Punkt, den ich konzentriert auf der To-do-Liste des Shops abarbeitete, rückte ich ein Stück von dem Abgrund, der sich in mir aufgetan hatte, weg. Der Druck auf meiner Brust ließ langsam nach, und ich hatte das Gefühl, das erste Mal seit heute Morgen endlich wieder etwas freier atmen zu können. Ich kümmerte mich um Kunden, die sich für das kommende Wochenende Ausrüstung ausleihen wollten. Gab Tipps für die besten Wanderrouten in der Region und fand für eine begeisterte Kletterin aus Kalifornien einen neuen Klettergurt. Ihr alter war ihrer Katze zum Opfer gefallen, nachdem diese daraus kurzerhand ein neues Spielzeug gemacht hatte.

Während dieser wundervollen Stunden wanderten meine Gedanken nicht einmal zu Dad, Lilac oder dem Chaos, das ich in der Uni hinterlassen hatte. Beinahe, als wäre ich wieder an meinem magischen Ort beim Mirror Lake.

»Und du bist sicher, dass du das hinbekommst?« Peony, die zusammen mit ihrem Mann Sven das Outdoorgeschäft *Maple's Adventures* führte, stemmte die Hände in ihre zunehmend fülliger werdende Hüfte und sah mich eindringlich an. Selbst die steile Falte zwischen ihren beinahe weißen Augenbrauen konnte das Leuchten in ihren hellen Augen nicht dämpfen, das nur schwangere Frauen umgab. Und Peony war eine besonders hübsche Schwangere.

Mittlerweile war es kurz vor Ladenschluss, draußen längst dunkel und ich todmüde von dem langen Tag auf den Beinen. Trotzdem nickte ich und zupfte das dunkelgrüne Shirt mit dem Logo des Ladens zurecht, das ich unter einem offenen, karierten Hemd trug. »Ist ja nicht das erste Mal, oder? Ich komme schon klar.«

Sie lächelte und strich sich über die Babykugel unter dem XXL-T-Shirt, auf dem dieselbe Zeichnung prangte. Selbst kurz vor der Geburt stand sie immer noch im Laden und hielt alle Fäden in der Hand, aber ehrlich gesagt hätte mich alles andere auch gewundert. Peony war nicht der Typ Frau, der sich von so etwas *Lapidarem* wie einer Schwangerschaft vom *richtigen Leben* abhalten ließ. Ihre Worte, nicht meine. Sie war nur eins sechzig groß, aber es steckt mehr Power in ihr als in den meisten anderen Menschen, die ich kannte – Tami einmal ausgenommen, aber meine beste Freundin spielte auch in einer Liga für sich.

»Daran zweifle ich auch nicht. Vielmehr an unserem neuesten Fang hier. Du hast schließlich auch nur zwei Hände und heute schon viel zu viel gearbeitet.«

Beinahe synchron wanderten unsere Blicke zu Ralph, dem fünfzehnjährigen Neffen von Sven, der hier in den Ferien ausgeholfen hatte und nach gut fünf Wochen noch immer so wirkte, als hätte er keinen Plan von dem, was er tat.

Ich schob die Inventarliste zur Seite und legte beruhigend eine Hand auf ihre Schulter. »Mach dir keine Gedanken. Fahrt zu dem Termin und schaut nach dem Baby. Und währenddessen habe ich

Maple's Adventures fest im Griff. Du kannst dich auf mich verlassen, das weißt du doch.«

Die Anspannung blieb noch einen Moment länger in ihren Zügen, dann wich sie zusammen mit einem Seufzen ihrem strahlenden Lächeln. »Du hast ja recht, Mira, keine Ahnung, warum ich mich plötzlich so anstelle. Das muss an den Hormonen liegen. Vielleicht werde ich auch einfach melancholisch. Oder was weiß ich?« Peony unterbrach sich für ein kurzes Lachen und warf die Arme in die Luft. »Falls doch etwas ist, wir sind erreichbar. Unsere Nummern hast du ja.«

Ich nahm die Liste wieder auf und deutete in Richtung Schaufenster, wo Sven gerade mit ihrem dunkelblauen Kombi vorfuhr und uns zuwinkte. »Fahr schon.«

Meine Chefin, die nur knapp zehn Jahre älter war als ich, strich sich einmal durch die schulterlangen, weißblonden Haare und nickte. »Bin schon weg.«

Mit einem letzten prüfenden Blick, der wirkte, als würde sie den Laden für Jahre verlassen und nicht nur für ein paar Stunden, griff sie nach ihrer Handtasche und ging in Richtung Ausgang.

Schmunzelnd lehnte ich mich an den Tresen und schüttelte den Kopf. Wie würde das erst werden, wenn das Baby da wäre?

Eine Hand an der Türklinke, über der ein kleines Glockenspiel hing, hielt Peony noch einmal inne und drehte sich zu mir um. »Vergiss die Vorbereitung für das Wochenende nicht. Ich habe heute Morgen noch einmal mit Mr Bellanger gesprochen. Es gibt ein paar Änderungen – ist aber alles auf dem Desktop gespeichert.«

»*Geh*, Peony", erwiderte ich grinsend und machte eine Geste, als wollte ich eine Fliege rausscheuchen.

Wieder erklang ihr leises Lachen, dann schloss sie die Tür hinter sich und verschwand mit wehenden Haaren aus dem Laden. Durch das Fenster verfolgte ich, wie Sven sie in Empfang nahm und die Beifahrertür für sie öffnete, ehe er sich selbst hinters Steuer setzte und vom Parkplatz des Outdoorshops fuhr.

»Wo soll ich die neuen Schwimmwesten einordnen?« Ralph, der anscheinend irgendwo im Stimmbruch hängen geblieben war, riss mich aus meiner Starre und ließ mich herumwirbeln. »Es sind ja andere als der bisherige Bestand, aber wir haben noch ein paar aus der letzten Bestellung, die nicht zu diesen hier passen.« Hilflos – anders konnte man es nicht ausdrücken – hob er den bunten Karton in seinen Händen und sah mich mit großen Augen an, als wüsste ich die Antwort auf alle Fragen dieser Welt.

Wenn dem mal so wäre …

Ich unterdrückte das Seufzen, das in meiner Kehle juckte, und legte meine Liste ein weiteres Mal zur Seite. Mit geübtem Blick überflog ich die Bestellposten und schob die große Brille, die ich zum Arbeiten trug, auf meiner Nase hoch.

»Du räumst sie genauso ein wie die anderen Materialien, die heute geliefert wurden.«

Dieser Hinweis schien ihn keinen Deut weiterzubringen und ich fragte mich ein weiteres Mal, warum Sven und Peony ihn überhaupt so lange hier arbeiten ließen. Durch Ralph hatten wir deutlich mehr zu tun als ohne ihn, obwohl er eigentlich eine Entlastung hätte sein sollen.

»Okay. Ich erkläre es dir noch mal. Pack die Westen in die entsprechenden Regale hinter den noch vorhandenen Bestand. Das, was nicht reinpasst, räumst du ins Lager, und schau, dass alte Bestände im Lager zuerst aufgebraucht werden, bevor du die neuen in den Verkaufsraum bringst. Alles klar?«

Seine Miene, in der noch immer kindliche Züge lagen, hellte sich merklich auf und ich hatte das Gefühl, dass nicht mehr viel fehlte und er hätte salutiert. Mit neuem Schwung, der nicht lange halten würde – das wusste ich aus Erfahrung –, lief er mit dem Karton davon. Ich sah seiner schlaksigen, großen Gestalt mit den etwas zu langen schwarzen Haaren nach, über die er eine ausgeblichene *Maple's-Adventure*-Cap trug. Ralph war definitiv die ultimative Waffe, um meine Geduld zu trainieren.

Kopfschüttelnd wandte ich mich ab und widmete mich wieder meiner aktuellen Aufgabe. Unter normalen Umständen überließ ich die Inventur meistens Bash – mit dem ich mir den Teilzeitjob teilte –, doch für den heutigen Tag war das Zählen von Angelködern, Faltbooten, Karabinern und Kletterexen genau das Richtige. Über den iMac, der als Kasse und Computer für den Shop diente, stellte ich die Musik etwas lauter und machte mich, bewaffnet mit Liste, Stift und Scanner, an das erste Regal.

Irgendwo im Laden hörte ich Ralph leise mitsingen und musste bei seiner schrägen Version von *Kings & Queens* von Ava Max kichern, während ich das nächste Fach ins Visier nahm. Meine Finger flogen über die Tasten und tippten die aktuellen Zahlen ein, während ich mit den Füßen im Takt des neuen Songs mittippte und beinahe die Türglocke überhört hätte.

»Mirella Elisabeth Aberdeen!«

Gut, die Türglocke hätte ich noch überhören können, aber diese Stimme ganz sicher nicht. Selbst, wenn ich gewollt hätte.

Nur einen Sekundenbruchteil später kam meine beste Freundin, die einer Naturgewalt aus rosafarbenen Haaren und bunten Doc Martens glich, auf mich zugestürmt und riss mich in eine schwungvolle Umarmung.

Ich stieß ein überraschtes Lachen aus und drückte sie fest an mich.

»Schaust du denn gar nicht auf dein Handy?« Tami schob mich eine knappe Unterarmlänge von sich und sah mich aufmerksam an. »Eli lässt diese Bombe mit deinem Zwillingsbruder platzen und dann erreiche ich dich nicht. Ich dachte schon, du hängst in einem Graben oder wärst in den Bergen verschollen.«

Das, was mein bester Freund an Sensibilität zu viel besaß, machte Tami mit Theatralik und ihrer ziemlich direkten Art allemal wett. Ich hatte noch nie erlebt, dass sie bei irgendeiner Sache ein Blatt vor den Mund genommen hatte – auch dann nicht, wenn es vielleicht gut gewesen wäre. So wie in diesem Moment, wo sie mit einem einzigen Satz meine wundervolle Blase der Verdrängung zum Platzen brachte.

»Hi, Tami, ich freue mich auch, dich zu sehen! Wie war Florida? Hast du mir etwas Schönes mitgebracht?«

»Oh, nein.« Sie verschränkte abwehrend die braun gebrannten Arme vor dem gestreiften Jumpsuit und sah mich mit strengem Blick an. Zwar hatten wir uns jetzt ein paar Wochen lang nicht gesehen, doch Tami hatte sich in dieser Zeit ganz offensichtlich kein Stück verändert. Ihr exzentrischer, schriller Kleidungsstil war derselbe geblieben, genauso wie die sanfte Strenge in ihren braunen Augen, mit der sie mich gerade bedachte. »Damit fangen wir jetzt erst gar nicht an. Ich will *alles* wissen. Eli ist nämlich mit keinem einzigen Detail rausgerückt, dieser Verräter.«

»Einen Versuch war es wert. Ändert es etwas, wenn ich dir sage, dass ich nicht darüber reden möchte?«, startete ich einen letzten verzweifelten Versuch, obwohl ich längst wusste, dass ich damit nichts erreichen würde.

»Nope.«

Ich warf ihr einen schiefen Blick zu und ließ die Schultern sinken. »Lass mich den Laden abschließen, dann können wir in Ruhe reden, und im Gegenzug erzählst du mir alles von Florida. Deal?«

Ihre Augen begannen auf ganz bestimmte Tami-Weise zu leuchten. Sie witterte einen unserer legendären Mädelsabende, auf die wir in diesem Sommer viel zu lange verzichten mussten. Vermutlich plante sie ihn bereits bis ins letzte Detail in ihrem Kopf – inklusive Knabberzeug, Kuscheldecke und Lichterketten-Romantik.

»Deal«, erwiderte sie, ohne zu zögern, setzte ihren bunten Kånken ab und schwang sich auf den Tresen.

Während ich meine Abschlussroutine durchlief, Ralph letzte Aufgaben für den kommenden Tag gab und ihn schließlich entließ, begann Tami zu erzählen. Dabei ließ sie ihre Füße, die in einer schwarzen Netzstrumpfhose und weißen Doc Martens steckten, herabbaumeln und kam nicht ein einziges Mal ins Stocken. Ohne Pause erzählte sie von allem, was sie am anderen Ende des Landes erlebt hatte, und schmückte es mit den wildesten Anekdoten aus. Sie sprach von Alligatoren, heißen Typen, Stränden und dem warmen Meer und beschrieb es in so schillernden Farben, dass ich ihre Erinnerungen quasi noch einmal mit ihr erleben konnte.

Ich wusste, warum Tami das tat. Warum sie länger als nötig von dem guten Kaffee dort schwärmte, von den offenen Menschen und dem Festival, das sie mit ein paar neuen Freunden besucht hatte. Es war ihre Art, mir beizustehen.

Natürlich brannte sie darauf, zu erfahren, was passiert war, aber sie war auch meine beste Freundin und wusste, was die dunklen Schatten unter meinen Augen bedeuteten. Sie wusste, dass mein Lächeln, meine Hände, die ich nicht für eine Sekunde stillhalten konnten, ein stummer Hilferuf waren. Eine Bitte, mir noch etwas mehr Zeit zu geben. Also gab Tami alles, um mir diese Zeit zu verschaffen.

Doch bei manchen Dingen war selbst *alles* einfach nicht genug.

KAPITEL 4

Together on the Highway to Hell

Joshka

Er würde mich umbringen.

Ich hatte schon einige Scheiße verzapft und war Lil das eine oder andere Mal ziemlich in seine Parade gefahren. Aber das? Das übertraf alle meine bisherigen Aktionen bei Weitem. Und im Gegensatz zu den meisten anderen Fällen hatte ich es heute mit voller Absicht gemacht. Wenn er jemals dahinterkommen sollte, dass ich derjenige gewesen war, der ihm diesen Mist eingebrockt hatte, dann wäre ich fällig, keine Frage. Und dabei würde es keine Rolle für ihn spielen, dass ich ihm damit vermutlich sein Leben gerettet hatte. Mal wieder.

Ich atmete langsam aus, fuhr mir durch die verschwitzten Haare und blickte auf. Um mich herum tobte das reinste Chaos – und ich war der Auslöser dafür gewesen. Es war erstaunlich, was ein paar Worte anrichten konnten, wenn es nur die passenden zur richtigen Zeit waren. Auf der anderen Seite sollte es mich eigentlich nicht wundern, dass dem so war. Im Endeffekt waren die Behörden auch nichts anderes als Maschinen, die mit den richtigen Befehlen nach dem eigenen Willen programmiert werden konnten. Man musste nur wissen, wie.

Das hohe Schrillen von Sirenen füllte die Nacht, blau-rote Lichter fluteten die Dunkelheit, so weit das Auge reichte, und verwandelten die Brooklyn Bridge in ein abstruses Kunstwerk. Unzählige Menschen hatten sich um die Fahrzeuge und Absperrungen versammelt und hielten die Szene mit ihren Handys fest. Selbst die Presse war da.

Ich spürte, wie sich meine Lippen zu einem schiefen Grinsen verzogen. Es hatte ein winziger Hinweis gereicht, die Erwähnung eines Namens und des Ortes, und schon waren sie in Scharen ausgerückt: Bullen, Spezialeinheiten, Feuerwehr und Krankenwagen. Sie hatten, ohne zu zögern, ihre Show abgezogen, das volle Programm mit Absperrungen, Flutlichtern und einem ganzen Aufgebot an Gesetzeshütern – und doch war alles völlig umsonst gewesen. Zumindest aus ihrer Sicht.

Von meinem Standpunkt aus hatten sie alles richtig gemacht und exakt das getan, was ich erreichen wollte. Die Polizei hatte den Climb gesprengt und Lilac davon abgehalten, ihn durchzuziehen. Es war beinahe ironisch, dass sie ahnungslos immer noch nach meiner Pfeife tanzten, obwohl ich schon lange nicht mehr auf dem Posten spielte, den ich mir vor Jahren unter den Nagel gerissen hatte. Aber schließlich wussten das die Beamten nicht. Mit der Hoffnung auf den großen Fang waren sie dem kleinen Köder gefolgt, ohne zu wissen, dass ich längst unterhalb ihres Radars schwamm. Zu gern würde ich ihre Gesichter sehen, wenn ihnen jemand steckte, dass ich genau hier vor ihrer Nase stand und sie mit meinem eigenen Namen hergelockt hatte. In den vergangenen Jahren hatten sie mir unzählige Fallen gestellt und jetzt waren sie ausgerechnet in eine von meinen getappt.

Für einen Moment malte ich mir aus, wie es wäre, mich den beiden Hauptermittlern zu zeigen und eine neue Runde des Katz-und-Maus-Spiels zu starten, aber selbst ich hatte meine Vorsätze und Regeln. Dieses Kapitel war seit ein paar Monaten Geschichte, und ich hatte mit diesem Teil meines Lebens abgeschlossen. Auch, wenn das viele in der Szene nicht so sahen.

Ich schob die Gedanken resolut zur Seite und streckte mich, um einen besseren Überblick zu bekommen. Immer wieder blitzten Handykameras auf, Gesprächsfetzen flogen zu mir, während ich mich durch die Menge bewegte. Näher an die Absperrung. Näher an das Zentrum des Chaos. Lautes Hupen und genervte Rufe vermischten sich mit den ohrenbetäubenden Sirenen zu einer disharmonischen Symphonie, die mich breit grinsen ließ, als ich mein Werk betrachtete. Schwer zu sagen, was das über mich aussagte, aber eigentlich war es mir auch egal.

Langsam quetschte ich mich durch die ganzen Gaffer, ohne auf die Ellenbogen und Beschimpfungen zu achten, die mir folgten. Vorbei an Zelten, die die örtliche Presse innerhalb weniger Minuten aufgebaut hatte, und Vans, die zu den größten Nachrichtensendern gehörten. Aber ganz gleich, ob kleiner Paparazzo oder schicke Nachrichtenmoderatorin, sie waren alle aus demselben Grund hier: der Hoffnung, endlich einen Blick auf den berüchtigtsten Climber aus New York City zu erhaschen, der vor keinem Gesetz haltmachte und ihnen allen seit Jahren auf der Nase herumtanzte. Er war ein Phänomen, ihr Jackpot, für den sie alles stehen und liegen ließen.

Nur änderte das nicht das Geringste.

Sie würden ihn nicht vor die Linse bekommen.

Sie würden *mich* nicht vor die Linse bekommen.

Voll grimmiger Genugtuung biss ich die Zähne zusammen und kämpfte mich weiter vorwärts, wobei ich fast gegen ein Stabmikrofon gestoßen wäre.

Im Zentrum standen drei Streifenwagen und ein kleiner Polizeibus. Ich ging jede Wette ein, dass dort bereits einige Jungs aus der New Yorker Untergrund-Szene in Handschellen saßen und sich dafür verfluchten, hier aufgekreuzt zu sein. Geschah den Mistkerlen recht. Eine der obersten Regeln lautete schließlich, illegale Climbs und die dazugehörigen Geschäfte an versteckten Orten durchzuziehen und nicht auf der verdammten Brooklyn Bridge. Aber eigentlich waren mir diese Typen auch scheißegal, mir ging es hierbei einzig und allein um Lil. Doch selbst von meinem Platz aus, direkt an der gelb-schwarzen Absperrung, war es schier unmöglich, meinen kleinen Bruder in dem Durcheinander aus Bullen, Climbern und Presse auszumachen. Stattdessen entdeckte ich zwei ganz andere bekannte Gesichter.

»Tomber ist ganz offensichtlich *nicht* hier«, sagte ein schlanker, älterer Polizist in ziviler Kleidung gereizt und fuhr sich über die Halbglatze. Detective Mason war einer der beiden Hauptermittler in meinem Fall und seit bald sechs Jahren auf mich angesetzt. Ohne Erfolg.

Ich lächelte und verschränkte die Arme vor der Brust, während ich jedes seiner Worte wie ein Schwamm in mich aufsog.

»Gibt es überhaupt Zeugen dafür, dass er auf der Bridge war?«

Ich bin hier, Mason, immer nur einen Schritt von dir entfernt. Und doch hast du es bisher nie geschafft, mich einzuholen. Das sollte dir langsam zu denken geben, oder?

»Vermutlich war er das nie. Ist nicht seine Art«, erwiderte sein Partner Jenks, der das genaue Gegenteil von Mason war. Klein, dicklich und mit hellroten Locken. Der Zweite in der Partie.

Mason schüttelte nur den Kopf und fummelte an einem seiner Manschettenknöpfe herum, womit er mich unangenehm an meinen Vater erinnerte. »Bringen wir es hinter uns. Wo ist unser Dauergast?«

Jenks deutete nach links, wo ein ziemlich missmutiger – aber lebendiger – Lil in Handschellen und mit todbringender Miene an einem Polizeibus lehnte. Immerhin war er klug genug, die Klappe zu halten.

Du sagst keinen Mucks. Keine Beleidigung. Kein einziges Wort. Egal, wie sehr du es auch willst, kapiert? Nicht ohne deinen Anwalt. Um den Rest kümmere ich mich. Vertrau mir, Knirps.

Ich erinnerte mich noch gut an den Tag, an dem die Bullen ihn das erste Mal aufgegabelt hatten. Das war ein Scheißtag gewesen.

»Er wird es niemals lernen, was?« Mason seufzte und wies zwei Deputies an, Lil zu dem noch freien Streifenwagen zu bringen, was dieser ohne Einwände mit sich machen ließ.

Kluger Kerl.

Ich schob mich an der Absperrung weiter nach rechts, sodass ich näher an ihn herankam. Als mich nur noch knapp drei Meter von dem Polizeiwagen trennten, stieß ich einen hohen Ton aus, der in etwa wie eine sterbende Möwe klang – Lils Idee, nicht meine –, und wartete auf seine Reaktion.

So bescheuert diese Idee auch war, sie funktionierte. Sein Kopf zuckte zielsicher in meine Richtung, wo sich unsere Blicke für einen Sekundenbruchteil trafen. Erleichterung flackerte in seinen grünblauen Augen auf.

Du bist da, stand in seinen Zügen.

Ich nickte knapp und setzte ein schmales Lächeln auf. *Ja, ich bin da. Halte dich an unsere Regeln, Knirps.*

Er neigte kaum merklich den Kopf, als einer seiner Mundwinkel zuckte. *Verstanden.*

Ich hielt noch einen Moment länger seinen Blick fest, ehe ich mich abwandte und in den Schatten untertauchte. Es war mir beinahe sechs Jahre lang gelungen, zu vertuschen, dass Tomber und Joshka Graveman ein und dieselbe Person waren, und ich hatte nicht vor, heute etwas daran zu ändern. Zwar hatte mich die Polizei ein paarmal erwischt, aber niemals wegen eines der Verbrechen, die man Tomber auf die Kappe geschrieben hätte, und darauf war ich stolz. Wenn das mal nicht ein klares Zeichen dafür war, *wie* verkorkst ich eigentlich war.

Noch bevor die Deputies unseren stummen Dialog bemerken konnten, war ich in der Menge verschwunden und hatte bereits genügend Abstand zwischen sie und mich gebracht. Mit geschmeidigen Bewegungen huschte ich unauffällig zwischen den vielen Umherstehenden hindurch und verschmolz mit der Menge. Wurde inmitten von unzähligen Menschen unsichtbar. Eines meiner Talente, die mir bisher den Hals gerettet hatten.

Kurz darauf hatte ich den Pulk schon hinter mir gelassen und bog in eine der Querstraßen Richtung Westen ein. Nur ein junger Mann von vielen im nächtlichen New York City, der seinem eigenen verworrenen Weg folgte.

Entspannt steuerte ich auf den nächsten Eingang zur Subway zu, als mein privates Handy zu klingeln begann. Ich wusste längst, wer dran war, noch bevor ich einen Blick auf das Display werfen konnte. Es gab nicht viele, die diese Nummer hatten, und ehrlich gesagt konnte ich keinen davon in diesem Moment gebrauchen.

Genervt blieb ich stehen, ließ zwei Frauen an mir vorbei und nahm den Anruf schließlich entgegen.

»Sag mir bitte, dass du nichts damit zu tun hast.« Mein Vater schaffte es selbst aus großer Entfernung, zuverlässig genau den Ton zu treffen, der mich rotsehen ließ. Das war seine ganz besondere Superkraft.

»Womit?«

»Beleidige nicht meinen Intellekt, Joshka. Du weißt genau, worum es geht. Harald Plankeys hat eben angerufen. Lilac wurde verhaftet. Erneut. Und ich höre die Sirenen bei dir bis durchs Telefon. Also, was ist da los?«

Ich lehnte mich an die besprayte Wand hinter mir und wartete schweigend ab, was mein geschätzter *Daddy* noch zu sagen hatte. Mein Vater erwartete eine Antwort von mir, keine Frage, aber wenn es eines gab, was er absolut verabscheute, dann war das die Stille in einem laufenden Gespräch. Das war seine persönliche Achillesferse und ich hatte früh gelernt, wie ich diese effektiv gegen ihn einsetzen konnte.

Innerlich zählte ich mit einem freudlosen Grinsen auf den Lippen runter. *Fünf. Vier. Drei. Zwei.*

Sein tiefes Seufzen, mit dem er vielleicht Geschäftspartner überzeugen konnte, aber ganz sicher nicht seinen einzigen Sohn, drang durchs Handy. Nur einen Atemzug später folgte seine resignierte Stimme. »Sag mir nur, wie tief du drinsteckst.«

»Kein bisschen. Lil hat sich ganz allein in diesen Berg Scheiße manövriert. Du kannst stolz auf ihn sein.«

Dad überging meinen Sarkasmus genauso, wie ich seinen Versuch, eine normale Unterhaltung mit mir zu führen.

»Ich bin unterwegs. Wir treffen uns dort.«

Über den Punkt, an dem ich mich bedankte, waren wir schon lange hinweg. Das wussten wir beide, deswegen schwieg ich bloß und zog stattdessen eine Zigarette aus der Hosentasche. So viel Zeit musste noch sein.

»Und Joshka, ich hoffe für dich, dass du wirklich nichts damit zu tun hast. Du weißt, was auf dem Spiel steht. Für uns beide.«

»Das können Sie vergessen! Ich werde ganz sicher *nicht* ans andere Ende des Landes zu einem Schnösel ziehen, der sich plötzlich als mein Vater aufspielt!« Lilac ballte die Hände zu Fäusten, sodass seine aufgeschrammten Knöchel weiß hervortraten.

Er trug immer noch Handschellen, wahrscheinlich hatte er sich einmal zu häufig in Untersuchungshaft geprügelt, um ganz von der Leine gelassen zu werden. Etwas, das ich ihm durchaus zutraute. Doch in diesem Moment wirkte er alles andere als bedrohlich. Lilac war blass und unter seiner brodelnden Wut lagen Hilflosigkeit und tief sitzende Furcht. Ich verstand jedes einzelne seiner Gefühle. Mir würde es in seiner Lage nicht anders gehen, und diese Wendung hier hatte ich ganz sicher nicht im Kopf gehabt, als ich die Bombe vor etwas mehr als drei Wochen hatte hochgehen lassen.

»Lilac, du solltest dich beruhigen«, entgegnete Plankeys, sein

Familienanwalt und enger Freund meines eigenen *Schnösel*vaters, möglichst ruhig und rückte seine kleine runde Brille zurecht.

Er und Lil saßen sich in einem Nebenzimmer des Gerichtssaals, in dem seine Verhandlung stattfinden würde, an einem verkratzten Tisch gegenüber. Dad und ich standen am Rand und verfolgten dieses Gespräch – soweit man das überhaupt so nennen konnte – mit gemischten Gefühlen. Allerdings aus verschiedenen Gründen. Ich hoffte mit jeder Faser meines verkorksten Ichs, dass Lil sich zusammenreißen und dieses Geschenk, das ihm der Hauptrichter und Plankeys vor die Füße gelegt hatten, annehmen würde. Wohingegen mein Vater vermutlich an nichts anderes dachte, als daran, dass er wegen dieser Sache – er hatte sich trotz oder vielleicht gerade wegen dieser Befangenheit in die Verhandlung eingemischt – kurz davor war, aus seinem Amt enthoben zu werden. Was im selben Zug bedeutete, dass man ihm alles, was ihm lieb und teuer war, unwiederbringlich entreißen könnte. Sein Ansehen, seinen Ruf. Seinen Einfluss. Und trotzdem war er hier. Hatte ebenjenen Einfluss spielen lassen, um Lilac diese einmalige Chance zu verschaffen. Ich verachtete meinen Vater für vieles, was er getan hatte, und es gab eine ganze Liste von Dingen, die ich ihm niemals verzeihen würde, aber hier und jetzt war ich ihm einfach nur dankbar – obwohl sich mein Bruder gerade wie der letzte Idiot verhielt. Dankbar dafür, dass er Verantwortung für Lilac übernahm, wie er es seit dem Moment, in dem ich ihn das erste Mal mit zu mir nach Hause genommen hatte, immer wieder getan hatte. Als er ihn ohne viel Aufhebens zu uns an den Tisch gerufen hatte, weil Lil nur Haut und Knochen gewesen war.

»Beruhigen?«, zischte dieser gerade und beugte sich weiter über die zerschrammte Platte, auf der seine gefesselten Hände lagen.

»Sie sehen doch jeden Tag selbst, was da drin abgehen kann. Wie soll ich mich da beruhigen?«

»Lil …«, mischte ich mich ein und ließ meinen berühmten warnenden Unterton in diesem einen Wort mitschwingen. Mehr brauchte es auch gar nicht.

Er warf mir einen kurzen Seitenblick zu und lehnte sich dann wieder zurück. »Noch mal, ich mache das nicht. Ich werde weder nach Oregon gehen noch irgendwelche Programme dort absolvieren. Mein Platz ist hier und ich werde einen Scheißdreck tun und das Feld räumen«, sagte er nach einer Weile ruhiger und schüttelte den Kopf.

Warum konnte Lil nicht ein einziges Mal seinen Dickschädel zur Seite schieben?

Ganz einfach: weil ich ihm beigebracht habe, für seine Sache zu kämpfen.

Ich fasste mir an die Nasenwurzel. Ich hatte ganze Arbeit geleistet, wie es schien.

»Wenn du das so siehst, dann solltest du dich mit dem Gedanken anfreunden, die nächsten zehn bis fünfzehn Jahre im Knast zu verrotten, Knirps. Denn wenn ich mir anschaue, was du in den letzten Monaten und Jahren so verzapft hast, wird das definitiv auf dich zukommen.«

Seine grünen Augen richteten sich wie Pfeilspitzen auf mich. »Immer noch besser, als in irgendeinem Kaff zugrunde zu gehen, meinst du nicht?«

Seufzend stieß ich mich von der Wand ab und trat näher an ihn heran. Plankeys zog besorgt die Augenbrauen zusammen und richtete sich merklich auf – er war einer der wenigen, die jedes schmutzige Detail meiner kilometerlangen Akte kannten und wusste, wie ich meine Angelegenheiten klärte. Doch ich überging seine offensichtliche Anspannung geflissentlich und packte stattdessen Lils Stuhl, um ihn zu mir herumzuwirbeln.

»Willst du das wirklich? Willst du wirklich ins Gefängnis? Für mehrere Jahre? Denn es wird definitiv nicht so sein wie dein Kurztrip in die Untersuchungshaft, in die sie dich die letzten Wochen gesteckt haben, Idiot. Dort herrschen dann andere Gesetze, glaub mir. Ich war da. Ich weiß, wovon ich spreche.« Meine Stimme war gefährlich tonlos geworden. »Die werden dich dort auseinandernehmen, Kleiner. Du bist Frischfleisch für die. Sie werden dich zum Frühstück verspeisen und zum Mittagessen auskotzen. Willst du das, hm?«

Mein Vater gab ein Hüsteln von sich, doch ich ignorierte ihn ebenso wie Plankeys, der sich immer wieder nach der Tür umsah, hinter der zwei bewaffnete Beamte warteten. Als ob die irgendetwas ändern könnten.

Lil zuckte nur mit den Schultern. Arroganter kleiner Mistkerl. »Du hast es überlebt, oder nicht?«

»Himmel, Lilac! Schalt dein Gehirn ein!« Ich riss an seinem Stuhl und nahm mit Genugtuung wahr, wie er zusammenzuckte. »Ja, ich war im Knast. Du weißt, was es aus mir gemacht hat, und ich war nur knappe fünf Monate dort, keine fünf Jahre.«

Nun machte auch mein Vater einen Schritt auf Lil zu und strich sich nachdenklich über das glatt rasierte Kinn. »Du solltest dir das wirklich überlegen. Dass der Hauptrichter überhaupt auf diesen Vorschlag eingegangen ist, grenzt für sich genommen schon an ein Wunder. Genauso wie die Tatsache, dass sich dein leiblicher Vater in diesem Fall für dich stark gemacht und eingesetzt hat.«

»Und deswegen soll ich einen Kniefall machen? Vor diesem Lackaffen, der irgendwo in Oregon in seiner Scheißvilla hockt und den ganzen Tag Kaffee schlürft? Er hat sich nie für mich interessiert! Oder für Mom.« Lil unterbrach sich selbst, als seine Stimme zu brechen drohte, und starrte mit finsterer Miene auf den Tisch. Als würde er dort die Lösung für all seine Probleme finden.

Ich wusste einiges über seine Kindheit. Hatte mir ein paar andere Dinge selbst zusammengereimt, aber mir war bewusst, dass das längst nicht alles war. Dass da noch deutlich tiefere Abgründe in ihm aufragten. Monster, die ihn nicht losließen, an ihm zerrten und ihn dazu brachten, sein Leben wegzuwerfen. Das war es, was mir am meisten Sorgen bereitete.

Lils Fäuste öffneten und schlossen sich, dann hob er den Kopf und sah mir direkt in die Augen. »Dieser Mann bedeutet mir gar nichts. Für mich ist er ein Niemand. Er war nicht für mich da, als ich ihn am meisten gebraucht hätte. Nicht, als –« Er sprach es nicht aus. Natürlich nicht, das tat er nie und vielleicht würde er das auch niemals tun. Doch in diesem Moment musste er das auch gar nicht. Wir wussten auch so, was er meinte.

Seine Schultern sackten herab und ich machte einen Schritt rückwärts, um ihm mehr Freiheit zu geben. Ihn nicht länger einzuengen. Es wurde still in dem kleinen Raum. Die Lüftung surrte unnatürlich laut und es fehlte nicht viel und ich hätte das Ding einfach aus der Wand gerissen.

Als Lilac nach einer kleinen Ewigkeit das Schweigen brach, klang er erschöpft und seltsam resigniert. Ich hörte die alte Rastlosigkeit in seiner Stimme, den Wunsch, endlich anzukommen, obwohl ihm das Leben jede Orientierung geraubt hatte. Er mochte erwachsen geworden sein, aber er war immer noch genauso verloren wie damals.

»Ich *kann* diesem wildfremden Mann, der glaubt, er hätte das Recht, sich mein Vater zu nennen, nicht unter die Augen treten. Nicht, nachdem er mir diese Almosen hingeworfen hat. Seinem verkorksten, verstoßenen Sohn auf Abwegen, an den er in all den Jahren keinen einzigen Gedanken verschwendet hat.«

Plankeys zog ein Dokument aus seiner Tasche und ordnete die restlichen Papiere neu. »Ich habe dir doch von der Regelung zwischen deinen Eltern erzählt. Es gab eine feste Abmachung und das erlassene Kontaktverbot.«

»Und das macht das Ganze besser? Eine Abmachung sollte einen Vater nicht davon abhalten, seinem *Sohn* zur Seite zu stehen, wenn … Wie auch immer, es ändert rein gar nichts. Ich werde New York nicht verlassen. Hier ist mein Zuhause.« Bei diesen Worten huschte sein Blick zu mir, und in diesem Moment war er wieder der kleine abgemagerte Junge aus der Gasse, dem alles genommen worden war.

Mein Magen zog sich zusammen.

»Glauben Sie nicht, dass ich schon genug in meinem Leben aufgegeben habe?«

Der Familienanwalt räusperte sich vernehmlich, schob das Dokument über den Tisch und faltete dann die Hände unter seinem Kinn. »Das hast du, zweifellos. Aber was wäre, wenn du dadurch nicht noch mehr verlierst, sondern etwas Neues *dazu*gewinnst?«

Lil verzog nur das Gesicht. »Einen liebevollen Daddy, der mir abends vorliest? Kommen Sie, das ist absurd. Was soll der Mist? Was ist das für ein Wisch?«

»Bitte, Junge, reiß dich zusammen«, mischte sich mein Vater ein und warf ihm einen seiner scharfen Blicke zu, die an Lil genauso rückstandslos abprallten wie an mir.

Plankeys ließ sich davon nicht aus der Ruhe bringen. »Das, Lilac, ist die Urkunde, die belegt, dass du ein Zwilling bist. Du hast eine Zwillingsschwester. Sie ist sieben Minuten jünger als du, um genau zu sein, und wohnt bei ihrem Vater in Maple Creek.«

Wenn überhaupt möglich, wurde Lil noch blasser, und auch mir fiel es schwer, die unsauberen Flüche, die mir auf der Zunge lagen, zurückzuhalten. Was war das für eine kranke Taktik, die Plankeys da fuhr?

»Sie verarschen mich.« Lilac verengte die Augen und griff nach dem Zettel.

»Ganz im Gegenteil. Ich sehe darin eine große Chance für dich. Deine Schwester könnte das sein, wonach du unterbewusst gesucht hast.«

Selbst ich verdrehte bei diesem esoterischen Gequassel die Augen, dabei hatte ich sonst große Achtung vor Plankeys. Lil mochte auf der Suche nach etwas sein, aber ganz sicher nicht nach einer unbekannten *Zwillingsschwester*. Sofern diese überhaupt existierte. Und selbst wenn, sie hatte sich in den vergangenen neunzehn Jahren genauso wenig für ihn interessiert wie ihr Vater. Warum sollte sich daran jetzt plötzlich etwas ändern? Vermutlich würde es alles nur noch schlimmer machen, wenn Lilac mit ihrer offensichtlichen Ablehnung konfrontiert werden würde. Wenn man ihn an einen weiteren Ort schleppen würde, an dem er nicht willkommen war.

Plankeys schien das allerdings anders zu sehen. »Ihr Name ist Mirella Elisabeth Aberdeen und sie studiert Architektur und Mathematik an der *Maple University of Oregon*. Ein besonderes Mädchen, zumindest demnach, was mir ihr Vater Benedict – *dein Vater* – über sie berichtet hat.«

Lilac kam ein trockenes Lachen über die Lippen, das so voller

Bitterkeit war, dass ich mich unwillkürlich verkrampfte. Was auch immer der Familienanwalt mit dieser Hiobsbotschaft hatte bezwecken wollen, es war gründlich nach hinten losgegangen. Weder diese ominöse Zwillingsschwester noch die Aufzählung ihrer sogenannten *Besonderheiten* würden Lil dazu bewegen, den Deal anzunehmen. Ganz im Gegenteil.

»Und wenn sie die ganze Universität leiten würde, es interessiert mich nicht, okay? Das alles interessiert mich nicht.« Ohne einen weiteren Blick auf das Dokument zu werfen, schob er es zurück zu Plankeys. »Von mir aus können wir in den Saal und mit der Verhandlung beginnen. Ich denke, wir sind hier fertig.«

Es reichte. Das würde ich mir nicht länger mit ansehen.

Ich stieß einen unterdrückten Fluch aus und donnerte mit der flachen Hand auf den Tisch. »Zur Hölle noch mal, Lilac, kannst du nicht ein einziges Mal über deinen Stolz hinwegsehen und das hier ernst nehmen?«

Seine Augen flogen einmal über mich hinweg, aber das Feuer darin war erloschen.

Scheiße. Verdammte Scheiße. Und ich hatte ihm das eingebrockt – irgendwie. Hätte ich die Polizei nicht auf die Brooklyn Bridge gelotst, würde er jetzt nicht vor Gericht stehen.

Aber vielleicht würde er dann auch gar nicht mehr leben, oder?

Mit fahrigen Fingern fuhr ich mir durch die Haare. Wieder und wieder.

»Lilac, wenn wir so in die Verhandlung gehen und du die Haftstrafe annimmst …« Mein Vater führte den Satz nicht zu Ende.

»Mir ist schon klar, was das bedeutet, danke. Ist ja nicht das erste Mal, oder?«

Ich mahlte mit den Kiefern und hätte ihn am liebsten gepackt und so lange geschüttelt, bis ihm klar wurde, was er hier gerade tat.

»Dein Umzug nach Maple Creek wäre ja nicht für immer. Wenn das Jahr und damit das Programm rum ist, steht es dir frei, zurück nach New York zu gehen. Bitte lass es dir noch einmal durch den Kopf gehen … Das ist eine einmalige Chance«, versuchte es Plankeys erneut, denn anders als ich erkannte er nicht, wann er verloren hatte. Vermutlich, weil es sein Job war, dranzubleiben, selbst dann, wenn es hoffnungslos war.

Lil würde hier niemals weggehen. Weg von Manhattan, seinen Straßen, der Parkour-Szene, für die er den Untergrund immer noch hielt, weil ich ihn in dem Glauben ließ. Weg von *mir. Niemals. Es sei denn …*

Ruckartig blickte ich auf und konnte selbst kaum glauben, was ich sagte. »Ich komme mit«, verkündete ich in die Stille hinein. »Ich komme mit nach Maple Creek.«

Wieder lachte Lil. Kurz und trocken, bis er feststellte, dass ich *nicht* lachte, sondern ihn todernst ansah und mit keiner Wimper zuckte. »Du bist irre, Josh. Lass den Scheiß. Dein Platz ist hier, und das wissen wir beide.«

»Das spielt keine Rolle. Du musst das machen. Du musst nach Oregon und Abstand von dieser Hölle hier bekommen, sonst gehst du unter, kapiert? Und wenn du es nicht alleine machst, dann begleite ich dich eben.«

Lilac schluckte hart und schüttelte den Kopf. »Josh …«

»Halt die Klappe und tu einmal, was man dir sagt, zum Teufel noch mal. Wir machen das zusammen, und damit ist diese absolut sinnfreie Diskussion beendet. Sieh es als Befehl, Knirps.«

Ich stieß mich vom Tisch ab und verschränkte die Arme vor der

Brust. Mein Vater und Plankeys sahen mich erwartungsvoll an, doch mein Blick blieb auf Lil gerichtet. Auf seiner störrischen Haltung und dem Trotz, der daraus sprach. Ich sah den kleinen Jungen und den Mann, zu dem er geworden war. Und genauso sah ich, wie er an der Zukunft, die Manhattan für ihn bereithielt, zerbrechen würde. Ich war weiß Gott kein Moralapostel. Meine eigene Blacklist war lang, und ich hatte genug Scheiße verzapft, um für immer in den Knast zu wandern, aber wenn es eines gab, das ich richtig gemacht hatte, dann war es, Lil aus dieser Gasse zurück ins Leben zu zerren. Und ich hatte mir ganz sicher nicht all die Jahre den Arsch aufgerissen, ihn auf Kurs zu halten, um ihn jetzt an das Justizsystem zu verlieren.

Ich passe auf dich auf. Ich beschütze dich, Knirps. Immer. Ich verspreche es, zum Teufel noch mal.

Man konnte mich vieles nennen, aber ein Mann, der sein Wort brach, war ich nicht. Ich hielt meine Versprechen, löste Schulden ein und stand für meine Fehler grade.

Und ich hatte nicht vor, jetzt damit aufzuhören.

KAPITEL 5

The Matter of New Yorkers

Mira

Wir hatten nicht darüber gesprochen, was mir gestern den Boden unter den Füßen weggezogen hatte. Kein einziges Wort. Tami hatte mich nicht gedrängt und ich nicht damit angefangen. Auch wenn ihre Neugier immer wieder wie eine Welle in meine Richtung geschwappt war. Ich liebte sie dafür, dass sie mich nicht gezwungen und mir diesen einen Abend in seliger Verdrängung gelassen hatte. Einfach, weil sie mich kannte und wusste, was ich brauchte.

Statt sich mit dem Offensichtlichen auseinanderzusetzen, hatten wir einen unserer legendären Mädelsabende gestartet. Mit allem, was dazugehörte. Während wir zwölf Folgen von *Sex and the City* durchgesuchtet hatten, waren uns zwei Packungen von *Ben & Jerry's Cookie Dough*, unserer liebsten Sorte, seit wir sechs Jahre alt waren, und zwei Flaschen Wein zum Opfer gefallen. Tami liebte diese Serie, vergötterte die Outfits der Charaktere und ganz besonders Carrie Bradshaw. Mir ging es nicht anders. Wir hatten sämtliche Staffeln schon unzählige Male gesehen und kannten die Dialoge mittlerweile fast auswendig. Trotzdem griffen wir immer wieder nach den DVDs und ließen uns von den vier Frauen nach Manhattan entführen. Ich stellte mir das Leben dort zwar nicht ganz so schillernd vor, wie es in der Serie beschrieben wurde, aber nach einer gewissen Zeit mit Carrie, Samantha, Charlotte und Miranda lag es gar nicht mehr so fern, dass diese Glitzerwelt doch existierte.

Im Verlauf der zwölften Folge war ich dann irgendwann, an meine beste Freundin gelehnt, eingeschlafen. Ich konnte mich an keinen Traum erinnern, doch heute Morgen waren wir eng aneinandergekuschelt aufgewacht, als hätten wir uns in der Nacht gegenseitig Halt gegeben. Genauso, wie wir es schon seit ich denken konnte taten.

Es war wunderschön gewesen. Einer dieser Mädelsabende, an denen man einfach die Gegenwart des anderen genoss, ohne dass viele Worte gesprochen werden mussten. Mit Tami war mir das schon immer leichtgefallen und ich war froh, dass sich daran nichts geändert hatte. Dass manche Dinge einfach so blieben, wie sie waren, egal, was um mich herum geschah.

Jetzt, ein paar Stunden später und mit einem klareren Kopf, bereute ich es allerdings, dass ich den Mund nicht aufgemacht und Tami nicht mehr als ein paar lose Krümel hingeworfen hatte. Denn anders, als es immer so schön hieß, sah die Welt im Licht des neuen Tages kein Stück besser aus, sondern noch genauso beschissen wie gestern. Es wäre schön, eine Verbündete zu haben, die über alles Bescheid wusste und mir versichern würde, dass ich das durchstehen konnte.

Missmutig drehte ich mein Handy so um, dass das Display nach unten zeigte und stützte den Kopf in meine aufgestellten Hände. Vom Platz an der Theke aus hatte ich einen uneingeschränkten Blick auf meine beste Freundin, die mit mehr Elan, als gesund sein konnte, ihrem Job als Barista nachging. Mit ihren rosafarbenen Haaren und dem dunkelgrünen Cordkleid, über das sie die beige Arbeitsschürze trug, war sie der Mittelpunkt des *A Lot Of Beans.*

Das *ALOB* war der einzige Laden in Maple Creek, in dem man vernünftigen Kaffee, leckere Snacks *und* einen hübschen Ort zum Arbeiten bekam. In dieser Hinsicht waren Tami und ich uns einig. Der Coffeeshop war eine wundervolle Mischung aus viel Holz, dunkelgrünen Polstermöbeln, verschiedenen Pflanzen und Regalen voller Bücher, die man sich jederzeit ausleihen konnte. Unzählige Glühbirnen hingen als Lampen von der schwarz gestrichenen, hohen Decke, dazu einige Äste, um die Lichterketten und bunte Bänder gewickelt worden waren. Die Fensterbögen ließen das Tageslicht herein, sodass immer eine freundliche, helle Atmosphäre herrschte, und auf jedem der kleinen Tische standen frische Blumen, die, gepaart mit dem Kaffee und den Gebäckstücken, einen angenehmen Duft verströmten.

Das *A Lot Of Beans* war definitiv einer meiner Lieblingsläden in Maple Creek und der ideale Ort, um sich zu verkrümeln und bei dem ein oder anderen Heißgetränk abzuschalten. Nur leider machte selbst der beste Caramel Macchiato der ganzen Stadt auch nicht ungeschehen, was passiert war und außerhalb dieser Oase auf mich wartete. Dad hatte mir unzählige Nachrichten hinterlassen, mich mehrmals zu erreichen versucht und mir sogar eine *Mail* geschrieben, nachdem ich ihm gestern nur kurz mitgeteilt hatte, dass ich bei Tami übernachten würde. Ich war mir ziemlich sicher, dass er sogar eine Brieftaube geschickt hätte, hätte er gerade eine zur Hand gehabt. Dad wollte die Sache klären, keine Frage, aber ich fühlte mich einfach noch nicht bereit dazu, ihm wieder in die Augen zu blicken. Ich wusste, dass ich das früher oder später tun musste und mein Schweigen unsere Aussprache nur hinauszögern würde, aber alle Vernunft änderte nichts an meinen stechenden Bauchschmerzen.

Ein Teller mit einem großen Schokoladencookie landete scheppernd vor mir und ließ mich hochschrecken. Tami stand auf der anderen Seite des Tresens, ihrem Zauberbereich zwischen Monstern von Kaffeeautomaten, Mixern und anderen undefinierbaren Maschinen, und verschränkte demonstrativ die Arme vor der Brust. »Wenn du noch länger auf dein Handy starrst, geht es in Flammen auf, Mira.«

»Und wenn schon.«

»Ich kann deine Gedanken bis hierher hören. Du solltest Ben endlich antworten. Triff dich mit ihm an einem neutralen Ort und klär die Sache.«

Ich verzog das Gesicht und schnappte mir den Teller. Ich brauchte jetzt Zucker und Schokolade. »Du klingst schon wie Eli. Aber danke für den Cookie.«

Tami riss ihn mir blitzschnell wieder aus den Fingern. »Falls es dir nicht aufgefallen ist, der Keks ist ein Bestechungsversuch.«

»Ein fieser noch dazu. Was möchtest du denn hören? Dass Dad mir verschwiegen hat, dass ich eigentlich ein Zwilling bin? Oder die Tatsache, dass mein Bruder ein Krimineller und meine Mutter vor acht Jahren gestorben ist, und ich in Kürze Familienzuwachs bekommen werde?«

Vielsagend hob sie eine dunkle Augenbraue und stellte den Teller behutsam vor mir ab, ehe sie sich die Hände an der Schürze abwischte. Für einen Donnerstagvormittag war nicht besonders viel los, deswegen blieb Tami leider auch genügend Zeit, mich immer wieder mit ihren eindringlichen Blicken abzuschießen.

»So etwas in die Richtung hat Eli erwähnt, aber … Du weißt, dass ich etwas anderes gemeint habe, oder?« Sie rümpfte die Nase und beugte sich weiter über die Theke, sodass ihre rosafarbenen Haare fast das Holz berührten. »Wann kommt er?«

Ich biss von dem Cookie ab und kaute länger darauf herum, als nötig gewesen wäre. »Keine Ahnung. Wahrscheinlich hätte Dad nie etwas gesagt, wenn ich den Brief nicht gefunden hätte, und dann wäre ich eines Tages nach Hause gekommen und hätte plötzlich vor meinem *Zwillingsbruder* gestanden. Wie in so einem dämlichen Teenie-Film.«

»Quatsch, so ist Ben nicht drauf.« Tami schob sich eine Strähne zurück hinter das Ohr und brach dann ein Stück von dem Keks ab, um es sich selbst in den Mund zu schieben. »Ruf ihn an und er wird es dir erklären. Alles. Und wenn nicht, dann wirst du ihn eben so lange mit Fragen bombardieren, bis er endlich den Mund aufmacht.«

Das klingt definitiv nach meiner besten Freundin.

Seufzend richtete ich mich auf und überschlug meine Beine, die in einer von Tamis Boyfriendjeans steckten. Praktischerweise hatten wir dieselbe Kleidungsgröße und konnten rein theoretisch wild tauschen, allerdings waren mir die meisten ihrer Sachen einfach zu ausgefallen und meine Klamotten nannte Tami *zu schlicht*. Was im Endeffekt ihre nette Umschreibung für *langweilig* war. Aber das war okay. Ich war der festen Überzeugung, dass wir so gut zusammenpassten, gerade weil wir so verschieden waren.

»Und dann? Was soll ich dann machen? Wie soll ich damit umgehen?«

Meine beste Freundin griff nach einer meiner Hände und drückte sie mit einem zuversichtlichen Lächeln. »Dann freust du dich und stellst uns allen deinen Bruder vor. Jemand, der dein Zwilling ist und quasi beinahe die gleiche DNA wie du besitzt, muss einfach cool drauf sein, oder nicht?«

Entgegen der Zweifel in meinem Inneren musste ich lächeln. »Du und dein unverbesserlicher Optimismus. Ich weiß nicht, ob es dir entfallen ist oder du es einfach ignorierst, aber erinnerst du dich, dass er nur hierherkommt, weil das Gericht ihn dazu verdonnert hat? Maple Creek ist seine Alternative zum Gefängnis. Oder hat Eli dir dieses kleine Detail verschwiegen?«

»Ja, das hat er mir tatsächlich vorenthalten.« Tami schnaubte leise. »Aber es ändert doch nichts, oder? Und seit wann bist du denn voreingenommen, Mira? Ich sage es ja nur ungern, aber jetzt ist dein nerviger Rat einmal für etwas gut: Mach dir erst ein eigenes Bild, bevor du urteilst. Gib ihm eine Chance und schau, was passiert. Schließlich hast du nichts zu verlieren.«

Die kleine Glocke über der Tür des Coffeeshops bimmelte und kündigte einen neuen Gast an. Meine Freundin ließ mich los und zupfte ihre Schürze zurecht. »Und wenn es nicht passt, dann ist es eben so. Ist ja nicht für immer, und im Notfall überlegen wir uns mit Eli einen Plan, wie wir ihn loswerden können, was meinst du?«

Ich verschluckte mich beinahe am Rest meines Cookies. »Wow, es ist immer wieder erschreckend, wie schnell du von *Geben wir ihm eine Chance* zu *Wie werden wir ihn möglichst schnell und unauffällig wieder los?* schwenken kannst.«

Tami zwinkerte mir mit einem schiefen Grinsen zu und schnappte sich meinen leeren Teller. »Ist eine meiner geheimen Superkräfte. Wenn du –«

»Ich will wirklich keinen Stress machen und eure kleine Unterhaltung sprengen, aber bekommt man hier auch einen Kaffee, oder muss man dafür erst ein Kunststück vorführen?«

Eine tiefe Stimme mit einem unverkennbaren New Yorker Akzent unterbrach Tami in der weiteren Ausführung ihrer Superkräfte und ließ uns beide aufblicken.

Ich seufzte. Ausgerechnet New York. Zwar war es keine Seltenheit, dass Touristen von der Ostküste hier auftauchten, aber seit gestern traf dieser Bundesstaat auf einmal einen ganz besonders empfindlichen Nerv bei mir.

Der Typ hatte sich an den Tresen vor der dunkelgrün lackierten Registrierkasse gelehnt und war augenscheinlich ziemlich angepisst. Auch, wenn das nicht das Geringste an seiner offensichtlichen Attraktivität änderte. Seine dunkelblonden Haare lugten unter einer schwarzen Beanie hervor und mit den breiten Schultern, der dunklen Jeans und dem olivgrünen Parka erfüllte er sämtliche Kriterien von Tamis *Hotlist.* Das Einzige, was ihm ganz klar fehlte, war der Charme, der auf Platz zwei der Liste stand.

»Du hast mich schon verstanden, oder?« Der Typ hob herausfordernd eine Braue.

Tami sah zu mir und verdrehte vielsagend die Augen, ehe sie sich mit einem übertriebenen Strahlen an den Kerl wandte. »Das kommt ganz auf das Kunststück an.«

Der New Yorker ging erst gar nicht darauf sein, sondern öffnete nur ungeduldig seinen Geldbeutel. »Einen Kaffee zum Mitnehmen. Schwarz.«

Ich hörte meine beste Freundin einen leisen Fluch murmeln,

während sie einen Tick zu heftig auf der Kasse herumtippte. »Darf es sonst noch etwas sein?«

»Nein.«

»Dann bekomme ich drei Dollar fünfzig«, erwiderte Tami und drehte die Anzeige so, dass der Typ sie lesen konnte.

Er machte sich nicht einmal die Mühe, aufzublicken. »Kann man hier bei euch mit Karte zahlen?«

Mit einem zuckersüßen Lächeln schüttelte Tami den Kopf und zuckte entschuldigend mit den Schultern. »Ich fürchte, so weit entwickelt sind wir *hier* noch nicht. Wir warten immer noch auf die Einführung vom … Wie nennt man das noch gleich? Ach ja, Internet.«

Der ungläubige Ausdruck, der auf seinem Gesicht erschien, brachte mich zum Grinsen. Rasch verbarg ich es hinter meiner Tasse. Ich musste zugeben, dass er ohne die steile Falte zwischen seinen dunklen Augenbrauen und dem harten Zug um seine geschwungenen Lippen noch besser aussah. Für einen New Yorker.

Meine Gedanken wanderten wie auf Knopfdruck zu Lilac, und ich fragte mich, ob er genauso tickte wie der Typ an der Kasse. Vielleicht gehörten Unhöflichkeit und Ungeduld ja auch einfach zur Grundausstattung eines Großstadtkindes. Nicht zu vergessen, der fehlende Sinn für Humor.

»Das war ein Scherz«, ergänzte Tami, als er immer noch nichts gesagt hatte, und nahm die schwarze *American Express* entgegen, um sie durch das Gerät zu ziehen. »Vielen Dank.«

Als Antwort erhielt sie nur ein Brummen, das so gut wie alles hätte bedeuten können. Ohne ein weiteres Wort wandte sich der Kerl ab und lief zu der Ausgabe am Ende des Tresens – genau dorthin, wo ich vor meinem immer noch umgedrehten Handy und dem halb ausgetrunken Macchiato saß. Rastlos, beinahe so, als wäre jede Sekunde, die er hier auf seinen Kaffee warten musste, verschwendete Zeit, tippte er auf das dunkle Holz der Theke.

Ich erwischte mich dabei, wie ich ihn von der Seite musterte. Seine markante Kieferpartie, den immer noch angespannten Zug um seinen Mund und die weiße Narbe, die sich über seine rechte Schläfe zog und unter den Haaren und der Mütze verschwand. Sie passte irgendwie zu seiner rauen, kühlen Art.

Großartig, Mira, jetzt denkst du schon über seine Art *nach. Was kommt als Nächstes? Stellst du Vermutungen über sein Sternzeichen an?*

Als hätte er meine Gedanken gehört, drehte er den Kopf in meine Richtung und betrachtete mich mit unergründlicher Miene. Als ich mich nicht abwandte, sondern ihn genauso eindringlich musterte, hob er herausfordernd eine Augenbraue.

Ich kopierte seine Geste und sah ihn noch einen Atemzug länger an, ehe ich mich wieder meinem lauwarmen Kaffee widmete. Sein kribbelnder Blick blieb auf mir liegen.

»Ist was?«, fragte ich und stellte die Tasse betont langsam zurück, während ich dem Drang widerstehen musste, noch einmal zu ihm hochzusehen.

»Du hast einen Krümel an der Wange hängen«, kam die tonlose Antwort des New Yorkers und ließ mich letztlich doch wieder aufschauen.

Seine grünen Augen bohrten sich für einen Herzschlag lang in meine, dann drehte er sich ruckartig um, als hätte er nicht länger Interesse daran, sich mit mir zu beschäftigen. Seltsamerweise versetzte mir das einen jähen Stich.

»So, hier ist der Kaffee. Schwarz und ohne alles. Eine schöne

Zeit in Maple Creek«, verkündete Tami, die wieder zu ihrer alten Freundlichkeit gefunden hatte, und schob einen Pappbecher über den Tresen. Wahrscheinlich hatte sie ihren Frust an der armen Kaffeemaschine ausgelassen. Anders konnte ich mir ihre plötzliche Ausgeglichenheit nicht erklären.

Schlanke Finger griffen nach dem Getränk, und mein Blick fiel automatisch auf seine Hand und die vernarbten Knöchel, die sich unnatürlich hell von seiner gebräunten Haut abhoben. Doch noch bevor ich wirklich darüber nachdenken konnte, woher die Narben stammten, war er auch schon ohne ein weiteres Wort aus dem Coffeeshop verschwunden.

Tami stieß hörbar den Atem aus und schüttelte den Kopf. »Komischer Kauz.« Schwungvoll fuhr sie mit dem Lappen über den Tresen und warf ihn dann treffsicher zurück in die Spüle. »Aber was soll man machen? Unser schönes Maple Creek zieht sie eben alle an. Die Guten und die Schlechten. Und manchmal auch heiße, seltsame New Yorker.«

Eine halbe Stunde, unzählige Ratschläge von meiner besten Freundin und einen weiteren Cookie später war ich bereit, über meinen Schatten zu springen und meine selbst auferlegte Kontaktsperre zu meinem Vater aufzuheben. Zumindest vorerst.

Ich würde mir seine Erklärung anhören, mir meine eigene Meinung bilden und dann schauen, wie ich mit der Sache umgehen würde. Zwar stieß mir dieser Gedanke immer noch sauer auf, aber Tami und Eli hatten nicht ganz unrecht: Dad und ich waren eine Einheit, seit ich denken konnte, und selbst diese kurze Zeit, in der wir nun schon nicht miteinander redeten, tat weh. Ihm sicherlich genauso wie mir. Es hatte bisher nie Geheimnisse zwischen uns gegeben, das war immer unsere oberste Regel und der Grundstein unserer Beziehung gewesen. Dass er diese nun gebrochen hatte, musste also einen guten Grund haben, und ich würde Dad die Chance geben, es mir zu erklären. Bauchschmerzen hin oder her. Diesen Vorschuss an Vertrauen war ich ihm schuldig.

»Wie lange dauert deine Schicht noch?«, fragte ich und schob meinen Teller samt Tasse näher zu Tami, damit sie das Geschirr wegräumen konnte.

»Wenn du den Müll für mich rausbringst, etwa zwei Minuten weniger. Kannst du mich zu Hause absetzen?«

Ich grinste, zog mir meine Tasche über die Schulter und kam um den Tresen herum, um die zwei schwarzen Säcke entgegenzunehmen. Sasha, der die meisten Schichten mit meiner besten Freundin zusammenarbeitete und sie nun ablöste, lachte und drückte mir noch einen dritten in die Hände.

»Wenn du schon mal dabei bist. Danke, Mira.« Seine Zähne blitzten auf und standen dabei in einem außergewöhnlichen Kontrast zu seiner dunkelbraunen Hautfarbe.

Beladen mit dem Müll des Tages schob ich mich durch den Seitenausgang des Cafés in die schmale Gasse, in der die Container standen. Ich rümpfte die Nase und öffnete den Deckel des erstbesten Behälters. Mit einigem Kraftaufwand beförderte ich einen Sack nach dem anderen hinein und schlug anschließend die Klappe wieder zu. Das war's. Damit war auch das Letzte, das zwischen dem klärenden Gespräch mit meinem Vater und mir gestanden hatte, abgearbeitet.

Großartig.

Da der Seiteneingang nur von innen zu öffnen war, lief ich die Gasse entlang bis zur Main Street, um Tami beim *A Lot Of Beans* abzuholen. Das Haus ihrer beiden Moms lag direkt auf dem Weg zu meinem Zuhause, deswegen hatten wir schon früh angefangen, Fahrgemeinschaften zu bilden.

Ich bog schwungvoll um die Ecke und seufzte, als mein Handy mit der vertrauten Melodie zu klingeln begann. Dad. Den Blick in meine Tasche gesenkt, tastete ich nach meinem bimmelnden Telefon und stieß in der nächsten Sekunde ungebremst gegen ein warmes, festes Hindernis. Starke Hände griffen nach meinen Schultern und hielten mich an Ort und Stelle.

»Läufst du immer auf die Straße, ohne zu schauen?«

Ruckartig blickte ich auf und fand mich grünen Augen gegenüber, denen ich heute schon einmal begegnet war. Der New Yorker.

»Ich bin nicht …« Blinzelnd sah ich an seinem breiten Oberkörper vorbei und stieß einen gemurmelten Fluch aus. Ich wäre tatsächlich beinahe direkt auf die Straße gelaufen. Benommen schüttelte ich den Kopf.

Der Typ hob nur eine Braue und ließ mich los, um etwas Abstand zwischen uns zu bringen. »Pass einfach besser auf, wo du hingehst.«

Ich zog die Unterlippe zwischen die Zähne und nickte langsam. »Hat es dir der Kaffee angetan?«

Für einen kurzen Moment sah er zurück zum *ALOB*, ehe er wieder mich ins Auge fasste. »Nein, ich habe nur etwas vergessen.«

Ich versuchte mich an einem unverbindlichen Lächeln und deutete dann auf meine Tasche, in der mein Handy noch immer nervtötende Geräusche von sich gab. Irgendwann würde ich Tami für diesen Klingelton erwürgen, den sie extra für Elternanrufe eingestellt hatte.

»Sorry, ich muss da rangehen.«

Der New Yorker starrte mich nur weiter unbewegt an.

Ich runzelte die Stirn und wandte mich halb ab, als ich endlich abnahm. »Was gibt es, Dad?«

»Himmel, Mira, wo treibst du dich rum? Ich versuche schon den ganzen Tag, dich zu erreichen.«

Ich brummte etwas Unverständliches und schaute kurz zur Seite, nur um festzustellen, dass der fremde Kerl immer noch am selben Fleck stand und mich nicht aus den Augen ließ. Irgendetwas an seinem Blick ließ mir einen eiskalten Schauer über den Rücken fahren. Hastig drehte ich mich wieder um und fuhr mir über die Arme. »Jetzt bin ich ja dran.«

»Bitte glaub mir, wenn ich dir sage, dass du es nicht auf diese Weise erfahren solltest. Es ist einfach unglücklich gelaufen und ich wollte dich nie verletzen, Kleines.«

In mir zog sich etwas zu einem harten Knoten aus Enttäuschung und Traurigkeit zusammen. »Lass uns das persönlich besprechen. Ich komme nach Hause, dann reden wir.«

Im Hintergrund hörte ich das Klappern von Besteck und Tellern. Kochte er etwa schon? Unsere gemeinsame Küchensession hatten wir doch erst für heute Abend verabredet. Ich runzelte die Stirn.

»Das werden wir. Zu dritt.«

»Was meinst du damit, Dad?« Mein Hals wurde schlagartig trocken. Ich wusste, was jetzt kommen würde, noch bevor er es laut aussprach.

»Lilac, dein Bruder, wird in ein paar Minuten hier sein. Wir werden dieses Thema zusammen besprechen und alle Fragen aus dem

Weg räumen. Vielleicht können wir so noch einmal von vorne anfangen.«

Mir wäre beinahe das Handy aus der Hand gefallen. »Du willst mich verarschen, oder? Gestern wusste ich noch nicht einmal etwas davon und jetzt …« Ich hielt inne, weil ich ihm die hässlichen Worte, die mir auf der Zunge lagen, nicht an den Kopf werfen wollte. Nicht auf offener Straße und schon gar nicht vor dem fremden Typ, der sich immer noch keinen Deut bewegt hatte. Am liebsten hätte ich ihn gefragt, was zur Hölle er eigentlich von mir wollte, aber im Augenblick konnte ich an nichts anderes denken als die Tatsache, dass ich in wenigen Minuten meinem Zwillingsbruder gegenüberstehen würde. »Was erwartest du eigentlich von mir?!«

»Die Dinge haben sich so ergeben, Mira. Ich werde es dir erklären, du hast mein Wort. Bitte, komm einfach nach Hause und wir werden die Sache gemeinsam angehen und eine Lösung finden. Das tun wir doch immer, oder nicht?«

Freudlos lachte ich auf und schüttelte den Kopf. Ich hatte das Gefühl, im falschen Film gelandet zu sein. »Das glaubst du doch wohl selbst nicht. Dieses Mal hast du wirklich den Vogel abgeschossen, Dad. Das hier ist ganz sicher keine von diesen Sachen, die man einfach so *gemeinsam angehen* kann. Du hast es verbockt.« Meine Stimme war mit jedem Wort lauter geworden, und mittlerweile war es mir gleich, wer alles zuhörte. Ich konnte schlichtweg nicht fassen, dass er mich bei so etwas Großem wie einem verschwiegenen Zwillingsbruder vor vollendete Tatsachen stellte.

»Mira, du verstehst –«

»Josh! Warum zur Hölle brauchst du so lange für einen Kaffee?« Eine scharfe, kühle Stimme ließ sowohl den New Yorker als auch mich herumfahren, sodass Dads Antwort vollkommen unterging.

Ein junger Mann mit hellbraunen Haaren, schwarzer Kleidung und dunklen Schatten unter den Augen knallte die Tür eines unscheinbaren Mietwagens zu und lief mit wütenden Schritten geradewegs in unsere Richtung. Seine Miene war ausdruckslos bis auf den beinahe todbringenden Blick in seinen Augen, mit dem er den Kerl aus dem Coffeeshop förmlich aufspießte.

»Ist das dein Ernst? Ich warte seit einer halben Stunde wie der größte Idiot im Auto, und du quatschst hier mit der erstbesten Tussi, die dir vor die Füße läuft?« Ziemlich angepisst verschränkte er die Arme vor der Brust, ehe er zu mir sah – und schlagartig alle Farbe aus seinen angespannten Zügen wich.

»Fuck«, murmelte er, und vermutlich wäre mir exakt dasselbe über die Lippen gekommen, wäre ich in der Lage gewesen, auch nur ein Wort herauszubringen.

Ich hatte das Gefühl, plötzlich nicht mehr genug Luft zum Atmen zu bekommen, als sich unsere Blicke miteinander verhakten und die Welt um mich herum verschwand. Wie von weit entfernt hörte ich Dad am Telefon meinen Namen rufen, irgendwo hupte ein Auto, aber nichts davon schaffte es, die Starre in mir zu durchbrechen. Ich war unfähig, mich von dem jungen Mann loszureißen.

Von den Augen, die meinen so ähnlich waren.

Von dem kleinen Muttermal an seinem Kinn, das mich selbst jeden Morgen im Spiegel begrüßte.

Von der wütenden Hilflosigkeit in seinem Blick, die auch in mir pochte.

Alles kam mit einem heftigen Ruck zum Stehen. Ich hatte ihn gefunden. Meinen Zwillingsbruder.

Lilac.

DAMALS

Blood on Paper-thin Skin

Lilac, 13 Jahre, New York City

Das Papier fühlt sich gut unter meinen geschundenen Fingern an. Glatt und rau zugleich. Und auch wenn ich die Buchstaben nicht wirklich erfühlen kann, fahre ich wieder und wieder darüber. Ich lasse mir Zeit mit jedem einzelnen der Wörter. Schmecke sie auf meiner Zunge, werfe sie in meinem Kopf hin und her und lasse ihre Bedeutung tief in meine Gedanken – so wie ich es schon unzählige Male zuvor getan habe. Ich packe sie in meine imaginäre Bibliothek, wo nur ich sie sehen kann. Mein ganz geheimer Schatz.

Frischer Wind fährt durch meine Haare, zieht an dem Sweatshirt, das mir Josh gegeben hat, und bringt die Seiten des Buchs zum Rascheln. Beinahe so, als möchte es mir weitere Geheimnisse zuflüstern, die zwischen den Deckeln auf mich warten. Und mit dem Wind kommen die Geräusche und Gerüche der Stadt zurück zu mir. Dort unten sind sie irgendwo. Genau dort, wo ich eigentlich auch sein soll.

Ich blicke für einen Moment von Die Studie des menschlichen Verhaltens – Ein praktischer Ansatz *auf und lasse die Augen über die Stadt* – meine Stadt – *schweifen. Von meinem Platz aus, auf einem der heruntergekommenen Wohnhäuser in Brooklyn direkt am East River, liegt New York vor mir wie auf dem Silbertablett serviert. Wenn man von oben auf die Stadt schaut, wirkt sie beinahe wie eine der magischen Welten, von denen ich gelesen habe. Fern und unnahbar, wie ein Kunstwerk aus Stahl, Glas und Beton. Die Wolkenkratzer, die im Licht der untergehenden Sonne funkeln, als wären sie aus Gold, Silber und Bronze. Die vielen Autos und Busse, die über die Brooklyn Bridge rauschen. Die Wolken, die sich rosa verfärben und die dunkle Nacht ankündigen.*

Ich ziehe ein Bein an und lege den Kopf schief. Hier und jetzt könnte man fast sagen, dass New York friedlich wirkt. So ruhig und einladend. Wunderschön. Wie ein schlafender Drache. Ein mystisches Wesen, das beeindruckend und anziehend scheint und einem doch jederzeit den Kopf abreißen kann. Ich weiß, wovon ich spreche. Diese verfluchte Stadt hat mir alles genommen, mich verspeist, zerkaut und wieder ausgespuckt. Unzählige Male – und auf eine verdrehte Art und Weise liebe ich sie dafür. Sie ist mein Revier. Mein Zuhause.

Ein dünnes Lächeln tritt auf meine Lippen, dann nehme ich das Buch wieder auf. Ich habe keine besondere Vorliebe für Psychologie oder das menschliche Verhalten, vermutlich habe ich für nichts eine wirkliche Vorliebe. Und ich verstehe auch nicht alles von diesem hochgestochenen Kram, aber das, was ich kapiere, gefällt mir. Der Autor beschreibt die Menschen als das Gegenteil von perfekt. Als Personen, die voller Fehler stecken. Sieht sie als genauso abgefuckt, wie ich es jeden Tag erlebe.

Fehlbar. Imperfekt. Abgefuckt. *Trifft alles zu und ich möchte dem*

Autor dafür am liebsten auf die Schulter klopfen. Denn er hat es kapiert. Vielleicht, weil ihm das Leben die gleiche Lektion verpasst hat wie mir. Vielleicht, weil er gesehen hat, was ich gesehen habe.

Bilder von dem Monster Ed, von Mom und von den Jungs, die ihre Angelegenheiten mit Messern und Fäusten klären, schieben sich vor mein inneres Auge. Genauso wie Josh, der über ihnen allen thront und die tödlichen Fäden zieht. Jedes einzelne dieser Bilder färbt meine Sicht rot, sorgt dafür, dass sie sich wie Klingen in meine Eingeweide bohren. Und genau aus diesem Grund bin ich hier oben und nicht da unten. Nicht bei Josh und nicht bei seinem sogenannten Job.

Ich beiße die Zähne zusammen, schließe die Augen und klappe das Buch zu. Vielleicht hätte ich doch lieber zu Jane Eyre *greifen sollen, auch wenn ich die Geschichte schon mindestens zehnmal gelesen habe und jedes Kapitel auswendig kenne. Aber besonders viel Auswahl gibt es in dem Buchschrank gegenüber der Essenausgabe für Obdachlose nun mal nicht. Man nimmt, was man kriegen kann, und solange es Worte auf Papier sind, gebe ich mich damit zufrieden.*

Ich spanne mich merklich an, als ich hinter mir harte, aufgebrachte Schritte höre, die auf dem steinigen Dach knirschen. Ich kenne diesen Gang, ich kenne sie alle, denn ich habe früh gelernt, gut zuzuhören. Das kann einem das Leben retten.

»Was willst du?«, knurre ich und öffne die Augen, hefte sie auf meine zerschlissenen Chucks, die über dem Abgrund baumeln. Dabei weiß ich längst, was Josh will.

Die Schritte stoppen und ich spüre seinen finsteren Blick auf meiner Haut kribbeln. »Hab mir schon gedacht, dass du dich hier verkriechst.« Seine Worte klingen dumpf, beinahe nasal, und dennoch haben sie nichts von ihrer üblichen Schärfe verloren. »Du warst nicht da, Lil. Du warst nicht dort, wo wir es ausgemacht haben, verflucht! Sie haben Tim erwischt und drei von uns zu Kleinholz verarbeitet.«

Ruckartig drehe ich mich zu ihm um und verenge die Augen. Joshs Gesicht ist ein Schlachtfeld, sein graues Shirt mit Blut und Dreck verschmiert, das schwarze Tuch, das er zur Maskierung trägt, hängt lose um seinen Hals. Eines seiner Augen schwillt gerade zu und ich zähle drei Blutergüsse auf Wangen, Kiefer und Stirn. Aber ihm fehlt nichts Ernsthaftes. Keine tiefe Wunde, kein Messerstich. Gut.

»Du kennst meine Meinung dazu. Das tust du schon eine ganze Weile, Josh. Du weißt, warum ich hier und nicht dort gewesen bin.«

»Ja, und weißt du was, Kleiner? Das interessiert mich nicht. Wegen dir hätten wir heute beinahe alles verloren! Tim muss in den Knast, und Jill, Beaver und Fleet sind im Krankenhaus, wo die Bullen nur darauf warten, sie auch einzubuchten.«

Ich spüre, wie meine innere Wand aus Gleichgültigkeit unter der Wucht seiner Worte zu bröckeln beginnt.

»Du willst dazugehören? Du willst Teil des großen Ganzen sein? Dann musst du verdammt noch mal auch etwas dafür tun!« Mit funkelnden Augen fährt er sich über die aufgeplatzte Lippe und macht dadurch alles nur schlimmer. »Zur Hölle, ich …«

Ich sehe ihn an, warte darauf, dass sich sein Ausbruch weiter in die Höhe schraubt und versuche, seine Vorwürfe einfach auszublenden, wie ich es schon unzählige Male getan habe. Das Geschrei, die Gewalt. Ich versuche mit allen Mitteln, die fragile Mauer in mir zusammenzuhalten. Mein Blick wird ganz leer.

Josh flucht, reißt die Arme in die Höhe und lässt sie wieder sinken. Dann stößt er den Atem aus und ich erwarte die nächste Salve an Beschimpfungen. Er soll es einfach aussprechen. Warum tut er es nicht? Warum sagt er mir nicht einfach, dass ich verschwinden soll? Dass ich eine Last bin und alles schlimmer mache? Dass ich nicht mehr wert bin als der verfluchte Dreck unter seinen Fingernägeln?

»Lilac … hey, Lil.« Seine Stimme wird weicher, verliert die tödliche Schärfe. »Sieh mich an.«

Ich kann nicht. Ich will ihm nicht ins Gesicht schauen müssen, wenn er mir das sagt.

Er legt eine Hand auf meine rechte Schulter und ich fahre zusammen. Sein Griff wird fester. »Schau mich an. Komm schon, Lil.«

Kopfschüttelnd kneife ich die Augen fester zusammen, sehe die Dunkelheit auf mich zurasen.

Nein. Nein. Nein.

Ich werde wieder zu dem kleinen Jungen an einem anderen Ort, mit einem anderen Mann, der nach mir greift.

Eine zweite Hand legt sich auf meine linke Schulter. Ich schreie, versuche mich loszureißen und verliere das Gleichgewicht.

Das Dach!

Ich sitze auf der Kante eines Hochhauses. Ich werde fallen, aufschlagen, verschwinden. So, wie alle es wollen. Für einen irrationalen Moment lang frage ich mich, ob sie dann endlich zufrieden sind und mich in Ruhe lassen.

Doch ich falle nicht. Ich werde zurückgerissen, an eine harte, warme Brust. Der Geruch von Blut steigt mir in die Nase, von Schweiß – und Geborgenheit. Joshka.

Er schlingt seine Arme um mich, hält mich, lässt mich nicht los. Er lässt nicht zu, dass ich falle.

»Scheiße, Lil«, murmelt er und zerquetscht mich beinahe. »Wie soll ich dich beschützen? Wie soll ich dich vor diesen Bastarden beschützen, wenn du nicht mitmachst?« Seine Finger bohren sich in mein Shirt, in meine Haut. »Dabei habe ich dir doch versprochen, immer auf dich

aufzupassen. Du weißt, dass ich das tue. Ich halte meine Versprechen. Immer.«

Das weiß ich, aber ich bleibe stumm, konzentriere mich nur auf seine Anwesenheit und die schier unendliche Kraft, die ihn umgibt. Ich erlaube mir, mich auf diese Stärke zu verlassen. Auf Josh, der mich beschützt und immer beschützt hat.

Langsam, ganz langsam verzieht sich das Monster aus meinen Gedanken, nimmt die Dunkelheit mit sich, bis das schwache, wenige Licht hervortritt. Der Druck auf meiner Brust lässt nach und ich schaffe es endlich, wieder zu atmen.

Josh schiebt mich vorsichtig von sich und mustert mich besorgt. Seine Augenbrauen sind zu einer harten Linie zusammengezogen und ich weiß, dass ich ihm Angst gemacht habe. In diesem Moment wirkt er älter als sechzehn Jahre.

Wir setzen uns ein Stück entfernt von der Kante auf den Boden des Dachs. Kies drückt sich schmerzhaft in meine Haut, aber das ist egal.

»Okay?«, fragt er leise, die Hände immer noch auf meinen Schultern.

Ich hole tief Luft und nicke. »Okay.«

Ein winziges Lächeln zupft an seinen Lippen. »Ich wollte dich nicht anschreien. Ich … ich weiß nur einfach nicht mehr, was ich tun soll. Der Untergrund erwartet viel, und ich muss ihm geben, was er verlangt. Sonst machen sie uns fertig, Lil. Uns alle.« Josh lässt mich los und fasst sich an die Nasenwurzel. »Sie merken, dass ich dich bevorzuge, und ich weiß nicht, wie lange ich sie noch davon abhalten kann, das gegen uns zu verwenden.«

Ich nicke wieder. »Es tut mir leid.«

Er legt die Stirn in Falten und sieht mich nachdenklich an. »Nein, Knirps, mir *tut es leid.«*

Mit zusammengebissenen Zähnen wende ich den Blick ab und starre auf mein aufgeschlagenes Buch, das im Dreck gelandet ist. Einige Seiten sind geknickt und stehen in einem falschen Winkel heraus wie gebrochene Gliedmaßen. Als hätte es gelitten. So wie Josh.

Ich schaue wieder zu meinem großen Bruder und wünsche mir, ich wäre bei dem Job dabei gewesen. Er riskiert jeden Tag sein Leben für mich. Reißt sich den Arsch auf, damit ich bleiben kann. Dabei müsste er das gar nicht. Josh hat eine Familie, einen Platz, an den er gehört. Trotzdem kämpft er ununterbrochen für uns alle. Und ich … ich verkrieche mich – so, wie ich es schon immer getan habe.

Fehlbar. Imperfekt. Abgefuckt.

Vielleicht aber noch nicht so weit, dass ich blind für das werde, was um mich herum geschieht. Ich mag verkommen sein, aber ich weiß, was richtig ist. Ich weiß, was ich tun muss.

Entschlossen rücke ich etwas von Josh ab und richte mein Sweatshirt. Ich bin dreizehn Jahre davongerannt und habe mich verkrochen. Es wird Zeit, dass ich das endlich ändere, bevor jemand anderes diese Entscheidung für mich trifft.

»Du musst dich nicht entschuldigen. Es ist meine Schuld. Das alles. Du hast jedes Recht, wütend zu sein und mich anzubrüllen.«

»Lil …«, beginnt er, doch ich lasse ihn nicht zu Wort kommen.

»Nein. Ich bin alt genug, ich kenne die Konsequenzen und wenn ich dabeibleiben will, muss ich sie auch tragen. Keine Ausnahmen, keine Sonderbehandlung. Das will ich nicht mehr.«

Josh leckt sich über die aufgeplatzte Lippe und sieht mich aufmerksam an. Er weiß, dass ich Gewalt nicht ausstehen kann. Nicht auf diese Art und Weise.

»Bist du dir sicher? Ich kann versuchen, noch mal ein gutes Wort im Untergrund einzulegen und die Gerüchte, dass du ungeeignet für uns

bist, im Keim zu ersticken. Niemand wird dir zu nahe kommen. Nur über meine Leiche, Lilac.«

»Ich bin mir sicher. Bring mich zurück. Ich kenne meinen Platz.« Ich stehe auf und klopfe mir den Staub von der Hose. »Also, wie lautet dein nächster Befehl, Tomber?«

KAPITEL 6

Something New in Good Old Days

Joshka

Ich erinnerte mich noch ganz genau an das Gefühl, als ich mich das erste Mal einer geladenen Waffe gegenüber wiedergefunden hatte. Sie war direkt auf meine Stirn gerichtet gewesen, ich hatte in ihren Lauf gesehen und dann auf den zittrigen Finger, der am Abzug gelegen hatte. An das Gesicht des Mannes, der sie gehalten hatte, konnte ich mich hingegen kaum noch erinnern. Er war einer der Ersten gewesen, die ich aus dem Spiel gekickt hatte, als ich zu Tomber geworden war. Einer der Ersten, der meinem Netz aus Informationen und geschickten Abkommen zum Opfer gefallen war.

Aber die prickelnde Mischung aus Panik, Adrenalin, Rausch, Angst, Resignation – die würde ich nie vergessen. Die Starre, die mich gelähmt hatte, mein leiser, keuchender Atem und der Schweiß, der in meinen Augen gebrannt hatte. Diese seltsame Ruhe, die sich über mich gelegt und meinen Herzschlag verlangsamt hatte.

Dieser Moment ließ sich schwer in Worte fassen oder verstehen, wenn man ihn nicht am eigenen Körper erlebt hatte. Nach dem einen Tag hatte ich dieses spezielle Gefühl nie wieder verspürt. Bei keinem der unzähligen Male, bei denen auf mich geschossen wurde, und auch nicht, als mich die Brooklyn Bridge beinahe umgebracht hatte. Ich hatte mich nie wieder so gefühlt. Bis jetzt.

Jetzt, auf der weitläufigen, schicken Terrasse mit Designermöbeln und Garten davor, die zu einer absurd großen Stadtvilla gehörte, stieg dieses Gefühl wieder in mir auf. Es kroch mir eiskalt die Wirbelsäule empor, breitete sich in meinem Kopf aus und sorgte dafür, dass sich mir die Härchen im Nacken aufstellten. Dabei hatte ich angenommen, dass ich längst über diesen Punkt hinaus war. Dass ich überhaupt nicht mehr fähig war, diese Art von Angst zu verspüren. Vermutlich war ich das auch nicht, aber dieses Mal ging es auch nicht um mich, sondern um Lilac. Der mir mehr bedeutete als mein eigenes Leben. Ich fürchtete mich vor dem, was dieser Zirkus in ihm anrichten konnte und dass ich dieses Mal nicht in der Lage war, ihn davor zu bewahren. Und das fühlte sich ziemlich beschissen an.

Wir starrten einander seit fast zwanzig Minuten schweigend an. Dieser Ben, das Mädchen aus dem Coffeeshop, das sich als Lils Zwillingsschwester Mira entpuppt hatte, Lilac und ich. Eine Schießerei war wirklich ein Klacks gegen diese Stille, die sich immer weiter ausdehnte und mir langsam die Luft zum Atmen nahm. Ich konnte mit absoluter Sicherheit sagen, dass dieses Treffen hier eine der unerträglichsten Situationen meines ganzen Lebens war – und das mochte in meinem Fall schon einiges heißen.

Kuchen, Kaffee, Tee und zwei Karaffen mit Cola und Wasser standen unangetastet vor uns auf dem Holztisch, während irgendwo ein Radio leise vor sich hin dudelte.

Lilac und Mira saßen sich regungslos gegenüber wie zwei Seiten ein und derselben Medaille, die man auseinandergerissen und nun brutal wieder zusammengefügt hatte. Ich konnte es nicht genau beschreiben, aber die beiden gemeinsam vor mir zu haben, traf einen Nerv in meinem Inneren, über den ich eigentlich nicht zu viel nachdenken wollte. Zu sehen, wie gut sie zusammenpassten, fühlte sich ein bisschen wie ein Messerstich an. Vielleicht nicht auf emotionaler Ebene, schließlich kannten sie sich noch keine ganze Stunde, aber es war unbestreitbar, dass sie etwas verband. Etwas, das ich nicht zu fassen bekam und mir Magenschmerzen bereitete. Egal, wie sehr ich mich auch dagegen zu wehren versuchte.

Ich runzelte die Stirn und betrachtete zuerst das Muttermal an Miras Kinn und dann das Gegenstück. Meine Finger gruben sich tiefer in das weiche Polster der Armlehnen. Es war mir schon im Café aufgefallen, als ich über sie gestolpert war. Die Ähnlichkeit zu Lil hatte mich vollkommen aus dem Konzept gebracht – etwas, das mir nicht allzu oft passierte. Doch sie hatte es geschafft. Ihre Haltung, ihre Augen, selbst der herausfordernde Ausdruck in ihren Zügen glich Lilac auf unheimliche Art und Weise. Und das hatte mich überrumpelt. *Mira* hatte mich überrumpelt.

Wie konnten sich zwei Menschen, die sich nie begegnet waren, so ähnlich sein? Ich hatte Lil einige Jahre aufgezogen, mich um ihn gekümmert, an einem ganz anderen Ort, unter ganz anderen Umständen, und doch schienen er und das perfekte Kleinstadtmädchen sofort zusammenzugehören. Sie mochten es in diesem

Augenblick vielleicht noch nicht merken, aber *ich* konnte es sehen und war mir ziemlich sicher, dass es anderen genauso auffallen würde.

Ein vernehmliches Räuspern holte mich aus meinen Gedanken und ließ mich aufblicken. Ben musterte mich mit einer Mischung aus Skepsis und Unentschlossenheit, während er eine strahlend weiße Tasse an seine Lippen führte.

»Verzeih mir die Frage, Joshka, aber kannst du mir noch einmal den Grund deiner Anwesenheit hier erklären? Mr Plankeys hat darüber kein einziges Wort verloren, fürchte ich.«

Hölle, sprach dieser Kerl immer so hochgestochen? Zu seinem perfekten blauen Hemd und den ordentlich gekämmten, hellbraunen Haaren würde es auf jeden Fall passen.

Nur mit Mühe unterdrückte ich ein Augenrollen und zwang mich zu einem möglichst neutralen Ausdruck. Zwar wollte ich Lil am liebsten packen und wieder aus Maple Creek verschwinden, aber ich würde einen Teufel tun und ihm diese Chance verbauen. Er sollte selbst entscheiden, was er aus dem allen hier machte, und dabei würde ich ihm nicht im Weg stehen. Also schluckte ich meine Flüche runter und benahm mich. Vorerst.

»Das wundert mich ehrlich gesagt auch. Plankeys war schließlich in allererster Reihe dabei, als ich mich entschieden habe, Lil zu begleiten.«

Ben stellte seine Kaffeetasse wieder ab und runzelte die Stirn. »Vielleicht ein Missverständnis.«

»Wohl eher nicht«, brummte Lilac, der mit verschränkten Armen finster vor sich hinstarrte. Im Gegensatz zu mir machte er sich nicht die Mühe, irgendetwas an seinem Unterton zu ändern. Typisch. »Hätte Plankeys dir geschrieben, dass noch ein Problem mehr vor deiner Haustür auftaucht, hättest du vermutlich gar nicht erst aufgemacht.«

Ben wurde blass. »Lilac, wenn ich dir das Gefühl gegeben habe, du wärst ein Problem –«

»Ich glaube, das kannst du dir sparen, Dad«, unterbrach ihn Mira genervt und zog damit alle Aufmerksamkeit auf sich.

Da war also noch jemand ziemlich angepisst. *Interessant.*

Sie stieß hörbar den Atem aus und verengte die Augen. »Tu uns doch allen den Gefallen und sei einmal ehrlich. Nur dieses einzige Mal. Das hier ist keines deiner Meetings, bei denen du irgendjemanden einwickeln musst, um ein Geschäft zu machen. Hier geht es um deine *Familie.*«

Ich sah Ben schlucken und bemerkte, wie sich seine Hände fester um die Tasse schlossen.

»Mirella …«, begann er leise und brach dann kopfschüttelnd ab, als wüsste er nicht mehr, was er sagen sollte. Kurz flog sein Blick zu Lilac, dann wieder zu seiner Tochter.

Er wirkte nicht wie jemand, dem oft die Worte fehlten. Und aus einem mir unbegreiflichen Grund brachte mich das dazu, den Mund aufzumachen.

»In den letzten Jahren ist Lil zu meinem Bruder geworden. Ich habe auf ihn aufgepasst. Er gehört zu mir, genauso, wie ich zu ihm gehöre. Deswegen bin ich hier«, sagte ich, ohne aufzuschauen und starrte stattdessen Löcher in die Kuchenplatte. »Ich war für ihn da, als Sie es nicht waren. Mein Platz ist dort, wo Lilac ist.«

Für einen Moment war das Rauschen des Windes in den Ahornbäumen das einzige Geräusch, das die Stille füllte. Bunte Blätter flogen durch die Luft und blieben dann auf dem gepflegten Rasen und den Beeten liegen.

»Dann sollte ich mich wohl bei dir bedanken, Joshka.«

Ich hob den Kopf und erwiderte seinen eindringlichen Blick mit ausdrucksloser Miene. »Ich habe es nicht für Sie getan oder für mich selbst, sondern ganz allein für Lilac. Ich brauche Ihre Anerkennung nicht.«

Unterhalb von Bens rechtem Auge zuckte ein Muskel. Keine Ahnung, was er über die Vergangenheit seines Sohnes oder über die Umstände von Janes Tod wusste, aber ich vermutete, dass ihm bewusst war, dass Lilac gelitten hatte. Ich sah die Schuld in seinem Blick, die Gewissheit, etwas Unverzeihliches getan zu haben, das nicht rückgängig gemacht werden konnte.

»Dennoch, ich bleibe dabei. Danke«, hielt er überraschend fest dagegen. »Und damit wir uns richtig verstehen: Ich möchte keine Ausreden finden oder Entschuldigungen für etwas, das ich hätte tun müssen. Lassen wir dieses Hin und Her und fangen noch einmal neu an.« Mit einem schweren Seufzen lächelte er Mira an, die sich ebenfalls dazu durchrang, die Mundwinkel zu heben, und ließ seine Tasse los.

Zwar hatte ich keine Ahnung, was genau er mit diesem *Neuanfang* meinte, aber solange es diese unangenehme Stille beenden würde, sollte es mir recht sein.

»Ehrlich gesagt bin ich selbst ziemlich überrascht von der ganzen Situation«, setzte Ben erneut an, woraufhin Mira ein ungläubiges Schnauben von sich gab, das er geflissentlich überging. »Als ich das Schreiben von Plankeys erhielt, habe ich seinem Vorschlag zugestimmt, weil es als Vater das einzig Richtige gewesen ist. Allerdings habe ich mich wenig mit den Konsequenzen dieser Entscheidung auseinandergesetzt. Die Wahrheit ist also, dass ich keine Ahnung habe, wie ich damit umgehen soll. Diese Lage ist für mich genauso ungewohnt wie für euch, und ich habe kein Handbuch oder Ähnliches, an das ich mich halten kann. Es ist ja nicht so, als würde so etwas tagtäglich passieren.« Er fuhr sich mehrmals über das Kinn und sah dann zu Lilac. »Ich kann mir vorstellen, dass du viele Fragen hast. Dass *ihr beide* viele Fragen habt«, verbesserte er sich mit einem raschen Seitenblick auf Mira, deren Schultern ziemlich verkrampft wirkten.

»Die Untertreibung des Jahrhunderts«, murmelte sie und zog die Unterlippe zwischen die Zähne.

Lil stimmte ihr wortlos zu, ohne die Miene zu verziehen.

Ich schwieg.

»Wo soll ich anfangen?« Mit gerunzelter Stirn starrte Ben in seinen Kaffee, als würde er dort die Lösung für diese prekäre Situation finden.

Mira rutschte unruhig auf ihrem Stuhl herum und legte die Unterarme auf den Tisch, sodass ihre Kuchengabel mit einem unangenehmen Ton gegen den Teller stieß. Ich verzog das Gesicht.

»Wie wäre es, wenn du damit beginnst, wie es sein kann, dass Lilac und ich nie etwas voneinander erfahren haben? Oder warum *unsere Mutter* mit meinem *Bruder* ans andere Ende des Landes gezogen und damit quasi von unserem Radar verschwunden ist?« Bitterkeit schwang in ihren Worten mit und ließ ihre Augen angriffslustig leuchten.

In diesem Moment wurde mir etwas klar: Ich hatte mich geirrt. Lils und Miras Augen waren nicht gleich. In ihren lag mehr Blau, mehr Helligkeit, während in seinen ein dunkles Grün beigemischt war. Die beiden waren wie Licht und Schatten – ein passender Vergleich, den ich gleichzeitig aus tiefstem Herzen verabscheute, weil so viel hässliche Wahrheit in ihm steckte. Während Mira hier in dieser Kleinstadt ein ruhiges und behütetes Leben geführt hatte, bei dem es ihr an nichts gemangelt hatte, hatte Lil in Finsternis und Angst gelebt. Er hatte so viel Grausamkeit gesehen und ertragen müssen, wohingegen seine Schwester im Licht aufgewachsen war. Und ein Teil von mir, der hässliche Teil, der genauso düster war wie die Abgründe in Lilac, hasste sie dafür. Mira, Ben, Jane. Sie alle.

Ich ballte die Hände zu Fäusten, sodass sich meine Nägel stechend in die Innenflächen bohrten.

»Jane …« Ein fast vergessener Schmerz, gepaart mit innerer Qual schlich sich in Bens Züge und ließ ihn vor unseren Augen um mehrere Jahre altern. »Es tut mir leid. Das ist sicher keine Geschichte für den ersten Tag oder unsere aufgeheizten Gemüter.«

»Was soll das heißen?«, knurrte Lilac mit mehr Nachdruck in der Stimme als in den vergangenen Wochen zusammengenommen.

Mira öffnete den Mund, um ebenfalls zu protestieren, doch ihr Vater schnitt ihr mit einer raschen Geste das Wort ab. »Nicht heute, Mirella. Ich werde dir – *euch* – alle Fragen beantworten, euch die Erklärungen liefern, auf die ihr hofft, aber nicht jetzt. Ich schlage vor, dass wir uns lieber noch etwas besser kennenlernen und den Tag ausklingen lassen.«

War das echt sein Ernst?

»Ich passe«, brummte Lil und schob seinen Stuhl mit einem lauten Schaben zurück. »Bevor wir hier nicht ein paar Dinge geklärt haben, werde ich nicht so tun, als wäre das hier eine glückliche Wiedervereinigung. Wo ist mein Zimmer?«

Zu meiner Überraschung erhob sich auch Mira und zupfte ihr Sweatshirt, das ihr einen Tick zu groß war, zurecht. »Kaum zu glauben, dass ich das sage, aber ich bin seiner Meinung. Du kannst nicht erwarten, dass wir so tun, als wäre alles in Ordnung, ohne wirklich zu wissen, was eigentlich Sache ist.«

Miras und Lils Blicke begegneten sich nur für einen kurzen Moment, aber er reichte aus, um zu erkennen, dass die beiden eine stumme Vereinbarung getroffen hatten.

Ben sah unglücklich zwischen seinen Kindern hin und her und neigte schließlich den Kopf. »Ich habe für dich das Gästehaus herrichten lassen. Ich denke, dort ist genügend Platz für euch beide. Es sei denn, du möchtest für die Dauer deiner Zeit in Maple Creek in einer Pension wohnen, Joshka.«

Ich stand ebenfalls auf und nahm meinen Parka von der Stuhllehne. »Ich gehe dorthin, wo Lil hingeht.«

Ben nickte, schien aber mit den Gedanken bereits an einem ganz anderen Ort zu sein. »Mira, Schätzchen, zeigst du ihnen alles?«

Sie gab ihm keine wirkliche Antwort, sondern lief nur schweigend um den Tisch herum und steuerte dann die wenigen Stufen an, die von der Terrasse in den Garten hinabführten. Lilac folgte ihr wie ein Schatten, ohne einen weiteren Blick an seinen Vater zu verschwenden.

Ich mahlte mit den Kiefern und sah den beiden mit gemischten Gefühlen nach, ehe ich mich selbst in Bewegung setzte und Ben allein zurückließ. Ein Teil von mir war froh, dass wir die Vergangenheit für heute hatten ruhen lassen. Das alles hier war auch so schon erdrückend genug – ganz ohne hässliche Vorgeschichte und alte Familiendramen. Ich hoffte, dass Lilac dadurch etwas Aufschub bekommen würde, um sich an die Veränderungen zu gewöhnen, bevor die nächste Bombe hochging. Denn irgendetwas sagte mir, dass uns der größte Kampf noch bevorstand.

Ich hatte nie viel für Luxus übrig gehabt. Nie wertgeschätzt, dass ich in einem Haus mit fünfzehn Schlafzimmern aufgewachsen war und im reinen Überfluss gelebt hatte. Vielleicht, weil mir das eine, was ich mir immer am meisten gewünscht hatte, gefehlt hatte.

Ich hatte eigene Chauffeure, einen Kinosaal und sogar einen Rooftop-Pool gehabt, aber keinen Vater, der mich getröstet hatte, wenn ich mir das Knie aufgeschlagen hatte. Ich hatte immer nur das teuerste Spielzeug gehabt, alles, was man mit Geld kaufen konnte, aber keine liebevolle Familie. Niemanden, der mich wirklich sah. Mich verstand. Deswegen war ich auf die Straße gegangen und hatte mir meine eigene Familie gesucht – und gefunden. Fernab von dem falschen Glanz, der Kohle und dem goldenen Käfig, in dem ich jahrelang gefangen gewesen war.

Vermutlich ließ mich der Anblick des schicken Gästehauses inklusive Holzdeck und Pool dahinter aus diesem Grund vollkommen kalt, als Mira uns in unser neues Zuhause führte. Ich wusste, dass Luxus nichts zu bedeuten hatte, und in diesem Fall machte es das sogar noch schlimmer. Lil hatte Dreck gefressen und wäre fast draufgegangen, während Ben und sie hier im wahrsten Sinne des Wortes im Himmel gelebt hatten.

Ich ballte die Hände zu Fäusten und schluckte meine Wut herunter, bevor ich noch irgendetwas zu Kleinholz verarbeiten konnte. Den gigantischen, schwarz glänzenden Flügel beispielsweise.

Mira knetete nervös ihre Finger und blieb in der Mitte des hellen und großzügigen Wohnbereichs stehen, den wir gerade betreten hatten. Mit einem dünnen Lächeln auf den Lippen, das kaum ihre Augen erreichte, wandte sie sich zu Lil und mir um. »Da wären wir. Das Gästehaus. Es gibt vier Schlafzimmer mit Bädern, eine Sauna und den großen Essbereich mit Küche, aber ihr könnt natürlich jederzeit ins Haus zu uns kommen und mit uns essen.«

Dem letzten Teil ihrer kleinen Ansprache entnahm ich eine gewisse Spur von Bitterkeit. Es war ziemlich offensichtlich, dass sie uns nicht in ihrem Leben haben wollte. Dass wir Eindringlinge in ihrer perfekten kleinen Welt waren.

Lil murmelte ein Danke und nestelte am Saum seines schwarzen Shirts herum, während sein Blick durch den großen Raum flog. Für ihn musste das hier genauso verstörend sein, wie es für mich nervtötend war.

»Freitags habe ich keine Vorlesungen, also werde ich den ganzen Tag hier sein und morgens Pancakes machen – ist so eine Tradition. Wenn ihr Lust habt …«, sagte Mira leise und drehte den Schlüssel in ihren Händen hin und her. Mir fielen ihre langen, schmalen Finger und die filigranen Ringe daran auf.

Ich runzelte die Stirn und blickte auf, nur um festzustellen, dass sie mich mit ihren leuchtend blauen Augen musterte. Automatisch hob ich herausfordernd eine Augenbraue, was sie ertappt zur Seite schauen ließ.

Wusste ich es doch. Nichts davon war wirklich ernst gemeint, sie sagte nur, was sie glaubte sagen zu müssen und konnte mir dabei nicht einmal ins Gesicht sehen.

»Wir kommen schon klar. Das sind wir früher auch«, erwiderte ich schließlich reserviert und streckte ihr meine offene Hand entgegen.

Ein Schatten flog bei meinen Worten über ihre Züge und ließ das kleine Lächeln verschwinden. »Sicher.«

Widerstrebend, fast so, als würde sie dadurch einen Dämon in ihre heile Welt lassen, überreichte sie mir den Schlüsselbund.

Nun, ganz falsch lag sie damit nicht.

»Damit kommt ihr auch ins Haus. Und der Große ist für die Garage. Da ist noch ein Platz frei – falls ihr einen Wagen habt.«

»Wir kommen klar«, wiederholte ich nur und steckte die Hände samt Schlüsseln in die Hosentaschen.

»Gut, dann ist meine Anwesenheit hier ja vollkommen überflüssig.« Mira schoss ein freudloses Grinsen in meine Richtung, ehe sie sich abwandte und den Wohnbereich verließ. In dem kleinen Flur schlüpfte sie in ihre Flipflops und sah dann doch noch einmal zurück. »Wenn ihr trotzdem irgendetwas braucht, meldet euch.«

Zu meiner Überraschung löste Lil seine verkrampfte Haltung und hob die Mundwinkel kaum merklich. Es war kein richtiges Lächeln, aber deutlich mehr, als ich in den vergangenen Wochen von ihm zu sehen bekommen hatte. »Machen wir. Ähm, danke.«

Miras Miene wurde weicher, dann war sie auch schon mit wehenden Haaren aus dem Haus verschwunden, als könnte sie nicht schnell genug möglichst viel Abstand zwischen sich und uns bringen. Die Tür fiel mit einem satten Klicken ins Schloss.

Ich atmete aus und fuhr mir durch die Haare.

»Was hältst du davon?«, fragte Lil und schnappte sich seinen ramponierten Rucksack, den er beim Reinkommen einfach in irgendeine Ecke gepfeffert hatte.

»Ganz ehrlich? Ich weiß es nicht. Du solltest nur nicht zu viel erwarten«, antwortete ich und ging weiter in den offenen Raum hinein.

Die gesamte hintere Wand bestand aus Glas und gab den Blick auf die Terrasse und den Pool frei. Rechts von mir lagen eine helle Sofalandschaft, Bücherregale und ein gigantischer Flachbildfernseher, links eine schicke, großzügige Küche mit weißen Blenden und viel dunklem Holz und Edelstahl. Eine Sitzecke verband beide Teile des Wohn- und Esszimmers miteinander. Ich gab es nicht gern zu, aber die Einrichtung war geschmackvoll, beinahe gemütlich. Nichts an der zweifellos teuren Ausstattung wirkte, als wollte man damit ein Statement setzen. Nicht so wie bei meinem Vater. Da quoll jeder Quadratzentimeter vor Protz über und schien die übrige Gesellschaft daran erinnern zu wollen, wo ihr Platz war. Dass er – wir – über den *gewöhnlichen Menschen* standen. Ich hatte das immer aus vollstem Herzen verabscheut.

Lil drehte die Vierteldollarmünze, die an einem schwarzen Lederband um seinen Hals hing, hin und her. »Mira scheint es genauso wenig gewusst zu haben wie ich. Offensichtlich hat Ben ihr auch einiges verschwiegen – zumindest würde das erklären, warum sie so angepisst reagiert hat. Ganz ehrlich, so ätzend diese Situation auch ist, ich würde schon gern wissen, was unsere … *unsere Eltern* da eingefädelt haben. Wieso haben sie uns getrennt? Was soll diese ganze Geheimnistuerei?«

Schweigend sah ich ihn an. Es war das erste Mal seit einer kleinen Ewigkeit, dass Lil mehr als ein paar Worte rausbrachte, die nicht aus Flüchen oder Beleidigungen bestanden. Nach der Gerichtsverhandlung hatte er so gut wie jede Sekunde damit verbracht, sich immer weiter in sein dunkles Schneckenhaus zurückzuziehen und die Welt zu hassen und jetzt …

»Was?«, fragte er gereizt, und ich konnte förmlich beobachten, wie er sich wieder vor mir verschloss. Er ließ die Münze los und bedachte mich mit der vertrauten Härte in den Zügen. »Vergiss es einfach. Ich geh schlafen. War ein scheißlanger Tag.«

»Lil …« Ich stieß mich von der Küchentheke ab und machte einen Schritt in seine Richtung, doch er hatte sich bereits abgewandt.

Mit wütenden Schritten stapfte er durch den Flur und warf nur einen Moment später die Tür eines der Zimmer lautstark hinter sich zu. Das war eindeutig gewesen.

Ich murmelte einen Fluch und zog den Schlüsselbund wieder hervor. Ein kleiner Anhänger in der Form eines Ahornblatts baumelte daran. Darauf stand in geschwungenen Lettern: *Maple's Adventures – Wo Abenteuer beginnen.*

Kopfschüttelnd griff ich nach meiner Jacke und verließ das Gästehaus auf demselben Weg wie Mira vor ein paar Minuten. Im Garten brannten mittlerweile unzählige, kleine Solarlampen, die wie Leuchtkäfer glühten und die Umgebung erhellten. Nicht, dass das nötig gewesen wäre. Die Finsternis war früh zu meiner Begleiterin geworden, einer meiner besten Verbündeten, in der ich mich mühelos zurechtfand.

Beinahe lautlos folgte ich dem Kiesweg, der weg von der Villa und weiter in den großen Garten hineinführte, als ich ein leises Murmeln hörte.

»… es gab nie irgendwelche Probleme zwischen Dad und mir, und jetzt? Jetzt macht er mit seinen Geheimnissen alles kaputt!«

Ich blieb stehen und zog die Augenbrauen zusammen. Das war Mira, und dieses unterdrückte Schluchzen … Sie weinte.

»Ich meine, so etwas verschweigt man doch nicht einfach. Was ist, wenn Dad mich auch in anderen Dingen belogen hat? Wenn jedes einzelne Wort aus seinem Mund eine Lüge ist?« Ihre Frage ging in einem weiteren Schluchzen unter. Mit wem zum Teufel sprach sie da?

»Und die beiden Typen machen es auch nicht besser, oder? Wie soll ich die Sache klären, wenn die plötzlich auftauchen und alles durcheinanderbringen? Hier ist kein Platz ... Ich habe keinen Platz für sie. Sie gehören nicht hierher, verstehst du?«

Ich umfasste den Schlüsselbund fester und bewegte mich langsam vorwärts. Wem auch immer sie gerade ihr Herz ausschüttete, ich wollte wissen, *wer* es war. Wem gegenüber sie Lilac und mich so leichtfertig verurteilte. Mira kannte uns nicht. Was gab ihr das Recht zu entscheiden, ob wir hierhergehörten oder nicht?

Ehe ich es verhindern konnte, ging ich auch schon über das säuberlich geschnittene Gras in die Richtung, aus der ihre Stimme gekommen war. Der feuchte Rasen durchnässte meine Turnschuhe innerhalb von Sekundenbruchteilen, während ich um einen großen Ahornbaum herumlief und auf die Holzbank im hinteren Teil des Gartens zusteuerte. In dem schwachen Licht konnte ich bereits ihre hellen Haare ausmachen und irgendetwas Großes, Schwarzweißes, das zu ihren Füßen lag.

Ein Hund.

Diese Erkenntnis kam einen Augenblick zu spät, denn ich hatte den Gedanken kaum zu Ende gebracht, da sprang das Monstrum auch schon auf und stürmte bellend auf mich zu.

»Scheiße!«, stieß ich hervor und tat instinktiv das, was ich auf den Straßen New Yorks gelernt hatte.

In den Häuserschluchten und dunklen Gassen wimmelte es nur so von Straßenkötern – widerliche, blutrünstige Biester –, die genauso um ihr Überleben gekämpft hatten wie Lil und ich. Entweder man lernte, sich gegen sie zu wehren oder man ging drauf. Ganz einfach.

Ich warf mich genau im richtigen Moment zu Boden, packte den großen Hund im Nacken und riss ihn mit mir. Zusammen landeten wir im kalten Gras und verhedderten uns hoffnungslos ineinander – wobei ich allerdings das Gefühl hatte, dass es dem Vieh auch noch Spaß machte.

»Flex! Oh mein Gott! *Aus!*«, rief Mira und kam zu uns gestürzt.

Meine Hände gruben sich tiefer in das weiche Fell, um das Biest von meiner Kehle fernzuhalten, doch dieser Hund reagierte anders als die Ungeheuer aus den dunklen Gassen. Anstatt nach mir zu schnappen und die Zähne zu fletschen, peitschte eine nasse, rosafarbene Zunge einmal quer über mein Gesicht. Und dann noch einmal.

Uuuaaahh.

Erschrocken lockerte ich meine Finger für einen Moment, den der Hund sofort nutzte, um sich loszureißen und dann wie irre mit wedelndem Schwanz um mich herumzutollen. Als hätte dieses Tier komplett den Verstand verloren.

»Aus, hab ich gesagt«, wiederholte Mira mit fester Stimme, doch dieses Mal tanzte ein verräterisches Lachen auf ihren Worten.

Der Hund beruhigte sich endlich, ließ sich hechelnd auf dem Bauch nieder und sah mich aus klugen, bernsteinfarbenen Augen an.

Ich richtete mich langsam auf, mein Herz schlug mir noch immer bis zum Hals, und fuhr mir mit dem Ärmel über das nasse Gesicht. Meine Kleidung war klamm und kalt vom Gras und klebte wie eine zweite Haut auf mir. Das war definitiv etwas, womit ich heute nicht gerechnet hatte.

Ein leises Kichern durchbrach die Stille und ließ mich zu Mira schauen, die sich rasch eine Hand vor den Mund hielt, als sie meinen Blick bemerkte. Das Lachen blieb trotzdem.

»Ist das deine Bestie?«, brummte ich, stand auf und pflückte mir nasses Laub von meiner Hose.

»Ja, das ist Flex, mein Border Collie. Sorry, dass er dich so angefallen hat, aber er kennt dich noch nicht und liebt Besuch.« Schulterzuckend tätschelte sie den Kopf des großen Hundes und schenkte ihm ein warmes Lächeln, ehe sie wieder zu mir sah. »Und er ist ein guter Beschützer.«

Ich runzelte die Stirn und verschränkte die Arme vor der Brust. »Ich hatte nicht vor, dich anzugreifen.«

Mira legte den Kopf schief und betrachtete mich mit einer Mischung aus Skepsis und Belustigung. »Schon klar. Warum schleichst du dann hier rum?«

»Du hast mir nur einen Schlüsselbund gegeben. Ich wollte nach einem zweiten fragen«, erwiderte ich ungerührt und sah ihr direkt in die Augen. Sie musste ja nicht wissen, dass ich gelauscht hatte und aus einem ganz anderen Grund in ihre Richtung gekommen war.

Miras Hand glitt in ihre Hosentasche und zog einen zweiten, ähnlichen Bund hervor. »Ich dachte, ich hätte dir beide gegeben.« Sie lächelte unsicher und hielt ihn mir hin. Noch immer brachte mich die Ähnlichkeit zu Lilac mehr aus dem Konzept, als ich mir eingestehen wollte. Sie war wie ein unangenehmes Jucken, das mich an etwas erinnerte, das ich unbedingt zu vergessen versuchte.

»Jetzt schon.« Ich griff danach, wobei sich unsere Fingerspitzen für einen Augenblick lang berührten.

Sie zuckte sofort zurück und erinnerte mich unangenehm an das, was ich vorhin von ihren Gedanken mitbekommen hatte. An ihre bescheidene Meinung über Lilac und mich.

Hier ist kein Platz … Ich habe keinen Platz für sie. Sie gehören nicht hierher, verstehst du?

Ich biss die Zähne zusammen und wandte mich ruckartig ab. Nicht, dass sie noch auf die Idee kam, ich würde noch mehr von ihrer wertvollen Zeit verschwenden wollen. Ohne ein weiteres Wort steckte ich den Schlüssel ein und folgte demselben Weg, den ich gekommen war, zurück zum Gästehaus.

Hinter mir hörte ich ein bitteres »Gern geschehen« – aber es hätte genauso gut der Wind sein können, der in den Ahornblättern raschelte. Spielte auch keine Rolle. Es kümmerte mich nicht, was Mira oder ihr Vater von mir hielten, es ging hierbei nur um Lilac. Und sobald seine Bewährung abgelaufen war, würde ich ihn auf direktem Weg fort von hier bringen. Weg von dieser toxisch perfekten Familie. Weg von New York. Weg von allem, was ihn verderben konnte.

Und mir war klar, dass das *mich* genauso einschloss.

KAPITEL 7

Who Wants to Be Mr Anonymous?

Mira

Frustriert schob ich meinen Collegeblock zur Seite und gab es endgültig auf. Nachdem ich eine kleine Ewigkeit auf das leere Blatt gestarrt hatte, musste ich mir eingestehen, dass es nichts brachte. Egal, wie lange ich mich auch davon zu überzeugen versuchte, dass ich etwas für die Uni tun konnte, während mein Zwillingsbruder und sein unheimlicher Freund nur ein paar Meter entfernt waren – es klappte nicht. Es erschien mir beinahe unmöglich, auch nur einen klaren Gedanken zu fassen, der nichts mit Lilac oder Joshka zu tun hatte. Und das war, gelinde gesagt, verdammt ernüchternd.

Wie jeden Freitag hatte ich mich mit frisch gebackenen Pancakes an den Tisch in unserer Wohnküche gesetzt, meine aufgeschriebenen Ideen für neue Architektur-Projekte rechts von mir, einen großen Becher Kaffee links. Aber anders als sonst war heute nicht ein einziger zündender Funken von meinem Kugelschreiber auf das Papier übergesprungen. Stattdessen war mein Blick immer wieder vom Tisch in den Garten gewandert, wo unser Gästehaus nach wie vor still und ruhig lag. Mit Joshka und Lilac darin.

Ich schnaubte und zwang mich, wieder auf meine dürftigen Notizen zu schauen. Keine Ahnung, was mich geritten hatte, sie indirekt zu meinem Pancake-Frühstück einzuladen. Vielleicht hatte ein winziger Teil von mir gehofft, dass Lilac genauso neugierig auf mich war wie ich auf ihn. Aber sie waren nicht gekommen. Natürlich waren sie das nicht. Es sollte mich nicht überraschen, denn es war mehr als eindeutig, dass weder Lilac noch dieser seltsame Joshka hier sein wollten. Und ich verstand das. Wäre ich an ihrer Stelle, würde es mir wahrscheinlich genauso gehen – schließlich hatte man sie aus ihrer Welt gerissen und ans andere Ende des Landes verfrachtet. Kein Grund, Luftsprünge zu machen.

Trotzdem war da diese leise Enttäuschung in mir. Ich wollte Lilac kennenlernen. Unabhängig von der Tatsache, dass es ziemlich bescheiden von meinem Dad gewesen war, *wie* ich von meinem Zwillingsbruder erfahren hatte, war ich neugierig. Ich wollte herausfinden, wer er war, was uns verband und was uns voneinander unterschied. Ich wollte mehr über sein Leben erfahren, über den Grund, aus dem er überhaupt verhaftet worden war.

Über unsere Mom.

Ich riss mich resolut von diesem Thema los, noch bevor es sich richtig in meinem Kopf ausbreiten konnte. Ganz sicher würde ich hier und jetzt nicht über Jane nachdenken.

Als hätten meine Gedanken nur darauf gewartet, wanderten sie direkt weiter zu Joshka. Unwillkürlich legte ich die Stirn in Falten und drehte meine leere Tasse abwesend in den Händen. Ich konnte diesen Kerl nicht einschätzen – und normalerweise schrieb ich mir eine sehr gute Menschenkenntnis zu. Aber bei ihm … Er war kühl und abweisend und scheinbar dauer-miesgelaunt. Mir gefiel sein durchdringender Blick nicht, mit dem er alles und jeden musterte, als würde er in der nächsten Sekunde angegriffen werden. Es machte mich nervös – *er* machte mich nervös. Auf denkbar unangenehmste Art und Weise.

Ich stellte die Tasse wieder ab und atmete tief durch. Es war definitiv zu früh, um sich mit diesen Themen zu beschäftigen. In vielerlei Hinsicht. Das alles brauchte Zeit. *Wir alle* brauchten Zeit.

Ich richtete mich auf dem Hocker an der Küchentheke auf und fuhr heftig zusammen, als ich eine Bewegung im Augenwinkel ausmachte.

Ein großer Kerl in dunklen Sporthosen und schwarzem Thermoshirt, das seinen durchtrainierten Oberkörper betonte, lief gerade durch unseren Garten auf das Gästehaus zu. Erst kurz vor der Tür wurde er langsamer, zog sich die Kopfhörer aus den Ohren und strich sich dann die verschwitzten dunkelblonden Haare aus der Stirn.

Joshka.

Als hätte er meinen Gedanken gehört, ruckte sein Kopf in meine Richtung und betrachtete das Grundstück einen Moment lang mit verengten Augen, ehe er sich wieder abwandte und ins Innere seiner Bleibe verschwand.

Ich stieß den Atem, den ich unbewusst angehalten hatte, aus und verfluchte mich dann selbst. Er hätte mich gar nicht sehen können, und es war absolut nichts Verwerfliches daran, dass Joshka joggen ging. Ich benahm mich albern.

Kopfschüttelnd griff ich nach meinem Stift und zuckte im nächsten Augenblick wieder zusammen, als es an der Haustür klingelte.

Himmel noch mal!

»Definitiv albern«, murmelte ich, stand auf und lief in den offenen Flur mit der freischwingenden Treppe und schwindelerregend hohen Decke. Durch das milchige Fenster erkannte ich die vertrauten Umrisse der Gestalt vor der Tür und öffnete mit einem Schmunzeln im Gesicht.

»Guten Morgen, Mira. Ich hoffe, ich störe nicht?«

Macy, Elis Mom, schenkte mir ihr breites Lächeln und hielt mir einen kleinen Korb hin, dessen Inhalt mit einem karierten Tuch abgedeckt war. Ich musste nicht darunterschauen, um zu wissen, dass sich darin ihr berühmter Pumpkin Cake verbarg. Mit einem dankbaren Nicken griff ich danach.

»Guten Morgen. Nein, gar nicht. Was verschafft mir die Ehre? Ist mit Eli alles in Ordnung?«

Macy lachte leise und trat in den Flur. »Du meinst, nach der kleinen Katastrophe am Mittwoch?«

Ich verzog schuldbewusst das Gesicht und schloss die Tür hinter ihr. »Nicht mein glorreichster Moment.«

Sie winkte ab und legte mir dann mütterlich eine Hand auf die Schulter, wobei ihre dunkelbraunen Locken auf und ab wippten. Heute wurden sie von einem bunten Band mit Kürbissen drauf zurückgehalten. »Das passiert jedem Mal, Mira-Schätzchen. Und in Anbetracht der Tatsache, was sich bei dir alles so plötzlich verändert hat, ist das absolut nichts, wofür du dich entschuldigen müsstest. Ich soll dir übrigens liebe Grüße von Elias ausrichten.«

»Das ist lieb, danke. Kann ich dir bei irgendetwas helfen?«, fragte ich, weil ich immer noch nicht wusste, warum Macy an einem Freitagmorgen um halb neun bei mir auftauchte.

»Oh, entschuldige, ich habe dich vermutlich völlig überrumpelt. Es geht um Lilac, ich bin wegen ihm hier.«

Ich konnte nicht verhindern, dass meine Augenbrauen überrascht nach oben wanderten. Scheinbar hatte die Buschtrommel unserer kleinen Stadt Überstunden gemacht, und ich wollte gar nicht wissen, welche wilden Gerüchte und Spekulationen schon die Runde machten. Ich war gespannt, wie Dad das wieder ausbügeln wollte.

»Er ist im Gästehaus – denke ich zumindest. Worum geht es denn?«

Ihr Lächeln wurde milde. »Mich hat vor zwei Wochen ein gewisser Mr Plankeys angerufen und nach einem Platz für einen besonderen jungen Mann gefragt, der Sozialstunden abarbeiten muss.«

Ich stellte den Korb aufs Sideboard und lehnte mich dann mit verschränkten Armen gegen die schwebende Treppe. »Das ist Lilacs Familienanwalt, glaube ich.«

Macy nickte und öffnete den Reißverschluss ihres dunkelgrünen Regenmantels. »Wir hatten ein sehr interessantes Gespräch und letztlich habe ich zugesagt. Wir können jede Hilfe gebrauchen. Unser *Fallington* wird dieses Jahr noch größer und Pete schafft es nicht alleine. Außerdem gehört Lilac jetzt quasi zur Maple-Creek-Familie, oder nicht?«

Mir kam ein unverständliches Murmeln über die Lippen, das so gut wie alles hätte bedeuten können. Ich konnte mir Lilac beim besten Willen nicht inmitten des quirligen Organisationsteams unseres bunten Herbstfestes vorstellen. Nicht mit seinem finsteren Gesichtsausdruck und den schwarzen Klamotten.

»Ähm, sicher«, gab ich verzögert zurück und zuckte mit den Schultern.

Elis Mom runzelte die Stirn und das Lächeln rutschte von ihren Zügen. »Eigentlich waren Lilac und ich heute zu einem ersten Gespräch verabredet, aber er ist nicht aufgetaucht.«

Meine Miene verdüsterte sich, ohne dass ich etwas dagegen hätte unternehmen können.

Das fängt ja gut an.

»Nicht, dass ich damit gerechnet hätte, dass gleich zu Beginn alles reibungslos abläuft. Lilac scheint mir ein komplizierter junger Mann zu sein.« Sie lachte wieder und das Leuchten kehrte in ihre braunen Augen zurück. »Keine Sorge, das bekommen wir schon noch hin. Wärst du so lieb und würdest ihm von mir ausrichten, dass ich auf ihn warte? Und wenn er nicht zuhört, dann sag ihm, dass ich etwas für ihn habe, das ihn interessieren wird …«

Ich stieß mich von der Treppe ab und lockerte meine Haltung. »Warum sollte er mir das glauben?«

Mit einem beinahe verschlagenen Grinsen tätschelte sie meinen Oberarm und entledigte sich dann ihres Mantels. »Oh, das wird er. Sag ihm, es geht um Jane, und er wird kommen, vertrau mir.«

Instinktiv versteifte ich mich wieder, zwang mich jedoch, sämtliche Fragen über meine Mutter und das, was Macy offensichtlich über sie wusste, herunterzuschlucken. Damit würde ich mich zu einem anderen Zeitpunkt beschäftigen, jetzt ging es erst einmal um Lilac.

»Ich sag ihm Bescheid und bin gleich wieder da. Setz dich doch so lange. Es müsste noch etwas Kaffee in der Kanne sein.«

»Danke, Liebes.«

Ein paar Minuten später sah ich zu, wie Lilac beinahe wie ferngesteuert in Macys Honda stieg. Ohne Joshka an seiner Seite wirkte er irgendwie ein wenig verloren.

Elis Mom hatte absolut richtig gelegen. Die bloße Erwähnung von Jane hatte Lilac innerhalb von Sekunden aus dem Gästehaus getrieben. Wortlos und mit seiner üblichen finsteren Miene war er von der Couch aufgestanden und hatte sich dann ohne Protest von Macy zum Wagen führen lassen. Als hätte man in ihm irgendeinen Schalter umgelegt.

Ich legte meine Hände fester um die warme Tasse und blickte mit gerunzelter Stirn auf die Straße. Goldgelbe Blätter lagen darauf, der Wind zupfte sanft an den Wimpeln, die in den Ästen und an den Laternen hingen und für *Fallington* in wenigen Wochen warben. Doch so sehr ich mich auch auf das bevorstehende Herbstspektakel zu konzentrieren versuchte, meine Gedanken wanderten immer wieder zu Lilac. Zu Jane. Zu Joshka. Herrgott, sie waren noch keine achtundvierzig Stunden in meinem Leben und schon hatten sie es sich mühelos unter den Nagel gerissen.

Frustriert stieß ich den Atem aus. Ich konnte diese Grübelei nicht gebrauchen. Nicht jetzt. Nicht, nachdem ich mein Studium gerade mit voller Wucht gegen die Wand gefahren hatte und mir überlegen musste, wie zum Teufel ich das wieder hinbiegen sollte. Ich musste mich auf *mein* Leben konzentrieren, da gab es schließlich auch ohne meinen Zwillingsbruder und seinen unheimlichen Begleiter genügend Baustellen.

Resolut wandte ich mich vom Fenster ab und zuckte im nächsten Moment so heftig zusammen, dass mir die Tasse aus den Fingern glitt und heißer Tee über meine Hand lief. Mit einem lauten Scheppern zersprang das Porzellan in unzählige Teile, sodass die dunkle Flüssigkeit in alle Richtungen spritzte.

»Scheiße«, fluchte ich und wischte meine brennenden Hände an meinem zu großen Maple-University-Hoodie ab. Dann ging ich in die Hocke und begann, die größten Scherben aufzuheben. »Kannst du nicht irgendeinen Laut von dir geben, wenn du dich schon ins Haus schleichst?«

»Ich bin nicht geschlichen«, erwiderte Joshka tonlos und machte sich nicht die Mühe, sich zu entschuldigen oder mir zu helfen. Stattdessen lehnte er sich nur mit verschränkten Armen gegen die Arbeitsplatte und musterte mich aus schmalen Augen. »Du hast mich eingeladen, schon vergessen?«

Ich blickte auf und taxierte ihn, wie er in seiner dunkelgrünen Wachsjacke auf mich heruntersah und nun lässig die Füße überkreuzte.

Okay. Dieses Spiel konnte ich auch spielen. »Oh, du meinst die Pancakes? Ich fürchte, die hast du verpasst.«

Für einen Sekundenbruchteil huschte Belustigung über seine kühlen Züge, doch sie verschwand so schnell, dass ich mich fragte, ob ich es mir nicht doch nur eingebildet hatte. Zumindest erschien mir das deutlich wahrscheinlicher als die Möglichkeit, dass jemand wie Joshka Graveman ein Lächeln zustande bringen konnte.

»Nein. Keine Pancakes. Du sagtest, wenn wir etwas brauchen, sollen wir die Küche nutzen. Ich brauche Kaffee und im Gästehaus war keiner.«

Ich kam auf die Beine und balancierte die Scherben in einer Hand. »Klar.«

Joshka nickte knapp und schob sich ungeduldig an mir vorbei

zu den Schränken, als wäre das hier sein Hoheitsgebiet und ich nur geduldet.

Ich durchbohrte seinen Rücken mit tödlichen Blicken und folgte ihm sicherheitshalber – bevor noch irgendetwas anderes zu Bruch ging. An der Spüle warf ich die Überreste der Tasse in den Mülleimer und schnappte mir dann einen Lappen, um die Sauerei am Fenster zu beseitigen. Für die er sich nicht einmal entschuldigt hatte.

Mistkerl.

Während ich den Boden wischte, hörte ich Joshka missgelaunt hantieren und fluchen. Schränke wurden geöffnet und geschlossen, Schüsseln stießen klirrend aneinander. Das Surren des Kühlschranks erklang, als er aufgerissen und sofort wieder zugeknallt wurde.

Was zum Teufel?

Den Lappen in der Hand erhob ich mich, blieb neben der Kücheninsel stehen und beobachtete für einige Momente sein wildes Treiben. »Was zur Hölle suchst du?«

Joshka öffnete schamlos den nächsten Schrank und schlug ihn wieder zu. Dann das Gefrierfach. »Immer noch Kaffee, falls es dir entgangen ist.«

Beinahe hätte ich aufgelacht. »Im Tiefkühler? Schau mal in der Kanne nach.«

Er bedachte mich mit einem vernichtenden Blick. »Darauf bin ich auch schon selbst gekommen. Ist leer.«

Schulterzuckend warf ich den Lappen in die Spüle und wusch meine Hände. »Tja, dann war's das wohl mit Kaffee. Ich habe heute Morgen die letzten Bohnen vernichtet.«

Mit einem missbilligenden Knurren trat Joshka von den Schränken zurück und zupfte seine Wachsjacke zurecht. »Wo ist der nächste Supermarkt?«

»Etwa fünf Meilen von hier. Ende der Straße, zweite rechts und dann immer geradeaus. Kann man nicht verfehlen.«

Wir sahen einander in einem stummen Kampf direkt in die Augen, dann wandte er sich ab und nickte. »Habt ihr einen Bus hier oder einen Wagen, den ich nehmen kann?«

Bus? Ernsthaft? Hatte er sich mal umgeschaut? Womöglich fragte er gleich noch nach einer U-Bahn oder der Tram.

Seufzend ließ ich meinen Atem entweichen und schüttelte den Kopf. »Nein, aber ich kann dich fahren, wenn du so dringend Kaffee brauchst.«

Ein Muskel an seinem Kiefer zuckte, als seine grünen Augen über mich glitten und wieder an meinem Gesicht hängen blieben. Plötzlich war ich mir meiner flauschigen Häschenhausschuhe, die mir Tami geschenkt hatte, der kurzen Pyjamashorts und des unförmigen Hoodies nur allzu deutlich bewusst.

Reflexartig verschränkte ich die Arme schützend vor der Brust und biss die Zähne zusammen. Keine Ahnung, was mich geritten hatte, ihm dieses Angebot überhaupt zu machen. Er war ein Idiot und definitiv nicht mein Problem.

Für Lilac. Auf eine verdrehte Art und Weise tust du es für Lilac. Weil Joshka ihm wichtig ist.

»Danke.«

Dieses eine Wort, das ihm ungewöhnlich mild über die Lippen gekommen war, ließ meine Wut wie durch Magie verpuffen. Ich blickte auf und stellte fest, dass seine Augen viel heller waren, wenn sich die Härte einmal daraus verzogen hatte. Heller und sanfter.

»Gern«, hörte ich mich antworten und deutete hinter mich. »Ich … ich gehe mir nur schnell etwas anderes anziehen.«

Und dann verließ ich beinahe fluchtartig die Küche und fragte mich, was bei allen Ahornbäumen da gerade passiert war.

Nachdem ich meine Shorts gegen eine Jeans und die Häschenpantoffeln gegen Turnschuhe getauscht hatte, führte ich Joshka in die Garage. Er folgte mir wortlos wie ein dunkler Schatten, und ich beschloss, es dabei zu belassen. Ich entriegelte den Wagen, startete den Motor und wartete, bis auch er in den Jeep gestiegen war, ehe ich uns kurz darauf aus der Einfahrt lenkte.

Das Radio dudelte leise im Hintergrund, es war eines meiner Lieblingslieder, doch anders als sonst sang ich nicht mit, sondern konzentrierte mich beinahe akribisch auf den Verkehr. Das unangenehme Schweigen zwischen uns wurde mit jeder Sekunde, die verging, schwerer und ich begann zu bereuen, diesen kleinen Ausflug überhaupt angeleiert zu haben.

Das Geräusch des Blinkers mischte sich in die Stille, und ich warf einen raschen Seitenblick auf Joshka, ehe ich abbog. Im Gegensatz zu mir schien ihm die unbehagliche Stimmung nichts auszumachen. Vielleicht war es ihm auch einfach egal, was ich für wahrscheinlicher hielt. Seine Augen waren stur geradeaus gerichtet. Er schien jedes Detail in sich aufzusaugen, betrachtete die Welt außerhalb des Wagens, als rechnete er jeden Moment damit, dass irgendetwas Schlimmes passieren würde. Ausgerechnet in Maple Creek.

Unschlüssig kaute ich auf meiner Unterlippe herum und tippte auf das Lenkrad, während ich ein weiteres Mal zu Joshka schaute. Ich folgte der starken Linie seines Kiefers, den geschwungenen Wangenknochen, den dunklen Wimpern. Trotz seines fragwürdigen Charmes war er auf geradezu lächerliche Art und Weise unheimlich attraktiv.

»Wenn du deine Augen nicht auf der Straße behalten kannst, fahre ich.« Sein tiefer Bariton füllte mühelos die angespannte Stille und ließ mich ertappt nach vorne schauen.

Meine Wangen wurden warm. »Ich habe alles unter Kontrolle, vielen Dank.«

Er murmelte etwas, das so gut wie alles hätte bedeuten können, und sah wieder aus dem Fenster.

Die Ampel vor uns sprang auf Rot und wir kamen zum Stehen. Eine Familie – die Lindons – überquerte die Straße und winkte mir zu, als sie mich erkannte. Ich lächelte und machte mir eine gedankliche Notiz, Kayla Lindon mal wieder in ihrem Blumenladen zu besuchen.

»Magst du das hier?« Joshkas Stimme riss mich von der Familie los.

Ich legte die Stirn in Falten und umfasste das Lenkrad fester. »Was meinst du?«

Joshka sah mich nachdrücklich an, als ginge es hierbei um die Frage nach dem Weltfrieden. »Diese Kleinstadt. Das gerade eben. Es muss erstickend sein, dass dich alle erkennen und jeder so gut wie alles über den anderen weiß. Keine Anonymität zu haben.«

Ich öffnete ungläubig den Mund. »Okay, wow, das ist –«

Hinter mir erklang ein Hupen. Ein zweites folgte.

»Es ist grün, Mirella.«

Arroganter Mistkerl.

Mit einem Schnauben löste ich den Blick von Joshka und seinen durchdringenden Augen und fuhr an. Schneller und heftiger, als es vielleicht nötig gewesen wäre. Mein Motor heulte protestierend auf.

»Erinnere mich daran, mir nächstes Mal ein Uber zu bestellen«, murmelte Joshka neben mir und zog sein Handy hervor.

»Darauf kannst du lange warten«, erwiderte ich mit einem giftigen Unterton, für den ich mir am liebsten selbst eine verpasst hätte. Was hatte dieser Kerl nur an sich, dass er mich dermaßen aus der Reserve lockte?

Als er nichts erwiderte, biss ich mir von innen auf die Wange, um mich davon abzuhalten, ihn zu fragen, was eigentlich sein Problem war. Ich würde ihm ganz sicher nicht die Genugtuung verschaffen und ihm zeigen, wie sehr er mich auf die Palme brachte.

Das brauchst du auch gar nicht mehr, Mira. Das weiß Joshka auch so.

Ein paar Minuten später kam endlich der weitläufige Parkplatz des Supermarkts in Sicht. Ein bisschen wie eine Oase in einer schier endlosen Wüste des angespannten Schweigens, das mir langsam, aber sicher den letzten Nerv raubte. Ich war noch nie so froh gewesen, die großen bunten Buchstaben zu sehen, und verlor keine Zeit damit, bis zum Eingang vorzufahren, sondern hielt einfach mitten auf dem Parkplatz.

Der Motor erstarb, das Radio verstummte, und bis auf das leise Klacken der Kühlung wurde es wieder totenstill. Wortlos steckte Joshka sein Handy weg, schnallte sich ab und stieg aus. Doch anstatt die Tür hinter sich zu schließen und zu verschwinden, beugte er sich noch einmal in den Wagen und suchte meinen Blick.

»Mirella?«

Herausfordernd hob ich eine Augenbraue und ließ die Start-Stopp-Automatik des Motors wieder an.

»Du hast meine Frage nicht beantwortet.«

»Ist mir gar nicht aufgefallen.« Der Sarkasmus in meiner Stimme ließ die Worte schärfer klingen als beabsichtigt.

Einer seiner Mundwinkel zuckte. »Deswegen erinnere ich dich höflich daran.«

Ich hätte mich beinahe an meiner eigenen Spucke verschluckt. War das sein Ernst? Ich seufzte und sah ihn direkt an. »Ja, Joshka. Ja, es gefällt mir hier. Mir gefällt es, Teil einer großen Familie zu sein. Überall hingehen zu können, wenn ich Hilfe brauche. Du redest von Anonymität? Für mich ist Anonymität gleichbedeutend mit Einsamkeit. Und hier in Maple Creek bin ich nie einsam.«

Seine Augen verdunkelten sich merklich, als er sich weiter ins Auto beugte. Seine vernarbten Knöchel, mit denen der die Tür aufhielt, traten weiß hervor, und in diesem Moment hatte ich das erste Mal wirklich Angst vor ihm. Vor der Finsternis in seinem Blick und dem, was hinter der Härte in seinen Zügen lauerte.

»Einsamkeit? Du hast keine Ahnung von Anonymität. Du hast nie erlebt, wie es ist, wenn Anonymität das Einzige ist, das dich überleben lässt. Also urteile nicht über etwas, das du nicht verstehst, dummes Mädchen.« Mit diesen Worten schlug er die Tür zu und marschierte auf den Eingang des Supermarkts zu, ohne sich noch einmal umzuschauen.

Ich sah ihm durch die Windschutzscheibe hinterher, die Lippen so fest zusammengekniffen, dass sie zu kribbeln begannen. Wie in Trance legte ich den Rückwärtsgang ein und rauschte vom Parkplatz, während seine Worte in meinem Kopf blieben und mir einen eiskalten Schauer über den Rücken jagten.

»Das hat er *nicht* gesagt.« Tamis Stimme sprang am anderen Ende der Leitung eine Oktave höher. Ich konnte sie förmlich vor mir sehen, wie sie fassungslos an ihrem Schreibtisch hockte und wilde, wütende Kreise und Formen in irgendein Notizbuch kritzelte. Sie sagte immer, mit einem Stift in der Hand und Papier darunter konnte sie besser zuhören und nachdenken.

Ich drehte mich auf den Rücken und starrte an die Decke über meinem Bett. Man sah noch immer die Stellen, an denen vor Jahren leuchtende Plastiksterne geklebt hatten. »Doch, und zwar exakt in dieser Tonlage. Als wollte er mir drohen, oder so. Ich meine, was soll das überhaupt? Die Sache mit Lilac … Okay, Dad hat es echt vermasselt – aber Joshka? Warum musste ausgerechnet so ein Mistkerl gleich mit in mein Leben platzen? Dieser Typ ist einfach … Ich finde nicht mal die passenden Worte dafür.«

Tami stieß ein belustigtes Glucksen aus. »So schlimm also?«

Das war absolut nicht hilfreich. Ich kniff die Augen zusammen. »Danke für deinen konstruktiven Beitrag.«

»Okay, ich versuche es noch mal: Komm ihm entgegen, Mira. Tu das Gegenteil von dem, was er bei dir versucht. Von dem, was er erwartet und bezwecken will. Wenn er besonders ätzend ist, dann sei zuckersüß.«

Ich wünschte wirklich, Tami könnte mein Gesicht in diesem Moment sehen. »Ist das dein Ernst?«

Sie schnappte gespielt entrüstet nach Luft, als hätte ich sie tief beleidigt. »Seit wann vertraust du denn nicht mehr auf meine Beste-Freundinnen-Sinne?«

»Lass mich kurz überlegen. Ich glaube, das hat sich geändert, als ich auf dich gehört und mir die Haare schwarz gefärbt habe. Ich sah aus wie ein Zombie auf Zuckerentzug.«

»Nein, du sahst super aus«, hielt sie dagegen und ich hörte ihren Schreibtischstuhl knarzen.

»Wir wissen beide, dass das nicht stimmt, Tami. Genauso, wie ich weiß, dass du immer noch ein Foto davon hast, das du dir für schlechte Tage aufhebst.«

Meine beste Freundin schnaubte, und ich wusste, dass ich ins Schwarze getroffen hatte. Ja, wir kannten uns einfach schon zu lange.

»Zurück zu den wichtigen Dingen, Schätzchen. Zu deinen beiden New Yorkern und den offensichtlichen Problemen.«

Augen verdrehend setzte ich mich auf, zog die Beine an und begann, den bereits halb abgeblätterten Nagellack an meinen Daumen abzupulen. »Welches der unzähligen meinst du genau? Da musst du schon etwas eindeutiger werden.«

»Und du nennst mich theatralisch. Schnapp dir Lilac, wenn du ihn kennenlernen möchtest, und lass Joshka links liegen. Er sollte dir nicht im Weg dabei stehen, Zeit mit deinem Bruder zu verbringen. Du lässt dich sonst doch auch nicht von irgendjemandem davon abhalten, dein Ziel zu verfolgen.«

Ich seufzte und schlang die Arme um meine Knie. »Warum habe ich das Gefühl, dass das ganz gewaltig nach hinten losgehen wird?«

»*Kill them with Kindness* – nein, warte, *Kill* Joshka *with Kindness.*«

Ich konnte nicht verhindern, dass mir ein ungläubiges Prusten über die Lippen kam. »Du spinnst, Tami!«

»Ja, und ich bin ziemlich stolz darauf. Außerdem weiß ich zufälligerweise, dass du mich gerade deswegen so abgöttisch liebst.«

Grinsend ließ ich mich wieder in die weichen Kissen meines riesigen Betts fallen. »Touché.«

»Und jetzt steh auf und zieh es durch, Mira. All das, was du mir erzählt hast, wird sich nicht dadurch wieder einrenken, dass du in deinen Grübeleien versinkst. Du schaffst das. Das hast du bisher doch immer und kein Kerl der Welt – auch kein unheimlicher, heißer New Yorker – wird dich davon abhalten. Okay?«

Ich schloss die Augen und atmete tief durch. Tami hatte recht: Es war nicht meine Art, mich zu verstecken und einer Konfrontation aus dem Weg zu gehen. Und Joshka würde ganz sicher nicht der Grund dafür sein, dass ich jetzt plötzlich etwas an meinen Prinzipien änderte.

»Okay«, sagte ich schließlich und meinte es auch so.

Tami schnipste begeistert. »Das ist mein Mädchen! Sehen wir uns morgen? Wir könnten es das letzte Mal vor dem neuen Semester krachen lassen.«

Der einzige Nachtclub in Maple Creek war das *Deep Grounds* und die legendäre Semester-Opening-Party dort war mittlerweile eine kleine Tradition von Eli, Tami und mir geworden.

»Klar.« Ich konnte etwas Ablenkung und Normalität gerade definitiv gut gebrauchen.

»Perfekt. Das wird klasse!« Wieder hüpfte ihre Stimme vor Begeisterung in die Höhe. »Und bring deine beiden *Probleme* am besten gleich mit, vielleicht bewirkt etwas Spaß bei ihnen ja Wunder.«

»Auf keinen Fall«, entgegnete ich lachend und horchte auf, als ich Dad nach mir rufen hörte. »Ich muss Schluss machen. Das Essen ist fertig.«

»Grüß Joshka von mir. Und denk dran: *Kill Him with Kindness.*«

KAPITEL 8

Old Habits Never Leave

Josh

Die nächsten Tage verschwammen ineinander, ohne dass etwas besonders Nennenswertes geschah. Lilac war überwiegend mit dieser Macy Morton und seinen Sozialstunden beschäftigt, und wenn er abends wiederkam, sagte er kein Wort oder beantwortete meine Fragen nur einsilbig. Er verriet mir nicht, wie es in seinem Inneren aussah, aber die dunklen Schatten unter seinen Augen sagten auch so schon genug. Irgendetwas beschäftigte ihn mehr als sonst.

Ich machte mir Sorgen um Lil, aber ich wusste aus eigener Erfahrung, dass er seinen Freiraum brauchte und von sich aus kommen würde, wenn er meinen Rat wollte. So war es schon immer gewesen. Je mehr man Lilac drängte, desto mehr verschloss er sich und machte dicht. Mit katastrophalen Folgen. Genau aus diesem Grund ließ ich ihn seinen Kampf kämpfen, während ich mich um meine Angelegenheiten kümmerte.

Am Sonntagmittag startete Ben einen weiteren verzweifelten Versuch, uns alle an einen Tisch zu bringen. Doch sowohl Mira als auch Lil blieben stur und ignorierten seine Einladung. Solange er nicht mit Erklärungen rausrückte, schien keiner von beiden große Lust zu verspüren, einen auf glückliche Familie zu machen. Ich konnte es ihnen nicht verdenken und fragte mich, warum Ben nicht einfach Tacheles redete. Aber letztlich war das seine Sache, und ich würde einen Teufel tun, mich auch noch in dieses Pulverfass zu setzen.

Nach ein paar Tagen fand ich langsam in eine Routine, nahm meine eigenen Probleme in Angriff und versuchte, Mira so gut es ging aus dem Weg zu gehen. Dieses Mädchen hatte etwas an sich, das mich gefährlich nah an den Rand meiner Selbstbeherrschung trieb, und das gab mir ehrlich gesagt ziemlich zu denken. Also beschränkte ich unseren Kontakt auf ein Minimum und hielt mich von ihr fern.

Morgens ging ich früh laufen, so lange, bis meine polternden Gedanken endlich verstummten, mir der Schweiß über den Körper rann und die Kleidung auf meiner Haut klebte. Ich verschaffte mir Tag für Tag einen besseren Überblick über Maple Creek, ganz einfach, weil ich es nicht leiden konnte, überrascht zu werden, und notierte jede Unregelmäßigkeit auf einer imaginären Liste. In New York kannte ich jede Straße, jede Ecke, jeden Spot. New York war mein Revier und ich war gern vorbereitet. Daran änderte auch ein verträumtes Kaff am Arsch der Welt nichts. Auf meinen Laufrouten prägte ich mir die Straßen ein, folgte Waldwegen und stattete den leer stehenden Gebäuden am Stadtrand einen Besuch ab. Dort entdeckte ich sogar einige gute Parkourspots, probierte ein paar Climbs aus und brach sie fluchend ab, weil sie mich zu sehr an mein

Zuhause erinnerten. Wer hätte gedacht, dass mir das verdammte New York mit seiner zerstörerischen Ader so sehr fehlen würde?

Nach meinen ausgedehnten Morgenrunden ging ich lang und heiß duschen und erledigte, was auf meiner mentalen To-do-Liste stand. Angefangen mit einer sicheren Internetverbindung, die nicht so leicht zurückzuverfolgen war und mir etwas mehr Freiraum verschaffte. In den vergangenen Tagen hatte ich vieles schleifen lassen, und es war an der Zeit, dass ich zurück aufs Spielfeld kehrte. Es gab einige Projekte, die keinen Aufschub duldeten – unabhängig davon, dass ich nicht länger in New York war und gewissermaßen Zwangsurlaub eingelegt hatte. Wenn Lil arbeiten musste und ich das Gästehaus für mich hatte, zog ich mich mit meinem MacBook in die Wohnküche zurück und versank für mehrere Stunden in meiner Arbeit. Meine Zeit als Boss im New Yorker Untergrund mochte vorbei sein, aber viele Leute kamen trotzdem noch immer zu mir, wenn sie etwas brauchten. Kamen zu Tomber, weil sie in mir nach wie vor den Anführer sahen, der ich bis vor ein paar Monaten gewesen war. Und auch wenn ich dieses Amt offiziell an Cam abgetreten hatte, sah ich es als meinen Job an, ihnen die gewünschten *Dinge* zu beschaffen. Ich genoss die Tatsache, dass ich trotz meines offiziellen Abgangs von der großen Bühne weiterhin diese Stellung und Macht in meinen Kreisen besaß. Ganz besonders, weil gewisse Mistkerle dort durchdrehen würden, wenn sie wüssten, wie tief ich meine dreckigen Finger noch immer in ihren Angelegenheiten hatte. Ich gab zu, ich war längst süchtig nach diesem doppelten Spiel.

Und an manchen dieser Tage, wenn ich stundenlang auf meinen Bildschirm gestarrt und einige Tassen Kaffee runtergekippt hatte, meldete sich eine ganz andere Sucht. Unfähig, mich dagegen zu wehren, blickte ich dann immer wieder zu dem polierten, schwarzen Flügel. Er lockte und verhöhnte mich mit Erinnerungen, die wie eine Wunde brannten, die immer wieder aufriss. Und trotzdem war ich dumm genug, der Versuchung nachzugeben. Obwohl ich wusste, dass es danach nur umso schwerer sein würde, den ganzen Mist wieder zurück in den Käfig zu sperren. Ich tat es einfach.

Achtlos ließ ich nach sechs Tagen, an denen ich mich erfolgreich gewehrt hatte, meinen Laptop stehen und setzte mich auf den Hocker vor dem Klavier. Beinahe verächtlich starrte ich auf die Tasten, während ich mir eine Zigarette zwischen die Lippen schob und anzündete.

Meine Finger fuhren federleicht über die Klaviatur, ohne einen Laut zu erzeugen, und ich spürte, wie sich mein Puls beschleunigte. Unzählige Noten und Melodien tauchten vor meinem geistigen Auge auf, während der Qualm vor mir in der Luft aufstieg. Ich dachte an die harte Stimme meines Vaters, die strengen Ermahnungen meiner Klavierlehrer, den Druck, die Anspannung.

Wenn du deine Zeit schon mit Musik verschwenden willst, dann mach es zumindest richtig. Spiel nicht irgendwie, Joshka, spiel perfekt.

Ich sog den Rauch der Zigarette tief in meine Lunge und senkte den Kopf. Die schwarzen und weißen Tasten verschwammen vor meinen Augen.

Sie hatten nie verstanden, wie ich die Musik sah.

Ich kratzte mit meinen Fingernägeln über das Elfenbein, was mir eine Gänsehaut bescherte.

Mein Vater verschwand aus meinen Erinnerungen, stattdessen sah ich mich auf heruntergekommenen Klavieren an den Bahnhöfen Manhattans spielen. Hörte das Klimpern von Münzen und das Klatschen.

Scheiß auf meinen Vater. Scheiß auf die Perfektion. Scheiß auf sie alle.

Ich spielte einen ersten Ton. Einen zweiten. Einen dritten. Die Töne wuchsen zusammen, bildeten eine leichte Klangfolge. Dann nahm ich die zweite Hand dazu, warf dunkle, schwere Noten hinein, bis das Stück anschwoll und den ganzen Raum einnahm. Ich folgte keiner der unzähligen Kompositionen, die ich auswendig gelernt hatte, sondern ganz allein mir. Meinen Gedanken. Dem, was mich umhertrieb.

Ich packte Lilac in die Musik hinein, eine Melodie aus dunklen Farben und vereinzelten, hellen Nuancen. New York wurde zu dem finsteren Hintergrund des Stücks, der Rauch in meiner Lunge zu dem undurchsichtigen Nebel darin. Dann wanderte meine rechte Hand weiter zu den helleren Tönen und spielte eine Melodie, die ich nie zuvor gehört hatte.

Miras Melodie.

Ich kniff die Augen zusammen, spürte, wie Miras und Lilacs Themen harmonierten und auf die groben Noten trafen, die ich meine eigenen nannte. Meine Finger wurden schneller, das Stück lauter und heftiger. Disharmonien sprangen hinein und schwollen an – nur um dann im nächsten Augenblick mit einem einzigen, gezielten Schlag abzuklingen.

Ich atmete keuchend aus und riss mir die Kippe aus dem Mund.

Wo zum Teufel ist das gerade hergekommen?

Ein beinahe spöttisches Klatschen ließ mich zusammenfahren, sodass mein Knie schmerzhaft gegen den Flügel stieß. Ich unterdrückte einen Fluch und fuhr mir über mein Bein.

Lilac lehnte am Türrahmen des Eingangs zum Wohnbereich

und musterte. »Hätte nicht gedacht, dich irgendwann noch mal spielen zu hören.«

»Und ich hätte nicht gedacht, noch einmal zu erleben, dass du einen vollständigen Satz von dir gibst.«

Mit einem freudlosen Grinsen stieß sich Lil ab und schob die Ärmel seines Pullovers hoch. Narben und Tattoos kamen zum Vorschein. »Ich hatte nichts zu sagen, das sollte dich eigentlich nicht weiter überraschen. Und was hat deine Meinung bezüglich des Spielens geändert?«

Ich klappte das Klavier unsanft zu, drückte die Zigarette im Aschenbecher aus und stand auf. »Nichts. Wie läuft es bei dir?«

Schulterzuckend schlurfte er in die Küche und füllte sich ein Glas aus einer skurril geformten Wasserkaraffe. »Die Arbeit ist nicht besonders erfüllend, wenn du das meinst. Pete ist ein Sklaventreiber, und alle anderen fühlen sich dazu verpflichtet, mich die ganze Zeit vollzuquatschen. Sie fragen mich ständig, wie es mir geht, und wollen mir helfen. Sie umschwirren mich wie ein Bienenstock. Und dieses dämliche Dauergrinsen …« Genervt verdrehte er die Augen und stützte sich auf dem Tresen ab.

Ich musterte ihn mit schief gelegtem Kopf und lächelte. »Es gefällt dir.«

»Nein, du Arschloch, es ist ätzend.«

Charmant wie eh und je. Schön, dass nicht einmal die klischeehafteste Kleinstadt etwas daran ändern konnte. »Aber irgendetwas *hat* sich geändert.«

Einen Moment lang erwiderte er meinen Blick aus verengten Augen, dann fuhr er sich durch die Haare und fixierte das Glas in seiner Hand. »Macy ist ganz okay. Sie hat mir einiges über … über Jane erzählt.«

Ich sah ihn abwartend an, weil ich spürte, dass da noch mehr kommen würde. Allerdings fuhr Lilac in eine andere Richtung fort, als ich erwartet hatte.

»Und gestern war ihr jüngerer Sohn dabei. Elias. Er ist auch ganz okay. Schätze ich.« Lils Stimme hatte einen ungewohnt sanften Ton angenommen.

Ich griff nach einer zweiten Zigarette und zündete sie mir an. Bei dem Namen klingelte irgendetwas bei mir. War das nicht einer von Miras Freunden?

»Er hat mich gefragt, ob ich mit ihm, Mira und irgendeinem Mädchen namens Tami in die Berge gehen möchte. Morgen.« Beinahe ratlos runzelte Lilac die Stirn und lehnte sich mit verschränkten Armen an den Kühlschrank.

Tami? Die kleine Pinke aus dem Coffeeshop? Gott bewahre.

Kopfschüttelnd blies ich den Rauch aus und schlenderte zu meinem kleinen Bruder in die Küche. »Und weiter?«

»Was weiß ich? Vermutlich hat Mira ihn auf mich angesetzt.« Er verzog das Gesicht und stürzte das Wasser hinunter, als wäre es ein starker Drink.

»Und wenn es so wäre?«

Heftiger als nötig stellte er das Glas zurück, während ich quasi mitverfolgen konnte, wie er vor mir dichtmachte. »Mir gleich. Ich brauche ihr bescheuertes Mitleid nicht, okay? Falls du mich suchst, ich bin unter der Dusche und lege mich dann hin. Ich hab genug von diesem Tag.«

Dieses Mal gab ich ihm nicht die Chance, einfach abzuhauen, sondern griff nach seiner Schulter und hielt ihn zurück. »Sei kein Idiot. Ich kann nicht glauben, dass ich das jetzt wirklich sage, aber … denk zumindest mal über die Einladung nach, bevor du sie gleich zur Seite schleuderst.« Und so etwas ausgerechnet von mir. Was war ich doch für ein Heuchler.

Lilac riss sich los und öffnete den Mund, als uns ein Klopfen unterbrach. Wir mussten uns wirklich dringend eines dieser Hotelschilder zulegen, auf denen *Bitte nicht stören* stand, und an die Tür hängen. Würde uns eine Menge Ärger ersparen.

»Zur Hölle noch mal«, brummte Lil, marschierte in den Flur und öffnete die Tür so heftig, dass Mira, die davorstand, zurückstolperte. »Was?«, blaffte er und bei seinem harschen Ton hätte selbst ich beinahe das Gesicht verzogen.

Ihre blauen Augen flogen von ihm zu mir und zurück, während das Lächeln von ihren Lippen rutschte. »Äh, Eli hat mir geschrieben, dass du morgen mitkommen möchtest. In die Berge. Ich –«

»Nein. Ich *möchte nicht* mitkommen, kapiert? Spar dir das, ich habe es schon verstanden, und weißt du, was? Ich habe keine Lust, dein kleines Sozialprojekt zu sein«, fiel Lilac ihr schneidend ins Wort. Dann schlug er ihr ohne Vorwarnung die Tür vor der Nase zu und verschwand in seinem Zimmer. Ein weiteres Tor, das sich schloss – im wortwörtlichen wie übertragenen Sinn.

Ich seufzte resigniert und drückte meine Kippe aus. Auch wenn Mira mir mit ihrer Aktion letzten Freitag im Supermarkt ziemlich auf die Nerven gegangen war – ich hatte im Regen zu Fuß zurück zum Haus laufen müssen –, erwischte ich mich dabei, wie ich in den Flur ging und nach der Klinke griff.

Ich war ihr keine Erklärung schuldig. Wenn Lil keinen Bock hatte, dann war das eben so, und doch … Mir ging der Ausdruck in ihren Augen nicht aus dem Kopf, als sie mir gesagt hatte, sie sei niemals einsam in dieser jämmerlichen Kleinstadt. Das und die

Lüge hinter ihren Worten. Die Einsamkeit. Eine Einsamkeit, die ich kannte.

Ich atmete aus und drückte die Klinke runter, aber als ich die Tür öffnete, war Mira längst verschwunden.

KAPITEL 9

Small Progress Is Still Progress

Mira

»Das ist ein ausgezeichneter Aufsatz, Ms Aberdeen.« Professor Willingdale neigte wohlwollend den Kopf, dann wanderten seine Augen zu Elias.

Mein bester Freund stand als Nervenbündel neben mir und starrte unseren Betreuer an, als könnte er ihn allein mittels Gedankenkraft dazu bringen, zu unseren Gunsten zu entscheiden.

»Und auch Ihre Ausführung gefällt mir sehr gut, Mr Morton.«

Elis Mundwinkel zuckten, Erleichterung füllte seine braunen Augen. »Das heißt, wir bekommen die zweite Chance?«

Willingdale legte seine Unterlagen zur Seite und nahm die Brille von der Nase, um sich über die Augen zu fahren. »Ich weiß, Sie beide haben sehr hart dafür gearbeitet und ein exzellentes Projekt auf die Beine gestellt, zweifelsohne, aber Ihnen muss klar sein, dass ich das nicht allein entscheiden kann.«

Ich sackte auf dem breiten Sessel vor dem Schreibtisch unseres Professors zusammen und wechselte einen betrübten Blick mit meinem besten Freund, der neben mir Platz genommen hatte.

»Hören Sie, Professor Willingdale. Es ist meine Schuld. Ich habe Mist gebaut. Elias hat damit nichts zu tun, und ich weiß, dass er mit seinem Beitrag überdurchschnittlich gute Chancen auf das Stipendium hätte, wenn Sie das Projekt zulassen würden. Es ist nicht fair, dass er für meine Fehler bestraft wird.«

Eine steile Furche grub sich zwischen die weißen Augenbrauen des Professors. »Das Leben spielt nie fair, das sollte Ihnen mittlerweile bewusst geworden sein. Und ich bin mir über die Änderung in Ihrem Privatleben durchaus im Klaren, Ms Aberdeen. Aber das Gremium …«

Noch bevor er die Antwort zu Ende bringen konnte, klinkte ich mich aus und rieb mir über die Stirn. In der letzten Woche hatten Eli und ich noch einmal unzählige Stunden in unser Projekt investiert. Ein bisschen so, als würde man ein Schiff, das bereits sank, verzweifelt mit Hammer und Nagel vor dem Untergang bewahren wollen. Ein aussichtsloses Unterfangen, aber das alles durfte ganz einfach nicht umsonst gewesen sein. Das hier war zu wichtig für uns.

»Sagen Sie uns, was wir machen sollen, Professor«, unterbrach ihn Elias mit einer Heftigkeit, die so gar nicht zu seinem ausgeglichenen, sanften Gemüt passen wollte. »Wie können wir das Ruder herumreißen?«

Willingdale stieß hörbar den Atem aus und faltete die Hände unter dem Kinn. Wieder wanderte sein nachdenklicher Blick von

Eli zu mir und zurück. »Sie sind beide wirklich sehr engagiert in dieser Hinsicht.«

Natürlich sind wir das! Wir haben uns wochenlang den Arsch dafür aufgerissen …

Ich fasste mir an die Nasenwurzel, um mich davon abzuhalten, meine frustrierten Gedanken laut auszusprechen, die erstaunlicherweise ziemlich nach einem gewissen New Yorker klangen.

»Nächste Woche Mittwoch werden die Vertreter des Forschungsausschusses noch einmal hier an unserer Universität sein. Ich werde ihnen Ihre Ausführungen und eine Erklärung der ganzen Situation zukommen lassen.«

Elias fuhr kerzengerade hoch. »Danke, dass –!«

Professor Willingdale hob einen Finger und brachte ihn zum Verstummen. »Die endgültige Entscheidung liegt dann bei den Kollegen des Ausschusses. Wenn sie einwilligen, Ihnen einen zweiten Versuch für den Vortrag einzuräumen, werde ich mich nicht in den Weg stellen. Sollten sie jedoch ablehnen, kann ich nichts mehr für Sie tun. Und das ist mein letztes Wort.«

Wir bedankten uns bei unserem Dozenten und verließen dann nach anstrengenden eineinhalb Stunden endlich sein Büro. Auf den Gängen war es vollkommen ruhig, da die meisten Kurse noch liefen.

»Klang ganz gut, oder? Ich denke, wir haben eine realistische Chance, dass es doch klappt«, sagte Eli und schulterte seine Tasche. »Was ist, kommst du mit auf einen Kaffee?«

Ich schüttelte den Kopf und schloss meinen Parka. »Heute nicht. Professor Jezec will bis Montag den Entwurf eines Wohnzimmers im Stil der Zwanziger und dank eines Aufsatzes über das Eulersche Gesetz werde ich am Wochenende nicht mehr dazu kommen.«

Ich fasste meine Haare zu einem Pferdeschwanz zusammen und zog mein Handy heraus, um einen Blick auf die Uhrzeit zu werfen. Es war spät. Zu spät.

»Du machst zu viel, Mira. Entscheide dich endlich für ein Hauptfach.« Mein bester Freund zog mich schmunzelnd an seine Seite. »Niemand schafft Mathe *und* Architektur. Nicht einmal du. Das Semester ist erst eine Woche alt und du mutierst schon wieder zum absoluten Workaholic.«

»Sagt der Richtige.«

Eli ging nicht darauf ein, sondern nahm mich bloß bei den Schultern und sah mir fest in die Augen. »Komm mit in die Berge. Morgen. Mit Tami und mir. Und … Lilac, wenn er zusagt.«

Die Uni und meine Hausaufgaben rückten schlagartig in den Hintergrund. »Du hast Lilac gefragt? Wann?«

»Mom hat uns einander vorgestellt, gestern beim Aufbau der ersten Stände, und da habe ich ihn gefragt, ob er mitkommen möchte. Warum auch nicht? Er sah so aus, als ob er etwas Ablenkung und einen kleinen Ausflug in die Natur gut gebrauchen könnte.«

Langsam nickte ich und öffnete den Mund, nur um ihn wieder zu schließen. Ich hatte die Schatten unter seinen Augen auch bemerkt und vielleicht hatte Eli recht. Vielleicht würden die Berge bei Lilac dieselbe Magie bewirken wie bei mir.

Ich räusperte mich und lächelte. »Hat er Ja gesagt?«

»Indirekt. Denke ich. Ich hatte gehofft, du könntest noch einmal nachhaken, wenn du ihn bei dir zu Hause siehst.«

Nichts leichter als das. In den letzten Tagen hatten Lilac und ich kaum ein Wort miteinander gewechselt, geschweige denn einen ganzen Satz, aber als ich das Leuchten in Elis Blick bemerkte, verkniff ich mir jeden weiteren Widerspruch und nickte. Was hatte ich schließlich zu verlieren?

»Okay. Ich komme mit und ich werde Lilac später fragen. Aber ich warne dich, erwarte nicht zu viel.«

Jetzt, knappe sieben Stunden später, kam ich mir nicht nur absolut bescheuert vor, daran geglaubt zu haben, dass Eli oder ich Lilac zu irgendetwas hätten bewegen können, sondern ich fühlte mich regelrecht überfahren. Sein geblafftes *Was?* hallte immer noch in Dauerschleife in meinem Kopf wider.

In der Woche, die Lilac und Joshka jetzt schon bei uns wohnten, hatte ich schon einige Zurückweisungen abgekriegt – und war damit klargekommen –, aber das vorhin hatte den Bogen überspannt. Ich hatte ihm nie etwas getan und mich wirklich bemüht, *irgendeine* Art von Verbindung aufzubauen, aber so langsam fragte ich mich, warum ich das überhaupt versucht hatte.

Seufzend fuhr ich Flex über den wuscheligen Kopf, den er schläfrig in meinen Schoß gelegt hatte, und sah dann hoch zu den unzähligen Sternen. Ich liebte die Stille hier draußen. Die Bank in der hintersten Ecke unseres Gartens war einer der wenigen Orte, an denen ich wirklich in Ruhe nachdenken konnte. Besonders um diese Jahreszeit.

Es war eine kühle, klare Herbstnacht und ich hatte es mir mit einer dicken Decke, meinen Kopfhörern und einem Notizbuch gemütlich gemacht. Ich war keine dieser Personen, die fein säuberlich Tagebuch führten, aber manchmal half es mir, meine Gedanken zu sortieren, indem ich sie auf Papier sperrte. Doch heute fiel mir selbst das schwer – obwohl es durchaus genügend Dinge gab, die ich nur zu gerne loswerden wollte. Ich drehte den Stift in der einen Hand, während die andere immer wieder über Flex' Kopf strich, der mittlerweile leise schnarchte.

Ich löste den Blick vom Himmel, schob das Notizbuch zur Seite und sah zum Haus. Aus dem Wohnzimmer drang sanftes Licht in den Garten, vermutlich saß Dad noch auf der Couch, den Laptop auf dem Schoß und versunken in seiner Arbeit. Wir hatten immer noch nicht miteinander gesprochen, und ich wusste, wie sehr das an ihm nagte. Ich spürte den gleichen Schmerz in meiner Brust, aber ich konnte nicht einfach ignorieren, was geschehen war. Solange Geheimnisse zwischen uns standen, würde ich keine neue Brücke bauen. Egal, wie sehr ich die Kluft zwischen uns auch verabscheute. Wir taten alle unser Bestes, uns aus dem Weg zu gehen, und vielleicht brauchten wir das im Augenblick auch, um uns mit der Vergangenheit auseinanderzusetzen und irgendwann wirklich neu anfangen zu können.

»Kann ich mich zu dir setzen?«

Ich fuhr hoch und fand mich Lilac gegenüber, der die Arme vor der Brust verschränkt hielt und mich mit gemischten Gefühlen auf dem Gesicht musterte. Flex hob bloß träge den Kopf, ehe er die Augen wieder schloss und weiterschlief. Als wüsste er, dass Lilac zur Familie gehörte und kein Fremder war. *Interessant.*

Ich biss mir auf die Lippe und schluckte. Lilac wirkte erschöpft – nicht nur körperlich, sondern vor allem seelisch. Da waren diese dunklen Schatten unter seinen Augen und die Art, wie er seine Schultern hängen ließ. Als würden tonnenschwere Gewichte darauf lasten, mehr, als jemand wie er tragen sollte.

Kurzerhand stupste ich Flex an, damit er etwas mehr Platz machte, und rutschte zur Seite, um meinen Bruder neben mich auf die Bank zu lassen. Es war eine große Bank aus altem Ahornholz, und trotzdem wirkte sie in diesem Moment zu klein für Lilac, meinen Hund, mich und das, was alles zwischen uns stand. Das Rascheln des Windes in den Ästen über uns füllte die Stille, die sich zu meiner Überraschung ganz anders anfühlte als mit Joshka. Irgendwie vertrauter. Friedlicher.

»Mira, ich habe mich wie ein Idiot verhalten. Es …« Lilac holte Luft und drehte den Kopf in meine Richtung. »Es tut mir leid.«

Ich sah ihn direkt an und runzelte die Stirn. »Wofür entschuldigst du dich genau?«

»Such es dir einfach aus.« Er hob in einem kläglichen Versuch, ein Lächeln zustande zu bringen, einen Mundwinkel und gab es dann seufzend wieder auf. »Ich bin nicht besonders vertraut damit … eine Schwester zu haben.«

»Und ich nicht damit, plötzlich einen Bruder zu haben. Da haben wir wohl etwas gemeinsam.«

Unsere Blicke kreuzten sich kurz, ehe wir beide in den Himmel schauten.

»Ehrlich gesagt, will ich auch gar keine Ausreden erfinden oder sonst etwas. Es war nicht okay, dich anzufahren. Du kannst als Letzte etwas für diesen ganzen Scheiß. Oder meine eigene … ach, fuck … keine Ahnung, warum ich überhaupt hier sitze und etwas zu erklären versuche, das keinen Sinn ergibt.«

»Ich verstehe dich, Lilac«, antwortete ich und meinte es auch so. Ich verstand ihn. Ich verstand, dass es für ihn überwältigend und fremd sein musste, mit Dad und mir, mit Maple Creek und den Sozialstunden konfrontiert zu werden. Fernab von seinem Zuhause. Wie es sich anfühlen musste, keine Wahl zu haben.

»Tust du das wirklich?« Kopfschüttelnd schloss er die Augen und ballte seine Hände im Schoß zu Fäusten, sodass seine vernarbten Knöchel hervortraten. Die gleichen Narben, die ich auch schon bei Joshka gesehen hatte. »Ich wollte das alles hier nicht. Ich wollte nicht in dein Leben platzen und gleichzeitig meines in New York verlieren – egal, wie ätzend es auch war. Aber … ach, keine Ahnung. Ich weiß nur, dass ich nicht hierhergehöre. Das habe ich nie.«

Ich erinnerte mich an das, was ich über Joshka und Lilac gedacht hatte. Dass hier kein Platz für die beiden war. Resigniert verzog ich das Gesicht. Die Wahrheit war, dass wir es uns allen nicht besonders leicht gemacht hatten. Wir waren so sehr damit beschäftigt gewesen, uns aus dem Weg zu gehen, dass wir völlig vergessen hatten, uns zu fragen, warum wir das eigentlich taten. Warum wir Abstand suchten, Distanz aufbauten, statt es einfach auszuprobieren. Es darauf ankommen zu lassen.

»Es mag sein, dass ihr hier reingeplatzt seid. Niemand von uns hat damit gerechnet, aber jetzt seid ihr schon mal da, und meinst du nicht, dass … dass wir es zumindest versuchen sollten?«

Seine grün-blauen Augen richteten sich ungläubig auf mich. »Ich weiß nicht, wie man so etwas *versucht.* Ich habe keine Erfahrung mit diesem ganzen Kram. Zur Hölle, ich weiß nicht einmal, wie man diesen hochmodernen Herd im Gästehaus bedient oder eure Bonzen-Kaffeemaschine.«

Aus irgendeinem Grund brachte mich sein letzter Satz zum Lachen. Lilacs Augen wurden schmal und ich hielt mir rasch eine Hand vor den Mund – und musste dennoch weiterlachen.

»Schön, dass dich meine Unfähigkeit so belustigt.« Trotz seines nüchternen Tonfalls sah ich seine Lippen zucken. Und dieses Mal war das Lächeln echt. Es war winzig, kaum erkennbar, aber echt. Und löste ein warmes Gefühl in meiner Brust aus.

»Entschuldige, aber wenn es nur am Herd liegt, dann haben wir eine gute Chance, das Problem zu lösen, denke ich.«

Lilac gab ein Schnauben von sich, das einem Lachen näherkam, als alles andere, das ich bisher von ihm zu hören bekommen hatte. »Glaub mir, ich kann dir versichern, *das* ist ganz sicher nicht das Problem.« Seine Miene wurde wieder ernster und in diesem Augenblick erkannte ich das erste Mal meinen Dad in seinen Zügen. Es war dieselbe Nachdenklichkeit, die nun eine tiefe Furche zwischen Lilacs Augenbrauen trieb.

»Ich habe mich bisher immer an Joshka gehalten«, begann er nach ein paar Minuten der Stille und senkte den Blick auf seine geballten Fäuste. »Er hat dafür gesorgt, dass … dass ich nicht draufgehe. Aber hier … hier ist so viel. So viele Menschen, die plötzlich was von mir wollen. So viele Gespräche und Worte. So viel …« Mein Bruder unterbrach sich mit einem gemurmelten Fluch und sah anklagend in den Himmel, als würde er dort einen Schuldigen finden. »Keine Ahnung, wo in diesem ganzen Chaos noch Platz für mich ist oder wo ich eigentlich anfangen soll.«

»Komm mit uns. Morgen in die Berge«, hörte ich mich antworten und lächelte, als sich seine Augen ruckartig auf mich hefteten. »Fang erst mal mit ein paar Menschen an. Ich meine … *wir* könnten uns kennenlernen. Wenn du möchtest. Ich kann dir ein bisschen was von Maple Creek zeigen – ohne das Viele.«

Flex hob den Kopf, als würde er Lilacs Anspannung spüren und kuschelte sich kurzerhand in seinen Schoß. Gedankenverloren begann mein Bruder, ihn hinter den Ohren zu kraulen. »Ich halte das für keine gute Idee.«

»Warum?«

Lilac verzog das Gesicht. »Selbst du müsstest mittlerweile gemerkt haben, dass ich kein besonders angenehmer Umgang bin. Ich bin gern allein, weil … Menschen stressen mich«, murmelte er und klang dabei seltsam verletzlich. »Sie machen mich nervös.«

Nicht zum ersten Mal fragte ich mich, was er erlebt haben musste, das ihn so geprägt hatte. Ich spürte, dass da eine tiefe Furcht in ihm saß, eine alte Angst, die ihm die Finsternis in die Augen trieb. Und aus irgendeinem Grund wollte ich, dass sie verschwand.

»Mache *ich* dich nervös?«

»Nein.« Seine Antwort kam sofort und absolut ehrlich. »Ich weiß nicht, woran es liegt, aber bei dir ist es anders.«

Ich lächelte und zog mir die Decke enger um die Schultern, als der Wind auffrischte. »Gut. Dann komm morgen mit mir. Du musst mit niemandem reden, kannst ganz für dich sein und deinen eigenen Gedanken folgen, wenn du möchtest. Das ist das Schöne am Wandern.«

Für einige Herzschläge lang sahen wir uns schweigend an, so lange, bis sich die Dunkelheit endlich zurückzog und Lilac nickte. Es war ein zögerliches Nicken, und ich wusste, dass es ihn viel Kraft kostete, aber in diesem Moment bedeutete es mir unsagbar viel.

»Danke, Mira.«

»Wofür?«

Kurz schien es, als wollte er meine Hand berühren, dann jedoch ließ er sie zurück in Flex' weiches Fell sinken. »Dafür, dass du mir eine Chance gibst. Das haben bisher nicht viele getan.«

Nun war ich diejenige, die ihre Finger behutsam auf seine legte, bis er sie von selbst mit meinen verschränkte. Diese winzige Berührung löste ein warmes Kribbeln in mir aus, das sich gleichzeitig neu und vertraut anfühlte. Lilac drückte meine Hand, und ich wusste instinktiv, dass er das Gleiche spürte.

Als hätte etwas wieder zusammengefunden, das vor langer Zeit auseinandergerissen worden war.

Etwas, das zusammengehörte, egal, wie sehr man sich auch dagegen wehren mochte.

JETZT

Notes of Lilac

Lilac, 19 Jahre, Maple Creek

Miras Notizbuch hatte mich an etwas erinnert. An eine Angewohnheit, die ich mir irgendwann zugelegt und nie wieder so richtig losgeworden war.

Kaum war ich nach dem Gespräch mit ihr wieder in meinem Zimmer, glitt mein Blick wie von selbst zu meinem zerfledderten Rucksack. Zu dem Rucksack mit meinem eigenen Tagebuch darin. Noch ehe ich etwas dagegen hätte unternehmen können, hatte ich das fleckige, abgegriffene Ding auch schon in der Hand. Die Ecken des schwarzen, schlichten Einbands waren angeschlagen, einige Blätter hingen raus und es war kaum noch eine Seite frei. Ich hatte jede einzelne Zeile, jeden schmutzigen Rand mit Wörtern gefüllt. Meine Schrift war schief und unleserlich, die Buchstaben unterschiedlich groß und krumm, weil ich mir das Schreiben als Knirps selbst beigebracht und nie wirklich gelernt hatte, es besser zu machen. Ordentlicher. Aber es reichte. Es reichte, um zumindest ein paar der Dämonen in meinem verkorksten Schädel verstummen zu lassen. Sie auf Papier festzuhalten. Josh hatte seine Fäuste, seine Stellung im Untergrund, ich meine Worte, um irgendwie klarzukommen.

Sicher, du kommst großartig klar, Lil.

Ich schnaubte und umfasste das Notizbuch fester. Ich schaute aus dem Fenster in den sanft beleuchteten Garten und fragte mich, ob Mira immer noch da draußen hockte. Ob sie auch gerade schrieb. Wie seltsam, dass wir es beide taten. Schreiben. Gedanken mit Kugelschreibertinte einfangen, weil wir keine echten, lauten Worte dafür fanden.

Vielleicht schreibt sie auch einfach nur kitschige Liebesbriefe oder eine Einkaufsliste.

Wie auch immer. Ging mich nichts an.

Kopfschüttelnd wandte ich mich vom Fenster ab und schnappte mir einen Stift vom Tisch. Ich hatte genug eigene Dinge, über die ich lieber nachdenken sollte. Den Lärm in meinem Kopf. Joshkas komisches Verhalten. *Elias.*

Hastig schob ich den nervtötenden Kerl von mir. Ihn und das ungewohnte Prickeln, das sein Name in mir auslöste.

Nicht jetzt. Jetzt ging es um etwas ganz anderes, das wusste ich. Ich musste nur noch herausfinden, was es war. Und Nachdenken, Dinge ordnen, das hatte ich schon immer am besten auf Papier gekonnt.

Also setzte ich mich mitten in der Nacht in meinem halbdunklen Zimmer am Arsch der Welt auf den Boden und begann zu schreiben:

Irgendetwas verändert sich. Ein schleichender Prozess, der mir eine Scheißangst einjagt, weil sich mein Leben bereits innerhalb einer Woche in dieser lächerlichen Kleinstadt kaum noch wie mein wirkliches Leben anfühlt. Weil ICH mich plötzlich nicht mehr wie ich selbst fühle. Alles ist anders. Und damit meine ich nicht irgendwelche augenscheinlichen Veränderungen, sondern die kleinen, verräterischen Anzeichen dafür, dass wir längst die Kontrolle verloren haben. Dass jemand anders die Zügel übernommen hat, ohne uns zu fragen. Ohne, dass wir etwas dagegen tun können. Es passiert einfach.
Ich denke plötzlich über Dinge nach, an die ich in meinem Leben noch nie zuvor einen einzigen Gedanken verschwendet habe. Und das macht irgendetwas mit mir.
Es macht etwas mit mir, wenn mich Macy und ihre nervtötende Gruppe von viel zu enthusiastischen Helfern fragen, wie es mir geht. Wenn Elias mich das fragt.
Es macht etwas mit mir, wenn ich sehe, wie die Dunkelheit in Miras sonst so hellen Augen aufzieht, weil sie einen winzigen Blick auf die Finsternis erhascht, die wir in ihr Leben gebracht haben. Die ICH in ihr Leben gebracht habe. Es weckt den irrationalen Wunsch in mir, das Leuchten zurückzuholen, das mich so sehr an ihr fasziniert. Das heller brennt als alles, was ich bisher in meinem beschissenen Leben gesehen habe. Es ist lächerlich und verstörend und macht mir Angst, denn von allen Menschen auf dieser gottverlassenen Welt weiß ich am allerwenigsten etwas

über Helligkeit. Vielleicht werde ich gerade deswegen von Mira angezogen wie eine dämliche Motte vom Licht.
Wenn ich ehrlich zu mir bin, habe ich keine rationale Erklärung dafür. Ich weiß nicht, warum ich ihr vorhin wie ein irrer Idiot nachgegangen bin, mich neben sie gesetzt und irgendwelchen Mist gefaselt habe, an den ich mich im Nachhinein nicht einmal mehr erinnern kann. Was ich aber weiß, ist, dass es sich aus irgendeinem Grund richtig angefühlt hat. Ich glaube nicht an solchen Scheiß wie Zwillingstelepathie oder eine Verbindung, die allein durch die Tatsache entsteht, dass wir neun Monate quasi aneinandergeklebt in unserer Mom verbracht haben, aber ich glaube an mein Bauchgefühl. An meine Instinkte, die mir bisher den Arsch gerettet haben. Und meine Instinkte sagen mir, dass es okay ist. Dass Mira okay ist. Dass es okay ist, meine Mauer ein kleines Stückchen für sie herunterzulassen.
Ich muss den Verstand verloren haben. Wie kann diese dämliche Kleinstadt, von der ich bis vor ein paar Wochen noch nicht einmal wusste, dass sie überhaupt existiert, mich so sehr aus der Bahn werfen? Mich überhaupt so etwas denken lassen???
Nein, das ist nicht Maple Creek. Es ist Mira.
Mira, die durch ihre bloße Anwesenheit alles verändert. Die Strukturen und Regeln beiseitefegt, die mich bisher am Leben gehalten haben. Die meiner kalten Fassade Tag für Tag mehr Risse verpasst, weil sie mich etwas fühlen lässt, das ich

nicht fühlen sollte. Die selbst Joshka dazu bringt, Dinge zu tun, die er seit einer Ewigkeit nicht mehr getan hat.
Und während ich wie ein Süchtiger blind ihrer Helligkeit folge, ihr nachjage, beginne ich mich irgendwo tief in mir drin zu fragen, was von uns übrig bleibt, wenn alle Strukturen durchbrochen sind.
Wenn ich das Licht erreicht habe, und Mira sieht, was hinter meinen Mauern lauert.
Wenn es zu spät sein wird, umzukehren. Für Mira.
Für Joshka. Für mich.
Was wird dann sein?

KAPITEL 10

Tiny Moments Just for Myself

Mira

Ein hörbares Rascheln begleitete Flex, als er mit wedelndem Schwanz im Unterholz verschwand. Grinsend sah ich ihm nach und versuchte, nicht allzu viel darüber nachzudenken, dass es später Stunden dauern würde, all die Blätter und kleinen Äste aus seinem Fell zu pflücken.

Seufzend wandte ich mich ab und überprüfte ein letztes Mal meinen Rucksack und den bunten Gurt, an dem meine Analogkamera hing, ehe ich zu Lilac und Joshka ging. Es hatte mich ehrlich gesagt kaum gewundert, dass Letzterer heute Morgen ebenfalls um Punkt acht Uhr mit funkelnagelneuen Wanderstiefeln aus einem gewissen Outdoorladen auf der Matte gestanden hatte. Auch, wenn ich insgeheim gehofft hatte, es würde nicht so sein. Dass ich ein paar

Augenblicke allein mit meinem Bruder bekommen würde. Doch ganz offenbar vertraute mir Joshka nicht genug, um mich ohne ihn mit seinem Schützling losziehen zu lassen.

Leise schnaubend kickte ich einen Stein zur Seite. Was sollte ich schon tun? Lilac vom nächstbesten Berg werfen? Dabei hatte ich wirklich gehofft, den Tag nutzen zu können, um dort weiterzumachen, wo wir gestern nach unserem Gespräch aufgehört hatten. Pustekuchen. Nicht, solange Drache Joshka meinen Bruder wie seinen persönlichen Schatz hütete. Inklusive tödlichem Gesichtsausdruck und Feuerspeien.

Ein paar Meter von den beiden entfernt blieb ich stehen und schaute noch einmal zur Zufahrtsstraße, die zu dem kleinen Parkplatz führte, auf dem wir Eli und Tami treffen sollten. Aber außer einem dunkelblauen Minivan waren wir die Einzigen hier.

Ich verschränkte die Arme vor der Brust und stieß langsam die Luft aus meiner Lunge. Mein Atem bildete ein kleines Wölkchen vor mir und erinnerte mich daran, dass der Herbst Maple Creek bereits fest im Griff hatte. Heute Morgen hatte ich wohl oder übel zu meinen langen Thermoleggings und einem der dicken, bunten Strickpullis greifen müssen. Vermutlich würde in den nächsten Wochen bereits der erste Schnee fallen.

»Also keine Wanderung?«, fragte Joshka mit spöttischem Unterton und kam auf mich zu. Er hatte die Hände in den Taschen seiner schwarzen Jeans versenkt und trug einen dunkelgrünen Pullover, der ihm besser stand, als ich zugeben wollte.

Ich sah ihm ins Gesicht und rieb meine kühlen Hände, bis wieder etwas Leben in meine Fingerspitzen kam. »Wir warten noch ein paar Minuten und dann laufen wir allein los. Der Tag ist zu schön, um zurück nach Hause zu fahren.«

Joshka hob eine Augenbraue und öffnete den Mund, als sein Blick an mir vorbei zur Straße glitt. Das knirschende Geräusch von Reifen auf Kies erklang, dann bog auch schon der Honda von Elias' Mom um die Kurve.

»Wunderbar, die ganze Kavallerie«, brummte Joshka und presste die Lippen zu einer schmalen Linie aufeinander.

Ich konnte mir ein selbstzufriedenes Grinsen nicht verkneifen, als ich Tamis Stimme hinter mir hörte und kurz darauf Flex' freudiges Bellen, der wie ein Blitz aus den Büschen zu meinen Freunden schoss, um sie zu begrüßen.

»Sorry für die Verspätung! Danny wollte Elias nicht gehen lassen, er hat echt einen Narren an ihm gefressen«, rief Tami, kraulte meinen Border Collie und kam dann mit großen Schritten zu uns.

Eli schloss seinen Wagen ab und folgte ihr. »Irgendwann musst du damit aufhören, deinen kleinen Bruder immer als Ausrede für deine Unpünktlichkeit vorzuschieben.«

»Verräter«, brummte sie und zog mich in eine kurze Umarmung, ehe sie sich Joshka und Lilac zuwandte, die aussahen, als wären sie im falschen Film gelandet. Ganz verübeln konnte ich es ihnen nicht. Tami und Eli waren wirklich eine Klasse für sich.

»Oookaay, eure Ähnlichkeit ist wirklich verblüffend. Also, schätze ich mal, dass du Lilac bist.« Meine beste Freundin stellte sich direkt vor ihn und starrte ihn ganz offen an, woraufhin sich mein Bruder merklich verkrampfte. Im nächsten Moment hatte sie auch schon Joshka ins Visier genommen, der die Szene mit beinahe gelangweilter Miene verfolgte. Manchmal fragte ich mich, ob er sich damit nicht selbst auf die Nerven ging.

»Und dich kenne ich schon. Den unfreundlichen New Yorker, der keinen Sinn für Humor hat.«

»Ganz unrecht hat sie nicht«, sagte ausgerechnet Lilac und zuckte mit den Schultern, was Joshka mit den Zähnen knirschen ließ.

Neben mir murmelte Eli etwas, das verdächtig nach einem Stoßgebet klang. Ich verdrehte die Augen. Das konnte ja ein Tag werden.

Joshka riss sich aus seiner Starre und hielt Tami demonstrativ eine Hand hin. »Mein Name ist Joshka.«

»Ich weiß«, erwiderte sie mit einem schiefen Grinsen und überging seine Hand geflissentlich. Sie genoss dieses Spielchen hier für meinen Geschmack ein bisschen zu sehr.

Eli räusperte sich vernehmlich und zog die Riemen seines Rucksacks straff. »Mira, hast du dir schon einen Trail ausgesucht?«

Ich warf ihm einen dankbaren Blick zu und nickte. In den Stunden, seit ich erfahren hatte, dass wir eine gemeinsame Tour starten würden, hatte ich mir überdurchschnittlich viele Gedanken über eine mögliche Route gemacht und mich schließlich für eine meiner liebsten entschieden.

»Ich würde über den Grey-Pass gehen und dann oben auf dem Mount Hilly Pause machen, bevor wir über die Spiegel-Schlucht absteigen.«

Tami gab einen erfreuten Laut von sich. »Ich liebe die Schlucht!«

Eli runzelte die Stirn. »Bist du sicher, dass wir das gleich zu Beginn machen sollten? Lilac hat mir gesagt, er wäre vorher noch nie in den Bergen gewesen, und der Hilly –«

»Wir kommen schon klar. Ihr müsst bei eurer Wanderung keine Rücksicht auf uns nehmen«, fiel ihm Joshka ins Wort und schaffte es dabei, exakt auf der Klinge zwischen *zuvorkommend* und *unhöflich* zu balancieren.

Beeindruckend.

Mein bester Freund sah schulterzuckend zu mir und nickte mit einem beruhigenden Lächeln. »Dann ist ja alles geklärt. Wenn wir zügig gehen, schaffen wir es bis Mittag auf den Gipfel.«

Also verloren wir keine weitere Zeit und machten uns auf den Weg. Tami und ich bildeten die Spitze unserer kleinen Expeditionsgruppe, hinter uns liefen Joshka und Lilac, und Eli bildete die Nachhut – wobei sich mein Bruder zunehmend weiter zu ihm zurückfallen ließ. Flex sprang immer wieder um uns herum, rannte vor und schnupperte Spuren nach.

Wie bei den meisten unserer Bergtouren gab ich ein rasches Tempo an, lief oft einige Meter vor den anderen und wartete, wann immer der Abstand zu groß wurde. Die kleinen Pausen, die dabei entstanden, nutzte ich zum Fotografieren oder Durchatmen.

Nach der ersten Stunde – die Lücke zwischen mir und dem Rest war wieder etwas größer geworden – legte ich einen weiteren Stopp auf einem kleinen Vorsprung ein, zog mir den Wollpullover über den Kopf und verstaute ihn im Rucksack. Mittlerweile war die Sonne rausgekommen und ihre Strahlen lagen angenehm warm auf meiner Haut. Lächelnd griff ich nach meiner Kamera und schoss die nächsten Fotos. Die Welt um mich herum veränderte sich sofort, als ich sie durch die Linse betrachtete. Ich sah mehr Farben, mehr Schwünge und das Spiel von Licht und Schatten, als wäre das alles Teil einer großen Symphonie. Die Natur und ihre Schönheit schienen auf einmal eine ganz eigene Sprache zu sprechen, die in meinen Ohren wie Musik klang. Ich fing den kargen Gipfel des Mount Hilly ein, als ein einzelner Lichtstrahl darauf traf und ihn wie ein gewaltiges Leuchtfeuer glühen ließ. Hielt den Moment fest, als einer der schwarzbraunen Adler, die hier heimisch waren, knapp über den Baumspitzen entlangsegelte, und verewigte einen Hirsch auf einem der gegenüberliegenden Felsen auf meinem Film. Um diese Jahreszeit, wenn die Wälder so bunt waren und die Luft so klar, gefiel mir die Landschaft am besten.

Zufrieden ließ ich die Kamera sinken und wandte mich um, als ich Schritte hinter mir hörte. »Ihr habt mich eingeholt«, rief ich und umfasste den Kameragurt fester, als nicht Tami und die anderen aus dem Wald traten, sondern Joshka. Nur Joshka.

»Bei deinem Tempo ist das gar nicht so einfach», murmelte er. »Hast du vor, einen Marathon aus dieser Aktion zu machen, oder warum rennst du den Berg hoch, als wäre der Teufel hinter dir her?«

Ich verengte die Augen. »Vielleicht ist er das ja.«

Kurz zuckten seine Augenbrauen vor Überraschung nach oben, dann legte sich wieder seine übliche nüchterne Maske über jede Regung.

»Deine verrückte Freundin hat Lil und Elias auf einen Seitenpfad zu irgendeinem Wasserlauf geschleppt. Wir sollen sie oben treffen. Und deine Bestie ist auch bei ihnen.«

»Die Mercy Falls«, murmelte ich und nickte. Daran hatte ich überhaupt nicht gedacht, als ich mir diese Route überlegt hatte. Einer der Parallelpfade führte über einen kleinen Umweg zu diesen Wasserfällen, die zwar nicht besonders hoch, dafür aber umso schöner im Morgenlicht waren.

Mit einem Brummen zog Joshka seine Wasserflasche hervor und trank. »Kann sein. Wie auch immer.«

»Du wolltest nicht mit ihnen gehen? Sonst lässt du Lilac doch auch keine Sekunde aus den Augen.« Ich machte mir nicht die Mühe, den Sarkasmus aus meinen Worten zu halten.

Joshka steckte die Flasche weg, dann kam er mit ein paar langen

Schritten zu mir auf den Vorsprung und ließ den Blick über die Landschaft schweifen. Der Wind zupfte an seinen dunkelblonden Haaren, während ein wachsamer Ausdruck auf seine Züge trat. »Wenn du ihn kennen würdest, wie ich es tue, wüsstest du, warum. Außerdem ist er nicht allein. Dein Freund Elias scheint ein ordentlicher Kerl zu sein. Lil vertraut ihm, also tue ich es auch.«

Wow, nur Joshka schaffte es, Vorwurf, Erklärung, ein fragwürdiges Kompliment und Missbilligung in einer einzigen Antwort zu verpacken.

Ich seufzte leise. »Das ist er. Der Beste.«

Mit einem knappen Nicken wandte sich Joshka von dem Ausblick ab, als hätte er genug gesehen, und deutete in Richtung des Pfades, der in wenigen Minuten zum Grey-Pass werden würde und direkt auf den Mount Hilly führte. »Können wir dann weiter?«

Ich griff nach meiner eigenen Wasserflasche und nahm einen großen Schluck, bevor ich mich ohne ein weiteres Wort wieder an die Spitze setzte. Joshka folgte mir stumm.

Anders als Tami und Eli, die ich immer wieder abhängte, hielt er mühelos mein Tempo, überwand Hindernisse beinahe anmutig und gab dabei keinen einzigen Laut von sich. Selbst, als der Pass begann und der Weg zu einer Kletterpartie über unzählige spitze Steine wurde, war er wie mein Schatten. Immer nur einen Schritt hinter mir.

»Hast du das schon mal gemacht?«, fragte ich und zog mich zwischen zwei herausstehenden Felsen hoch.

»Nein«, kam die tonlose Antwort, und ich gab es auf, irgendeine Art von Konversation starten zu wollen. Wozu auch? Joshkas Einsilbigkeit war einfach nur frustrierend.

Die Sonne stieg weiter, erhob sich über der Gipfelkette, sodass ihre Strahlen auf meiner Haut kitzelten und Muster auf den Pfad vor uns zeichneten. Ich zupfte an meinem großen *MUO*-T-Shirt herum und war froh, dass ich mich gegen das Thermoshirt entschieden hatte. Der Sommer mochte vorbei sein, aber die Sonne hatte hier oben noch immer erstaunlich viel Kraft.

»Mal im Ernst, worin liegt der Sinn, den Berg hochzurasen? Geht es nicht darum, die Natur zu *genießen*?«

Mit Genugtuung nahm ich wahr, dass selbst der für Joshka so typische Spott es nicht schaffte, das leichte Keuchen zu vertuschen, das nun in seiner Stimme lag. Also hatte auch Mr Eintönig seine körperlichen Grenzen.

Augen verdrehend wandte ich mich zu ihm um – und stolperte, als mein Fuß plötzlich ins Leere trat. Mir kam ein heiserer Schrei über die Lippen, während ich das Gleichgewicht verlor und mein Körper nach vorn kippte – nur um in der nächsten Sekunde mit einem kräftigen Ruck zurückgerissen zu werden. Warme, starke Arme schlangen sich um mich und hielten mich an Ort und Stelle, während mein Herzschlag in meiner Brust galoppierte. Reflexartig krallte ich meine Finger in den weichen Baumwollstoff unter meinen Händen und kniff die Augen zusammen. Der Geruch nach frischen Kiefernnadeln, Zedern und Waldboden trat mir in die Nase, als ich meinen Kopf in Joshkas Pullover vergrub.

Joshka.

Ich hielt den Atem an und wagte es nur langsam, den Blick zu heben. Grüngraue Iriden begegneten meinen, der Ausdruck darin verursachte mir eine Gänsehaut. Ich erkannte Furcht und Härte darin, Sorge und eine unerwartete Sanftheit. Sein Herzschlag raste unter meinen Fingerspitzen genauso schnell wie meiner.

Was ist das hier gerade?

Ein Muskel an Joshkas Kinn zuckte, und im nächsten Moment hatte er mich auch schon so schnell von sich geschoben, als hätte er sich an mir verbrannt. Ich räusperte mich und sah verlegen zur Seite.

»Genau aus diesem Grund macht es keinen Sinn, den Weg hochzurennen«, brummte er und fuhr sich durch die Haare.

Ich spürte, wie meine Wangen warm wurden, und verschränkte abwehrend die Arme vor der Brust. »Du hast mich abgelenkt.«

Seine Mundwinkel hoben sich für einen Sekundenbruchteil in Richtung eines Lächelns. »Und du hast meine Frage nicht beantwortet. Schon wieder.«

Ich schnaubte und setzte mich wieder in Bewegung. Langsamer dieses Mal. Sicher war sicher. »Vielleicht solltest du dir dann einmal Gedanken darüber machen, ob es nicht womöglich an *deinen Fragen* liegt, Joshka.«

»Okay, dann lass es mich anders formulieren, *Mirella.* Wenn du während des Wanderns Zeit für dich selbst brauchst und allein sein willst, um zu fotografieren, warum bittest du dann deine Freunde, dich zu begleiten?«

Er klang näher, als er es die bisherige Strecke über gewesen war, und ich wurde unbeabsichtigt wieder schneller. Mein Teufel folgte mir auf dem Fuß.

»Ich brauche keine …«, setzte ich an und unterbrach mich selbst, als mir klar wurde, dass ich im Begriff war zu lügen. Joshka hatte es – ob nun bewusst oder nicht – auf den Punkt gebracht. Zwar liebte ich es, mit Tami und Eli in die Berge zu gehen, aber für meine Fotos brauchte ich immer diese kleinen Augenblicke der Ruhe ganz für mich allein.

»Aha, da haben wir es«, ertönte es leise hinter mir, und ich meinte, das erste Mal neben seiner üblichen Selbstgefälligkeit so etwas wie Belustigung aus seinen Worten herauszuhören. »Du verbringst erstaunlich viel Zeit damit, dich selbst zu verarschen, was?«

»Nein. Das tue ich nicht.«

»Bitte, lassen wir das.«

Ich schüttelte den Kopf und legte noch einen Zahn zu. »Du kennst mich nicht, woher willst du das wissen, hm?«

Joshka schloss zu mir auf, als wir einen der breiteren und flacheren Abschnitte des Passes erreichten, sodass wir nun nebeneinander herliefen. »Weil es zu meinem Job gehört, Leute zu beobachten und darauf zu achten, ob sie ehrlich zu mir sind. Das kann in meiner Welt über Leben und Tod entscheiden.«

»Reichlich dramatisch, findest du nicht?« Ich warf ihm einen spöttischen Seitenblick zu und pustete mir eine Strähne aus den Augen.

»Du wärst überrascht ... Also, probieren wir es noch mal mit der Wahrheit?«

Mich ärgerte seine vorlaute Art. Seine Haltung, als wüsste er immer ein bisschen mehr als ich und wäre sich dessen nur allzu bewusst. Und noch viel mehr wurmte es mich, dass er recht hatte. Er hatte auf dem Parkplatz des Supermarktes recht gehabt, als ich behauptet hatte, ich würde mich nie einsam fühlen, wo mich die Einsamkeit doch regelmäßig zerfraß, und er lag auch jetzt richtig.

Dieser arrogante Mistkerl.

Ich stieß den Atem aus und nickte. »Na schön, Sherlock. Ich nutze diese kleinen Pausen, um zu fotografieren. Ich ... Irgendwie kann ich die Momente nur so einfangen, wie ich es möchte, wenn ich den Augenblick für mich allein habe. Die Farben scheinen dann anders, das Bild, das sich mir bietet, und die Melodie ...« Ich winkte ab und sah auf meine dicken Hikingboots, die von meinen vielen Touren schon einige Kratzer davongetragen hatten. »Ich erwarte nicht, dass du das verstehst.«

Eine warme, kräftige Hand griff nach meiner Schulter und hielt mich zurück. Überrascht blickte ich auf in Joshkas Gesicht. Mir war noch nie aufgefallen, dass neben dem dunklen Grüngrau auch hellere Sprenkel in seinen Augen tanzten. Außergewöhnlich.

»Wir werden in der nächsten Zeit wohl oder übel miteinander auskommen müssen, Mira. Also, können wir uns auf ein paar Dinge einigen?«

Fragend runzelte ich die Stirn.

»Erstens, du solltest keine voreiligen Schlüsse ziehen. Weder über Lilac noch über mich. Du kennst uns nicht und du weißt nicht, wie wir ticken. Im Gegenzug werde ich mir auch kein kopfloses Urteil über dich bilden. Zweitens, können wir den Kompromiss schließen, ehrlich zueinander zu sein? Mag sein, dass wir nicht unbedingt auf einer Wellenlänge sind, aber du kannst davon ausgehen, dass alles, was ich dir sage, der Wahrheit entspricht. Ich lüge nicht. Das tue ich nie. Kann ich dasselbe von dir erwarten?«

Ich blinzelte und sah ihn an, dann schüttelte ich langsam den Kopf. »Wow, du redest wirklich immer gleich Tacheles, was?«

Joshka zuckte mit den Schultern, eine Geste, die so gar nicht zu seiner kühlen, beherrschten Haltung passte. »Glaub mir, wenn ich dir sage, dass ich genug mit Lügen und Halbwahrheiten zu tun hatte, um zu wissen, dass sie eher schaden, als irgendjemandem etwas zu nützen. Ich bin nicht hier, um mir Feinde zu machen, sondern um auf Lil aufzupassen. Ihn zu beschützen. Und nicht jede Gefahr ist physischer Natur.«

Die scharfe Erwiderung auf meiner Zunge erstarb, als ich den sanften Tonfall bemerkte, in dem er von Lilac sprach. Joshka mochte ein Idiot sein, aber ich bezweifelte nicht, dass er für Lilac über sämtliche Grenzen gehen würde. Vielleicht sogar schon gegangen war.

»In Ordnung. Keine Lügen, keine Vorurteile mehr.« Ich sah ihm fest in die Augen und hielt ihm eine Hand hin. »Wenn du aufhörst, dich wie ein Arsch zu benehmen und deinen Bodyguard-Modus etwas herunterfährst. Du hast recht, wir werden einige Zeit miteinander verbringen. Das heißt zwar nicht, dass wir beste Freunde werden, aber ich habe keine Lust, jeden Tag gegen dich antreten zu müssen. Ich möchte Lilac kennenlernen – ohne diesen ständigen Kampf mit dir.«

»Arsch?« Eine seiner Augenbrauen wanderte nach oben.

Ich sah ihn nur vielsagend an.

Mit einem gemurmelten Fluch ergriff Joshka meine Hand und schlug ein. »Gut. Meinetwegen.«

Unsere Finger berührten sich einen Moment länger als nötig, ehe ich meine Hand abrupt zurückzog. Das Kribbeln, dort, wo wir einander berührt hatten, blieb.

»Gut«, wiederholte ich und räusperte mich. »Gehen wir weiter, bevor wir die anderen noch verpassen.«

Eine ganze Weile lang blieb es still zwischen uns, während wir unseren Weg fortsetzten. Irgendwo plätscherte Wasser und eine Hummel flog surrend an meinem Kopf vorbei. Dann tauchte ein paar Höhenmeter später über uns das Gipfelkreuz des Mount Hilly auf – unser Ziel und das Ende unserer mehr oder weniger angenehmen Zweisamkeit, denn neben dem Kreuz erkannte ich die Umrisse von Eli, Tami und Lilac, die es sich bereits gemütlich gemacht hatten.

Ich sog frische Luft in meine Lunge, um zu einem letzten kleinen Sprint anzusetzen, als mich Joshkas Stimme ein weiteres Mal innehalten ließ.

»Warte, Mira. Eins noch.«

Ich runzelte die Stirn und drehte mich zu ihm um.

»Ich … ich verstehe sie. Die kleinen Pausen, die du dir für dich allein nimmst. Mehr, als du vielleicht glauben magst.«

Langsam überwand ich die Distanz zwischen uns, bis wir nur noch eine Unterarmlänge voneinander entfernt standen. Ich musste den Kopf ein Stück heben, um ihm in die Augen sehen zu können. »Warum?«

»Weil ich das Gefühl kenne, das du vorhin beschrieben hast. Die Fotografie ist deine Melodie. Ich habe meine eigene.«

Als sich unsere Blicke dieses Mal trafen, meinte ich, das erste Mal hinter seine mies gelaunte, abwehrende Fassade zu schauen. Ich konnte den *echten* Joshka erkennen.

Und das, was ich sah, gefiel mir. Vielleicht gefiel es mir sogar ein bisschen zu sehr.

Der Duft nach Kaffee und frischem Gebäck hüllte mich ein, als ich das gemütliche Campus-Café der Uni betrat, und ließ mich lächeln. Ich hatte eine Vorliebe für Fotografie, Gleichungen und die Natur, aber eine wahre Passion für geröstete Bohnen in so gut wie jeder Variation.

Mit beschwingten Schritten ließ ich die lange Theke, die aus dunklem Holz und dem Vorderteil eines alten VW Bullis gefertigt worden war, hinter mir und steuerte einen der runden Tische an.

Tamis leuchtende, hellrosafarbene Haare hatte ich schon vom Eingang aus erspäht. Die letzten weichen Sonnenstrahlen des Tages fielen durch die großen, vielsprossigen Fenster und tauchten das Café, das im Vintagestil gehalten war, in ein sanftes Licht. Warme, ausladende Lüster bildeten das Gegenstück.

Eli, der mich zuerst bemerkte, tippte Tami an und drehte sich zu mir um. »Wie ist es gelaufen?«

Ich ließ mich mit einem Seufzen auf einen freien Stuhl fallen und stellte meine schwere Tasche neben mich. »Es ist vorbei, das ist alles, was zählt, oder?«

Wissend schürzte Tami die Lippen. Ihre schulterlangen Haare trug sie heute zu zwei Boxerbraids, die ihr ziemlich gut standen, wie ich fand. »Das heißt, es lief bombe und absolut reibungslos. So wie immer.« Bedeutungsvoll prostete sie mir mit ihrem Chai Latte zu und grinste schief. Tami trank aus Prinzip keinen Kaffee, den sie nicht selbst zubereitet hatte – *Barista-Kodex* nannte sie das.

»Ganz ehrlich, ich weiß es nicht, aber zumindest sind die Hausarbeit und der Test jetzt weg. Gibt es etwas Neues von Willingdale wegen unseres Projekts?«

Eli schüttelte den Kopf und nahm einen Schluck von seinem schwarzen Kaffee. »Nein, aber es ist auch erst Dienstag.«

»Ja, und das bedeutet, *wenn* wir den Vortrag halten dürfen, wird es morgen sein«, erinnerte ich ihn und zog mein Portemonnaie aus der Tasche. »Ich hole mir schnell was, dann können wir uns einen Schlachtplan zurechtlegen.«

Bei Marco, der heute hinter der Kasse stand, bestellte ich meinen Cappuccino und wartete dann an der Ausgabe auf mein Getränk. Meine Finger klackten leise auf das Holz der Theke, während mein Blick nach draußen schweifte.

Der Parkplatz hatte sich mittlerweile ziemlich geleert und die verschnörkelten Laternen waren längst angesprungen. Um diese Uhrzeit waren die meisten Vorlesungen schon vorbei und nur noch wenige Studierende auf dem Gelände. Außer meinem dunkelgrünen Jeep und einem Dutzend anderer Fahrzeuge standen dort nur noch Elias' Auto und ein dunkelblauer Minivan, der mir aus irgendeinem Grund seltsam bekannt vorkam. Ich kniff die Augen zusammen, um das Kennzeichen zu entziffern, als ich hinter mir meinen Namen hörte.

»Ein Cappuccino für Mira?«

Rasch fuhr ich herum und nickte lächelnd. »Das bin ich. Danke.«

Bewaffnet mit Kaffee und einem Cookie, den mir Jesse, die zweite Barista, zugesteckt hatte, kehrte ich zu Tami und Eli zurück und machte es mir bequem.

»Wisst ihr, was? Warum lassen wir den Vortrag nicht kurz Vortrag sein und machen uns erst einmal Gedanken um Samstag?«

»Mira …« Eli legte die Stirn in Falten.

Meine beste Freundin bekam sofort funkelnde Augen und überging ihn geflissentlich. »Ich dachte schon, du fragst überhaupt nicht mehr. Diana hat mir erzählt, dass dieses Mal eine DJane aus Seattle als Special Guest kommt. Da müssen wir auf jeden Fall hin.«

Samstag fand im *Dark Grounds* die Party zum offiziellen Herbstanfang statt. Eines der Highlights in Maple Creek und ein absolutes Muss in unserem Kalender.

Ich nickte lächelnd und legte die Hände um meine bauchige, warme Tasse. »Treffen wir uns vorher bei dir zum Fertigmachen?«

Eli winkte sofort ab. »Keine Chance. Noch mal bekommt ihr mich nicht zu diesem Mädchenritual. Das könnt ihr vergessen. Ich fahre direkt zum Club.«

Ich lachte und verschluckte mich beinahe an meinem Kaffee. »Komm schon, so schlimm war es doch wirklich nicht.«

»Du willst nicht ernsthaft, dass ich dir eine Antwort darauf gebe«, hielt er dagegen und leerte seinen Becher. »Ich sage nur James Blunt abwechselnd mit *High School Musical* in Dauerschleife. Das hält niemand lange aus.«

Grinsend summte ich die Melodie von *Breaking Free*, was Elias das Gesicht verziehen ließ, als würde er körperliche Schmerzen erleiden.

»Das sind wahre Klassiker, du Kulturbanause.«

»Dazu sage ich jetzt mal nichts mehr.«

Tami streckte ihm die Zunge raus. »Und was ist, wenn Mira Lilac fragt, ob er dazukommt?« Sie klimperte mit den Wimpern und lehnte sich weiter nach vorn.

Ich stieg begeistert mit ein. »Ja, warum nicht? Ich kann ihn fragen.«

Nach unserer gemeinsamen Wanderung war bei uns im Haus so etwas wie ein fragiler Frieden eingezogen. Zwar waren wir nicht von jetzt auf gleich zu einer Happy Family mutiert, aber zumindest war die Eiszeit vorläufig beendet. Wir wechselten einige wenige Worte miteinander und am Sonntag hatten Lilac und ich sogar zusammen einen Mini-Serienmarathon im Wohnzimmer veranstaltet. Lustigerweise stand mein Zwillingsbruder genauso auf die Serie *Bones* wie ich. Es waren keine großen Schritte, aber auch Baby Steps brachten einen vorwärts, oder nicht? Und was Joshka anging –

»Wie dem auch sei, ich muss los. Das Lacrosse-Training fängt gleich an, und der Coach häutet mich, wenn ich schon wieder zu spät komme. Und was den Vortrag anbelangt: Ich denke, wenn wir bis heute Abend keine Rückmeldung haben, können wir davon ausgehen, dass es vorbei ist.« Mit einem leisen *Uff* schulterte Elias seine Sporttasche und tippte sich an den imaginären Hut.

»Wir halten dich auf dem Laufenden«, rief ihm Tami hinterher und schlürfte geräuschvoll den Rest ihres Chais durch einen Bambusstrohhalm. »Was den Vortrag *und* die Party angeht.«

Meinen Cappuccino in den Händen lehnte ich mich zurück und sah Eli hinterher, bis er aus unserem Blickfeld verschwunden war. Für uns beide hoffte ich wirklich, dass wir und unser Projekt eine zweite Chance bekommen würden.

»Ich glaube, Eli steht auf ihn.«

Meine Augen flogen zurück zu Tami, deren Lippen sich zu einem wissenden Lächeln verzogen hatten. »Auf wen? Meinst du …?«

Meine beste Freundin nickte und beugte sich verschwörerisch über den Tisch. »Weißt du, ob … ich meine, ob Lilac auch auf Männer steht? Habt ihr schon darüber geredet?«

»Wow, Tami, wir sind noch nicht mal an dem Punkt angekommen, an dem wir uns gegenseitig unsere Lieblingsfarbe verraten haben.«

Grinsend schüttelte sie den Kopf und stützte die Ellenbogen auf. »Dabei ist das doch eine überlebenswichtige Sache. Die Lieblingsfarbe sagt so unheimlich viel über eine Person aus. Ich meine …!«

Lachend klopfte ich ihr auf die Schulter und machte dann eine beschwichtigende Geste. »Mach mal einen Punkt, Tami. Was hältst du davon, wenn wir das einfach auf uns zukommen lassen?«

»Zusammenpassen würden sie ja schon irgendwie«, überlegte sie ungerührt und griff nach ihrer Tasche.

Ich stellte meinen Kaffee ab und zuckte mit den Schultern. »Lassen wir uns überraschen. Was meinst du, wollen wir noch bei *Davie's* vorbeifahren und uns einen Donut holen?«

»Als ob ich da jemals Nein sagen würde. Wenn ich mich recht erinnere, bist ohnehin du mit Zahlen dran.«

Der Parkplatz war längst in Dunkelheit gehüllt und ein leichter Nieselregen hatte eingesetzt. Gemeinsam liefen wir mit hochgezogenen Schultern zu meinem Jeep und rissen kichernd die Türen auf, als ich ein unangenehmes Prickeln im Nacken verspürte. Eine Hand am Türgriff hielt ich inne und drehte mich langsam um. Hier war niemand mehr – bis auf uns und den blauen Minivan. Ich verengte die Augen und zuckte zusammen, als der Van plötzlich den Motor startete und dann mit quietschenden Reifen vom Gelände rauschte.

»Mira? Alles okay?«

Hastig stieg ich in meinen Wagen und schlug die Tür heftiger als nötig zu.

»Ja. Ja, alles gut. Lass uns fahren.«

KAPITEL 11

Even Immortals Can Die

Joshka

Die Kaffeemaschine gab ein beunruhigendes Blubbern von sich und ging anschließend mit einem nervtötenden Piepen in den Streik.

Du willst mich verarschen, oder?

Ich wandte mich von den Eiern ab, die fröhlich in der Pfanne vor sich hin brutzelten, um die Maschine mit einem finsteren Blick aufzuspießen – nur interessierte sie das genauso wenig wie meine Bemühungen, sie wieder zum Laufen zu bringen. Langsam, aber sicher bekam ich das ungute Gefühl, dass sich der Kaffee in diesem Haushalt gegen mich verschworen hatte, denn jeder andere schien problemlos an die dunkle Brühe zu kommen. Jeder außer mir. Und *alle*, die ich hätte fragen können, welche Hebel und Schalter ich in welche Stellung bringen musste, um doch noch Kaffee zu bekommen, waren unterwegs. Mira und ihr Vater waren in der Uni, weil sie dort einen *superwichtigen* Vortrag hielt, der den gesamten gestrigen Abend über Thema Nummer eins gewesen war, und Lilac war bei Macy. Ich hatte das Haus also komplett für mich. Ich Glückspilz.

»Ach, scheiß drauf«, murmelte ich, schaltete das Monstrum ab und schaufelte stattdessen die Spiegeleier auf meine Buttertoasts. Ich würde ohnehin in ein paar Minuten aufbrechen, um ein paar Erledigungen zu machen und den Wagen abzuholen, den ich gekauft hatte. Da konnte ich genauso gut auch bei dem Coffeeshop vorbeischauen, den ich an unserem ersten Tag hier entdeckt hatte.

Nach einem schnellen verspäteten Frühstück trat ich, meine Kuriertasche in der Hand, auf die Straße. Es war ziemlich ungemütlich draußen. Kalte Böen fegten über den Bürgersteig und der trübe graue Himmel schluckte beinahe das gesamte Tageslicht. Mit zusammengebissenen Zähnen stellte ich den Kragen meines dunkelblauen Mantels hoch und verfiel in ein rasches Tempo.

Am frühen Nachmittag war nicht besonders viel in der kleinen Stadt los. Ich sah eine ältere Dame, die den Gehsteig fegte – mir ein Rätsel, warum sie das tat, wenn der nächste Windstoß bereits einen weiteren Schwall Laub brachte – und zwei Männer, die mit jeweils einem Kaffee in den Händen einen Dackel ausführten. Aber das war es auch schon. Maple Creek war auf unheimliche Weise ruhig. Zu ruhig für jemanden wie mich, der bisher immer die Lautstärke einer Großstadt um sich herum gehabt hatte. Dort wäre es niemals so still gewesen – nicht umsonst nannte man New York *Die Stadt, die niemals schlief*. Irgendwo heulten immer irgendwelche Sirenen, die sich mit dem Gedröhne der Autos und Busse sowie den unzähligen Gesprächen und Straßenmusikern wie ein niemals endender Lärmteppich über alles gelegt hatten. Ich empfand diese Lautstärke als seltsam tröstlich, einen ganz eigenen Herzschlag, die Melodie einer pulsierenden Metropole.

Aber hier … hier war *nichts*. Kein Leben, das aufbrandete, keine Musik. Es schien beinahe, als hätte Maple Creek gar keine Melodie. Es war mir ein Rätsel, wie einem das gefallen konnte. Mich machte dieser fehlende Lärm nervös und seltsam rastlos, so, als würde etwas Entscheidendes fehlen, das ich zum Leben brauchte.

Ich beschleunigte meine Schritte, überholte die zwei Männer und ihren Dackel und trat wenig später auf die Main Road. Lichter brannten in den Cafés und kleinen Läden. Der betörende Geruch nach frischen Blumen flog von einem Floristen zu mir, gepaart mit dem Duft nach frisch gebackenem Brot. Eine Gruppe Kinder drängte sich vor der Auslage eines Süßwarengeschäfts und verschwand wenig später lachend im Laden. Ein bisschen wirkte es so, als wäre die Zeit in Maple Creek langsamer weitergelaufen, während sie überall sonst auf der Welt mit rasender Geschwindigkeit vorangeschritten war. Als wäre hier schlichtweg kein Platz für Stress und Hektik.

Kopfschüttelnd wandte ich mich ab und folgte dem breiten Bürgersteig, der links von Reihenhäusern aus Backstein mit großen Schaufenstern und rechts von alten Ahornbäumen gesäumt wurde. Wimpel von dem Herbstmarkt *Fallington* tanzten in ihren Ästen. Womöglich hatte Maple Creek doch eine Melodie. Nur war diese in jeder Hinsicht das absolute Gegenteil von meiner eigenen.

Ich erwischte mich dabei, wie ich den Blick wieder und wieder über die Straße, die Menschen, das Leben hier schweifen ließ, und versuchte mir vorzustellen, wie es wäre, hier aufzuwachsen, anstatt in der Hölle, die Lilac und ich erlebt hatten. Es gelang mir nicht.

Ich riss mich aus meinen Gedanken und atmete hörbar aus, als mir das bekannte Schild des *A Lot Of Beans* ins Auge sprang.

Endlich.

Heftiger, als nötig gewesen wäre, stieß ich die Tür auf und trat ins warme Innere des Cafés. Für einen Mittwochnachmittag war es hier überraschend voll. An mehreren Tischen saßen kleine Gruppen von Leuten in Lils Alter – Studierende, nahm ich an –, aber auch jüngere Kids und eine ganze Runde Rentnerinnen hatten sich in den Sitzecken niedergelassen. Die Luft summte vor Gesprächen, und nun hatte ich zumindest eine Antwort darauf, *wo* das ganze Leben von Maple Creek abgeblieben war.

Seufzend steuerte ich den letzten freien Platz mit Steckdose an und legte meine Tasche ab, ehe ich an die Theke trat und mich einem bekannten Gesicht, das von pinkfarbenen Strähnen eingerahmt wurde, gegenüberfand.

»Du hast dich ja doch noch einmal hierher verirrt«, begrüßte mich Tami und lehnte sich über den Tresen in meine Richtung, sodass ich mehr oder weniger gezwungen war, auf ihr schreiendes Shirt zu starren, das verkündete, dass sie *Erschreckend Positiv* war. Ich machte mir nicht die Mühe, mein Augenverdrehen zu unterdrücken.

»Hallo«, entgegnete ich nur und zog mein Portemonnaie hervor. »Einen großen Kaffee. Schwarz. Bitte.«

Sie sah mich stirnrunzelnd an, ehe sie sich abwandte und die Bestellung in das Terminal tippte. »Hast du dich mittlerweile entschieden?«

Fragend runzelte ich die Stirn und reichte ihr meine Kreditkarte.

»Samstag. Die Party«, half mir Tami auf die Sprünge, als wäre ich schwer von Begriff.

Ehrlich gesagt, hatte ich wenig Lust, meine Nacht in einem Provinzclub zu verbringen und Mira und dieser Nervensäge vor mir dabei zuzuschauen, wie sie sich zu irgendwelchen Radiohits volllaufen ließen.

Wahrscheinlich konnte man mir meine fehlende Begeisterung an der Nase ablesen, denn Tamis Gesichtsausdruck kühlte sofort um einige Grad ab. »Hab mir schon gedacht, dass du dir dafür zu schade bist.« Mit einem Grummeln, das verdächtig nach *Typisch New Yorker* klang, wandte sie sich der Kaffeemaschine zu und begann, daran herumzuhantieren.

Ich nahm das als Zeichen dafür, dass unsere *Unterhaltung* vorerst beendet war und ging zur Ausgabe. Mein Blick glitt zurück zu meiner Tasche auf dem Tisch, die mich augenblicklich an meine To-dos für heute erinnerte. Neal, meine rechte Hand seit Beginn meiner Zeit im Untergrund, hatte mich auf eine unangenehme Sache gestoßen, die ich mir dringend ansehen musste, bevor sie zu einem echten Problem werden konnte. Wenn Neal richtiglag – und das tat er normalerweise immer –, dann –

»Kaffee. Schwarz.«

Ich tauchte aus meinen Gedanken auf und griff nach meiner Tasse, ehe ich mich an meinen Tisch setzte und den Laptop hochfuhr.

Wie erwartet, begrüßte mich bereits ein neuer Bericht von Neal, als ich mein Mailprogramm öffnete. Gespickt mit all den prekären Details, die ich angefordert hatte. Ich konnte förmlich hören, wie er mir die Informationen schonungslos ehrlich mit seinem britischen Akzent vortrug.

Ich verzog das Gesicht, während ich einen Schluck von dem noch viel zu heißen Kaffee nahm, und scrollte mich durch die nüchterne Schilderung der gegenwärtigen Situation. Mir kam ein Fluch über die Lippen. *Dieser Mistkerl!*

Nachdem ich vor ein paar Monaten aus der Szene in New York ausgestiegen war, hatte Cam meinen alten Platz als Boss eingenommen. Ich hatte ihn als Nachfolger vorgeschlagen, weil ich ihn schon lange kannte und er ein unterbemittelter Idiot war, der nicht merken würde, dass ich im Hintergrund noch immer die Fäden zog. Jahrelang war er nur ein kleiner Fisch im Gefüge des Untergrunds gewesen, viel zu sehr mit sich selbst beschäftigt, um den Durchblick zu behalten – mein Glück. Kaum einer von den Leuten dort wusste, was wirklich alles mit meinem ehemaligen Posten in Zusammenhang stand. Nicht einmal Lilac hatte eine Ahnung davon, was ich getan hatte und noch immer tat. Welche *Macht* mir meine Stellung eingebracht hatte. Wer Tomber wirklich war. Und das war auch gut so, denn meine Arbeit war verdammt noch mal gefährlich. Einer der Gründe, warum ich sie so sehr liebte. Anders als die meisten glaubten, hatte ich durch meinen Ausstieg kaum etwas von meinem Einfluss verloren, sondern, wenn überhaupt möglich, noch mehr dazugewonnen. Es hatte mir in die Hände gespielt, dass Cam ein ignoranter Hohlkopf mit dem IQ einer Topfpflanze war, dem es einzig und allein darum ging, laut zu bellen und herumzustolzieren wie ein Pfau. Ihm war nie in den Sinn gekommen, tiefer zu graben oder nachzuhaken, was ich in den Jahren meiner Amtszeit als Kopf des organisierten Untergrunds New Yorks getrieben hatte. Welche Weichen ich gestellt, in welchen Sachen ich noch immer meine dreckigen Finger im Spiel hatte. Ihm ging es nur darum, sich feiern zu lassen. Cam war ein austauschbares, wertloses Gesicht, das alle Aufmerksamkeit auf sich zog, damit ich weiterhin im Verborgenen mein Ding durchziehen konnte. Und das hatte wunderbar funktioniert. Bis jetzt.

Denn wenn Neals Vermutung stimmte, dann hatte ich einen

Fehler begangen, der mir so gar nicht ähnlich sah und mich jetzt den Kopf kosten konnte. Ich hatte Cam unterschätzt – Cam oder denjenigen, der *für ihn* im Schatten agierte und sich umhörte. Eine Ratte, die mir durch den Radar gerutscht war. Ein neuer Gegenspieler. Tomber, meinem alten Ich, der sich die Hände schmutzig gemacht hatte, um an die Spitze des Berges aus Finsternis, Korruption und Intrigen zu kommen, wäre das nicht passiert. Aber Joshka sah das nur allzu ähnlich. Joshka, der seine Pflicht weiter und weiter in den Hintergrund geschoben hatte, weil ihm plötzlich ein kleiner Junge wichtiger geworden war als ein ganzes Königreich.

Zähneknirschend starrte ich auf die Zeilen, las sie wieder und wieder durch und leerte den Kaffee Zug um Zug. Ich verglich alte Berichte und die Statistiken, die mir Jill direkt aus meinem aktuellen Projekt hatte zukommen lassen. Jill war neben Neal meine engste Vertraute und Cams Halbschwester. Beide waren von Anfang an Teil meines Untergrundlebens gewesen. Cam eher im Schatten, Jill direkt an meiner Seite. Sie war eine der wenigen, die wusste, wer wirklich hinter Tomber steckte, und ich vertraute ihr, ebenso wie Neal, blind.

Hastig klickte ich mich durch die Statistik und machte mir hier und da Notizen. Seit knapp zwei Jahren zweigte ich schon Geld aus dem Untergrund ab und investierte es für meine eigenen, ganz privaten Zwecke. Was mir jetzt das Genick zu brechen drohte. Mir und jedem anderen, der damit im Zusammenhang stand.

Cam hat sich auffällig oft nach der Finanzsituation des Untergrunds erkundigt, hatte Neal geschrieben, was übersetzt bedeutete: *Cam ist dem doppelten Boden des Finanzsystems, das du vor deinem Ausstieg aufgebaut hast, auf der Spur und ahnt etwas.*

Meine Finger fuhren über die Tastatur, ohne eine davon anzuschlagen, dann verharrten sie in der Luft. Meine Gedanken sprangen hin und her und mein Kopf begann zu arbeiten. Selbst, wenn Cam oder seine Ratte mein Schlupfloch und die gefälschten Berichte bemerken würden, wären sie noch lange nicht in der Lage, die Spur zu meinem eigentlichen *Projekt* oder mir zurückzuverfolgen. Zu Joshka Graveman. Alles, was sie finden würden, wären fehlende Finanzmittel, die sich jeder unter den Nagel hätte reißen können. Ich hatte dafür gesorgt, dass mein Name nirgendwo auftauchte, hatte meine Spuren über unzählige Umwege verwischt.

Nicht genug. Vielleicht waren es nicht genug, du Idiot.

Mit einem unterdrückten Knurren wischte ich diese Bedenken zur Seite und begann, eine Antwort zu tippen, als sich das Chatfenster öffnete.

Neal

Hast du den Bericht gelesen?

Joshka

Ja. Hast du eine Vermutung, was der Grund für die veränderten Bedingungen sein könnte?

Neal

Ich arbeite dran. Anweisungen?

Ich fuhr mir durch die Haare, konzentrierte mich darauf, meine Gedanken zu ordnen und drängte meine brodelnden Emotionen resolut zurück. Die würden mir hier und jetzt auch nicht weiterhelfen. Neal wollte Instruktionen und ich diese Sache vom Tisch haben.

Ich antwortete nicht sofort, sondern starrte ein paar Minuten lang nur geistesabwesend auf den Bildschirm, weswegen ich heftig zusammenfuhr, als plötzlich Tami neben mir auftauchte.

»Noch mehr Kaffee?«

»Bei der Hölle«, stieß ich hervor und klappte reflexartig meinen Laptop zu.

Sie verengte misstrauisch die Augen und starrte auf mein MacBook, eine Kanne in den Händen. »Scheint harte Arbeit zu sein. Ich dachte mir, du möchtest vielleicht noch etwas Kaffee?«

Ich zwang mich dazu, meinen Herzschlag runterzufahren und lockerte meine verkrampfte Haltung. Himmel, wann war ich zu so einem Schisser mutiert? »Gerne.«

Tami füllte meine Tasse auf, wobei ihr Blick wieder zu meinem geschlossenen Laptop huschte. Ich verspürte das lächerliche Verlangen, ihn zu packen und unter dem Tisch zu verstecken, denn irgendetwas an ihrem zuckersüßen Lächeln war mir nicht ganz geheuer.

»Was genau arbeitest du eigentlich? Oder studierst du noch?«

Ernsthaft? Mittlerweile hatte selbst ich begriffen, dass in dieser Stadt nichts geheim blieb. Jeder schien zu jedem Zeitpunkt genau zu wissen, was alle anderen trieben. Etwas, das ich gerade absolut nicht gebrauchen konnte. Ich sollte Gerüchte jeglicher Art im Keim ersticken, noch bevor sie richtig entstehen konnten.

»Ich bin mir nicht sicher, warum es dich etwas angehen sollte. Aber, wenn es dich so brennend interessiert: Investment Banking. Mein Vater ist Anwalt und leidenschaftlicher Sammler von Wertpapieren. Ich verwalte sie für ihn und führe dort Investitionen durch, wo sie lukrativ erscheinen.«

Was für ein Bullshit.

Tamis Miene wurde skeptischer. Ganz offensichtlich passten das, was Mira ihr über mich erzählt, und die paar Brocken, die sie gerade von mir bekommen hatte, nicht zusammen. »Und dann verschlägt es dich ausgerechnet nach Maple Creek?«

Ich zuckte möglichst unbeteiligt mit den Schultern. »Ich kann von überall aus arbeiten. Außerdem ist Lilac hier und ich lasse ihn nur ungern lange aus den Augen.«

Meine Antwort schien sie fürs Erste zu besänftigen.

Endlich.

»Na, dann will ich dich nicht weiter aufhalten. Wenn du noch Kaffeenachschub brauchst, weißt du ja, wo du mich findest.«

»Danke.«

Ich sah Tami nach, bis sie hinter der Theke verschwunden war, und erweckte meinen Laptop wieder zum Leben.

Neal

???

Joshka

Störung. Also?

Neal

Cam hat einen neuen Schoßhund, der für meinen Geschmack einen zu guten Spürsinn besitzt. Könnte das Problem sein.

Joshka

Finde es heraus. Ich will Namen und Infos. Und überprüfe unsere Leute. Ersetze, wenn möglich.

Neal

OK

Joshka

Gehe unsere Wege noch einmal ab. Gerade die Kontaktpunkte. Wenn nötig, schließe die Wege.

Genauer brauchte ich in meinen Anweisungen nicht zu werden. Neal wusste auch so, was ich von ihm forderte.

Neal

OK

Damit war alles geklärt. Vorerst. Neal loggte sich aus, ich tat es ihm gleich und löschte den Verlauf. Ich vertraute darauf, dass er sich darum kümmern und die Schwachstellen eliminieren würde. Er war einer der besten, sonst hätte ich ihn nie in meine Show eingeladen. Und trotzdem blieb das unangenehme Kribbeln in meinem Nacken zurück. Das Gefühl, dass ich jetzt besser dort sein sollte, um mein Projekt zu beaufsichtigen und die Sache selbst in die Hand zu nehmen. Ich konnte es mir nicht leisten zu scheitern, und der Drang, mich in das nächstbeste Flugzeug zu setzen, war beinahe übermächtig.

Wenn diese Ratte es wagt …

Ich brachte den Gedanken erst gar nicht zu Ende, sondern fuhr stattdessen mein MacBook runter und packte zusammen. Das würde nicht passieren. Ich würde nicht zulassen, dass Cam das einzig Gute zerstörte, das ich jemals zustande gebracht hatte. Nur über meine Leiche. Selbst, wenn das bedeutete, dass ich mir ein weiteres Mal die Hände schmutzig machen musste. Das war es wert. Und bei dem vielen Blut, das bereits daran klebte, spielte es vermutlich ohnehin keine Rolle mehr, wenn noch ein bisschen mehr hinzukam.

Meine Finger glitten automatisch zu meinen Unterarmen. Dorthin, wo sie alle standen, als formlose, schlichte Linien. Meine ganz persönliche Strichliste. Was würden ein oder zwei Namen mehr, deren Leben ich ruinierte, schon ausmachen? Viel wichtiger war eine ganz andere Zahl. Die Zahl, für die ich all das hier tat.

Einhundertdreiundachtzig – meine magische Zahl.

Ich würde nicht versagen. Das war ich ihnen schuldig. Ihnen, den einhundertdreiundachtzig. Lilac. Und am allermeisten mir selbst.

Als ich abends ins Gästehaus zurückkehrte, kam mir ein eigenartiger Geruch entgegen, der mir ungewohnt in die Nase stieg. Von irgendwoher drang leise Musik, und ich hoffte sehr, dass Lil nicht plötzlich seine soziale Ader gefunden hatte, denn nach diesem Tag wollte ich einfach nur noch ins Bett.

Lautlos schlüpfte ich aus meinen Schuhen und legte den Schlüssel ab, ehe ich den Flur durchquerte, der ins Wohnzimmer führte – und im Türrahmen erstarrte. Hätte ich mich einem dreiköpfigen Drachen gegenüber wiedergefunden, ich wäre nicht überraschter gewesen.

Mira hockte auf der Lehne des Sofas und hatte sich zu Lilac gebeugt, der vor einer Leinwand stand und *malte*. Beide hatten mir den Rücken zugekehrt, deswegen bemerkten sie mich nicht, doch ich bekam jede einzelne ihrer Regungen mit. Und Lil und Mira schienen … zufrieden.

Als Lilac noch relativ jung gewesen war, hatte er bei einem der wenigen Male, die ich ihn mit ins Penthouse meines Vaters genommen hatte, meine Leinwände gefunden und mich danach gefragt. Ich hatte ihn ziemlich angefahren und befohlen, nie wieder davon anzufangen. Das Malen war für mich etwas aus einem anderen Leben. Etwas, das mich mit meiner Mom verband und mit ihrem Tod ebenso gestorben war. Einer der Gründe, aus dem ich seit einer kleinen Ewigkeit keinen Pinsel mehr angefasst hatte, auch, wenn es früher ein fester Bestandteil meiner Zeit mit Mom gewesen war.

»Wenn das ein Kürbis sein soll, dann …«

»Mach es besser, Mira«, brummte Lilac und legte den Kopf schief. »*Du* studierst Architektur, oder?«

Mira nickte und das Haarknäuel auf ihrem Kopf rutschte nach links.

»Dann vermute ich mal, dass du besser zeichnen kannst als ich. Also, nur zu. Die Leinwand gehört dir.« Lils Stimme schwankte irgendwo zwischen Belustigung und Entnervung, als er die Ärmel seines karierten Hemdes aufkrempelte und auffordernd auf die Staffelei deutete.

»Schon möglich, aber ich war nicht diejenige, die zugestimmt hat, das Plakat für den Kuchenverkauf zu entwerfen. Außerdem lernt man – entgegen der allgegenwärtig verbreiteten Meinung – im Architekturstudium nicht, wie man Kürbisse zeichnet.«

»Nicht?«

Mit einem leisen Lachen boxte sie Lil gegen die Schulter, der daraufhin zusammenzuckte, sich aber erstaunlicherweise sofort wieder entspannte. »War eine bescheuerte Idee, wenn du mich fragst. Keine Ahnung, warum ich mich überhaupt dazu habe überreden lassen.« Er legte den Pinsel auf die Farbpalette, die auf einem kleinen Hocker neben ihm stand, und fuhr sich durch die Haare. »Vielleicht lasse ich es einfach so, interessiert doch eh keinen.«

Kopfschüttelnd griff Mira über ihn hinweg nach dem Pinsel, tunkte ihn in das bräunliche Orange und schob sich näher an ihn heran. Zu meiner Verwunderung wich Lil nicht sofort zurück, sondern blieb an Ort und Stelle. So nah und gelassen hatte ich ihn noch nie bei einer fremden Person erlebt.

»*Fallington* ist schon nächste Woche und wir sind hier sehr stolz darauf. Also brauchen wir auch ein ordentliches Plakat für den Verkauf von Macys Kuchen. Mag sein, dass es so etwas bei euch zu Hause nicht gibt, aber für Maple Creek ist es wichtiger als Weihnachten und Silvester zusammen.«

Auch ohne Lils Gesicht sehen zu können, wusste ich, dass er die Augen verdrehte und den Mund verzog. »Und da sagt noch einer, New Yorker wären eingebildet – Hölle, *das* soll ein Kürbis sein? Weißt du, was, wir sollten Josh fragen, ob er diesen Mist übernimmt.«

»*Joshka?*«, fragte Mira mit so viel Unglauben in der Stimme, dass ich unwillkürlich eine Grimasse schnitt.

»Schon klar, man sieht es ihm nicht an, aber er ist ein Genie mit Pinsel und Farben. Aber sag ihm bloß nicht, dass du das von mir hast.«

Ein Genie? Schon lange nicht mehr.

Ich wollte mich schon räuspern, um ihm diese hirnrissige Idee aus dem Kopf zu treiben, als Mira mir zuvorkam.

»Selbst wenn, das macht er im Leben nicht. Ich weiß, dass er dir sehr wichtig ist, aber bisher habe ich nicht das Gefühl, dass er an irgendetwas anderem interessiert ist außer dir und sich selbst.« In ihrer Stimme erkannte ich einen dunklen Unterton, der mir zuvor nicht aufgefallen war.

Glaubt sie das wirklich?

Ich verschränkte die Arme vor der Brust und lehnte mich mit gerunzelter Stirn in den Türrahmen.

»Da liegst du falsch. Er lässt es vielleicht nicht zu, aber das heißt noch lange nicht, dass da nichts ist.«

Mira seufzte leise und nahm den Pinsel wieder auf. »Tut mir leid, dass ich damit angefangen habe.«

»Und wenn schon. Ich kann mir vorstellen, dass er dir wie ein Arsch vorkommt. Er gibt sich auch alle Mühe, wie einer rüberzukommen.«

Danke auch, Bruder.

»Aber Josh ist mehr als das, was er die Leute sehen lässt. Er hat nur gelernt, vorsichtig mit dem zu sein, was er von sich zeigt. Das haben wir beide.«

An diesem Punkt entschied ich, dass ich genug gehört hatte. Kopfschüttelnd ging ich zurück in den Flur, schloss die Haustür ein weiteres Mal – laut und auffällig – und trat dann mit unüberhörbaren Schritten ins Wohnzimmer.

»Hi, Lil!«, rief ich und setzte dann ein möglichst überraschtes Gesicht auf, als ich Miras blauen Augen begegnete.

»Hey. Du warst lange unterwegs«, antwortete Lilac und drehte sich zu mir um.

Mein Blick fiel an ihm vorbei auf die Leinwand und ließ mich das Gesicht verziehen. Mira hatte recht, das mochte ja vieles sein, aber ganz sicher kein Plakat für einen Kuchenverkauf.

»Ich gehe dann mal«, sagte sie in die Stille hinein, zupfte das gestreifte Kleid, über dem sie einen Wollpullover trug, zurecht und schenkte ihrem Bruder ein kleines Lächeln.

Aus irgendeinem Grund hatte ich das Bedürfnis, ihr zu sagen, dass sie ruhig bleiben konnte. Vielleicht, weil Lilac so entspannt, so *glücklich* in ihrer Gegenwart wirkte.

»Der ist übrigens für dich angekommen«, sagte Mira und riss mich aus meinen Gedanken.

Lilac verschwand schlagartig aus meinem Kopf, als mein Blick auf den Brief fiel, den sie mir unsicher hinhielt. Darauf standen nur zwei Worte – *Josh Tomber* – und das reichte vollkommen aus.

»Woher hast du den?«

Mira zog die Augenbrauen zusammen. »War im Briefkasten.«

Mein Herzschlag beschleunigte sich, als ich danach griff und ihn sofort in meiner Hosentasche verschwinden ließ. »Danke«, gab ich verzögert zurück und nickte.

Das Runzeln auf ihrer Stirn vertiefte sich, dann drehte sie sich noch einmal kurz zu Lil um, ehe sie uns wieder allein ließ.

»Alles klar bei dir, Josh? Du bist irgendwie ein bisschen blass.«

»Es geht mir gut«, knurrte ich und starrte auf die Leinwand, als könnte ich sie dadurch in Flammen aufgehen lassen.

Lil zuckte die Schultern und schnappte sich die Pinsel. »Wenn du meinst. Ich wasch die noch aus und gehe dann ins Bett. Ich muss morgen schon um halb sechs bei Macy sein.«

Lange nachdem Lil in sein Zimmer gegangen war, saß ich auf dem Klavierhocker, ein halb leeres Glas Whiskey vor mir, eine Kippe zwischen den Lippen und die Augen auf den zerknüllten Brief gerichtet, der auf dem Flügel lag. Dort, wo ich ihn vor zwei Stunden hingeschleudert hatte.

Auch Untote können sterben.

Vier Worte.

Vier verdammte Worte, die mich nicht mehr losließen, sich in mein Bewusstsein gekrallt hatten und meine Gedanken rasen ließen.

Gefährliche Worte.

Früher wären sie vielleicht rückstandslos an mir abgeprallt. Aber früher hatte ich auch nichts zu verlieren gehabt. Anders als jetzt.

Lilacs Gesicht erschien vor meinen Augen.

Miras.

Wer auch immer den Brief geschrieben hatte, wusste, dass Joshka Alexander Graveman und Tomber ein und dieselbe Person waren. Dass Tomber nach wie vor im Untergrund mitmitschte und dass ich mich in Maple Creek befand.

Ich kippte den Drink runter, drückte die Zigarette aus und griff nach meinem Handy, um Neal eine neue Nachricht zu schreiben. Eine neue Nachricht mit neuen Anweisungen.

Joshka

Finde den Absender. Mach es kurz. Mir egal, wie. Lass sie wissen, dass ich noch da bin und so was nicht dulde.

Aus einem Impuls heraus stand ich auf, griff nach den Pinseln, die Lilac auf den Küchentresen gelegt hatte, und lief zur Leinwand. Eine vertraute Dunkelheit trieb mich dorthin. Dieselbe Dunkelheit, die mit dem Verlust meiner Mutter verknüpft war, mit der unbändigen Wut auf das Leben und der Angst, es nicht zu packen. Kurzerhand schleuderte ich das Bild zur Seite, nahm eine neue Leinwand, die noch unbenutzt war, und positionierte sie auf der Staffelei.

Mein Handy gab ein Piepsen von sich.

Neal

Betrachte es als erledigt. Da wäre noch etwas. Unser Dummy-»Neal« wurde vor ein paar Minuten tot in seiner Wohnung aufgefunden. Auftragsmord.

Fluchend kniff ich für einen Moment die Augen zu. Das war nicht gut. Das war gar nicht gut. Um den echten Neal und seine unbezahlbare Arbeit für mich zu schützen, hatte ich vor einiger Zeit eine Art Dummy in mein Netzwerk eingebaut. Der Kerl hatte kaum etwas gewusst und war nur eines meiner vielen Sicherheitsnetze gewesen. Die ich zu Recht gesponnen hatte, wie es schien, denn irgendjemand kam mir gerade gefährlich nahe. So nahe, dass selbst mein innerster Kreis ins Visier geraten war.

Ich stieß den Atem aus und tippte eine Antwort.

Joshka

Kümmere dich darum. Finde den Auftraggeber. Das darf nicht noch heißer werden.

Neal

Bin schon dabei.

Mit einem grimmigen Ausdruck auf den Zügen tauchte ich einen Pinsel in die frische, blutrote Farbe und machte den ersten Strich.

So, wie ich es immer getan hatte.

KAPITEL 12

Happy Party Night

Mira

»Lassen wir diese deprimierenden Themen und kommen endlich zu erfreulicheren Dingen! Wie zum Beispiel der Tatsache, dass der Vortrag ein absoluter Erfolg gewesen ist und wir damit jede Berechtigung haben, uns heute Abend zu amüsieren!« Eli sah zwischen Lilac und mir hin und her und hoffte augenscheinlich auf Bestätigung oder irgendeine Art von Unterstützung. Schließlich hatte er absolut recht: Wir hatten Erfolg gehabt. Zwar waren wir mit unserem Vortrag nicht auf die Shortlist für den Naturwissenschaftspreis und das Praktikum gekommen, dafür hatten aber sowohl Eli als auch ich nachträglich ein Vollstipendium für die *MUO* und wertvolle Zusatz-Credits erhalten. »Kommt schon, Leute!«

Doch mein Bruder legte nur die Stirn in Falten und zog ein Bein an, während sein Blick weiterhin irgendwo zwischen Tamis hoffnungslos überfülltem Schreibtisch und ihrer Vitrine mit Fotografie-

Equipment lag. Tami selbst war seit einer geschlagenen halben Stunde in ihrem Badezimmer verschollen. Aus Erfahrung wusste ich, dass daraus auch schnell mal eine oder zwei Stunden werden konnten, weshalb wir es uns provisorisch schon mal auf ihrem ausladenden Bett gemütlich gemacht hatten.

Ich richtete mich lächelnd wieder von dem Kissenberg auf und zupfte an meinem durchscheinenden schwarzen Oberteil, unter dem ich ein goldenes Bustier trug. »Du hast ja recht, Eli«, sagte ich schließlich und stupste Lilac sanft an. »Hör auf, dir Gedanken um Joshka zu machen. Der kriegt sich schon wieder ein.«

»Du würdest das nicht sagen, wenn du Josh so kennen würdest wie ich«, erwiderte Lilac leise.

»Tami hat erzählt, dass er als Investmentbanker tätig ist. Da kommt es doch öfter mal vor, dass Notfälle eintreten und man schnell handeln muss.«

Wenn überhaupt möglich, wurde Lilacs Miene noch finsterer. »So kann man es natürlich auch ausdrücken.«

»Hat er sich denn noch nicht gemeldet?«, fragte Eli und streckte sich nach einem der Drinks, die wir uns vorhin in der Küche gemixt hatten.

Wortlos schüttelte Lilac den Kopf und stand schließlich auf, um mit verschränkten Armen an das große Fenster zu treten.

Ich wechselte einen bedeutungsschweren Blick mit Eli und sprang ebenfalls vom Bett. »Hey. Sollen wir nach Hause fahren?«, fragte ich meinen Bruder leise, wagte es aber nicht, ihn zu berühren. Er wirkte so, als würde er jeden Moment in tausend Teile zerspringen. Vermutlich, weil Joshka nicht hier war und Lilac allein unter Fremden an einem völlig neuen Ort zurückgelassen hatte.

»Nein«, erwiderte er nur, fuhr sich durch die Haare und drehte sich dann langsam zu mir um. »Nein, ich komme klar. Du hast recht, Josh kann auf sich aufpassen und wenn etwas wäre, würde er sich melden.«

Ich verzog die Lippen zu einem vorsichtigen Lächeln.

Als wir am Donnerstag in den Tag gestartet waren, war uns Joshkas Verschwinden zunächst nicht aufgefallen. Meistens stand er schon zeitig auf, um joggen zu gehen, und kam erst wieder, wenn alle anderen längst aus dem Haus waren. Erst, als er abends immer noch nicht aufgetaucht war, hatte Lilac einen Blick in sein Zimmer geworfen und dort eine knappe Nachricht gefunden.

Typisch Joshka.

Er war am frühen Morgen nach New York geflogen, weil irgendetwas seine dringende Anwesenheit dort erforderte. Ich ging stark davon aus, dass sein plötzlicher Aufbruch mit der Nachricht zusammenhing, die ich in unserem Briefkasten gefunden hatte. Lilac machte seine Abwesenheit merklich nervös und ich konnte es ihm nicht verdenken. Joshka war sein Anker, der ohne große Worte abgehauen war, ohne zu sagen, ob und wann er wiederkommen würde. Ein ziemlich mieser Zug.

»Bist du dir sicher?«

Mein Bruder nickte und nahm die Münze, die um seinen Hals hing, zwischen die Finger. Eine Geste, die ich schon einige Male bei ihm beobachtet hatte. »Ja, ich bin mir sicher.«

Als wäre das Tamis Stichwort gewesen, kam sie in diesem Moment aus ihrem Badezimmer und drehte sich einmal um ihre eigene Achse, ein zufriedenes Grinsen auf den Lippen. »Was meint ihr?«

Sie hatte sich mit ihrem Outfit wieder mal selbst übertroffen. Zu einer schwarzen Netzstrumpfhose und ihren dunkelgrünen Doc

Martens trug sie einen schwarzen, superknappen Jeansrock und ein orangefarbenes Cropped Top, das erstaunlicherweise mit ihren rosafarbenen Haaren harmonierte, die sie zu zwei seitlichen Knoten hochgesteckt hatte. Alles an ihr war schrill und bunt und eben Tami.

»Interessant«, kommentierte Eli trocken, leerte seinen Drink und stand als Letzter vom Bett auf. »Was auch immer du damit ausdrücken willst.«

Meine beste Freundin versetzte ihm einen Knuff gegen die Schulter und schnappte sich ihre Tasche vom Sessel, der unter einem Berg von Klamotten zu ertrinken drohte. »Das liegt ganz im Auge des Betrachters. Ist alles klar bei euch? Ihr habt eben Gesichter gezogen, als hätte man euch gesagt, dass dieses Jahr Weihnachten ausfällt.«

Lilac und ich wechselten einen Blick und langsam, aber sicher verstand ich, was sich hinter dem Ausdruck *Zwillingstelepathie* verbarg. Zwar waren wir noch Welten davon entfernt, auf einer Wellenlänge zu schwimmen, aber ich hatte mittlerweile den Eindruck, es gäbe zwischen uns irgendeine tiefe Verbindung, die schon immer da gewesen war. Das war unheimlich und gleichzeitig seltsam tröstlich.

»Lasst mich raten: Ihr seid immer noch bei dem leidigen Thema Joshka.«

Eli hob die Hände, als hätte jemand seine Gebete erhört. »Danke, Tami.«

Kopfschüttelnd kam meine Freundin zu Lilac und mir, legte jedem von uns einen Arm um die Schultern und hüllte uns in ihre eigene kleine Parfumwolke. Lilac spannte sich merklich unter der Berührung an, blieb aber an Ort und Stelle.

»Wir können uns morgen immer noch mit diesem Griesgram auseinandersetzen. Heute Abend feiern wir und da führt kein Weg dran vorbei. Wir haben Herbstanfang, Leute.«

Tami war wirklich unverbesserlich. Grinsend zupfte ich an den zwei losen Strähnen, die ihr ins Gesicht hingen, und schob sie ihr hinters Ohr. »Das hätte ich beinahe vergessen, danke für die Erinnerung.«

»Gerne«, erwiderte sie mit der gleichen Spur Ironie und klatschte in die Hände. »Also, können wir endlich?«

»Wir waren schon vor einer Ewigkeit so weit. Alles hat nur circa zwei Stunden auf dich gewartet«, entgegnete Eli, woraufhin er sich einen zweiten Schlag von Tami einhandelte, ehe die beiden kabbelnd aus dem Zimmer gingen.

Als Lilac Anstalten machte, ihnen zu folgen, hielt ich ihn sanft am Arm zurück. »Ist wirklich alles okay? Ich weiß, dass ... ähm, du hast gesagt, Menschen machen dich nervös. Deswegen ...«

Meine Güte, kann mir mal bitte jemand den Mund zuhalten?

Zu meiner Überraschung breitete sich ein kleines Lächeln auf seinem Gesicht aus, das seine grünen Augen zum Leuchten brachte. »Es geht mir gut, Mira, und früher oder später muss ich lernen, damit klarzukommen, oder nicht? Auch ohne Joshka.«

Ich seufzte und nickte.

»Ich kann auf mich aufpassen, *kleine Schwester.*« Mit diesen Worten folgte er Eli und Tami in den Flur und ließ mich mit meinem unguten Bauchgefühl zurück.

Entgegen meiner Erwartungen verkroch sich Lilac nicht in sich selbst, als wir den Club betraten, sondern schien plötzlich in seinem Element zu sein. Seine steife Haltung und seine Angewohnheit, ständig über die Schulter zurückzuschauen, verschwanden genauso wie der angespannte Zug um seinen Mund. Es schien, als wären meine Bedenken völlig umsonst gewesen. Er hatte ein entspanntes Lächeln auf den Lippen, als wir der breiten, schwarz gestrichenen Treppe in das weitläufige Untergeschoss des Clubs folgten und prompt von lauter Musik, blinkenden Lichtern und unzähligen anderen Menschen verschluckt wurden. Wenige Momente später hatte ich Lilac und Eli, der ihm kaum von der Seite wich, auch schon aus den Augen verloren und wurde von Tami mitten ins Getümmel gezerrt.

Es war erst kurz vor Mitternacht und das *Dark Grounds* war bereits hoffnungslos überfüllt – was vermutlich zum großen Teil an der jungen Frau am DJ-Pult lag, die in Seattle als *die* Newcomerin gefeiert wurde. Immer wieder wurden wir von Bekannten aus der Uni aufgehalten, versuchten uns über die Lautstärke hinweg zu unterhalten und entschieden dann lachend, dass es keinen Sinn hatte. Es dauerte eine kleine Ewigkeit, bis wir die Bar erreicht hatten, und beinahe noch einmal genauso lange, bis wir bestellen konnten. Tami hatte wieder einmal den Ausweis ihrer älteren Schwester Isobel mitgehen lassen, weshalb wenig später zwei frische Margaritas vor uns standen.

»Ist doch verrückt, was hier los ist!«, brüllte meine beste Freundin über den wummernden Bass hinweg. Ich musste dreimal nachfragen, bis ich sie endlich verstanden hatte.

»Liegt vielleicht auch an *Fallington*!«

Zwar fand unser berühmter Jahrmarkt erst in einer Woche statt, aber oft kamen die Touristen bereits vorher, um noch ein bisschen Zeit in Maple Creek zu verbringen. Die Straßen wurden voller, und auch das *A Lot Of Beans*, wo ich heute verzweifelt zu lernen versucht hatte, war deutlich besser besucht als sonst. Außerdem hatten gestern die Herbstferien in den meisten Bundesstaaten an der Westküste angefangen und unsere Stadt war bei vielen ein beliebter Ausflugsort. Die Leute liefen uns bei *Maple's Adventures* förmlich die Bude ein.

Tami kontrollierte ihre beiden Haarknoten und die goldenen Kreolen in ihren Ohren. »Es wird jedes Jahr krasser!«

Ich griff nach meinem Drink und stieß mein Glas gegen ihres. »Das haben wir vermutlich diesem Artikel in der New York Times zu verdanken!«

Eine Clique ziemlich bekannter Influencer hatte eine regelrechte Werbekampagne über Maple Creek veranstaltet, nachdem sie ein Wochenende in unserer Kleinstadt verbracht hatte. Es schien, als wollte nun gefühlt die halbe Welt selbst erleben, wovon die Gruppe so geschwärmt hatte.

Meine beste Freundin nahm einen kräftigen Schluck und verzog das Gesicht. »Influencer sollte man verbieten. Bald wird es in Maple nur so von diesen Snobs von der Ostküste wimmeln. Warte es nur ab.«

»Zwei haben wir ja schon hier!« Lachend leerte ich meinen Cocktail und beobachtete dann die wabernde Menge auf der Tanzfläche. Nach ein paar Versuchen, Eli und Lil inmitten der vielen Menschen ausfindig zu machen, gab ich es auf und wandte mich stattdessen an Tami.

»Tanzen?«, formte ich mit den Lippen und deutete auf den Floor, als ein neuer Song begann. Der Bass des Liedes bahnte sich mühelos einen Weg in meinen Körper und ließ mich von innen heraus vibrieren. Zumindest kam es mir so vor, aber vielleicht lag es auch einfach nur an dem Drink, der mir langsam zu Kopf stieg.

»Klar, ich bin gleich wieder da, dann können wir los!«

Tami sprang von ihrem Hocker auf in Richtung Toiletten, und ich nutzte den Moment, um mich noch einmal nach meinem Bruder umzuschauen, aber genau wie der Rest der Clubbesucher schien auch Lilac förmlich mit der Menge zu verschmelzen. Sofort fragte ich mich, ob er so etwas in New York oft getan hatte. Clubs besucht, durchgefeiert und sich in der Musik mit unzähligen anderen verloren. Hatte Josh ihn in diese Welt entführt? War das *seine* Welt? Wieder einmal wurde mir bewusst, wie wenig wir noch voneinander wussten.

Entspann dich, Mira, du wirst noch genügend Gelegenheiten haben, Lilac kennenzulernen. Gib ihm und dir Zeit.

Ich schob die Gedanken zur Seite. Meine innere Stimme – oder vielleicht war es auch der Margarita – hatte recht und hier war ganz sicher nicht der richtige Ort, um mir darüber den Kopf zu zerbrechen. Schwungvoll wandte ich mich von der Tanzfläche ab und ließ den Blick über die Sitznischen fliegen, als ich an einem Paar dunkler Augen hängen blieb. Augen, die mich eindringlich ansahen, beinahe starrten. Ich kannte den Mann nicht, aber irgendetwas an ihm verursachte mir eine Gänsehaut. Unwillkürlich strich ich mir über die Arme. Im nächsten Moment rempelte mich jemand an, sodass ich für einen Sekundenbruchteil abgelenkt war. Als ich wieder zu dem unheimlichen Typ schaute, war er wie vom Erdboden verschluckt.

»Mira? Wollen wir?« Tamis Stimme an meinem Ohr holte mich zurück in die Wirklichkeit.

Ich schluckte das unangenehme Gefühl herunter und griff nach ihrer Hand. Wer auch immer das gewesen war, ich war nicht allein hier; meine Freunde waren da und wir standen mitten in einem pulsierenden Club. Kein Grund für unbegründete Paranoia.

»Klar«, gab ich genauso laut zurück und folgte ihr in die Menge, wo ich mich sofort besser fühlte.

Sia's *Cheap Thrills* mit Sean Paul übernahm, drängte sich in meinen Körper und sorgte dafür, dass ich die dunklen Augen vergaß, den unheimlichen Schauer, der mir über den Rücken gekrochen war, und das Prickeln, das mich an die Situation auf dem Uni-Parkplatz erinnerte. Doch noch bevor ich diesen Gedanken richtig zu fassen bekam, wurde er von der Musik verschluckt. Und ich mit ihm.

Tami wirbelte mich unaufhörlich durch die Gegend. Wir lachten, tanzten, sprangen in den flackernden Lichtern und ließen uns davontragen, als wären wir schwerelos. Es tat so gut, nach all dem Stress der letzten Tage loszulassen. Fließend wurde ein Song zum nächsten, Takte gingen ineinander über, vermischten sich, stiegen und fielen und die Menge mit ihnen. *Wir* fielen mit ihnen.

Irgendwann, ich hatte längst jedes Zeitgefühl verloren, spürte ich eine federleichte Berührung an der Schulter, die mich aus dem Nebel der Musik und meinem Rausch zurückholte. Ich drehte mich um und fuhr zusammen, als hätte mir jemand einen Eimer eiskaltes Wasser über den Kopf gegossen.

Elias stand mit weit aufgerissenen Augen vor mir. Die Haut über seiner rechten Augenbraue war aufgeplatzt und in seinen Zügen lagen Angst und Wut.

Ich packte ihn an den Armen und zog ihn zu mir. »Was ist passiert, Eli? Wo ist Lilac?«

»Du musst mitkommen. Es tut mir leid, Mira. Es tut mir so leid.«

KAPITEL 13

The Feelings I Deny

Joshka

Schien so, als würde ich diesem Club letztlich doch noch einen Besuch abstatten. Und das nach einem grauenvollen, fünfeinhalbstündigen Flug, deutlich zu wenig Schlaf und mit absolut bescheidener Laune. Zumindest hatte sich die Lage in New York wieder etwas entspannt. Auch, wenn ich mir wünschte, es wäre anders gelaufen. Aber manche Dinge konnte man eben nicht ändern – und ich war nun mal ich. Um den Rest würde sich Neal kümmern und dafür sorgen, dass es nicht noch mal so weit kommen würde. Das hatte er in der Vergangenheit schließlich auch getan.

Entspann dich, Josh. Du hast deinen Job gemacht, jetzt lass ihn seinen erledigen.

Müde fuhr ich mir über das Gesicht und starrte auf das große Head-up-Display meines BMW i8. Bei der Hölle, es war fast drei Uhr morgens – was genau ritt mich eigentlich dazu, noch in diesem dämlichen Club vorbeizuschauen? Lilac konnte auf sich selbst aufpassen. Außerdem war er nicht allein. Mira war bei ihm und dieser Elias, von dem Lil in letzter Zeit immer öfter sprach.

Und dennoch, trotz all dieser Tatsachen, die mich beruhigen sollten, blieb ein ungutes Gefühl in meiner Magengegend zurück, das mich den Weg zum *Dark Grounds* anstatt des Gästehauses hatte einschlagen lassen. Es war dasselbe Gefühl, das mich in New York am Leben gehalten hatte, und ich war nicht so dumm, es zu ignorieren. Auch nicht am anderen Ende des Landes.

Als die Ampel wieder auf Grün sprang, beschleunigte ich und ließ die Hauptstraße Maple Creeks, die verlassen wie in einer Geisterstadt dalag, hinter mir. Während die Häuser vorbeiflogen, kehrten meine Gedanken zurück zu den Erlebnissen in New York. Zu den neuen Erkenntnissen, dem, was mir Jill gezeigt hatte. Unwillkürlich stieg Stolz in mir auf. Stolz und Frust und eine Anspannung, die ich mir nicht recht erklären konnte. Ich hatte viel erreicht in der kurzen Zeit. Viel mehr, als ich zu wagen gehofft hatte. Und trotzdem war es nicht genug. Egal, wie sehr ich mich auch verbog, wie viel ich investierte, wie weit ich ging, es war einfach nicht genug. Ich sah es jeden Tag auf den Straßen New Yorks. Ich sah es in unzähligen Gesichtern und Geschichten. Und ich wusste bei Gott nicht, was ich noch tun sollte – abgesehen von dem Einzigen, das das Ruder vermutlich noch herumreißen konnte, mich aber gleichzeitig erledigen würde.

Aber ist es das nicht wert?

Meine Hände krallten sich in das feine Leder des Lenkrads.

Die Antwort lautete ja. Natürlich. Das wusste ich schon seit dem Tag, an dem ich damit angefangen hatte, und mir war genauso bewusst, dass ich meilenweit davon entfernt war, diesen letzten Schritt zu gehen. Früher hätte ich es vielleicht getan, aber jetzt … Mein Stolz verbot es mir. Falscher Hochmut, der auf Dingen baute, auf die ich nicht stolz sein *sollte*.

Hölle noch mal, drei Uhr morgens war definitiv *nicht* der richtige Zeitpunkt, um über so etwas nachzudenken. Ich fluchte und trat auf die Bremse, als ich den Club erreichte. Junge Erwachsene, die sich an ihre Kippen und Drinks klammerten und in der herbstlichen Nacht vor dem beleuchteten Eingang herumlungerten, kamen in den Kegel meiner Scheinwerfer. Ich war also richtig.

Ihre Blicke folgten meinem Wagen – was ich ihnen nicht verübeln konnte –, als ich den schwarzen BMW mitten in der Zufahrt parkte und wenig später an ihnen vorbei ins Innere trat. Keiner hielt mich auf, während ich mich wortlos am Türsteher vorbeischob und mich dann über eine überfüllte Treppe in die Tiefe hinabkämpfte. Einen Moment lang blieb ich fassungslos stehen und sah mich um. Ich hatte ja vieles erwartet, aber einen Club dieser Größe und Fülle ausgerechnet an einem Ort wie Maple Creek?

Kopfschüttelnd setzte ich mich wieder in Bewegung und drängte mich unter Einsatz meiner Ellenbogen weiter in die Menge hinein. Suchend ließ ich den Blick schweifen, um Lil und Mira auszumachen, was schier unmöglich war. Wo kamen bloß diese ganzen Menschen her?

Ich gelangte zu einer Ecke, in der mehrere Hochtische und Barhocker zu Sitznischen zusammengestellt waren und trat an das Geländer, welches die tiefergelegte Tanzfläche von diesem Bereich abgrenzte. Die Hände auf dem kühlen, goldenen Metall, ließ ich meine Augen durch den Club wandern und blieb an einer hektischen Bewegung hängen, die im Kontrast zu jeder anderen stand. Drei Menschen schoben sich entgegen des Stroms von der Tanzfläche in Richtung der Bar und schenkten dabei weder ihrer Umgebung noch der Musik Beachtung. Elias, Mira und Tami.

Ich verstärkte den Griff um das Geländer. Irgendetwas stimmte nicht.

Wo zum Teufel ist Lilac?

Das ungute Gefühl in meinem Inneren trieb mich nach unten und durch die Menge, ohne dass ich auf irgendjemand anderen Rücksicht nahm oder mich darum kümmerte, wen ich anrempelte. Dann hatte ich auch schon Elias am Arm gepackt und riss ihn zu mir herum, sodass er ungebremst gegen mich prallte.

»Wo ist Lilac?«, rief ich über die laute Musik hinweg und zog die Augenbrauen zusammen, als mir die Platzwunde auf seiner Stirn auffiel. *Was zum …?*

»Draußen. In der Gasse«, brachte er hervor und deutete hinter sich zu einem schmalen Flur, in dem die Toiletten lagen.

Er hatte seinen Satz kaum beendet, da war ich auch schon in besagte Richtung gestürmt und stieß den Notausgang so heftig auf, dass die Tür scheppernd gegen die Wand krachte. Die Sorge um Lil, oder besser gesagt um das, was er tun könnte, trieb mich voran. Er wusste, wie man sich wehrte, dafür hatte ich gesorgt – und genau das war das Problem.

Innerhalb von Sekundenbruchteilen hatte ich die Situation in der dunklen Gasse erfasst: die vier Typen, die Lilac umringt hatten, eine fünfte Gestalt, die bereits gekrümmt am Boden lag. Gebrochener Kiefer und vermutlich mindestens zwei angeknackste Rippen.

Verfluchte Scheiße, Knirps. Du bist auf Bewährung, du Idiot!, brüllte ich ihn in Gedanken an, ehe ich den Kerl, der mir am nächsten stand, zur Seite schubste und Lil aus dem Kreis stieß.

»Rein!«, fuhr ich ihn scharf an. »Geh rein! Sofort!«

Lil starrte mich hasserfüllt an und fuhr sich über die blutige Nase. »Du kannst mich mal!«

Mira, Tami und Eli kamen nun ebenfalls aus dem Club und sahen sich mit geweiteten Augen um. Das hatte mir gerade noch gefehlt.

»Da hast du aber Glück gehabt, was, Kleiner? Deine Mami, dein Schwuchtelfreund *und* deine kleine Schlampenschwester sind zu deiner Rettung gekommen«, feixte der Typ mir direkt gegenüber und riss sein Maul zu einem spöttischen Lachen auf. Ein Lachen, das ihm niemals über die Lippen kam – denn noch bevor auch nur ein weiterer Ton seinen Mund verlassen konnte, hatte ich ihm schon meine Faust ins Gesicht gerammt und ihn damit zu Boden geschickt.

Hinter mir stieß jemand – Tami – einen unterdrückten Schrei aus. Das hier lief langsam, aber sicher aus dem Ruder.

»Mira, bring ihn weg. Sofort«, sagte ich noch einmal mit Nachdruck, ohne mich umzudrehen.

»Josh, verdammt –!«, begann Lil hinter mir, doch was auch immer Mira daraufhin erwiderte, reichte augenscheinlich aus, um ihn endlich in Bewegung zu setzen, denn einen Atemzug später waren er und die anderen verschwunden. Und ich allein mit den vier – fünf – Idioten, die dumm genug gewesen waren, sich mit Lilac und nun auch mir anzulegen.

Ich ließ meine Finger knacken und hob das Kinn. »Und jetzt noch einmal von Anfang: Wer von euch Bastarden hat ein Problem mit meiner Familie?«

Als ich später aus der Gasse trat, brannten meine Knöchel, und das Blut, das auf meiner Wange bereits zu trocknen begonnen hatte, juckte wie die Pest. Aber zumindest wusste ich nun mit Gewissheit, dass niemand von den Schwachköpfen ein Wort über diesen Abend oder Lilac verlieren würde. Und das war das Einzige, das zählte.

Mit einem gemurmelten Fluch fuhr ich mir über das Gesicht und zuckte zusammen, als meine Fingerspitzen auf die Stelle trafen, wo die Haut über meinem Wangenknochen aufgeplatzt war. Zwar hatte ich schon bedeutend Schlimmeres eingesteckt, aber trotzdem war es lästig und würde Fragen aufwerfen, die ich nicht gebrauchen konnte. Seufzend lehnte ich mich an meinen Wagen und schloss für einen Moment die Augen.

»Joshka?«

Mein Name ließ mich ruckartig zusammenfahren, die Hände bereits zu Fäusten geballt, als ich plötzlich in große blaue Augen schaute, die jetzt bei Nacht dunkler wirkten als sonst.

»Mira«, kam es mir wie ein resigniertes Seufzen über die Lippen. »Was machst du noch hier? Wo ist Lil?«

»Es geht ihm gut. Er ist bei Eli und Tami«, erwiderte sie leise und umschlang sich selbst mit den Armen. Sie musste erbärmlich frieren in dieser Kälte. »Was ist mit dir?«

Beinahe hätte ich laut aufgelacht.

»Mit mir?«, wiederholte ich und trat um die lange Motorhaube meines Wagens herum, um ihr meinen Mantel um die Schultern zu legen. Ich mochte ein Mistkerl sein, aber auch ich besaß trotz allem noch ein gewisses Maß an Anstand. »Was soll schon sein?«

Sie schüttelte langsam den Kopf und sah zu mir auf. Wir waren einander so nahe, dass ich ihr Parfum riechen konnte – das und den betörenden Duft, der ihr eigener war.

Hölle, Josh, du bist echt durch.

Ich schluckte und biss die Zähne zusammen.

»Wir sollten den Schnitt in deinem Gesicht reinigen. Der sieht nicht gut aus.«

»Mira …« Was auch immer ich hatte sagen wollen, erstarb auf meinen Lippen. Ich war müde. Ich stand unter Anspannung und hatte keine Kraft mehr, einen weiteren Streit auszutragen. Also nickte ich nur und hielt ihr wortlos die Beifahrertür auf, ehe ich mich selbst in das weiche Leder sinken ließ.

Das nächtliche Maple Creek rauschte an uns vorbei und zum ersten Mal seit unserer Ankunft war ich dankbar dafür, dass hier nichts los war. Einen Stau hätte ich nicht mehr ertragen. Nach wenigen Minuten kam Miras Haus in Sicht, das in völliger Finsternis lag. Ich stellte den Wagen am Straßenrand ab und wir stiegen aus. In stiller Übereinkunft liefen wir durch den Garten und ließen die Villa hinter uns. Das Letzte, was ich jetzt noch gebrauchen konnte, war, dass Miras Dad plötzlich auf der Matte stand und weitere Fragen stellte. Fragen, auf die ich keine Antwort geben konnte.

Mira schien das ähnlich zu sehen, denn sie schob mich wortlos in die Küche des Gästehauses und schaltete das Licht über dem Herd an, ehe sie sich an den Schränken zu schaffen machte und ein paar Sachen herausholte.

»Du musst das nicht machen.«

»Ich weiß«, war alles, was sie zurückgab.

Mit müden Augen verfolgte ich, wie sie eine Schüssel mit warmem Wasser füllte, ein Handtuch, einen Verbandskasten und schließlich eine Tüte gefrorener Erbsen auf die Theke legte, bevor sie sich auf dem Hocker mir gegenüber niederließ. Mira wirkte erschöpft, und doch leuchtete etwas Helles in ihrem Blick auf, als sie nach einem Lappen griff und damit begann, mir behutsam das Blut aus dem Gesicht zu wischen.

»Ich habe überreagiert«, murmelte ich nach einer scheinbaren Ewigkeit und drückte die Erbsen an meine Wange. Das Wasser war längst dunkelbraun und Mira fertig damit, meine Wunden zu reinigen.

»Vielleicht. Keine Ahnung, was die Idioten gesagt haben, aber ich bin froh, dass du Lilac da rausgeholt hast. Wenn Macy oder die Polizei …«

Ich nickte knapp, legte die Packung zur Seite und stand auf. Für einen kurzen Augenblick drehte sich alles um mich herum und ich griff reflexartig nach dem Rand der Arbeitsplatte. »Die werden nichts sagen.«

Mit zusammengepressten Lippen neigte Mira den Kopf und sah überall hin – nur nicht zu mir. »Ich weiß … danke. Als ich vorhin diesen Typ mit den dunklen Augen gesehen habe, der mich beobachtet hat, hatte ich schon so ein ungutes Gefühl, aber dass so etwas passieren würde …«

Mein Blick richtete sich ruckartig auf sie. »Wie genau hat er ausgesehen? War er einer der Angreifer?«

Gähnend zuckte sie mit den Schultern. »Keine Ahnung. Können wir das später klären? Ich muss ins Bett.«

Ich schob meine Paranoia resolut zur Seite und nickte. Die Sache heute hatte rein gar nichts mit Cam und dem Scheiß in New York zu tun gehabt. Es waren zwei verschiedene Paar Schuhe, und ich täte gut daran, es auch dabei zu belassen, wenn ich nicht wollte, dass mir das alles um die Ohren flog.

»Du kannst hierbleiben, wenn du magst«, hörte ich mich dann sagen und hätte mir am liebsten selbst eine verpasst.

Ernsthaft, Josh? Du willst jetzt wirklich damit *anfangen?*

Doch Mira gähnte nur ein weiteres Mal und lächelte. »Okay.

Gute Nacht.« Müde schlurfte sie zur Couch, rollte sich darauf zusammen und schien nur Sekundenbruchteile später eingeschlafen zu sein.

Kopfschüttelnd betrachtete ich sie einige Atemzüge lang, beobachtete, wie sich ihre Brust regelmäßig hob und senkte, und erwischte mich dabei, wie sich ein leichtes Lächeln auf meinen Lippen ausbreitete. Ein Lächeln, das nicht da sein sollte. Nicht aus diesen Gründen.

»Gute Nacht, Mira«, flüsterte ich, und es fühlte sich an, als hätte ich damit ihr Todesurteil unterzeichnet.

DAMALS

Hello Daddy

Lilac, 6 Jahre, Boston

Ich bin aufgeregt. Aufgeregter als an meinem Geburtstag. Mein ganzer Körper kribbelt und ich kann mich kaum davon abhalten, auf und ab zu springen. Aber ich versuche, brav zu sein.

Mommy hält meine Hand. Sie sieht gut aus und ich mag ihr Blumenkleid. Sie hat schon lange kein Kleid mehr angehabt. Oder Farbe auf ihre Lippen gemalt.

Ich schaue zu ihr hoch und streiche mir meine Haare aus den Augen, um sie besser sehen zu können. Sie hat gesagt, sie schneidet meine Haare wieder, aber sie hat es vergessen. Ich mag meine langen Haare eh lieber.

Als sie meinen Blick bemerkt, lächelt sie. Ich grinse sie mit meiner Zahnlücke an und hüpfe nun doch ein bisschen.

»Beruhig dich, mein Herz«, sagt sie und schmunzelt. »Wir sind gleich da.«

Aber ich kann mich nicht beruhigen. Ich will es auch gar nicht. Alles ist so aufregend und neu. Ich weiß gar nicht, wo ich zuerst hinschauen soll.

Heute bin ich das erste Mal in einem Auto gefahren – kein Bus, keine U-Bahn. Unser eigenes Auto, nur für Mommy und mich. Sie hat es sich bei Paul ausgeliehen, der mir noch einen Lolly gegeben hat. Ich mag Paul. Er wohnt in einem der Häuser am Park. Da ist es viel schöner als bei uns.

Wir sind lange gefahren. Weit weg von zu Hause und so schnell. Dabei haben wir das Radio aufgedreht, mitgesungen und dann angehalten und Pommes gegessen, bis mir beinahe schlecht geworden ist. Trotzdem habe ich den ganzen Teller aufgegessen und Mommy hat gelächelt. Das tut sie beinahe schon den ganzen Tag.

Ich habe sie noch nie so glücklich gesehen. Meistens weint sie. Oder schreit. Oder schweigt.

Aber heute nicht. Heute lacht sie. Kitzelt mich. Hält meine Hand.

Ich liebe meine Mommy immer, aber diese Mommy heute, die habe ich am allerliebsten.

Als sie mich heute Morgen geweckt hat, war es noch dunkel und ich musste mich ganz leise anziehen, um ihn nicht zu wecken. Ich mag ihn nicht.

Mommy hat mir meine schönsten Sachen rausgelegt und dann sind wir auch schon losgefahren. Boston hat sie die Stadt genannt. Ich habe keine Ahnung, wo Boston ist, aber wenn diese Stadt bedeutet, dass Mommy glücklich ist, dann ist es die schönste Stadt der Welt.

»Wo gehen wir hin?«, frage ich. Ich frage sie das schon den ganzen Tag und die Antwort ist immer die gleiche.

»Wir treffen einen Freund.«

Mehr sagt sie nicht.

Es ist warm, die Sonne kitzelt mich und es riecht nach frischen Waffeln. Es ist schöner hier als zu Hause. Zu Hause stinkt es, es ist laut und dreckig. Und zu Hause sind Mommy und ich nicht alleine. Hier in Boston gibt es nur uns beide. Ich wünsche mir ganz fest, dass wir für immer bleiben. Einer der Jungs vor unserem Haus hat mir mal erklärt, was Paradies *heißt. Ich entscheide, dass Boston das Paradies ist.*

Der Bürgersteig, auf dem wir laufen, ist sauber, es gibt hübsche Bänke aus Holz und bunte Blumenbeete. Ich sehe kein einziges kaputtes Auto oder ein eingeschlagenes Fenster. Keine Männer, die am Straßenrand sitzen. Höre keine Schreie.

Es ist friedlich hier. Ich will nicht mehr weg.

»Ist das unser neues Zuhause?», möchte ich wissen und ziehe an Mommys Hand.

Das Lächeln verschwindet aus ihrem Gesicht. »Nein, mein Herz. Aber für heute ist es das, wenn du möchtest.«

Ich weiß nicht, was sie mir damit sagen möchte, deshalb frage ich stattdessen, ob ich eine Waffel haben darf, als wir an einem Stand vorbeilaufen. Mommy sagt Ja.

Mit der Waffel in der Hand überqueren wir gemeinsam die Straße. Die Häuser hier sind sehr schick. Männer in Uniformen mit goldenen Knöpfen stehen vor den Türen und Teppiche führen ins Innere. Warum man wohl einen Teppich auf den Bürgersteig legt?

Mommy führt mich zu einem der Häuser mit vielen Fenstern und großen Blumentöpfen vor dem riesigen Eingang. Ich muss den Kopf in den Nacken legen, um bis ganz nach oben schauen zu können. Der Mann in der Uniform lässt uns rein und wir laufen über den dunkelgrünen Teppich.

Mit offenem Mund bleibe ich in der Mitte der großen Halle stehen und lasse beinahe meine Waffel fallen. Überall sind Gold und glänzende Steine und ich kann mich selbst im Boden sehen.

»Ist das ein Schloss, Mommy?«

Ihr helles Lachen füllt meine Ohren, als sie sich zu mir herabbeugt und den Kopf schüttelt. Dann gibt sie mir einen Kuss auf die Stirn. »Es ist ein Hotel, aber ich finde auch, dass es eher wie ein Palast wirkt.«

Als sie wieder meine Hand nimmt, laufen wir einmal durch die Halle auf eine Sitzecke zu, in dessen Mitte ein Tisch mit Obst, Kuchen, Schokolade und Donuts steht. Rasch stopfe ich mir den Rest der Waffel in den Mund, um die Hände für die nächsten Leckereien frei zu haben, doch Mommy hält mich zurück.

»Lilac, ich möchte dir gern jemanden vorstellen«, sagt sie und zupft an meinem gestreiften T-Shirt herum.

Ich schaue hoch und sehe einen Mann vor mir. Einen großen Mann. Sofort drücke ich mich enger an Mommy.

»Jane, was soll das? Du kannst hier nicht einfach auftauchen und ihn mitbringen. Ich dachte, wir haben eine Abmachung!?«

Mommys Griff um meine Schultern wird fester. »Bitte, Ben. Ich brauche deine Hilfe. Wir brauchen deine Hilfe. Lilac ist ein kluger Junge und –«

Der Mann hebt eine Hand und ich zucke zusammen, presse mich noch näher an Mommy. Sofort lässt er sie sinken und setzt sich stattdessen auf das Sofa uns gegenüber. Mommy und ich rutschen auf das andere. Ich kuschele mich fest an sie und hoffe, dass wir bald wieder gehen können. Zurück in unser Paradies.

»Du hast deine Entscheidung getroffen, ich meine. Warum fragst du nicht deinen Ehemann, *Jane?«*

»Ben …«

Kopfschüttelnd greift der Mann nach einer Tasse und nimmt einen Schluck daraus. Es riecht genauso bitter wie das, was er *immer trinkt.*

»Was willst du denn hören? Dass ich nicht klarkomme? Dass ich mich falsch entschieden habe? Himmel, Benedict, ich … ich kann nicht mehr. Nicht ohne …« Mommys Hände fangen an zu zittern. Ich versuche, sie festzuhalten, aber sie schüttelt mich ab.

Die Augen des Mannes werden dunkler und auf einmal sieht er traurig aus. »Nicht ohne das Zeug, das dich zerstört, Jane. Ich weiß. Was willst du? Geld?«

»Für Lilac.«

Der Mann lacht, aber ich weiß nicht, worüber. Es klingt auch nicht glücklich, finde ich. Mommy scheint es auch nicht zu wissen, denn sie lächelt nicht mehr. Ihre Augen fangen an zu schimmern, und ich weiß, was das bedeutet. Meine Brust tut auf einmal weh. Dort, wo mein Herz pocht.

»Du hast wirklich Nerven, weißt du das? Du verfolgst mich, kommst weiß der Henker wie an meine Terminpläne und kreuzt dann hier unangemeldet mit dem Jungen auf, um um Geld für deine Drogen zu betteln? Wir haben das gerichtlich geklärt, Jane. Allein die Tatsache, dass du hier bist und mit mir redest, kann mich das Genick kosten!«

»Sei nicht so egoistisch! Du mit deinem ganzen Geld und dem schicken Haus. Du hast doch keine Ahnung, in was für einem Drecksloch ich wohne! Wie beschissen mein Leben ist!«, erwidert Mommy und ihre Stimme klingt wieder so wie zu Hause.

Ich mache mich ganz klein und schließe die Augen, presse meine Hände auf mein Gesicht und versuche, unsichtbar zu werden. Ich hoffe, dass es dann aufhört. Ich mag das Schreien nicht. Es macht mir Angst.

»Nicht vor dem Jungen.« Schritte nähern sich und ich beiße die

Zähne zusammen. »Hey, Kleiner. Magst du Hunde?« Der Mann klingt ganz anders als Mommy. Ganz anders als er.

Vorsichtig spreize ich die Finger und blinzle.

»Meine Freundin Gaby hat einen ganz lieben Hund. Vielleicht möchtest du etwas mit ihm spielen, während deine Mom und ich uns unterhalten? Was meinst du?« Er sitzt lächelnd in der Hocke vor mir, und ich wage es, die Hände ganz runterzunehmen. Er hat sich klein gemacht, sodass ich auf dem Sofa sogar größer bin als er. Seine Augen sind sanft und hell. Ich habe keine Angst mehr.

»Sein Name ist Sam. Er ist ein wirklich lieber Hund.«

»Ich mag Hunde«, sage ich leise und nicke langsam.

Der Mann nickt auch und reicht mir die Hand. Sie ist groß und warm und fühlt sich anders als seine an. Sie tut nicht weh. »Komm, Lilac, ich stelle dir Gaby und Sam vor. Ich bin mir sicher, dass du sie mögen wirst.«

Wir gehen von Mommy weg. Ich sehe zurück, doch sie starrt nur auf ihre zitternden, dünnen Knie und knetet ihre Finger. Ich klammere mich fester an die warme Hand des Mannes.

Die Mommy aus dem Paradies ist fort.

KAPITEL 14

The Truth About Your Dad

Mira

Irgendetwas schepperte und riss mich aus dem Schlaf. Ruckartig fuhr ich hoch und rieb mir die Augen, ehe ich mich irritiert umsah.

Licht fiel durch das große Fenster links von mir und malte verworrene Muster auf den Holzboden. Eine gewaltige Monstera ragte halb in mein Blickfeld und neben mir fehlte jede Spur meines Nachttisches. Das hier war weder mein Zimmer noch das von Tami oder Elias – in beiden konnte ich mich blind zurechtfinden –, sondern unser Gästehaus.

Die Geschehnisse der letzten Nacht kehrten langsam wie einzelne Tropfen in mein Bewusstsein zurück und ließen mich das Gesicht verziehen.

Die Party.

Eli, der mich panisch am Arm gepackt und zu Lilac gezogen hatte.

Mein Bruder und die Kerle, die ihn umzingelt hatten.

Joshka, der plötzlich aufgetaucht war und uns da rausgeholt hatte.

Dann waren wir hier gelandet, im Gästehaus. Ich hatte seine Wunde versorgt und … war auf dem Sofa eingeschlafen?

Einfach so?

Meine Finger fuhren über den weichen Stoff der gestreiften Decke, die gestern Abend noch nicht da gewesen hatte. Joshka musste sie über mich gelegt haben. Ein winziges Lächeln trat auf meine Lippen. Ausgerechnet Joshka.

Ich zog die Decke enger an meine Brust und erstarrte, als ich eine Bewegung am Eingang zum Wohnbereich bemerkte.

Lilac.

Ein Lilac, der aussah, als hätte er überhaupt nicht geschlafen, den dunklen Ringen unter seinen grünblauen Augen nach zu urteilen. Er war blass und trug noch immer die zerknitterten Sachen von gestern. Mit dem Unterschied, dass sein Hemd nun aufgeknöpft und die Ärmel hochgeschoben waren, sodass ich die vereinzelten Tattoos auf seinen Unterarmen sehen konnte. Tattoos und Narben.

Ich drehte mich auf der Couch um und hielt mir eine Hand vor den Mund, als ein herzhaftes Gähnen aus mir herausbrach. »Guten Morgen.«

Lilac verschränkte die Arme vor der Brust und lehnte sich an den Türrahmen. »Morgen. Du hast hier geschlafen?« Eine seiner Augenbrauen wanderte nach oben.

»Ähm, ja? War spät heute Nacht. Was ist mit dir?«

Schulterzuckend stieß er den Atem aus. »Eli hat angeboten, dass ich bei ihm bleiben kann.«

Mein Lächeln wurde ein kleines Stück breiter, und ich meinte, eine leichte Röte auf Lilacs Wangen zu sehen. Vielleicht waren es aber auch nur die Lichtverhältnisse. Wer wusste das schon?

»Aber viel Schlaf scheinst du nicht bekommen zu haben«, fuhr ich fort, legte die Arme auf die Rückenlehne und bettete meinen Kopf hinein. Und das meinte ich nicht als Anspielung auf Elias und ihn. Mein Bruder wirkte abgekämpft, nicht nur körperlich.

»Nein. Irgendetwas hält mich immer wach.«

Ich runzelte die Stirn und verfolgte, wie Lilac sich von der Tür abstieß und in die Küche lief, um sich etwas zu trinken zu holen.

»Auch was?«

»Gern.«

Das Geräusch von plätscherndem Wasser füllte die Stille, ehe er mit zwei Gläsern zurückkam, mir eines reichte und sich auf das andere Ende des langen Sofas plumpsen ließ.

»Was hat dich dieses Mal wach gehalten?«

Er nahm einen langsamen Schluck und fixierte den schwarzen Bildschirm des Fernsehers. »Albträume. Sie kommen und gehen. Keine große Sache.«

Vermutlich war ich die Letzte, mit der er über seine Vergangenheit sprechen wollte, trotzdem rückte ich näher zu ihm und sah ihn sanft von der Seite an. Lilac sollte wissen, dass es mich interessierte. Dass *er* mich interessierte, mit all seinen Facetten. Den dunklen, den hellen und allem, was dazwischenlag.

»Falls du reden magst …«

»Nein«, fiel er mir harsch ins Wort und seufzte dann. »Sorry. Du kannst am wenigsten was dafür.«

»Hör auf, dich für etwas zu entschuldigen, an dem du keine Schuld trägst.«

Er sah mich überrascht an. »Was meinst du damit?«

»Ich weiß nicht genau, wie du aufgewachsen bist, Lilac. Ich kenne dich kaum, aber selbst ich kann mir zusammenreimen, dass deine

Kindheit … *anders* war als meine. Was auch immer es letztlich ist, ich kann mir nicht vorstellen, dass du dafür verantwortlich bist«, antwortete ich vorsichtig. Bisher hatten wir noch kein Wort über dieses Thema verloren, und ich war mir nicht sicher, wie er darauf reagieren würde. Ich biss mir auf die Lippe und drehte das Glas nervös in meinen Händen.

Lilac sah mich noch einen Moment länger an, einen undurchsichtigen Ausdruck auf den Zügen, ehe er den Blick senkte. Seine Art, mir zu sagen, dass er mir zustimmte. Dass er darüber nachdachte, es aber nicht laut aussprechen konnte. Dass er Zeit brauchte. Langsam begann ich, seine Art zu kommunizieren zu verstehen – und zu akzeptieren.

Ich leerte mein Wasser und kämpfte mich aus dem Wirrwarr – in der Nacht waren die Decke und ich zu einer Art gigantischem Burrito verschmolzen. Das gebändigte Flauschmonster unter dem Arm stand ich auf und schnappte mir das Glas. Ich brauchte dringend eine Dusche. Und mein persönliches Wundermittel.

»Hey, ich hole mir erst mal einen Kaffee, falls du auch welchen möchtest.« Mit einem Zwinkern in Lilacs Richtung lief ich um die Couch herum und stoppte abrupt, als mein Blick auf ein an die Wand gelehntes Bild fiel. Ich verengte die Augen. »Ist das …?«

Ich ließ die Decke fallen, stellte das Glas auf die nächstbeste Oberfläche und hob die Leinwand an. Das war … »Wow«, kam es mir leise über die Lippen. »Das ist wunderschön. Warst du das?«

»Nein«, antwortete Lilac, der neben mir aufgetaucht war. Das schien das einzige Wort zu sein, das er jedes Mal mit voller Inbrunst und ohne zu zögern von sich gab. »Ich hab dir ja gesagt, dass Joshka ein Genie ist.«

So konnte man es definitiv ausdrücken, und ich war mir ziemlich sicher, dass das das schönste Kuchenplakat war, das Maple Creek und *Fallington* jemals gesehen hatten. Es zeigte unsere Hauptstraße mit all ihren kleinen Lädchen, die herbstlich geschmückt waren. Lichter brannten in den Schaufenstern und den bunten Ahornbäumen, die die Bordsteine rechts und links säumten. Herbstlaub lag auf dem Asphalt und dem Bürgersteig und wehte so lebendig durch die Luft, dass es schien, als könnte man es einfach aus dem Gemälde pflücken. Allein das hätte schon gereicht, um mehr als nur einen kurzen Blick auf das Bild zu werfen, doch es war sein Herzstück, das mich nicht wegsehen ließ.

In der Mitte der Straße war ein bunter Kuchenstand aufgebaut. Kürbisse und andere Herbstpflanzen schmückten ihn, während bunte Wimpel darüber für Pumpkin Pie warben. Neben dem kleinen Kuchenbuffet stand eine junge Frau, die einen bunten Strauß Wildblumen in den Armen hielt und den Kopf leicht zur Seite geneigt hatte, sodass man nur einen Bruchteil ihres Profils zu sehen bekam. Eine rote Franzosenmütze saß auf ihren wehenden, blonden Haaren und ein weißes Kleid bauschte sich um ihre Beine, das von einem breiten braunen Gürtel zusammengehalten wurde.

Bin das –? Nein. Warum auch?

Ich sah von dem Bild auf und drehte mich zu meinem Bruder um, der mich mit gerunzelter Stirn betrachtete. »Wo ist Joshka?«

»Unterwegs. Joggen vermutlich. Brauchst du etwas von ihm?« Wieder wanderten Lilacs Augenbrauen nach oben, und nun war es an mir, zu erröten. Ich erkannte diesen speziellen Tonfall, wenn ich ihn hörte. Einer seiner Mundwinkel zuckte verräterisch.

Hastig wandte ich mich ab und stellte das Bild vorsichtig zurück, ehe ich mein Glas nahm und es in die Küche brachte. »Nein, alles gut. Also, Kaffee?« Ich deutete über meine Schulter in Richtung Maschine und legte fragend den Kopf schief.

»Dein Vater.«

Verwirrt zog ich die Nase kraus und griff nach meiner Handtasche, die ich heute Nacht achtlos auf die Küchentheke geworfen hatte. »Dad? Was ist mit ihm?«

»Ich habe von deinem Vater geträumt. Von ihm und Mom. Wir haben uns schon einmal getroffen – er und ich.«

Entgeistert wirbelte ich zu ihm herum. »Wie? Wann?«

Wieder zuckte er nur mit den Schultern. »Keine Ahnung. Ich erinnere mich nicht genau. Nur, dass ich ihn schon mal gesehen habe. Sein Gesicht. Und ihn damals gehasst habe.«

Mein Atem entwich mit einem leisen Keuchen. »Lilac, was war das für ein Traum?« Ich stellte die Frage, obwohl ich mich vor der Antwort darauf fürchtete.

Seine Augen bohrten sich in meine. »Ich kann mir denken, warum Ben schweigt. Warum er uns nicht endlich erzählt, weshalb wir getrennt voneinander aufgewachsen sind. Er hat Mom und mich damals im Stich gelassen, als wir es am meisten gebraucht haben. Nichts, worauf man stolz sein sollte, findest du nicht?« Seine Stimme klang hart und gleichzeitig so leise und bedacht, als hätte er Angst davor, jemand könnte ihn für diese Worte bestrafen.

Ich verschränkte die Arme vor der Brust, während mich ein Schauer überkam. Wir konnten unmöglich von demselben Mensch reden. *Mein* Dad, derjenige, der mich im Arm gehalten hatte, als ich mir einen Zahn ausgeschlagen hatte. Der Dad, der für mich den Drachen gespielt hatte, damit ich die mutige Kriegerprinzessin sein konnte. Das konnte nicht dieser Mann sein, von dem mein Bruder sprach. Ein Mann, der seinen kleinen Sohn leiden ließ.

»Lilac –«

»Ben wusste, bei was für einem Arschloch wir gewohnt haben. Was er Mom und mir angetan hat. Und er hat uns dort gelassen, um hier sein perfektes Leben behalten zu können, und jetzt weiß ich auch, warum.« Anklagend presste er die Lippen aufeinander und ballte die Hände zu Fäusten. Und obwohl ich wusste, dass die Wut in seinen Worten nicht mir galt, traf sie mich dennoch mit voller Wucht. Ich fühlte mich schuldig. Weil ich *hier* gewesen war, während Lilac *dort* hatte leben müssen. Aber Dad … Das konnte ganz einfach nicht sein. Nicht Dad.

»Das ist nicht wahr. Es muss eine Erklärung geben«, flüsterte ich mit erstickter Stimme.

Hör auf, dich selbst zu belügen, erklangen Joshkas harsche Worte in meinem Kopf. Reflexartig fuhr ich zusammen.

Lilacs Augen wurden hart und kalt, so wie gestern Nacht, als er in der Gasse vor diesen Widerlingen gestanden hatte. »Doch. Und das weißt du auch. Frag ihn. Frag ihn, warum er nichts sagt, Mira.«

Ich schluckte und biss mir so fest auf die Unterlippe, dass ich Blut schmeckte. Ein verräterisches Brennen stieg mir in die Augen.

»Es tut mir leid«, hörte ich Lilac dann beinahe bedauernd sagen.

Aus dem Flur erklang das Klappern eines Schlüssels und dann schwere Schritte. *Joshka.*

Ich nickte und blinzelte gegen die Tränen an. »Mir auch.«

Dann drehte ich mich um und stürmte an Joshka, der sich gerade die Kopfhörer aus den Ohren zupfte, vorbei, ohne noch einmal zurückzublicken.

Es ist kompliziert, Mira. So kompliziert, dass ich euch zuerst die Gelegenheit geben möchte, einander kennenzulernen, ohne die belastende Vergangenheit im Rücken.

Zwei langweilige Statistikstunden, eine Frühstückspause in der Bibliothek und drei Stunden künstlerisches Gestalten später kam mir die Antwort meines Vaters noch immer genauso surreal und bescheuert vor wie gestern Nachmittag.

Außerdem ist – war – *das eine Angelegenheit zwischen Jane und mir und längst vergangen. Meinst du nicht, dass die Zukunft bei Weitem wichtiger ist als irgendwelche dunklen Erinnerungen? Sie stehen dir und Lilac nur im Weg, Schatz.*

Schnaubend knallte ich das Tablett mit dem leeren Teller auf den Tresen der Geschirrrückgabe und murmelte eine knappe Entschuldigung, als ich den finsteren Blick der Lunchlady bemerkte. Dieser Tag wurde langsam, aber sicher zu einem wahren Kampf, und ich würde daraus nicht als Gewinnerin hervorgehen. Tami und Eli waren heute auf einer Exkursion, was bedeutete, dass ich noch mehr Zeit hatte, meine Gedanken wieder und wieder durchzukauen und in ihre Einzelteile zu zerlegen. Dann hatte ich heute eine der Probeklausuren in Epochendesign mit einer miesen Note zurückbekommen – was zwar angesichts meiner aktuellen Probleme lächerlich irrelevant erschien, mich aber dennoch fuchste, weil es eines meiner Lieblingskurse war. Den krönenden Abschluss bildete die Tatsache, dass es nicht einmal meine spannendste Vorlesung geschafft hatte, das Gespräch mit Dad aus meinem Kopf zu vertreiben. Es lief dort nach wie vor unaufhörlich in Dauerschleife und war auf dem besten Weg, mich wahnsinnig zu machen. Ich zerbrach mir wieder und wieder den Schädel über die kalte Stimme, mit der er von Lilac und Jane gesprochen hatte. Die

Distanz und Härte in seinen Augen, die ich sonst nicht von ihm kannte.

Fremd. Dad hatte fremd gewirkt. Nicht so wie mein liebevoller Dad und das jagte mir eine Heidenangst ein. Denn es unterstrich nur Lilacs Worte, von denen ich längst wusste, dass sie der Wahrheit entsprachen – auch wenn sie mir das Herz zerrissen. Mein Dad, der mir die Natur und die Berge gezeigt hatte, von diesem Dad konnte ich mit Bestimmtheit sagen, dass er immer nur das Beste für alle Menschen wollte. Aber der Dad, den mir mein Bruder beschrieben hatte … Diesem kühlen, undurchsichtigen Mann traute ich zu, dass er den kleinen Lilac bei seiner überforderten Mutter und einem Psychopathen gelassen hatte. Und ich hatte keine Ahnung, wie ich damit umgehen sollte.

Eilig verließ ich die Mensa und suchte die Bücher für meine Freistunde aus meinem Spind zusammen. Doch noch bevor ich aus dem Iowa-Gebäude ins Freie treten konnte, stolperte ich prompt in jemanden hinein. Meine Bücher rutschten mir aus den Händen und ein Pappbecher ging mit einem Platschen zu Boden. Dem Geruch nach zu urteilen, war Kaffee darin gewesen.

»Sorry!«, stieß ich hervor und blickte auf.

Vor mir stand eine große, schlanke, junge Frau, deren Haare so schwarz waren, dass darin bereits ein leichter bläulicher Schimmer lag. Augen, so hell wie das Wasser in unserem Creek, richteten sich direkt auf mich und rote Lippen verzogen sich zu einem Lächeln. »Du hast es ziemlich eilig, was?«

Ich pustete mir eine Strähne aus dem Gesicht und ging in die Hocke, um meine Sachen einzusammeln. »Eigentlich nicht, ich bin nur in Gedanken. Tut mir leid wegen deines Kaffees.«

Sie machte eine wegwerfende Geste. »Nicht der Rede wert. Ich sollte ohnehin weniger Koffein trinken. Vielleicht ist das ja ein Zeichen.«

»Quatsch, nein. Ich hole dir einen Neuen. Ich bin sowieso auf dem Weg ins Café.« Dort lernte es sich immer noch am besten, umgeben von dem Duft unzähliger frisch gerösteter Bohnen und frischem Kuchen.

Kurz schien sie unentschlossen, dann hielt sie mir ihre schlanke Hand hin. »Da sage ich nicht Nein. Ich bin übrigens Margot. Margot Bellamy.«

Lächelnd erwiderte ich ihre Geste. »Mira Aberdeen.«

»Freut mich.«

Margot und ich stellten innerhalb weniger Minuten fest, dass wir einige Gemeinsamkeiten hatten und verfielen schnell in ein Gespräch, das von einem Thema zum nächsten hüpfte. Sie erzählte mir, dass sie für ein Austauschsemester an die *MUO* gekommen war und Literatur studierte, und ich berichtete ihr daraufhin von meiner Leidenschaft für Bücher. Damit fing das Ganze dann erst richtig an.

Aus dem geschuldeten Coffee to go wurden zwei Tassen und Muffins, und das erste Mal an diesem Tag schaffte es etwas, oder besser gesagt *jemand*, mich von meinen düsteren Gedanken abzulenken.

»Es ist gerade alles superhektisch bei mir«, sagte ich und nahm den letzten Schluck von meinem Vanilla Latte.

»Das kann ich mir vorstellen. Man erfährt nicht jeden Tag, dass man einen Zwillingsbruder hat. Oder dass plötzlich zwei neue Mitbewohner vor der Tür stehen.«

Ich sah Margot über den Rand meiner Tasse hinweg an. »Weißt du, das ist mittlerweile gar nicht mehr das, worüber ich mir am meisten Sorgen mache. Mir geht mein Dad an die Nieren. Er wirkt … *anders*. Keine Ahnung. Sorry, ich will dich auch nicht weiter mit meinem Kram langweilen.«

Lächelnd schüttelte sie den Kopf und griff zu meiner Überraschung nach einer meiner Hände. »Quatsch. Das ist nichts, wofür du dich entschuldigen musst. Ich kann das total nachvollziehen. Mir geht es in gewisser Weise genauso.«

Neugierig musterte ich sie. »Ach ja?«

Margot nickte und strich sich eine Strähne ihrer langen Haare zurück. »Ich habe einen guten Freund. Er war immer für mich da, zuverlässig und hat zu jeder Tages- und Nachtzeit alles für mich getan. Nicht nur für mich, für viele andere genauso. Doch dann hat er sich von heute auf morgen in ein riesengroßes Arschloch verwandelt. Er war wie ausgewechselt und immer, wenn ich ihn darauf angesprochen habe, hat er abgeblockt oder mir irgendwelche dämlichen Ausreden präsentiert.«

»Tut mir leid für dich. Das klingt tatsächlich ähnlich. Was hast du gemacht?«

»Konsequenzen gezogen. Ich habe ihm die kalte Schulter gezeigt und mich distanziert. Dadurch hat er gerafft, wie falsch er sich eigentlich verhalten hat.«

Kopfschüttelnd stellte ich meine Tasse ab und dachte über ihre Worte nach. Bei einem Freund mochte das möglich sein, aber bei meinem Dad? Bei dem ich auch noch lebte? Ich setzte zu einer Antwort an, als mich das leise Bimmeln meines Handys daran erinnerte, dass meine Freistunde vorbei war und ich in die nächste Veranstaltung musste.

»Ich hab total die Zeit vergessen. Holen wir das nach?«

Margot lächelte und nickte. »Klar. Und Mira? Mach dir keinen

Kopf, ich bin mir sicher, dass du die richtige Entscheidung treffen wirst.«

Nachdem wir Nummern ausgetauscht hatten, verabschiedete ich mich und lief mit raschen Schritten zu meiner Mathevorlesung, die unglücklicherweise genau am anderen Ende des Campus stattfand. Manchmal passte an einem miesen Tag eben einfach alles zusammen.

Und wie erwartet kehrten die dämlichen Gedanken wie aufs Stichwort zurück, als ich mich in den Hörsaal setzte und mein Skript rauskramte. Egal, wie sehr ich mich auch auf die Fouriertransformation zu konzentrieren versuchte, Dads Stimme durchschnitt jede Art von Fokus mit Leichtigkeit.

Mira, ich bitte dich. Du benimmst dich wie ein kleines Kind.

Die Spitze meines Bleistifts brach mit einem vernehmlichen Knacken ab, und mir entfuhr ein genervtes Schnauben, in dem so viel Frustration lag, dass es locker für zwei Leben gereicht hätte. Dad und ich hatten uns immer so gut verstanden und jetzt …

Zieh Konsequenzen.

Ich starrte auf die abgebrochene Spitze und biss mir auf die Lippe. Dann sah ich ruckartig auf und umfasste meinen Bleistift so fest, dass meine Knöchel weiß hervortraten.

Plötzlich wusste ich, was ich zu tun hatte.

»Die Aktion ist krass. Aber ich verstehe, warum du es machst.« Tami fuhr sich über die Stirn und ließ den Stapel Ordner, den sie in den Händen trug, in einen der Kartons fallen.

»Ich habe ihm genügend Chancen gegeben«, erwiderte ich und

schob die Ärmel meines blau-weiß gestreiften Pullis, den ich unter meiner Jeanslatzhose trug, hoch. »Jetzt muss er fühlen.«

Meine beste Freundin schnappte sich die nächsten Unterlagen und nickte. »Das wird er.«

Hoffentlich. Doch das sprach ich nicht laut aus.

Es war Dienstag. Ich hatte Dad eine weitere Chance gegeben und er hatte auch diese gegen die Wand gefahren. Also hatte ich kurzerhand meine Schicht im Outdoorladen abgesagt – ich hatte ohnehin noch genügend Überstunden, und Peony war erleichtert, dass ich sie endlich nutzte – und mir Tami geschnappt, um auszuziehen. Naja, nicht wirklich *aus*zuziehen, vielmehr *um*zuziehen. Ins Gästehaus zu Lilac und Joshka, die meine Entscheidung mit überraschten Gesichtern, jedoch ohne Protest abgenickt hatten.

Aber ob nun Auszug oder Umzug, der Aufwand blieb letztlich der Gleiche, und mir wurde wieder einmal bewusst, wie viel Zeug ich eigentlich hatte. Also hatte Tami spontan beschlossen, aus der Umräumaktion auch gleich eine Ausmistaktion zu machen. Ich hatte nichts dagegen gehabt, vermutete aber insgeheim, dass sie es bloß auf ein paar meiner Schätze abgesehen hatte.

»Behalten oder weg?« Mit einem schiefen Grinsen präsentierte sie mir eines der wenigen Designerstücke, die ich besaß und nicht verkauft hatte. Die meisten Teile waren mir einfach zu protzig, aber diese kleine Handtasche von Louis Vuitton im Kofferlook hatte einen besonderen Platz in meinem Herzen. Außerdem passte dort genau ein Buch rein – und das allein war schon Grund genug, sie zu lieben. Und das wusste Tami.

»Was denkst *du* denn?«

»Dass du sie grauenvoll findest und deiner mittellosen besten Freundin schenken solltest.«

»Vergiss es, Tamilein«, erwiderte ich lachend und verfrachtete den ersten Satz Bücher in einen Wäschekorb. »Aber du kannst sie dir gerne ausleihen, wenn du magst.«

Kurz schmollte sie, dann drückte sie die Tasche jedoch an ihre Brust und lächelte so breit wie die Grinsekatze aus *Alice im Wunderland.* »Da sage ich nicht Nein.«

»Wiedersehen macht Freude.«

»Klar.« Tami sah mich mit leicht schief gelegtem Kopf an. »Was ich dich noch fragen wollte … Was haben Joshka und du Samstag eigentlich noch so getrieben?«

Ich rümpfte entrüstet die Nase. »Ernsthaft? Wir reden aber schon von demselben Joshka, oder?«

Tami klimperte nur unschuldig mit den Wimpern.

Seufzend stützte ich mich auf einen Karton und runzelte die Stirn. »Ich habe ihn verarztet und Ende. Wir haben seit dem Abend kein Wort mehr gewechselt außer *Hallo*, *Okay* und *Bye.* Keine große Sache.«

Und das war leider die ziemlich ernüchternde Wahrheit. Keine Ahnung, welcher verkorkste Teil von mir geglaubt hatte, nach dieser Nacht hätte sich irgendetwas geändert. Warum auch? Joshka war eine einzige Ansammlung von Fragezeichen, sich widersprechendem Verhalten und finsteren Blicken und ehrlich gesagt hatte ich langsam die Schnauze voll davon.

Räuspernd ließ sich Tami neben ihrem Karton in den Schneidersitz nieder. »Du solltest dir mal selbst zuhören.«

»Was soll das denn bitte heißen?«

»Du magst ihn, er interessiert dich. Ich habe dich schon lange nicht mehr so aufgewühlt und gleichzeitig abgeklärt erlebt. Zuletzt mit –«

Ich deutete warnend mit einem Finger auf sie. »Wage es ja nicht, seinen Namen auszusprechen!«

Tamis Prusten wurde zu einer regelrechten Lachattacke. »... mit *Tassilo.*«

Ich kniff die Lippen zusammen, um mein eigenes Lachen zurückzuhalten und warf ein Kissen nach ihr. Quiekend wich sie aus und lachte nur umso lauter.

»Das war in der fünften Klasse, Tami!«

»Macht es nicht besser. Also, sag schon.« Meine beste Freundin schleuderte das Kissen zurück in meine Richtung.

Ich fing es mit einem Sprung nach rechts auf, bevor es meine arme, kleine Pilea treffen konnte – Tami war noch nie gut im Werfen gewesen –, und drückte es an meine Brust.

»Da ist nichts, okay? Ich habe ein paarmal einen winzigen Blick auf das bekommen, was unter seiner großkotzigen Idiotenschale liegt, und das ist ganz okay. Aber es ändert nicht das Geringste daran, dass mir seine kühle Maske und seine dämlichen, einsilbigen Antworten regelmäßig den letzten Nerv rauben. Joshka ist ein ignoranter Mistkerl, und das ist das Letzte, was ich im Augenblick gebrauchen kann. Also nein, Tami, ich bin *nicht* interessiert.«

»Ziemlich viele Sätze dafür, dass er dich nicht *interessiert.* Du scheinst dir ja einige Gedanken gemacht zu haben.« Meine beste Freundin wackelte bedeutungsvoll mit den Augenbrauen.

»Ach, hör doch auf!« Ich schlug mir die Hand vor den Mund, als ein verräterisches Kichern aus mir herausblubberte. »Du bist schrecklich, weißt du das?«

»Ja, und ich bin stolz drauf.« Sie tat, als würde sie sich Staub von den Schultern wischen und ihre imaginäre Krone richten. »Und ich weiß, dass ich recht habe. Du magst ihn, ob du es glauben magst oder nicht.«

»Ich mag viele Dinge«, hielt ich dagegen und seufzte resigniert, ehe ich mich wieder setzte. »Joshka sieht supergut aus und er hat unzählige Facetten, die ich interessant finde. Aber für jede gute Facette hat er unzählige miese Angewohnheiten, mit denen ich nicht klarkomme. Und außerdem … Ich weiß auch nicht, aber ich habe das Gefühl, dass da mehr ist.« Ich unterbrach mich selbst und runzelte die Stirn. Sein Ausdruck, als er den Brief entgegengenommen hatte, kam mir in den Sinn, genauso wie seine Haltung in der Gasse hinter dem Club, bevor er uns weggeschickt hatte. Da war etwas Dunkles in ihm. Kein dämliches Familiendrama oder eine schräge Macke, die er verheimlichte, sondern etwas wirklich Übles. *Etwas Gefährliches.*

Ich räusperte mich und sah wieder auf. »Keine Ahnung, wie ich es beschreiben soll, aber da ist etwas an ihm, das mir Angst macht, Tami. Etwas, das mich zur Flucht drängt. Und ja, ich weiß, wie das klingt. Aber es fühlt sich nun einmal genauso an. So, als würden hinter seiner beherrschten Maske unendliche Abgründe lauern.«

Tami stand auf und ließ sich dann direkt neben mir nieder. »Was meinst du genau?«

Ich suchte ihren Blick und runzelte die Stirn. »Du hast nicht erlebt, wie er über diese Kerle gesprochen hat. Es war so, als hätte er das schon unzählige Male gemacht. Als wäre es keine große Sache, vier Typen zu erledigen, ohne einen wirklichen Kratzer davonzutragen. Und seine Art, ständig und allem aus dem Weg zu gehen … Ich meine, du hast selbst erlebt, wie merkwürdig er sich bei dir im Coffeeshop verhalten hat.« Meine Stimme war ungewollt immer leiser geworden, und ich merkte erst jetzt, dass ich meine Finger mit Tamis verschränkt hatte und sie drückte. Mich an ihr festhielt.

»Okay, das ist eine Menge. Ich meine, ja, er war etwas seltsam im *ALOB*, aber der Rest? Wenn du dich nicht wohlfühlst, meinst du, es ist dann so ratsam, zu ihnen zu ziehen? Du weißt, ich stehe hinter deinen Entscheidungen und unterstütze dich, Süße, aber das klingt nicht, als ob du Joshka gerne in deiner Nähe hättest.«

Und das ist das Verrückteste, Tami, ich bin gern in seiner Nähe. Ich fühle mich aus irgendeinem Grund sicher bei ihm. Trotz meines Fluchtinstinkts ist da etwas, das mich unaufhörlich zu ihm zieht. Als würde seine Dunkelheit in meiner eigenen widerhallen.

Aber das sprach ich nicht aus. Stattdessen biss ich die Zähne zusammen und verdrängte die paradoxen Gedanken. »Wer auch immer er ist, Joshka würde mir nie etwas tun.« Und das glaubte ich mit jeder Faser meines Körpers.

Tami nickte nachdenklich. »Ich vertraue deinem Urteil, Mira. Nur pass einfach auf, ja? Nicht jede Gefahr ist sichtbar, und auch wenn er einen knackigen Hintern hat, mein Spinnensinn sagt mir, dass der Typ Ärger bringt.«

KAPITEL 15

The Story of the Towel

Joshka

Schweiß brannte in meinen Augen, als ich zum Stehen kam und in meiner Hosentasche nach dem Hausschlüssel fischte. So unwohl ich mich auch in dieser kleinen Stadt fühlte, wo jeder einzelne Blick etwas zu lange an mir hängen blieb, das Laufen hier war kein Vergleich zu dem beengten New York. Man konnte Meile um Meile zurücklegen, ohne einer einzigen Person begegnen zu müssen. In die Berge laufen, um dort den Sonnenaufgang zu erleben, oder dem scheinbar endlosen Creek folgen. Und es war so ruhig. Bei unserer Ankunft vor ein paar Wochen war diese Ruhe wie ein unangenehmes Prickeln in meinem Nacken gewesen, doch jetzt … jetzt war sie beinahe tröstlich. Sie gab mir den nötigen Freiraum, um mich mit dem ganzen Chaos in meinem Kopf zu befassen.

Mit meinem Projekt, Jill und Neal.

Mit Lilac und seinen Dämonen.

Mit dem Vorfall am Wochenende, der mir nicht aus dem Kopf ging, und als mir Mira von dem fremden Typ erzählt hatte.

Mit Mira.

Zähneknirschend schob ich jeden Gedanken an sie zur Seite, doch es gelang mir nicht. Es gelang mir nicht, zu vergessen, wie sie mich ansah, wie bedrohlich nah sie meiner Mauer kam, wie sie mein Herz rasen ließ.

Ich umfasste die Türklinke fester und schloss die Augen. Gott, dieses Mädchen war mir unter die Haut gegangen, ohne dass ich es gemerkt hatte. Irgendetwas zog mich zu ihr. Etwas, von dem ich geglaubt hatte, längst darüber hinweg zu sein. Doch ganz offensichtlich hatte ich mich in dieser Hinsicht gewaltig geirrt. Ich war noch immer genauso süchtig danach wie nach der ganzen Dunkelheit, die ich in mein Leben gelassen hatte. Vielleicht war ich dadurch nur noch abhängiger geworden. Ihr Licht. Es war ihr Licht. Ihre Güte. Ihre Hingabe. Ihr unerschütterlicher Optimismus und ihre Fähigkeit, *genau* hinzuschauen. Sie ließ sich nicht von irgendwelchen Masken und falschen Worten beeindrucken, sondern blickte schonungslos unter den Panzer – unter die oberflächliche Schicht. Anfangs hatte ich es nicht sehen wollen, aber Mira verkörperte all das, was ich niemals gehabt hatte. Und das machte sie so unglaublich verlockend. Besonders für jemanden wie mich, der wusste, wie selten diese Eigenschaften waren. Ich hatte jede Form von Finsternis gesehen und selbst erlebt, doch eine Helligkeit, wie Mira sie besaß, war mir noch nie untergekommen. Und es machte mir eine Scheißangst, dass ich sie nun direkt vor mir hatte und im Begriff war, dieses seltene Licht auszulöschen.

Weil ich ein egoistischer Mistkerl war.

Weil ich schlichtweg zu schwach war, mich gegen meine Sucht zu stellen.

Weil diese Frau in meinem Kopf blieb und einfach nicht verschwand. Egal, wie viele Meilen ich auch rannte, wie schnell ich lief. Mira blieb. Und das, was sie Samstagnacht für mich getan hatte. Ihre sanften Berührungen, ihr stummes Vertrauen in mich. Ausgerechnet in mich. Das hatte mir den Rest gegeben. Ich hatte mich dabei erwischt, wie ich auf ihre zierliche, zusammengerollte Gestalt geschaut und mir geschworen hatte, sie zu beschützen. Nicht wegen Lilac, sondern weil ich wusste, dass ich ihr Licht brauchte.

Allein diese Erkenntnis war auf so viele Arten verkorkst und falsch, dass ich eigentlich in den nächsten Flieger hätte steigen und verschwinden sollen. Aber ich war noch nie jemand gewesen, der das Richtige tat. Das hatte ich vor langer Zeit hinter mir gelassen. Zusammen mit meinem eigenen, verkümmerten Licht. Und deswegen blieb ich.

Ich blieb, obwohl mir der gesamte Untergrund New Yorks im Nacken saß.

Obwohl sie die kleine Schwester von Lilac war.

Obwohl ich wusste, dass ich sie zerstören würde. Vielleicht nicht heute, aber es würde passieren, und ich würde dabei zuschauen und es geschehen lassen. Weil ich nun mal war, wer ich war.

Ich öffnete die Augen, schloss endlich die Tür auf und wurde prompt von dem Geruch nach frischen Pancakes und Kaffee begrüßt.

Danke, Karma.

Ich hätte verdammt noch mal Nein sagen sollen, als Mira uns verkündet hatte, sie würde ins Gästehaus ziehen.

Als wärst du dazu fähig gewesen, Tomber.

Möglichst lautlos schlüpfte ich aus meinen Laufschuhen und verbarrikadierte mich in meinem Zimmer, bevor sie mich bemerken konnte.

Feigling.

Ja, mochte sein, aber das war immer noch besser, als weiter das gefühlskalte Arschloch zu mimen, das ich bisher erfolgreich an den Tag gelegt hatte. In New York war das meine liebste Rolle, sie hielt mir alles offen, doch hier bei Mira … erstickte sie mich förmlich.

Kopfschüttelnd pfefferte ich meine Sportsachen in die Ecke und trat unter die eiskalte Dusche. Das Wasser brach über mich herein und sorgte dafür, dass sich meine Gedanken zumindest für einen winzigen Augenblick klärten und dem wirklichen Problem Platz machten, um das ich mich eigentlich kümmern sollte, anstatt ständig über Mira nachzudenken.

Seufzend schloss ich die Augen und lehnte die Stirn an die kühlen Kacheln, während das Wasser über meinen gezeichneten Körper rann. Über die Tattoos und Narben. Über die hässliche Geschichte, die mir mein Leben in die Haut getrieben hatte.

Neal hatte mir gestern Abend eine weitere Nachricht zukommen lassen, nachdem ich ihn damit beauftragt hatte, den Absender zu finden. Die vier Worte des Briefs hatten sich förmlich in meinen Schädel gebrannt.

Auch Untote können sterben.

Oder im Klartext: *Auch du, Tomber, kannst sterben, egal, für wie unsterblich du dich auch halten magst, Arschloch.*

Nicht, dass es die erste Drohung gewesen wäre, die ich jemals erhalten hatte. Das gehörte mehr oder weniger zum Berufsrisiko. Nur war die Situation jetzt eine völlig andere. Neal hatte den Absender dieses Mal nicht ausfindig machen können, und das bedeutete im Umkehrschluss, dass, wer auch immer dahintersteckte, ein ziemlich gefährlicher Gegner war. Denn Neal fand immer alles heraus. *Immer.* Deswegen war er auch meine rechte Hand.

Ich stützte mich an den Fliesen ab und biss die Zähne zusammen. Irgendetwas passte nicht, und es machte mich schier wahnsinnig, dass ich nicht wusste, was es war. Mir entging etwas Wesentliches, irgendein Puzzleteil des Mosaiks fehlte, und ohne dieses letzte Stück hatte ich nicht mehr als einen Haufen unverständlichen Müll. Ich konnte nicht glauben, dass wirklich der unterbelichtete Cam seine Finger im Spiel hatte. Ich kannte ihn schon eine kleine Ewigkeit, und er wäre niemals in der Lage, mir so nahe zu kommen. Dafür hatte ich gesorgt und Neal hatte diese Made unzählige Male überprüft. Was also, zum Teufel, übersah ich?

Vielleicht sollte ich einfach zurück nach New York und Cam absäbeln. Einen geeigneteren Kandidaten finden, dachte ich grimmig und griff nach dem Duschgel. Obwohl ich ernsthaft bezweifelte, dass er etwas wusste. Alles, was wir hatten, war ein Name, der weder Neal noch mir etwas sagte. *Bellamy.* Und dennoch klingelte –

Ich erstarrte und ließ die Tube fallen, als ein spitzer Schrei das Rauschen der Dusche durchschnitt.

Mira.

Innerhalb von Sekundenbruchteilen hatte ich nach einem Handtuch geangelt und rannte aus dem Badezimmer.

Das wagen sie nicht! Das wagen diese verfluchten Bastarde nicht!

Meine nassen Füße schlitterten über die polierten Fliesen, als ich in mein Zimmer lief, meine Waffe aus ihrem Versteck riss und dann in den Wohnbereich stürmte. Und abrupt stoppte.

Mira stand an der Spüle, eine Hand unter dem fließenden Wasser, während sie immer wieder vom rechten auf den linken

Fuß hüpfte und dabei *au-au-au* von sich gab. Ihre langen Beine steckten in einer kurzen, pinken Joggingpants, während der riesige schwarze Pullover beinahe wie ein Sack an ihren schmalen Schultern hing.

Keine Angreifer. Keine Einbrecher.

Komm runter, Mann.

Geistesgegenwärtig verbarg ich die Glock hinter meinem Rücken und räusperte mich.

Mira fuhr erschrocken herum und riss die Augen auf. Die große Brille auf ihrer Nase, die ich zuvor noch nie an ihr gesehen hatte, ließ sie noch blauer wirken. »Himmel, Joshka, hast du mich erschreckt! Und warum …« Hastig strich sie sich die dunkelblonden Haare zurück, die ihr wild ins gerötete Gesicht hingen, und musterte mich von oben bis unten. Meine tropfnasse Haut, das dunkelgraue Handtuch, das mir ziemlich locker auf der Hüfte saß, und meine unzähligen Tattoos und Narben. »… warum bist du klitschnass?« Vielleicht bildete ich es mir auch nur ein, aber es schien, als würden ihre Wangen noch ein kleines bisschen röter werden.

Reflexartig fasste ich mir an besagtes Handtuch, um es an Ort und Stelle zu halten und setzte eine möglichst unbeteiligte Miene auf. »Ich habe einen Schrei gehört.«

Skeptisch musterte sie mich. »Und da bist du nass aus der Dusche gerannt, um mich mit deinem *Handtuch* zu retten?«

Dem Handtuch und der halb automatischen Waffe mit Schalldämpfer hinter meinem Rücken.

Meine Mundwinkel zuckten.

»Ich fürchte, du tropfst hier ganz umsonst den Boden voll, ich habe mich bloß verbrannt«, fuhr sie fort und deutete auf ihre Finger, die sie noch immer unter den Wasserstrahl hielt.

Ich sah von ihrem Gesicht zu ihrer Hand, auf der ich ein paar kleine Brandbläschen ausmachen konnte. »Scheiße«, sagte ich und verzog die Lippen. »Hast du Brandsalbe?«

Mira schüttelte den Kopf, und ich ertappte sie ein weiteres Mal dabei, wie ihre Augen zu meiner nackten Brust wanderten, ehe sie ruckartig wieder aufsah.

Interessant.

»Ich aber. Warte kurz«, murmelte ich und verschwand in mein Zimmer. Dort verstaute ich zuerst meine Waffe sicher in ihrem Versteck, ehe ich mir etwas überzog und mein Erste-Hilfe-Set herauskramte. In meiner Position gehörte das quasi zur Grundausstattung. Mit der Salbe und einer durchsichtigen Folie für Brandwunden kehrte ich nach ein paar Minuten zu Mira zurück.

»Danke«, sagte sie leise, als ich das Wasser abstellte und sie an die Küchentheke manövrierte.

Während ich routiniert ihre Finger trocknete, die kleine Wunde inspizierte und dann versorgte, zog ich fragend die Augenbrauen zusammen. »Wofür?«

»Dass du gekommen bist, um mich zu retten.« Ich meinte, ein kleines Lächeln aus ihren Worten herauszuhören. »Sogar nur mit einem Handtuch und – Autsch!«

»Still halten«, antwortete ich und umfasste ihr schmales Handgelenk fester. Miras Haut schien unter meinen Fingern förmlich zu glühen, als ich die Folie auf ihre Wunde legte und fixierte. »Wie hast du das überhaupt geschafft?«

»Die Pfanne mit den Pancakes … oh, Mist!« Ich war kaum fertig, da sprang sie auch schon auf und lief mit wehenden Haaren zum Herd, um ihn abzustellen und die Pfanne von der Platte zu nehmen. Dass der Inhalt hoffnungslos verbrannt war, konnte ich von hier aus sehen – und riechen.

Während Mira das Chaos beseitigte, räumte ich die Salbe und die Reste der Folie zusammen. »Warum bist du nicht in der Uni?«

»Freitags habe ich ja keine Vorlesungen und nutze die Zeit, um von zu Hause aus an Aufsätzen und allem Möglichen zu arbeiten, das unter der Woche so anfällt«, gab sie zurück und klang dabei, als würde sie sich ehrlich über mein Interesse freuen.

Große Klasse, Joshka.

»Möchtest du auch? Pancakes, meine ich? Ein paar habe ich schon gebacken, bevor ich den hier versaut habe.«

Ich beging den Fehler und sah ihr direkt in die großen blauen Augen – und das Leuchten darin. Ihr Licht. Eine blonde Locke fiel ihr in die Stirn, und mich überkam das irrationale Verlangen, sie ihr hinters Ohr zu streichen.

Scheiße.

»Klar.« Ich zuckte mit den Schultern, rutschte auf einen der Hocker und schnappte mir einen Pancake von dem Stapel auf ihrem Teller, der neben einem aufgeklappten Laptop und einem leeren Becher stand.

Mira machte uns zwei neue Tassen Kaffee und setzte sich dann mir gegenüber. »Und danke für die Folie hier«, fügte sie mit vollem Mund hinzu und wedelte mit ihrer Hand vor meiner Nase herum, sodass das Plastik schimmerte.

»Jetzt sind wir quitt, schätze ich.«

Sie lächelte.

Ich lächelte zurück und verfluchte mich ein weiteres Mal dafür.

Wir tranken schweigend unsere Tassen leer und aßen die Pancakes mit einer ganzen Flut von Ahornsirup, für den Maple Creek berühmt war, und immer wieder erwischte ich mich dabei, wie ich zu Mira sah. Ich war wie eine Klischee-Motte, die vom Licht angezogen wurde.

»Kommt du eigentlich mit zu *Fallington* morgen?«, erkundigte sie sich irgendwann und stand auf, um das Geschirr abzuräumen.

Ich folgte ihr und wusch die beiden Tassen, die handbemalt waren und deswegen laut Mira nicht in die Spülmaschine durften, mit der Hand ab. Mal ehrlich, wer kaufte so was?

»Lil, Eli, Tami und ich gehen zusammen hin. Unsere neue Freundin Margot kommt auch mit, sie ist echt cool. Du kannst gerne … also, wenn du magst, kannst du uns gerne begleiten«, ergänzte sie, als ich immer noch nichts gesagt hatte, und warf mir einen raschen Seitenblick zu.

»Ich habe es nicht so mit Volksfesten und dem ganzen künstlerischen Kram dort.« Meine Antwort kam verzögert und kühler, als ich beabsichtigt hatte.

»Verstehe. Schon okay.« Ihre Enttäuschung schien geradezu greifbar, auch wenn Mira offensichtlich damit gerechnet hatte. Enttäuschung und Resignation in einem Zug.

Ich sollte schleunigst das Thema wechseln, bevor ich noch irgendetwas Dämliches tun würde, und deutete kurzerhand auf die unausgeräumten Kartons, die sich im Flur stapelten. »Wie läuft es mit deinem Dad?«

Der Blick, mit dem sie mich daraufhin bedachte, hätte töten können.

Okay, falsches Thema, ganz eindeutig.

»Lass das mal mein Problem sein«, gab sie reserviert zurück und packte ihre Unisachen zusammen, ohne mich noch einmal anzuschauen. »Ich bin in meinem Zimmer, falls du etwas brauchst. Ach, und Joshka?«

Mit gerunzelter Stirn sah ich sie wortlos an und verschränkte die Arme vor der Brust. Wartete auf ihren zweiten Schlag.

»Vielleicht solltest du mal überlegen, wo dein eigentliches Problem liegt. Denn der *künstlerische Kram* scheint es ja ganz offensichtlich nicht zu sein.« Mira deutete vielsagend auf den Platz, an dem das Bild, das ich in einem Anflug von Malwut angefertigt hatte, gestanden hatte. Das Bild, das sie zeigte. Ich konnte mir immer noch nicht erklären, was genau mich dazu bewegt hatte, wieder nach Pinsel und Farbe zu greifen, nachdem ich die Kunst mit Moms Tod an den Nagel gehängt hatte und–

»Wer von uns beiden ist es jetzt, der sich selbst belügt?« Bitterkeit sprach aus ihren Worten. Bitterkeit und Schmerz. Ich hatte sie verletzt und anders als sonst ließ es mich dieses Mal nicht kalt. Ganz im Gegenteil, es fühlte sich beschissen an.

»Mira ...«

Doch sie hatte sich bereits abgewandt und war hinter der zuschlagenden Tür ihres Zimmers verschwunden.

Ich bekam Mira den ganzen Tag nicht mehr zu sehen, hörte jedoch, dass sie irgendwann am Nachmittag das Haus verließ und mit ihrem Monster von einem Hund im angrenzenden Wald verschwand.

Seufzend hatte ich mich daraufhin wieder meiner Arbeit gewidmet und versucht, sie aus meinen Gedanken zu verbannen. Vielleicht hatte die kleine Konfrontation gereicht, um sie wieder etwas auf Abstand zu halten und Zeit zu gewinnen. Zeit, meinen eigenen

Scheiß zu regeln und sie und Lil aus der Schusslinie zu nehmen. Und danach …

Nichts danach. Danach geht es zurück nach New York, wo dein Platz ist, Tomber.

Fester, als nötig gewesen wäre, schlug ich die Tasten meines MacBooks an und öffnete das sichere Chatfenster mit Neal.

Neal

Wurde auch Zeit.

Joshka

Was hast du für mich?

Neal

Wenig. Dieser Bellamy ist ein Phantom. Meine Kontakte wissen nichts.

Das mochte schon etwas heißen, wenn man bedachte, dass Neals – *meine* – Kontakte weiter reichten als so manches Informationsnetzwerk der Behörden. Drei kleine Punkte zeigten an, dass Neal noch mehr zu sagen hatte, also starrte ich weiter auf den Bildschirm und nahm abwesend einen Schluck von meinem Wasser.

Neal

Allerdings habe ich zwei Stationen ausgemacht, über die deine Nachricht gegangen ist, und sie eliminiert.

Joshka

Gut. Wer steckt mit drin?

Neal

Alles scheint bei Bellamy zusammenzulaufen. Wer auch immer er ist, seine Spuren führen über den gesamten Erdball.

Joshka

Bleib dran.

Neal

Klar. Hast du die Unterlagen durchgesehen, die ich dir gesendet habe?

Müde betrachtete ich die fünfzehn Mails, die noch immer in meinem Posteingang auf mich warteten, und dann die Uhrzeit, die mein Mac so glücklich herausschrie. Kurz vor drei Uhr am Morgen. Selbst Lilac war längst im Bett. Ich saß mittlerweile seit fast sieben Stunden vor meinem Computer – sieben frustrierende Stunden ohne erkennbare Fortschritte oder irgendetwas, das Neal und mich weitergebracht hätte.

Ich tippte eine schnelle Antwort.

Joshka

Gibst du mir eine Zusammenfassung?

Daraufhin sendete mir Neal, der direkte, kühle Neal, doch tatsächlich einen grinsenden Smiley. Hatten eigentlich alle plötzlich den Verstand verloren?

Neal

Nichts, was du dir jetzt anschauen müsstest. Geh ins Bett, Tomber. Damit kannst du dich auch später noch beschäftigen.

Joshka

Halt mich auf dem Laufenden.

Neal

Aye.

Eine Sekunde später war er schon offline gegangen. Gähnend starrte ich noch einen Moment länger auf unseren Verlauf – und den Smiley –, ehe ich mich ausloggte und in mein Schlafzimmer schlurfte.

Neal hatte recht, für Abrechnungen und Vereinbarungen mit meinen Projektpartnern war morgen auch noch genügend Zeit.

Als ich am nächsten Morgen aufwachte, war es bereits elf Uhr – eine absolut untypische Zeit für mich. Das Gästehaus lag verlassen da. So viel ich wusste, war Lilac bei den letzten Vorbereitungen für das Volksfest heute und Mira war anscheinend anderweitig unterwegs. Vielleicht mit dieser Margot, ihrer neuen Freundin, doch mehr hatte sie nicht von sich gegeben. Nicht, dass ich deswegen enttäuscht gewesen wäre. Unsere Begegnung gestern saß mir schwerer im Magen, als ich es mir selbst eingestehen wollte, und ich war nicht besonders scharf auf eine Revanche. Zumal ich sicher war, dass ich dieses Mal den Kürzeren ziehen und einknicken würde. Wann genau war ich eigentlich an den Punkt gekommen, an dem ich nicht einmal mehr genug Arschloch war, um einem Mädchen eine Abfuhr zu erteilen?

Wie jeden Morgen ging ich zuerst so lange laufen, bis mein Puls ein bedenkliches Level erreicht hatte und ich klitschnass war, duschte und setzte mich anschließend wieder an die Arbeit. Dieser morgendliche Ablauf war erschreckend schnell zu meiner täglichen Routine geworden. Ganz ohne die Sirenen und das Chaos von New York. Innerhalb einer rekordverdächtigen Zeit beantwortete ich die offenen Mails, ging durch die Statistiken und veranlasste neue Bestellungen. Zumindest konnte ich den Berichten entnehmen, dass mein Projekt weiterhin auf Kurs war. Trotz der jüngsten Ablenkungen. Wir hatten es im Griff und wir würden auch den Absender des Briefs in den Griff bekommen. Das taten wir immer.

Ich spürte, wie sich endlich ein kleiner Teil von mir entspannte, und setzte mich an die letzte Mailantwort, ehe ich mir etwas vom örtlichen Japaner kommen ließ. Wie immer hatte ich beim Arbeiten komplett das Essen vergessen und mein Magenknurren ignoriert. Zu meiner Überraschung war das Kleinstadt-Sushi erstaunlich gut und sorgte dafür, dass sich meine Stimmung etwas hob. Trotz der unzähligen Schatten, die im Hintergrund nur darauf warteten, sich auf mich zu stürzen, jetzt, wo ich verletzbar geworden war. Als ich das Feld in New York geräumt und von der Bildfläche verschwunden war.

Ich legte die Stäbchen zur Seite und fuhr mir über das Kinn, dann glitt mein Blick zum heutigen Datum. Lilac hatte beinahe die Hälfte seiner Sozialstunden absolviert und schien glücklicher und entspannter, als ich ihn jemals zuvor erlebt hatte. Hier, fernab von den Dämonen, die zu Hause lauerten, musste er sich nicht ständig umschauen, sondern konnte durchatmen. Er hatte Freunde gefunden, war angekommen – auch ohne meine Hilfe. Die brauchte er schon lange nicht mehr. Seine Auflagen verlangten, dass er noch bis zum Sommer bleiben sollte, und ich wusste, dass er auch danach bleiben würde. Er würde bei Mira und Elias in dieser vermaledeiten Kleinstadt bleiben, weil er jetzt hierhergehörte. Anders als ich. Mein Platz war in New York. In der Dunkelheit der Häuserschluchten und den Ecken des Untergrunds. Das war mir in den letzten Tagen bewusster denn je geworden.

Ich blickte auf und legte die Stirn in Falten. Lilac würde bleiben, aber mir war es von Anfang an bestimmt gewesen, wieder zu gehen. Ich musste zurück. Ich konnte nicht länger hier sitzen und etwas von der Ferne aus steuern, was eine unnachgiebige Hand vor Ort erforderte. Mein Projekt brauchte meine volle Aufmerksamkeit und ich musste die Scheiße mit dem Untergrund ein für alle Mal auf die Reihe bekommen. Ich war lang genug weg gewesen. Es wurde Zeit, dass ich mich wieder mit *meinem* Leben beschäftigte, anstatt mir den Kopf über ein Mädchen zu zerbrechen, das ich niemals haben könnte. Außerdem würde mit mir auch der Schatten verschwinden, der sich seit meiner Ankunft unweigerlich über Maple Creek gelegt hatte. Ein Schatten, der Mira eher früher als später gefährlich werden würde. Sobald ich wieder in New York war, wäre auch die Dunkelheit verschwunden. Meine Rückkehr würde sich dort sofort rumsprechen und niemand würde mehr einen weiteren Gedanken an Maple Creek, Lil oder sie verschwenden. Es war simpel und doch so effektiv.

Ich blinzelte in den rötlichen Sonnenstrahl, der durch eines der Fenster auf den Tisch fiel. Mittlerweile war es schon wieder früher Abend und das Volksfest vermutlich längst in vollem Gange. Ohne mich, weil ich dort nichts verloren hatte. Weil ich an einen ganz anderen Ort gehörte.

Mit einem gemurmelten Fluch auf den Lippen loggte ich mich wieder in unser Chatprogramm ein und schickte Neal eine neue Nachricht. Das Zeichen neben seinem Namen wechselte fast augenblicklich von Rot zu Grün. Manchmal fragte ich mich wirklich, ob Neal überhaupt irgendwann mal schlief, denn unabhängig davon, wann ich ihm schrieb, er antwortete *immer*.

Neal

Ja?

Joshka

Ich komme zurück. Bald.

Neal

Hast du das Lil schon beigebracht?

Überrascht von seiner direkten Frage hob ich die Augenbrauen.

Joshka

Lass das mal mein Problem sein. Er wird sich damit abfinden müssen. Etwas Neues?

Neal

Negativ.

Ja, es wurde definitiv Zeit, dass ich wieder nach Hause zurückkehrte. Manchmal musste man sich selbst die Hände schmutzig machen und im Dreck wühlen, um an Informationen zu kommen.

Joshka

Okay. Melde dich, wenn sich das ändert. Ich denke, ich werde spätestens nächste Woche wieder in NY sein.

Neal

Ich leite alles Nötige in die Wege.

Joshka

Nein, du bleibst an der anderen Sache dran. Jill soll sich darum kümmern.

Sie hatte dank ihrer familiären Verbindung zu Cam immer noch den besten Draht in den Untergrund. Die Punkte tanzten, als Neal antwortete, und meine Finger klackten ungeduldig auf dem Tisch.

Neal

Jill hat sich vorhin krankgemeldet, nachdem sie mehrere Tage nicht aufgetaucht ist.

Jill? Krank? Ich kannte diese Frau besser als die meisten anderen und wusste, dass selbst Fieber oder eine heftige Grippe sie nicht von ihrer Arbeit abhalten konnten. Wenn überhaupt, ruhte sie sich nur aus, wenn ich sie förmlich dazu zwang. Irgendetwas gefiel mir daran nicht, dass sie sich jetzt so plötzlich abgemeldet hatte.

Neal

Was denkst du, Tomber?

Ich grinste freudlos. Selbst tausende von Meilen entfernt erkannte Neal, dass mein Kopf auf Hochtouren arbeitete.

Joshka

Warum erfahre ich das erst jetzt? Kannst du mich mit ihr verbinden?

Neal

Wir sprechen hier von Jill.

Joshka

Und wenn wir vom Weihnachtsmann sprechen würden, verbinde mich.

Keine Antwort.

Meine Finger bewegten sich schneller, während die Unruhe in mir anstieg. Ich kannte dieses Bauchgefühl, dieses Zwicken. Es war jenes Gefühl, das mich schon oft vor dummen Entscheidungen bewahrt und mir den Hintern gerettet hatte. Hier passte etwas nicht. Ich drehte und wendete Neals Infos und brachte sie mit Jill in Einklang. Mit der Frau, die für mehrere Jahre meine Freundin gewesen war, der ich so vieles zu verdanken hatte. Die nach allem, was sie über mich erfahren hatte, an meiner Seite geblieben war. Jill hatte nie gekniffen oder war abgehauen – selbst, nachdem ich Schluss gemacht hatte. Ich vertraute nicht vielen, aber ihr würde ich, ohne zu zögern, mein Leben in die Hände legen.

Joshka

Neal, komm schon!

Langsam, aber sicher wurde ich ungeduldig.

Neal

Sie ist offline. Komplett offline. Soll ich sie über die Umwege orten?

Meine Stirn legte sich in Falten. *Jill, wo steckst du? Was treibst du?*

Joshka

Ja, verdammt.

Mein Blick wanderte von der Tastatur zu dem zerknüllten Drohbrief neben mir. *Komm schon, Neal.*

Als hätten ihn meine Gedanken beschworen, ploppte in diesem Moment die nächste Nachricht rein.

Neal

Ich hab was. Aber es wird dir nicht gefallen.

Joshka

Spuck schon aus. Hast du sie gefunden?

Mein Herzschlag beschleunigte sich merklich.

Neal

Nein, dafür aber einen Fehler, der mir unterlaufen ist. Hätte früher drauf kommen sollen.

Joshka

Neal!

Neal

Ich habe ihre Metadaten gecheckt und … der Name, den sie angegeben hat, ist falsch.

Inwiefern sollte mir das gerade helfen?! Am liebsten hätte ich auf irgendetwas eingeschlagen.

Neal

Ihr richtiger Name ist nicht, wie angegeben, Jill Maxton. Die Papiere sind gefälscht.

Was zum? Das hatte Neal übersehen? Wie … Klar hatte er es übersehen. Jill hatte schließlich von den Besten gelernt. Nur warum? Warum hatte sie uns dieses Detail verschwiegen? Und was hatte sie in den vergangenen Jahren noch alles vor uns geheim gehalten? Das ungute Gefühl in meiner Magengegend wurde drängender.

Joshka

Was hat das zu bedeuten?

Neal

Das bedeutet: Wir haben ein Problem, Tomber. Jills richtiger Name lautet Jillian Margot Bellamy. Bellamy wie der Bellamy, der hinter der Drohung steckt.

Ich fluchte und riss im nächsten Moment die Augen auf.

Fuck.

Jillian Margot Bellamy.

Margot.

Mir wurde heiß, und ich spürte, wie es mir gleichzeitig eiskalt den Rücken runterlief. Mira hatte von einer Margot gesprochen, einer neuen Freundin – das konnte kein Zufall sein. Dieses Miststück.

Neal

Tomber? Soll ich sie orten?

Joshka

Ich fürchte, das kannst du dir sparen, Neal.

Seine Antwort kam gleichzeitig mit dem Absenden meiner Nachricht.

Neal

Schon erledigt. Sie ist in Oregon. Um genau zu sein, nur knappe drei Meilen von dir entfernt, scheinbar auf einem freien Feld, wo heute ein Jahrmarkt stattfindet.

Ich fegte meine leere Kaffeetasse vom Tisch und sprang auf.

Einem freien Feld. Ich hatte es befürchtet.

Fallington.

KAPITEL 16

Good Girls Gone Wild

Mira

»Ich kann es kaum erwarten, dir alles zu zeigen. *Fallington* ist wie eine riesige Wundertüte!«, verkündete Tami zum wiederholten Mal und rückte die Bommelmütze auf ihren rosafarbenen Haaren zurecht.

Margot und ich wechselten einen amüsierten Blick und schnappten uns die Jacken von der Garderobe im Flur. Für Ende Oktober war es wirklich kalt geworden, und ich vermutete, dass es in den nächsten Tagen den ersten Schnee geben würde. Das wiederum bedeutete endlich wieder Zeit für Schneewanderungen und Skifahren. Ich liebte den Winter in Maple Creek beinahe so sehr wie den Herbst mit seinen unzähligen Farben.

»Ich war noch nie auf so einem Jahrmarkt, also habe ich keinen Vergleich, aber ich bin mir sicher, dass es mir sehr gefallen wird«, erwiderte Margot und lächelte meine beste Freundin an.

Wie erwartet hatten sich die beiden auf Anhieb gut verstanden, als ich sie in der Uni einander vorgestellt hatte. Und nach ein paar anfänglichen Startschwierigkeiten beim Burgeressen im *Cracked Pot* hatte auch Elias seine übliche Zurückhaltung abgelegt und sich eine gefühlte Ewigkeit mit ihr über Lacrosse unterhalten. Wie sich herausgestellt hatte, war Margot nämlich genauso verrückt danach wie er. Deswegen hatte natürlich auch niemand von ihnen etwas gegen meinen Vorschlag gehabt, sie mit aufs *Fallington* zu nehmen und in unsere Traditionen einzuführen. Es war schön, dass unsere Gruppe langsam wuchs. Erst Lilac, jetzt Margot. Und Joshka … Ich wehrte den Gedanken ab, noch bevor er richtig aufkommen konnte. Dafür hatte ich jetzt wirklich keinen Nerv.

Wie jedes Jahr hatten wir vor dem Markt bei Tami gegessen und uns fertig gemacht, um dann nach Sonnenuntergang loszulaufen. Begleitet von den Lichtern der Stadt und den traditionellen Laternen der Kinder. Nur, dass Eli jetzt fehlte. Er war bereits seit heute Morgen auf dem Feld, um dort mit seinem Bruder und Lilac die letzten Vorbereitungen abzuschließen. Elias war schon immer sehr ehrgeizig gewesen, was *Fallington* betraf. Tami und ich witzelten regelmäßig, dass er das von seiner Mom Macy geerbt hatte. Aber dieses Mal vermutete ich, dass sein beinahe überbordender Fleiß vielmehr mit Lilac zusammenhing. Die beiden hatten in den vergangenen Tagen so gut wie jede freie Minute gemeinsam auf dem Feld verbracht – und das, obwohl die meisten Arbeiten längst erledigt gewesen waren. Ich gönnte es beiden von ganzem Herzen und war gespannt, wohin es sie führen würde.

Mit einem Lächeln schloss ich die Knöpfe meines karierten Mantels, den ich über mein dunkelgrünes Latzkleid und den gepunkteten Pullover mit Spitzenkragen gezogen hatte, und steckte Handy und Portemonnaie ein. »Können wir?«

»Sicher.« Tami schnappte sich den passenden Schal zu ihrer Mütze und öffnete die Haustür.

Ein kalter Wind begrüßte uns und wehte mir meine gelockten Haare ins Gesicht, die unter meiner dunkelroten Franzosenkappe hervorlugten. Ich bildete mir sogar ein, dass er bereits den würzig-süßen Geruch des Herbstjahrmarktes herübertrug. Vielleicht war es aber auch nur der ganz besondere Zauber von *Fallington*, der Maple Creek erfüllte.

Der Festplatz war nur eine knappe Meile von Tamis Haus entfernt, und wir hatten einvernehmlich entschieden, zu Fuß zu gehen – so wie beinahe die ganze Stadt. Je näher wir dem Feld kamen, desto mehr bekannte Gesichter stießen zu uns. Die Kinder hüpften aufgeregt mit den bunten Lampions in den Händen an der Seite ihrer Eltern herum, Pärchen schlenderten Händchen haltend vor uns her und Gruppen von Jugendlichen pilgerten mit Bierflaschen an uns vorbei. *Fallington* zog sie alle an.

Ich spürte, wie ein freudiges Kribbeln in mir aufstieg. Ein Kribbeln, an dem sich seit meiner Kindheit nichts geändert hatte. Der Markt war definitiv eine meine liebsten Zeiten im Jahr. Schon immer.

»Wow, mir ist gar nicht aufgefallen, wie viele Menschen in dieser kleinen Stadt wohnen.« Margot stieß mich mit einem Zwinkern an und lächelte beinahe überrascht. Heute trug sie ihre dunklen Haare zu einem Zopf geflochten, der ihr über eine Schulter hing, und hatte eine schwarze Wollmütze darübergezogen.

»Das liegt daran, dass etwa siebzig Prozent der Leute, die du heute hier siehst, Touristen sind.« Ich zuckte mit den Schultern und versenkte die linke Hand in meiner Manteltasche, während ich mit der rechten bei Tami untergehakt war. »Maple ist jedes Jahr an *Fallington* im absoluten Ausnahmezustand.«

»Ich freue mich immer mehr drauf.« In diesem Moment wirkte Margot irgendwie jünger und losgelöster, wie sie sich so mit großen Augen umsah und alles in sich aufsog. Gestern beim Burgeressen hatte sie manchmal etwas distanziert gewirkt, beinahe in sich gekehrt, als würde sie etwas beschäftigen. Vielleicht war sie auch einfach schüchtern gewesen. Wir kannten uns schließlich nicht gut genug, um sie direkt darauf anzusprechen, deswegen freute es mich umso mehr, jetzt zu sehen, dass sie wieder auftaute. »Elias und Lilac sind schon da, oder?«

Tami nickte und sah an mir vorbei zu unserer neuen Freundin. »Wir treffen sie dort.«

»Und der andere Typ? Der, von dem ihr mir erzählt habt – Joshka?«

Mein Lächeln wurde zu einer schiefen Grimasse, ohne dass ich etwas dagegen hätte unternehmen können. Unsere letzte Begegnung kam mir wieder in den Sinn. Dieser dämliche Streit, der daraufhin entstanden war, obwohl es für einen kleinen Moment so gewirkt hatte, als würden wir endlich mal halbwegs normal miteinander reden können.

Normal? Das gestern ist definitiv nicht *normal gewesen.*

Wenn überhaupt, benahmen wir uns lächerlich. Knallten uns gegenseitig irgendwelchen Mist an den Kopf, sobald wir doch mal über das *Hey* und *Bye* hinausgingen. Als hätten wir Angst, was dahinter wartete, und würden deswegen mit allen Mitteln verhindern, es jemals rauszufinden. Nur warum? Was hielt uns so vehement voneinander ab, dass wir jede noch so kleine Annäherung sofort wieder mit voller Wucht gegen die Wand fuhren?

»Oh-oh, das Thema hättest du definitiv nicht ansprechen dürfen, Margot. Wir haben uns darauf geeinigt, seinen Namen nicht mehr zu nennen.« Tami zog mich enger an ihre Seite und drückte meine Finger.

»So wie bei einem Fluch, der denjenigen befällt, der seinen Namen ausspricht?«

Meine beste Freundin nickte begeistert. Fehlte nur noch, dass sich die beiden hinter meinem Rücken abklatschten und irgendeinen Insider-Code austauschten.

Ich sah erst Margot und dann Tami vielsagend an. »Quatsch. Es ist mir egal, okay? Und um zu der eigentlichen Frage zurückzukehren, nein, Joshka kommt nicht. Er meinte, er hätte nicht besonders viel dafür übrig.«

Für den Jahrmarkt oder für dich, Mira?

Meine innere Stimme versetzte mir damit einen gut platzierten Hieb, der mehr schmerzte, als ich mir eingestehen wollte. Und das alles nur, weil ich neuerdings dieses verräterische Kribbeln in seiner Gegenwart spürte. Ich konnte nicht mal genau sagen, wann, geschweige denn, wieso es angefangen hatte, aber plötzlich gingen mir seine Abweisungen mehr unter die Haut. Es traf mich, wenn er demonstrativ zur Seite schaute oder den Raum verließ, und wenn er mich ansah, trieb mir das die Hitze in die Wangen. In letzter Zeit hatte sich irgendetwas zwischen uns verändert. Ich wusste nur noch nicht genau, was. Aber das sprach ich nicht laut aus. Wäre ich mit Tami allein gewesen, dann hätte ich es ihr vielleicht erzählt und mein Herz ausgeschüttet. Doch Margot kannte ich noch nicht lang genug, um ihr etwas anzuvertrauen, von dem ich selbst nicht wusste, was es eigentlich bedeutete.

»Besser für uns. Dann haben wir unsere Ruhe und können den Abend genießen. Einfach mal unter Mädels. Seine Vibes sind für meinen Geschmack ohnehin zu düster«, bemerkte Tami und legte mir einen Arm um die Schultern, als wüsste sie ganz genau, dass meine dummen Gefühle sich gerade selbstständig machten.

Ich hätte sie dafür küssen können, dass sie es dabei beließ und nicht mit *Ich habe dich ja gewarnt* begann. Lächelnd drückte ich ihre Hand und war einfach unglaublich dankbar, meine beste Freundin an meiner Seite zu haben.

Wir verließen die beleuchtete Hauptstraße und folgten einem schmaleren Seitenweg, der der Festwiese als Zufahrt diente. Unzählige Menschen allen Alters drängten sich auf *Fallington* zu, das am Horizont beinahe wie eine fremde Welt wirkte. Lachen, Gespräche und leiser Kindergesang füllten die Luft, die vor freudiger Aufregung prickelte. Und mit jedem Schritt, den wir dem Fest näherkamen, rückten meine lauten Gedanken etwas weiter in den Hintergrund. Als würde seine Magie Kummer, egal welcher Art, schlichtweg nicht dulden und mit seinem Zauber überdecken.

Der Herbstmarkt war eine Ansammlung von Licht und Farben und durchbrach die Dämmerung des frühen Abends mühelos. Genauso wie die Dunkelheit in mir. Seine blinkenden Finger erstreckten sich als großes Riesenrad, einen Falltower und eine riesige Achterbahn bis in den Himmel und machten die Nacht wieder zum Tag. Überall sprangen Kinder herum, Musik und Gekreische tönten von den Fahrgeschäften, und irgendwo pries einer der Stände seine kandierten Äpfel an. Es war wirklich ein bisschen so, als wäre man auf einem fremden Planeten gelandet.

Tami und ich gingen wie automatisch immer schneller, überholten andere Besucher, bis wir kichernd auf das Spektakel zuliefen. Innerhalb von Sekundenbruchteilen wurden aus uns wieder kleine Mädchen, die sich mit großen Augen und trommelnden Herzen mitten ins Getümmel stürzten. Erst direkt vor dem Eingang kamen wir langsam zum Stehen und sahen uns lachend nach Margot um.

»Meine Güte, ich hätte euch beinahe verloren«, sagte sie etwas außer Atem, als sie uns eingeholt hatte, und legte sich eine Hand auf die Brust.

»Tut mir leid, bei *Fallington* überkommt es uns einfach.« Ich legte den Kopf in den Nacken und tastete instinktiv wieder nach Tamis Hand.

Über uns ragte ein breites, buntes Banner auf – der Haupteingang zu unserem Wunderland. So hatten wir den Herbstjahrmarkt schon immer genannt. Weil es hier nicht ganz so unwahrscheinlich schien, dass man plötzlich durch eines der bunten Zelte in eine ganz andere Welt gelangen konnte. Weil das gesamte Fest wie eine weit entfernte Galaxie wirkte. Und weil wir uns hier vor fast sechzehn Jahren kennengelernt hatten. Der Duft von Zuckerwatte, Gewürzwein und Gebäck hüllte uns ein und vertrieb auch die letzten Sorgen des alltäglichen Lebens. Auf den größeren Flächen zwischen den Fahrgeschäften, Zelten und Ständen brannten einige Lagerfeuer, um die sich bereits Menschen versammelt hatten und auf Baumstämmen zusammensaßen. Manche hielten sogar Stockbrote über die Flammen. Im Herzen des Marktes konnte ich selbst von hier das gewaltige historische Karussell ausmachen, das bereits knapp hundert Jahre auf dem Buckel hatte und uns jedes Mal von der Stiftung für Geschichte zur Verfügung gestellt wurde. Überall wehten bunte Wimpel und Fahnen, Lichterketten waren um jede Stelze, jeden Balken und Stand geschlungen – alles erstrahlte in einem sanften, goldenen Licht. Wenn überhaupt möglich, wirkte das ganze Fest noch größer und eindrucksvoller als in den vergangenen Jahren. Macy und ihr Team hatten sich auch dieses Mal wieder selbst übertroffen. *Fallington* war einfach perfekt.

Meine Hände begannen vor Vorfreude zu kribbeln, und ich konnte es nicht erwarten, endlich hier einzutauchen und das alles mit meinen Freunden – und ganz besonders mit Lilac – zu teilen. Mit Joshka, meinem Dad und allem anderen konnte ich mich morgen auch noch auseinandersetzen.

»Lass uns die anderen suchen«, schlug ich vor und deutete nach rechts, wo der Pumpkin-Spice-Cake-Stand von Elias' Mutter lag. »Da sollten wir die anderen finden.«

Innerhalb weniger Atemzüge waren wir bereits Teil des Herbstfestivals. Umgeben von den Gerüchen, der Musik und den unzähligen Stimmen und Geräuschen ließen wir uns vom Geschehen treiben. Immer wieder wurden wir von bekannten Gesichtern aus der Schulzeit oder von der Uni begrüßt und verfielen in kleine Diskussionen über Änderungen am diesjährigen *Fallington.* Am Stand von Barbara Milton holten wir uns Zuckerwatte und Lebkuchenherzen mit unseren Namen drauf und schossen ein paar Selfies.

»Wollten wir nicht die anderen suchen?« Margot ließ ihr Herz sinken und zeigte vage in die Richtung von Macys Kuchenstand.

»Nein, nein. Vorher haben wir noch etwas Wichtiges vor. Eine Runde auf der alten Dame – da kommst du als neueste Bewohnerin von Maple Creek nicht drum herum.«

»Okay?« Ratlos sah sie zwischen Tami und mir hin und her.

Dann hatte meine beste Freundin die überrumpelte Margot auch schon gepackt und zu dem berühmten Karussell gezogen.

Lachend folgte ich den beiden zum *Initiationsritual.* »Keine Sorge, da mussten wir alle durch.«

Eine Fahrt, zwei Portionen gebrannte Mandeln und einen kandierten Apfel später waren wir längst im Zuckerrausch und schafften es endlich zu unserem eigentlichen Ziel. Wie immer hatte sich vor dem Stand bereits eine lange Schlange gebildet, um den wohl bekanntesten Kuchen des Jahrmarkts zu probieren. Eli und Lilac standen eng beieinander und hatten sichtlich Spaß dabei, die Gebäckstücke auszugeben, die Macy so fleißig verkaufte.

Ein warmes Gefühl schlich sich in meine Mitte, als ich Lils Strahlen sah, seine leuchtenden Augen und die Leichtigkeit, die ihn hier umgab. Wer hätte gedacht, dass ausgerechnet ein Junge aus einer Kleinstadt es schaffen würde, seine harte Schale zu knacken? Schmunzelnd schüttelte ich den Kopf und zog Margot und Tami näher zu den Jungs.

»Hey, Brüderchen«, begrüßte ich Lilac und schnappte mir eines der zerbrochenen Kuchenstücke, die sie zur Seite geschoben hatten.

Wie immer wirkte er im ersten Moment etwas überrumpelt von der plötzlichen Nähe und spannte sich merklich an. Doch nur einen Sekundenbruchteil später kehrte das Leuchten in seine Augen zurück, während ein winziges Lächeln an seinen Lippen zupfte. Lilacs Dämonen waren noch immer da, das wussten wir beide. Sie würden nicht von heute auf morgen wie durch Zauberhand verschwinden, aber sie hatten ihn nicht länger vollkommen in der Hand. Und für den Moment war das alles, was zählte.

Eli schlug mir spielerisch auf die Finger und zog die dunklen Augenbrauen zusammen. »Hände weg, Mira.«

Als Antwort steckte ich mir nur demonstrativ noch ein Stückchen in den Mund und sah dann zu Lilac, dessen Blick an mir vorbeiglitt. Direkt zu Margot. Seine Miene kühlte sich sichtlich ab. »Jill? Was machst du denn hier?«

Seine Stimme hatte wieder jenen gepressten Unterton angenommen, der dafür sorgte, dass sich die Härchen an meinen Armen aufstellten.

Moment, Jill?

»Ihr kennt euch?«, sprach Tami meine Gedanken aus und drehte den Kopf zwischen Margot und Lilac hin und her, sodass sie ein bisschen wie einer dieser Wackeldackel auf der Hutablage im Auto aussah.

»Kann man so sagen. Jill ist eine Freundin von Josh.« Mein Bruder runzelte die Stirn. Ich kam nicht umhin zu bemerken, dass er das stumpfe Messer, das er zum Kuchenschneiden benutzte, fester umklammert hielt.

Was geht hier gerade vor sich?

»Hi, Lil. Schön, dich wiederzusehen.« Margot – *Jill* – machte einen Schritt nach vorn und lächelte schief, als würde sie die Anspannung gar nicht spüren. Irgendetwas an ihrem Verhalten irritierte mich.

»Was zum Teufel machst du ausgerechnet in Maple Creek? Weiß Josh, dass du hier bist?«, entgegnete Lilac abweisend und schob sich merklich vor Elias, der versuchte, die Kundschaft allein weiter zu bedienen. »Und was soll das mit dem falschen Namen?«

Das fragte ich mich allerdings auch. »Wollen wir das vielleicht woanders besprechen?«, schlug ich vor, als ich im Augenwinkel die Leute bemerkte, die immer interessierter zu uns schauten, und nahm Margot behutsam am Arm, was sie jedoch kaum zu bemerken schien. Ihr Blick war unverwandt auf meinen Bruder gerichtet und ungewohnt scharf geworden. Fremd.

»Nein, das weiß er nicht. Aus gutem Grund. Sonst hätte er vermutlich ein zweites Mal versucht, mich davon abzuhalten, endlich nach vorne zu schauen! Weißt du, nicht nur du hast einen Neuanfang verdient, Lilac. Ein unabhängiges Leben ohne diese ständige Angst«, fuhr sie ihn an, wobei ihre Stimme bei den letzten Worten beinahe tödlich ruhig geworden war. Derselbe Klang, der so oft auch in Joshkas Stimme lag. Ohne ein weiteres Wort riss sie sich von mir los und lief mit wehenden Haaren in die entgegengesetzte Richtung davon.

Eli stieß einen leisen Pfiff aus und legte Lilac, der bis zum Zerreißen angespannt wirkte, eine Hand auf den Arm. »Alter, was war *das* denn?«

Lils Schultern sackten herab, dann schüttelte er den Kopf. »Etwas, das mich eigentlich nichts angeht. Josh und Jill hatten mal was, und es ist hässlich geworden. Keine Ahnung, was genau sie dazu gebracht hat, herzukommen, oder warum ich sie eben so angegiftet habe. Gerade ich sollte niemandem im Weg stehen, der sich ein neues Leben aufbauen will.«

Aus einem Impuls heraus griff ich nach seinen Fingern, drückte sie kurz und lächelte. »Ich kläre das. Margot – Jill – hat mir ein bisschen was über die ganze Sache erzählt. Vielleicht verrät sie mir noch mehr darüber und auch, was es mit der Namenssache auf sich hat.«

Mein Bruder nickte und atmete aus. »Danke. Ich versuche am besten, Joshka zu erreichen.«

Ich sah ihm noch einen Moment länger in die Augen, ehe ich mich an Tami wandte. »Bleibst du so lange hier?«

»Sicher, schreib mir einfach, wenn wir uns wieder treffen wollen oder du Hilfe brauchst. Du weißt, ich bin grandios im Trösten.« Sie strich sich eine Haarsträhne aus dem Gesicht und zwinkerte mir zu.

»Die Beste. Bis später!« Mit einem kurzen Winken verabschiedete ich mich von den anderen und machte dann kehrt. Weg von meinen Freunden und dem rauschenden Herbstmarkt hin zu dem Wald, der an das offene Feld grenzte und in den Jill geflüchtet war.

KAPITEL 17

A Ghost from the Past

Joshka

Ich hatte nur wenige Augenblicke gebraucht, um das Gästehaus zu verlassen und mich in mein Auto zu setzen. Trotzdem war jede verstrichene Sekunde bereits zu viel.

Lilac

Hey Mann, wusstest du, dass Jill hier ist?

»Fuck!« Fluchend sah ich von meinem Handy auf und riss gerade noch rechtzeitig das Steuer herum, bevor ich gegen eine der Straßenlaternen rasen konnte. Lilacs Nachricht war vor etwa fünf Minuten eingegangen.

Fünf Minuten.

Mehr brauchte Jill für das, was auch immer sie geplant hatte, nicht, da war ich mir sicher. Dafür hatte ich ihr zu viel beigebracht. Ich konnte mir nicht erklären, was plötzlich in sie gefahren war.

Erst der Drohbrief und dann ihr plötzliches Auftauchen in Maple Creek? Sie musste den Verstand verloren haben. Jede andere Erklärung schien mir nicht nur sinnfrei, sondern schlichtweg absurd. Denn die Jill, die ich kannte, das Mädchen, das sich aufopferungsvoll um unser Projekt kümmerte, immer an meiner Seite gewesen war, hätte garantiert nicht in Cams Team gewechselt, nur weil ich damals Schluss gemacht hatte. Nicht Jill. Dafür war sie zu abgebrüht und zu zielstrebig. Zu klug.

Meine Finger klopften unruhig auf das weiche Leder des Lenkrads. Das alles passte vorn und hinten nicht zusammen. In der Zeit nach unserer Beziehung hatte es nie ein Anzeichen dafür gegeben, dass es hinter ihrer hübschen Fassade brodelte. Es hatte sich nichts zwischen uns geändert – mit dem kleinen, aber feinen Unterschied, dass wir nicht mehr miteinander schliefen. Alles war beim Alten geblieben …

Oder du hast es einfach nicht gecheckt, Idiot!

Hölle, das konnte doch wirklich nicht sein, oder? Nicht nach all den Jahren, die wir uns gemeinsam den Arsch aufgerissen hatten, um unser Projekt auf die Beine zu stellen. Jill würde das alles nicht wegen so einer Lappalie wegwerfen. Außerdem hatten wir gemeinsam beschlossen, es zu beenden. Einvernehmlich. Aber welche andere Option blieb dann noch? Hatte Cam sie gekauft? Hatte er irgendetwas gegen sie in der Hand und sie mir deswegen auf den Hals gehetzt? Schließlich waren sie Halbgeschwister … Was, wenn er sie zu irgendetwas zwang?

Zu weit hergeholt, Joshka.

Jill hatte nie etwas für ihn übrig gehabt. Bei ihr hatte immer ich an erster Stelle gestanden. Warum also sollte sie den Spieß jetzt auf einmal umdrehen? Und hätte sie wirklich ein Problem, wäre sie zu mir gekommen. So wie immer. Jill wusste, dass sie sich auf mich verlassen konnte. Selbst nach dem Ende unserer Beziehung hatte ich ihr immer, ohne zu zögern, geholfen. Wir waren eine Einheit.

Oder sie hat dir die ganze Zeit über nur etwas vorgespielt, um dir so nahe zu sein wie bisher niemand anderes.

Ich beschleunigte und bog in eine schmalere Seitenstraße ein, auf der unzählige Leute herumliefen und mir den Weg versperrten. Ich musste bremsen und warten und verlor Minute um Minute. Wo zum Teufel kamen diese vielen Menschen plötzlich her? Diese Kleinstadt war doch sonst auch wie ausgestorben!

Beruhig dich. Selbst Jill ist nicht abgebrüht genug, mitten auf einem Jahrmarkt irgendein krummes Ding zu drehen, oder?

Ich spürte meinen Puls rasen, hörte das Blut in meinen Ohren rauschen und fühlte das Gewicht der Waffe in meinem Hosenbund.

Auch Untote können sterben.

Wenn Jill wirklich durchgedreht war und –

Bilder, die dafür sorgten, dass sich mir der Magen umdrehte, schoben sich vor mein inneres Auge.

Scheiße. Scheiße. Scheiße.

Kurzerhand lenkte ich den Wagen an den Straßenrand, was er mit einem ungnädigen Brummen quittierte, und würgte den Motor ab.

Joshka

Lass Jill nicht aus den Augen, hast du verstanden?

Ich schickte die Nachricht ab und stieg aus. So schnell es mir möglich war, schob ich mich durch die Massen und überging dabei jede Beschwerde geflissentlich. Sollten sie mich doch verfluchen.

Das Handy in meiner Hosentasche vibrierte, vermutlich Lils Antwort auf meine Nachricht. Ungeduldig riss ich es heraus.

Lilac

WAS IST LOS?

Halb im Laufschritt tippte ich eine knappe Erklärung, ohne auf geschmacklose Details einzugehen, und drängte mich dann unter dem wehenden *Fallington*-Banner auf die Festwiese. Unter anderen Umständen hätte ich vielleicht innegehalten, die unzähligen Farben und Lichter bestaunt, die vor meinen Augen zu einem einzigen Gemälde verschwammen, aber das brennende Gefühl in meiner Brust trieb mich voran.

Angst.

Angst um Mira.

Lil wusste sich im schlimmsten Fall zu verteidigen, aber Mira … und Jills plötzliches Interesse an ihr?

Ich umrundete das alte Karussell, das vor mir aufragte und auf dessen bunten Figuren lachende Kinder mit ihren Eltern um die Wette strahlten. Das Bild, das sich mir bot, wirkte beinahe surreal in Anbetracht der brodelnden Emotionen in meinem Inneren.

Fokus, Josh!

Wieder eine Nachricht. Eine zweite folgte.

Neal

Sie ist im Wald. Von deiner Position aus achtzehn Uhr und dann eine knappe Meile. Sie ist übrigens nicht allein …

Lilac

Ich finde sie nicht mehr. Mira ist Jill hinterher.

Ich fluchte, wich einer großen Familie aus und schob mich zwischen zwei Ständen mit Süßigkeiten hindurch. Weg von den Menschen, weg von den vielen Geräuschen und Eindrücken, die ich im Augenblick nicht gebrauchen konnte.

Wald? Warum zum Teufel bist du mit einer Fremden in den Wald gelaufen, Mira?

Die dunklen, hoch aufragenden Bäume hoben sich kaum vom finsteren Himmel ab, nur vereinzelt sah ich Lichter zwischen den Ästen aufblitzen. Ein Schild rechts von mir verkündete, dass in dieser Richtung die *Gruselfahrt in die Hölle* zu finden war. Das beschrieb meinen aktuellen Gemütszustand erschreckend treffend.

Ich biss die Zähne zusammen und beschleunigte. Meine Muskeln, die von meinem heutigen Workout bereits ziemlich mitgenommen waren, protestierten mit einem brennenden Ziehen, das ich jedoch einfach zur Seite schob. Ohne langsamer zu werden, schielte ich ein weiteres Mal auf mein aufblinkendes Telefon und geriet dabei ins Straucheln. Irgendwann würde ich mich noch richtig hinlegen.

Neal

Sie haben angehalten. Noch fünfhundert Meter. Lichtung.

Meine Schuhe klatschten auf den feuchten Boden, der hier schlammig, beinahe sumpfig war, und sanken immer wieder ein. Dann endlich erreichte ich die Baumlinie und brach durch das Buschwerk am Rand. Kleine Äste und Widerhaken rissen an meiner Kleidung und Haut, doch ich ignorierte die Pikser und stürmte weiter. Jedes noch so kleine Geräusch trieb mich an und schickte immer düsterere Bilder in meinen Kopf.

Ich kannte Jill.

Ich kannte ihre Vergangenheit im Untergrund, als ich dort das Sagen gehabt hatte.

Ich wusste, wie ihr Job früher ausgesehen hatte. Herrgott, ich hatte ihr all diese Aufgaben ja selbst übertragen und sie hatte sie mit einer beinahe beängstigenden Begeisterung ausgeführt.

Du kannst dich später immer noch selbst fertigmachen. Renn weiter!

Ich heftete meine Augen auf den Weg, der in der Dunkelheit kaum zu erkennen war, und setzte mich mit einem Sprung über einen umgefallenen Baumstamm hinweg. Schreie der Gruselfahrt wehten durch die kühle Luft zu mir, keiner klang nach Mira und doch sandten sie jedes Mal einen Schauer über meinen angespannten Körper. Ich zwang mich, noch schneller zu laufen, trieb meine immer müder werdenden Beine an – und schlug im nächsten Moment ungebremst auf dem Boden auf. Die Luft wurde mir aus der Lunge gepresst und irgendetwas bohrte sich unerbittlich in mein Schienbein. Mir kam ein unterdrückter Fluch über die Lippen, der der Wurzel galt, die mich zu Fall gebracht hatte, während ich mich wieder hochkämpfte. Mein rechter Fuß tat höllisch weh und drohte, unter mir wegzuknicken, doch das Adrenalin, das mich bis hierher getrieben hatte, brachte ihn zum Schweigen und ließ mich weiterhasten.

Auch, wenn jeder Schritt brannte.

Auch, wenn mir der Schmerz in meinem Fuß den Schweiß auf die Stirn trieb und dafür sorgte, dass bunte Flecken vor meinen Augen explodierten.

Wieder erklangen Schreie, gefolgt von einem grausigen Lachen. Ein Motor heulte auf, es raschelte und klapperte, als würde irgendjemand eine rostige Eisenkette durch die Luft werfen und tausende Skelette tanzen lassen. Ich war kein Schisser, dafür hatte ich schon zu viel gesehen, aber was sollte diese dämliche Gruselfahrt? Und jetzt auch noch mit einer unberechenbaren Jill im Wald?

Eine Gänsehaut kroch über meinen Körper und jagte mir erneut einen eiskalten Schauer über den Rücken. Ich ballte die Hände zu Fäusten, ließ zu, dass meine Nägel in meine Handinnenflächen schnitten und kämpfte mich voran.

Und dann hörte ich ihre leise Stimme. Sah zwei Gestalten, die sich hell zwischen den Bäumen abhoben.

Mira.

Abrupt kam ich am Rand der mondbeschienenen Lichtung zum Stehen und zwang meinen rasenden Herzschlag zur Ruhe. Mein Blut rauschte heiß und schnell durch meinen Körper, während sich meine Glock wie eine stumme Mahnung gegen meine Haut drängte.

Noch nicht, Josh. Warte auf den richtigen Moment.

»Jill? Was … was ist los?«, flüsterte Mira.

Aus jeder einzelnen ihrer Silben sprachen Angst und Unverständnis. Das hier war falsch. Mira gehörte nicht zwischen die Fronten. Zwischen Jill, die sie mit einem beinahe unheimlichen Lächeln bedachte, und mich in ihrem Rücken. Ich hätte diese ganze Scheiße niemals mit nach Maple Creek bringen dürfen.

Reflexartig machte ich einen Schritt in ihre Richtung, legte eine Hand an meine Waffe und erstarrte jäh, als ich auf einen Ast trat. Das verräterische Knacken hallte unnatürlich laut über die Lichtung und verriet mich.

Zwei Köpfe flogen zu mir herum. Miras mit weit aufgerissenen Augen und Furcht auf den Zügen. Und Jills, dessen schmale Lippen sich zu einem eiskalten, glatten Lächeln verzogen, als sie mich erkannte.

»Hallo, Tomber, schön, dass du endlich kommst.« In dem Blick, mit dem sie mich musterte, lag etwas gefährlich Ruhiges. Sie *hatte* den Verstand verloren. »Wir haben schon auf dich gewartet.«

KAPITEL 18

Nice to Meet You, Tomber

Joshka

Angespannt ließ ich die Hand sinken, mit der ich nach meiner Waffe hatte greifen wollen, und trat einen weiteren Schritt auf die Lichtung. Wieder gab mein verletzter Fuß beinahe unter mir nach.

»Jill …« Ich versuchte, meine Stimme ruhig und gefasst zu halten, denn ich hörte selbst die Härte und den drohenden Unterton darin. Weil ich alles andere als ruhig war. Weil ich das Gefühl hatte, jeden Moment durchzudrehen.

»Josh, was machst du hier?«, fragte Mira und sah aufgewühlt zwischen Jill und mir hin und her. Ihre Nervosität lag beinahe greifbar in der Luft, während sie zu verstehen versuchte, was gerade vor sich ging.

Ich wünschte, ich könnte es ihr sagen.

Jill gab ein leises Lachen von sich und wedelte mit einer Hand durch die Luft, als würde sie eine lästige Fliege verscheuchen. »Oh,

Josh ist zum Reden vorbeigekommen, stimmt's? Wir haben einiges zu besprechen.«

Mira runzelte die Stirn und Misstrauen schlich sich auf ihre Züge.

Kluges Mädchen.

»Haben wir«, pflichtete ich ihr bei. »Du und ich, Jill. Mira kann gehen.«

Wieder verzog sich Jills Mund zu diesem unheimlichen Lächeln, das ihre eisblauen Augen funkeln ließ. Bei der Hölle, wie hatte ich diese Seite an ihr jahrelang nicht bemerken können? Ich hatte sie geliebt, mit ihr geschlafen, meine Ängste und Wünsche mit ihr geteilt …

… und so gut wie jedes andere Detail. Fuck.

Ich ballte die Hände zu Fäusten und presste die Kiefer aufeinander.

»Immer so gerissen, was, *Tomber*?« Wie beiläufig strich sie sich die Haare aus der Stirn und entblößte dabei eine schlanke, kleine Waffe an ihrer Hüfte. Ihre Zähne blitzten auf, als sie meinen Blick bemerkte. »Aber dieses eine Mal habe ich dein Spiel durchschaut und bin dir doch tatsächlich ein Stück voraus.«

Sie sprach nun fast in einem Singsang, und ich begann mich zu fragen, worauf sie eigentlich hinauswollte. »Was suchst du hier, Jill?«

Der verzweifelte Ausdruck in Miras Augen brannte mir beinahe ein Loch in die Stirn, und das Verlangen, zu ihr zu stürmen und sie hinter mich zu reißen, stieg ins Unermessliche.

»Schätzchen, das weißt du doch längst.«

Ich runzelte die Stirn und machte einen weiteren Schritt auf die beiden zu. Laub, auf dem sich eine Reifschicht gebildet hatte, raschelte unter meinen Füßen, und mein Atem tanzte als kleine Wolke vor mir in der Luft. »Wir haben Schluss gemacht. Vor Monaten.« Ich wusste, dass es ihr nicht darum ging, ahnte, was sie in ihrem kranken Kopf ausgeheckt hatte und dass es hierbei um weit mehr ging, aber ich musste Zeit gewinnen. Zumindest so lange, bis ich Mira erreicht hatte.

Jill schnaubte verächtlich, und ihre Hand fuhr ein weiteres Mal über die Stelle, an der ihre Waffe ruhte.

Hölle, das wird sie nicht tun. So abgebrüht ist nicht einmal sie.

»Das ist beinahe schon süß. Alle halten dich immer für so schlau, so gerissen, so unfehlbar. Immer allen meilenweit voraus. Aber kaum trennt man dich einmal von deinem Revier und setzt dir ein Kleinstadtflittchen vor, verlierst du auch schon deinen ganzen Biss. Enttäuschend, Tomber.«

Ich ließ ihre Beleidigungen an mir abprallen und konzentrierte mich stattdessen auf den Plan, der langsam, aber sicher Gestalt in meinem Kopf annahm. Sie hatte recht. Ich war gerissen. Ich dachte schneller und weiter als meine Konkurrenten. Deswegen war ich damals ihr Anführer geworden und hatte mich später freiwillig wieder verabschiedet. Weil ich Dinge verstand, lange bevor die anderen sie überhaupt bemerkten.

»Was ist hier eigentlich los?« Mira sog scharf die Luft ein und verschränkte schützend die Arme vor der Brust.

Jill überging sie geflissentlich. »Aber ich muss dich enttäuschen, Josh. Du warst wie ein König und hast alles weggeworfen. Bist zu einem schwächlichen Schlappschwanz geworden. In dem Moment, in dem du deinen Thron verlassen hast, hast du alles zerstört. Also nein, du interessierst mich nicht mehr. Mir geht es um etwas weitaus Verlockenderes. Was dich betrifft …«

Ich wollte es mir nicht anmerken lassen, aber ihre Worte trafen mich. Vielleicht, weil ich allzu oft selbst die gleichen verräterischen Gedanken hatte.

»Nach allem bist du nicht mehr als eine hübsche Trophäe. Ein Name. Der berühmte Tomber von New York. Wir hätten so groß werden können.«

Wie ich diesen Namen verabscheute. Den Namen und das, wofür er stand.

»Was willst du dann, Jill?« Ich knirschte mit den Zähnen und zwang meinen Fokus wieder auf meinen Plan. »Und was hat Mira damit zu tun? Sie weiß nichts.« Zeit gewinnen. Jill am Reden halten und ihren wunden Punkt treffen. Mehr musste ich nicht tun. Ich war mir ziemlich sicher, dass Neal längst vor seiner Tastatur klebte und sich um den Rest kümmerte. Sie aus meinen Angelegenheiten herausradierte, als hätte sie nie existiert. Neal hielt mir den Rücken frei, aber ich musste mich um das kümmern, was direkt vor mir lag.

»Ich kenne dich, Joshka Alexander Graveman. Ich weiß über deine Hintertürchen und Spielchen Bescheid. Deswegen ist die Kleine hier. Sie ist meine Versicherung dafür, dass ich bekomme, wofür ich hier bin.«

»Spuck es endlich aus, Jill«, knurrte ich und bewegte mich wieder etwas in Miras Richtung. Ihre blauen Augen zuckten zu mir, ansonsten rührte sie keinen Finger. Sog nur jedes einzelne Wort in sich auf, um endlich zu begreifen, in welche Scheiße sie geraten war.

»Schickt Cam dich?« Wieder ein Schritt.

Jill lachte freudlos. »Mein minderbemitteltes Arschloch von einem Bruder?«

Also hatte ich richtig gelegen. Sie handelte allein. Gut. Das machte es leichter und verschaffte mir etwas Luft.

»Wo hast du deinen sonst so messerscharfen Verstand gelassen? Im Bett mit der Süßen hier, zusammen mit deinen Eiern?« Kopfschüttelnd breitete sie die Arme aus und trat näher an Mira heran. Mir wurde schlecht. »Die Kleine hier hat mir alles erzählt, weißt du? Über *ihre Gefühle für dich, die sie einfach nicht zulassen kann*, und anscheinend ist sie damit nicht allein, was? Ich hätte nicht gedacht, dass du auf Kleinstadtmauerblümchen stehst, Tomber. Aber sie scheint ja eine unheimliche Anziehung auf dich auszuüben.«

Falsche Richtung, Miststück, ganz falsche Richtung.

Ich spürte, wie sich mein Herzschlag beschleunigte und meine Wut die Oberhand zu gewinnen drohte. Wut und Angst um Mira. Meine Gefühle hielten mich davon ab, klar zu denken und meine Sinne beisammenzuhalten. Deswegen vermied ich solche irrationalen Dinge normalerweise auch kategorisch. Sie waren gefährlich.

»Wer dann? Für wen arbeitest du?« Ich fragte weiter, obwohl ich die Antworten kannte. Hielt Jills Aufmerksamkeit auf mich gerichtet.

»Du machst mich fertig, dabei müsstest du es doch eigentlich besser wissen. *Du* hast mir das alles beigebracht, Tomber, erinnerst du dich? Die vielen Lehrstunden?« Ein anzügliches Lächeln stahl sich auf Jills Lippen, und sie stellte sich so nah neben Mira, dass sich ihre Arme beinahe berührten. »Cam mag es in Gang gesetzt haben, nachdem ihm sein Erbsenhirn doch tatsächlich klargemacht hat, dass man dich im Auge behalten muss, aber das hier, das bin nur ich. Wenn du etwas erreichen willst, dann musst du es allein durchziehen, ist es nicht so? Ein Sicherheitsnetz aufbauen, eine Hintertür … Das habe ich von dir gelernt.« Ohne mich aus den Augen zu lassen, strich sie Mira über die Wange und zupfte an einer ihrer gelockten Strähnen.

Hölle, ich hätte meine zweifelhaften Weisheiten einfach für mich behalten sollen.

»Cam hat noch nicht einmal begriffen, dass du ihn seit Monaten um einen Großteil seines Geldes bringst. Vermutlich hat er sich längst das Gehirn mit seinem eigenen Stoff weggeschossen.« Wieder glitten Jills Finger über Mira, die wie erstarrt neben ihr stand. »Aber ich habe es verstanden. Und ich habe erkannt, dass du damit mein Ausweg bist. Nach allem, was du mit deinem Weggang kaputt gemacht hast, die Macht, die Zukunft, die wir hätten haben können, bist du mir das schuldig. Du bist mir dieses neue Leben schuldig!«

Wovon zum Teufel sprach sie? Jill war auch nach meinem Abgang aus dem Untergrund bei mir geblieben, hatte mich bei meinen neuen Projekten unterstützt. Scheiße, das hier ging in die völlig falsche Richtung. Hoffentlich würde sich Neal beeilen. Denn sonst würde ich das hier auf meine Art übernehmen müssen und das wollte ich um jeden Preis verhindern. Mira sollte das nicht sehen müssen. Nicht so.

Ich verengte die Augen. »Was für ein Ausweg? Du weißt schon lange von dem Geld. Wofür es ist, was wir damit machen. Und du hast seit Jahren Zugriff auf die Konten.« *Zumindest auf die, von denen du weißt.* »Du hättest mich nur fragen müssen, wenn du Geld gebraucht hättest! Was also hat sich plötzlich geändert?«

Vermutlich, nein, hoffentlich hatte Neal bereits in dem Moment, in dem sich Jill als Leck entpuppt hatte, alle versteckten Depots umgeleitet.

»Sprichst du von der lächerlichen Summe deiner *öffentlichen* Bilanz?« Ihre Hand fuhr über Miras Schulter, ihren Arm runter und wieder rauf.

Ich konnte sehen, wie Mira sich verspannte, als wollte sie jeden Moment die Flucht ergreifen.

Halt noch etwas durch. Bitte.

»Jill –«, begann ich warnend.

»Ich meine nicht das kleine Konto deiner offiziellen Wohltätigkeitsscheiße, das ich für dich verwalte. Ich will *das* Geld, Tomber.«

»Du hast seit Jahren *Zugriff*. Nimm es dir und verschwinde.«

Blitzartig packte sie Miras Handgelenk und riss sie zu sich heran. Jill war gut einen Kopf größer als sie und dank ihres Parkour-Trainings deutlich stärker. »Warum fängst du nicht endlich mal damit an, die Wahrheit zu sagen? Ich habe deine Lügen so satt. Dich und dein falsches Maul.«

Ich stieß den Atem aus und machte den nächsten Schritt auf sie zu. »Was hat sich geändert?«, wiederholte ich.

Jill betrachtete Mira mit einem Piranha-Lächeln und schüttelte beinahe bedauernd den Kopf. »Ich habe da etwas entdeckt. Hätte es beinahe übersehen bei deinen ganzen Umwegen und Fallstricken, die du so gerne auslegst. Eine gewisse *Foundation*. Das hat eine Menge verändert.«

In mir kam alles mit einem Ruck zum Stehen.

Fuck. Nein. Das kann nicht sein.

Ich hatte die Stiftung immer strikt von allem anderen getrennt gehalten. Die Finanzströme über unzählige Umwege und Länder fließen lassen … Nirgendwo tauchte auch nur ein winziger Hinweis darauf auf. Dafür hatte ich gesorgt. Nicht einmal Neal wusste alles darüber.

»Oh Gott, Joshka, du müsstest dein Gesicht gerade sehen. Einfach köstlich!« Einer von Jills Fingernägeln kratzte über Miras Wange, während sie ihren Arm enger um ihre Kehle schloss.

Mira legte panisch ihre Hände an Jills Unterarm und zerrte erfolglos daran. Alles in mir drängte danach, mich auf dieses Miststück zu stürzen, doch ich brauchte Informationen. Musste mehr darüber in Erfahrung bringen, wie zum Teufel sie auf meine Foundation gekommen war.

»Tja, *ich* habe es herausgefunden, weißt du? Dass sich hinter deinem Wohltätigkeitprojekt etwas von einem ganz anderen Kaliber verbirgt. Überraschung.«

»Wie?« Meine Stimme war ein hasserfülltes Knurren.

Ihr Lächeln schnitt mir förmlich ins Fleisch. »Erinnerst du dich noch an unsere Nacht auf dem *Emperor Hotel*? Wir lagen unter den Sternen, du hast uns Champagner besorgt, mich verwöhnt ...«

Ich drückte die geballten Fäuste so fest zusammen, dass meine Knöchel weiß hervortraten. Ich wusste, worauf sie hinauswollte. Auf den einzigen fahrlässigen Fehler, der mir jemals unterlaufen war: Ich hatte Jill von Brittany erzählt. Meinem größten Geheimnis. Ich verabscheute mich noch heute für meine Schwäche in dieser einen Nacht.

Jill schien meine Selbstverachtung in vollen Zügen zu genießen. Sie badete förmlich in meiner aufkommenden Verzweiflung. »Und dann hast du mir von deinem Traum erzählt. Deinem Traum von einer weltübergreifen Organisation, die sich ohne die Hilfe von Regierung oder Militär um die Missstände auf unserer Erde kümmert. Die misshandelten Kindern hilft und unterhalb des Radars der offiziellen Scheiße deines anderen, öffentlichen Projekts agiert. Dein großartiges Wohlfahrtskommando, das du im Namen deiner Schwester gegründet hast.« Ihr Spott schnitt tiefer, als es jede Klinge gekonnt hätte. »Ohne Profit und ohne Grenzen – unser *Held* Joshka.«

Miras Augen weiteten sich, doch ich war nicht in der Lage, den Blick von Jill abzuwenden, während sie mein verdecktes Geheimprojekt in der Luft zerriss, das mir *alles* bedeutete. Bei der Hölle, ich hasste sie. Hasste sie so sehr.

»Dabei wissen wir doch beide, dass du damit nur dein abgefucktes Gewissen beruhigen willst, nicht wahr? Nach all deinen Jahren und Taten als Tomber. Wundert mich, dass du überhaupt noch ein Gewissen hast.« Wieder übte Jill etwas Druck auf Miras Hals aus. »Und jetzt stell dir vor, wie überrascht ich war, als ich herausgefunden habe, dass du dabei bist, diese hirnrissige Idee *wirklich* in die Tat umzusetzen. Und all das Geld, das dafür nötig ist …«

Ein beinahe irrer Glanz trat in ihre Augen, während ich gegen das Brennen in meinen ankämpfte. Ich würde ihr nicht die Genugtuung geben, mich so emotional zu sehen. »Eins Komma acht Milliarden Dollar, Joshka. Lass dir das mal auf der Zunge zergehen. Und es gibt niemanden, der die tatsächliche Größe dieser Summe kennt, niemanden außer dir und mir. Unser süßes Geheimnis … Und natürlich weiß ich, dass keiner, einmal abgesehen von dir, Zugriff darauf hat.«

Ich presste die Lippen aufeinander. Ich wusste, was jetzt folgen würde.

»Und da kommt unser hübsches Täubchen hier ins Spiel. Dir scheint irgendetwas an ihrem Leben zu liegen, nicht wahr?«

Mira zog ein weiteres Mal an Jills Arm und kämpfte dagegen an. »Wovon spricht sie? Josh –«

Schweigend schüttelte ich den Kopf, mahnte sie, ruhig zu bleiben.

Jill lachte nur. »Gott, Tomber, du bist so schwach geworden.«

»Du hast den Verstand verloren, wenn du glaubst, dass du damit durchkommst. Du kennst mich. Ich werde dich finden und erledigen.« Meine Stimme war gefährlich leise geworden.

»Nein, Joshka. Das wirst du nicht. Ich habe dich bei deinem eigenen Spiel geschlagen. Ich habe deinen Schwachpunkt gefunden und deinen größten Schatz ausgegraben. Und jetzt wirst du ihn mir freiwillig übergeben und gutmachen, was du mir vorenthalten hast. Sieh es ein: Du hast versagt.« Ihre Mundwinkel hoben sich für einen Moment zu einem selbstgefälligen Lächeln, dann wurde sie wieder ernst. »Ich bin keine Freundin von Klischees, aber entweder du gewährst mir jetzt Zugang, oder ich muss von meinem Druckmittel Gebrauch machen. Du weißt, dass ich das kann.«

Mira versteifte sich und wandte sich in Jills unnachgiebigem Griff.

Neal, komm schon. Schick mir eines deiner Wunder.

»Ich muss Anrufe tätigen, Jill. Viele Anrufe. Wir sprechen hier von fast zwei Milliarden Dollar. Und ich muss dafür in mein Büro in New York.«

Verächtlich rümpfte sie die Nase und zog ihre Waffe. »Wir wissen beide, dass das nicht stimmt. Du kannst das Unmögliche möglich machen, nicht wahr? Du brauchst nur den richtigen Anreiz.«

»Josh.« Mein Name kam Mira als leises Schluchzen über die Lippen.

»Herrgott, nimm das Scheißding runter, Jill!«, zischte ich, als eine einzelne Träne über Miras Wange rann, und bewegte mich langsam in ihre Richtung.

»Keinen Schritt weiter.«

Ich blickte zu Mira, der Waffe, die Jill an ihre Seite presste, und nickte. »Gib mir zehn Minuten.«

»Du hast fünf und du wirst den Lautsprecher einschalten. Meine Kontoverbindung kennst du ja. Und Tomber, ich will alles. Die ganze Kohle und dann siehst du mich nie wieder. Keine Hintertürchen, oder die Kleine hier ist tot.«

Ich nickte wieder und wollte gerade nach meinem Handy in der Hosentasche greifen, als ich es sah. Das rot-blaue Leuchten, das den Wald flutete. Hörte die Sirenen und die Motoren von mehreren Fahrzeugen. Noch nie in meinem Leben hatte ich mich so sehr gefreut, die Bullen zu sehen.

Das wurde aber auch Zeit, Neal!

Jills Kopf flog nach rechts – in die Richtung, aus der sich mehrere Polizeiwagen näherten – und das war mein Moment. Ohne zu zögern, stürzte ich mich auf sie. Mit zwei geschickten Manövern stieß ich Mira zur Seite und schleuderte Jills Waffe in die Tiefen des Waldes. Nur einen Sekundenbruchteil später brachte ich meine ehemalige Partnerin mit mir zu Boden. Krachend schlugen wir auf und verbissen uns ineinander wie zwei tollwütige Wölfe, die man endlich aufeinander losgelassen hatte.

Jill kreischte und schlug mit Händen und Füßen um sich, wobei sie mich mehrmals an äußerst unangenehmen Stellen traf. Ich hatte sie definitiv zu gut trainiert. Doch meine Erfahrung und Stärke machten ihre Schnelligkeit wett. Innerhalb weniger Augenblicke war es vorbei. Mit rasendem Blick lag Jill unter mir, Arme und Beine durch meine Hände fixiert. Blut lief aus ihrer Nase und einer Platzwunde auf ihrer Stirn.

»Ich bekomme meine zweite Chance! Du hast noch nicht gewonnen«, zischte sie hasserfüllt. Ihre Brust hob und senkte sich schnell, ihr Atem ging keuchend.

Ich nickte langsam. »Doch. Weil ich immer gewinne. Ich habe

immer eine Hintertür, oder hast du das vergessen? Ich mag nicht mehr an der Spitze stehen, aber ich bin immer noch Tomber.« Meine Stimme war leise und schneidend wie eine Rasierklinge.

Jill schob trotzig das Kinn nach vorn und funkelte mich teuflisch an. Ich erkannte die Furcht in ihren eisblauen Augen dennoch. In diesem Moment war sie beinahe schön. So wild und ungezähmt und niedergeschlagen und ängstlich zugleich.

»*Wie?* Wie hast du das gemacht?«

Mein freudloses Grinsen wurde breiter, als ich mich weiter über sie beugte, so nah, dass wir dieselbe Luft atmeten.

Zwei Polizeiwagen kamen mit quietschenden Reifen auf dem Laub zum Stehen. Türen wurden aufgezogen und zugeschlagen, Stimmen schallten durch den Wald.

»Erinnerst du dich an Neal?«

»Den idiotischen Computerfreak, der noch bei seiner Mom wohnt?« Jill schnaubte verächtlich. »Niemals. Ich habe ihn ausgeschaltet.«

»Vielleicht sind der Neal, den du kennst, und *mein* Neal ja nicht ein und dieselbe Person.« Ich zwinkerte ihr zu, genoss die Erkenntnis und die Resignation, die ihre Züge flutete.

Ja, Jill, ich habe immer eine Hintertür.

Und eine dieser Hintertüren war, dass Jill und Neal zwar zusammengearbeitet hatten, sich aber nie begegnet waren. Sie hatte zu keinem Zeitpunkt gewusst, wer meine rechte Hand wirklich war, und immer nur den Neal-Dummy gekannt, der ausschließlich als Tarnung gedient hatte.

»Hände hoch und keine Bewegung!« Eine scharfe Stimme durchriss den Moment und ließ mich aufblicken – direkt in die Mündung einer Knarre. »Gehen Sie jetzt langsam mit erhobenen Händen von der Dame runter und legen sich dann auf den Bauch, Hände über dem Kopf.«

Großartig. Da hatte es die Polizei, die angesehensten Ermittler von ganz New York, jahrelang nicht geschafft, Tomber zu fassen, und nun sollte ausgerechnet dieser Provinzcop dazu imstande sein?

»Warten Sie, Officer Martens!« Mira eilte herüber und hielt mit spitzen Fingern Jills kleine Waffe hoch. »Joshka ist hier nicht der Täter. Er hat mich gerettet, als diese Irre auf mich losgegangen ist. Mit dieser Pistole.«

Verdutzt sah ich sie an. Es lag nicht das geringste Zittern in ihrer Stimme. Kein Hinweis darauf, dass sie bis eben von dieser besagten *Irren* bedroht worden war.

»Bist du dir sicher, Mira?«

Sie nickte und reichte einem zweiten Polizisten, der neben Martens aufgetaucht war, die Waffe. »Ich hatte solche Angst, Officer.« Ihre feste Stimme wich einem leisen Wimmern. Nur mit Mühe behielt ich meine ausdruckslose Miene aufrecht. Wer hätte gedacht, dass Mira so eine gute Show auspacken würde? »Und Joshka hat sie einfach überwältigt. Selbst, als sie nach ihm geschlagen und ihn getreten hat. Sie wollte auf mich schießen. Sie wollte …«

Erst jetzt bemerkte ich den Schmerz dort, wo mich Jill erwischt hatte, und das Blut, das mir über die Wange lief. Schon wieder.

Der Bulle warf ihr einen mitleidigen Blick zu. »Himmel, Kind, beruhig dich.« Dann wanderten seine gutmütigen braunen Augen zu mir. »Dann sollte ich Ihnen wohl danken, Joshka.«

Ich stand auf, während zwei Beamte Jill hochrissen, ihr ihre Rechte erklärten und Handschellen anlegten. Mit einem dünnen Lächeln schüttelte ich die Hand des Officers und nickte. »Nicht nötig.«

»Was für eine Nacht. Es ist doch sonst immer so ruhig auf unserem wunderschönen *Fallington.* Und jetzt das?« Martens schüttelte fassungslos den Kopf und fuhr sich über den dicken Bauch. Schweißperlen standen auf seiner Stirn. »Ich muss euch leider bitten, trotzdem am Montag aufs Revier zu kommen, um eure Aussagen zu machen. Damit wir diese Sache ganz schnell ad acta legen können.«

»Natürlich, Officer.« Mira hob die Mundwinkel, doch ihr war anzusehen, dass die Geschehnisse sie langsam, aber sicher einholten. Instinktiv streckte ich die Hand aus und verflocht unsere Finger miteinander. Sie wurden mühelos eins.

Martens nickte und verabschiedete sich. Schweigend verfolgten wir, wie Jill zu einem der Polizeiwagen gebracht wurde und dabei ein unverständliches Gemurmel von sich gab.

Ich verengte die Augen und sah sie eindringlich an, als sich unsere Blicke noch einmal begegneten. Jill neigte kaum merklich den Kopf, bevor sie auf die Rückbank geschoben wurde. So abgedroschen es auch klang, ich wusste, dass sie vor Gericht nichts sagen würde. Weder über mich noch über eines meiner Projekte oder die Stiftung.

Weil sie wusste, dass es nichts bringen würde. Dass ich meinen Vater einschalten und er sie vernichten würde, sollte sie es wagen, den Mund aufzumachen.

Weil ein abgefuckter Teil von ihr immer noch auf das Geld aus war und sie keine Mitspieler wollte.

Und weil sie unseren Kodex kannte: Ich hatte gewonnen und das akzeptierte sie. Diese Runde ging an mich.

Martens hob die Hand in unsere Richtung, ehe er sichtlich geschockt, dass so etwas in seinem kleinen Maple Creek passieren konnte, in sein Auto stieg. Himmel, in New York wäre er vermutlich längst an einem Herzinfarkt gestorben.

Aus einem Impuls heraus löste ich mich einen Moment später wieder von Mira und humpelte zu dem Wagen, in dem Jill saß.

»Gut gespielt«, sagte sie leise und nickte wie zur Bestätigung in Richtung ihrer gefesselten Hände. »Nächstes Mal mach ich es dir nicht so einfach.«

»Was wolltest du wirklich mit dem Geld?«

»Ich habe dir die Wahrheit gesagt – ich möchte ein neues Leben, nachdem du unsere Zukunft im Untergrund zum Teufel gejagt hast. Ein Leben weit weg von allem, was mit dir oder Tomber zusammenhängt. Mit genügend Geld, um mir alle Mistkerle vom Hals zu halten, und Sicherheit, für mich und … für mich.«

Ich runzelte die Stirn und lehnte mich an das Autodach. Es war offensichtlich, dass Jill eigene Dämonen hatte, von denen ich bisher nichts gewusst hatte. Und die mich vermutlich auch nichts angingen – nicht mehr –, aber ein Detail fehlte. Ein winziges Detail, das mir bei ihren Worten wieder in den Sinn kam. »Und was sollte der Brief?«

Ihr dünnes Lächeln wich einem fragenden Ausdruck und mein Magen wurde zu einem harten Knoten. Sie musste mir keine Antwort geben, ich sah es auch so in ihren Augen. Sah, dass die Nachricht nicht von ihr gewesen war. Und das bedeutete, dass es noch nicht vorbei war.

In diesem Moment fuhr der Wagen an und Mira trat an meine Seite. Aus einem Impuls heraus legte ich einen Arm um ihre Schultern und zog sie an mich. Sie sah mir einen Herzschlag lang fest in die Augen. Tränen schimmerten darin und so viele Fragen, auf die ich ihr niemals eine Antwort geben konnte. Dann vergrub sie ihren Kopf an meiner Brust und begann, leise zu schluchzen.

Ich biss die Zähne zusammen und hielt sie. Hielt sie fest an mich gedrückt und ließ sie nicht los, während meine Augen auf den Rücklichtern der Polizeiautos lagen.

Es ist noch nicht vorbei.

»Lass uns gehen, Mira«, sagte ich irgendwann sanft und schob sie behutsam von mir. Ihr Gesicht war vom Weinen gerötet und mehrere Strähnen hingen ihr schief ins Gesicht. Mit einer federleichten Bewegung strich ich ihr die Haare zurück und wischte die Tränen fort.

Mira biss sich auf die Unterlippe und schüttelte bestimmt den Kopf. »Noch nicht.«

Ich zog die Augenbrauen zusammen und ließ meine Hände auf ihren Schultern ruhen.

»Das, was ich Officer Martens erzählt habe, habe ich nur gesagt, weil ich die Wahrheit wissen möchte. Ich will wissen, was Jill mit all dem gemeint hat.«

»Mira.« Ihr Name war ein Seufzen auf meinen Lippen.

»Nein.« Sie machte sich ruckartig von mir los und verschränkte die Arme vor der Brust. »Hör auf damit. Denkst du nicht auch, dass ich nach allem, was hier gerade passiert ist, Antworten verdiene? Ich …« Ihre Stimme brach.

Einen Sekundenbruchteil später hatte ich sie auch schon wieder in meine Arme gezogen. »Lass uns gehen. Bitte«, sagte ich noch einmal.

Und dieses Mal gab sie nach.

Es war dunkel und still, als wir das Gästehaus betraten. Mira hielt noch immer meine Hand. Ich hatte sie die ganze Zeit über, seit wir die Lichtung verlassen hatten, kaum losgelassen. Denn auch, wenn sie sich alle Mühe gab, sich auf den Beinen zu halten, war ihr nur allzu deutlich anzusehen, wie sehr ihr die Begegnung mit Jill in den Knochen steckte. Natürlich tat sie das.

Ich hatte Lil nur eine schnelle Entwarnung geschickt und war mit Mira anschließend direkt nach Hause gefahren. Sie brauchte Ruhe und Schlaf. Mit allem anderen konnten wir uns morgen auch noch auseinandersetzen. Ich schaltete das Licht im Flur ein und führte sie zu ihrer Schlafzimmertür. Erschöpft lehnte ich mich in den Rahmen und ließ sie los.

»Wir sollten schlafen.«

Sie drehte sich zu mir um und schüttelte den Kopf. Dann griff sie wieder nach meiner Hand und zog mich ins Wohnzimmer. »Ich möchte heute in keinem geschlossenen Raum schlafen«, murmelte sie und setzte sich auf die ausladende Couch. »Und ich … Würdest du hierbleiben, Josh?«

Ich schluckte und fuhr mir durch die Haare. Kleine Zweige und Blätter rieselten zu Boden und landeten mit einem leisen Klacken auf dem Parkett. »Mira …«

»Nur heute. Du kannst dich auf den Sessel setzen. Oder an den Küchentresen, nur … Bleib einfach hier«, flüsterte sie und ließ sich in die Kissen gleiten, eine flauschige Decke in den Fingern. Mira wirkte so klein, so zerbrechlich in ihrem Kleid auf dem großen Sofa, das sie förmlich zu verschlingen schien.

»Jill kommt nicht wieder.« Ich trat an die Couch und sah ihr fest in die Augen. »Sie ist weg. Es ist vorbei.«

Du Heuchler.

Langsam nickte sie. »Wovor hast du dann solche Angst?«

Ich zog die Brauen zusammen, schüttelte kaum merklich den Kopf und stieß die Luft aus. Gott, ich war so müde und Mira ... Sie machte es mir so schwer.

Anstatt zu antworten, fielen meine Schultern herab, dann zog ich die Jacke aus und ließ sie zu Boden gleiten, wo sie samt meiner Waffe liegen blieb. Im nächsten Moment lag ich auch schon neben Mira. Ihr betörender Duft hüllte mich ein, während ich ihre weichen Haare unter meiner Wange und ihre Wärme überdeutlich auf meiner Haut spürte. Ich biss die Zähne zusammen und wagte es kaum zu atmen. Ihre Nähe brachte mich um den Verstand. Wir lagen einander gegenüber. Unsere Nasenspitzen berührten sich beinahe in der stillen Dunkelheit des Gästehauses. Ich hörte nichts außer ihrem schnellen Atem, fühlte nichts außer dem stolpernden Pochen meines Herzens.

Himmel ... wie hatte es so weit kommen können?

Jill hatte recht gehabt, mit vielem. Mira war zu einem meiner Schwachpunkte geworden. Sie machte mich angreifbar und wenn ich richtiglag ... wenn der Brief von ganz anderer Stelle kam –

»Wirst du mir jemals erklären, was das heute war? Wer du wirklich bist?« Ihre Stimme war nur ein Wispern, als sie mit ihrem Zeigefinger der Linie meines Wangenknochens folgte. Ihre Berührung brannte auf meiner Haut – auf die süßeste und gleichzeitig schmerzhafteste Art und Weise.

Ich stoppte ihre Finger und strich mit dem Daumen über ihren weichen Handrücken. »Du hast gesehen, was passieren kann, wenn man zu viel weiß.«

Mira sah mich aufmerksam an. Im fahlen Mondlicht, das durch das Fenster hereinfiel, wirkte ihre Haut beinahe silbrig und ihre

Augen viel zu groß und klar. »Vielleicht wäre das nicht geschehen, wenn ich dich kennen würde, Joshka. Wenn ich mehr wissen würde als nur die Bruchstücke, die du mich sehen lässt. Ich will dich kennenlernen. Alles von dir.«

Ihre Worte jagten mir einen Schauer über den Körper. Die letzte Frau, die ich an mich herangelassen hatte, hatte mich hintergangen und beinahe alles zerstört. Aber Mira war nicht Jill. Sie war rein und gutherzig. Und gehörte eindeutig nicht in meine Welt.

»Schlaf jetzt. Ich bleibe bei dir«, erwiderte ich und strich ihr eine einzelne Strähne aus der Stirn. Meine Finger zitterten ein wenig, als ich ihre Schläfe berührte, ihre Nasenspitze, ihren schlanken Hals.

Mira erschauderte. »Wer bist du, Joshka Alexander Graveman?« Das Leuchten in ihren Augen schien mich zu versengen. Ich hatte das Gefühl, als könnte sie direkt in mich hineinsehen. Hindurch durch all die Dunkelheit und Grausamkeit.

Ich schluckte, umfasste ihre Wange, fuhr über ihre Haut und wusste, ich hatte verloren. Mit einem unterdrückten Fluchen überwand ich die kurze Distanz zwischen uns und presste meine Lippen auf ihre. Mira kam mir entgegen und seufzte leise. Unwillkürlich wurde mein Griff um ihr Gesicht fester, mein Kuss fordernder, während mir ihr Geschmack und ihr Geruch auch das letzte Körnchen Verstand raubten. Ich vergrub meine Hände in ihren weichen Locken, unfähig, mich noch länger zurückzuhalten.

Und in diesem Moment wurde mir bewusst, dass ich eine Grenze überschritten hatte, die ich niemals hätte überschreiten dürfen. Eine Grenze, die Mira und mich das Leben kosten würde. Und dennoch hörte ich nicht auf. Ich küsste sie weiter und versank in dem wundervollen Rausch, den mir dieser kostbare Augenblick verschaffte. Weil ich egoistisch war. Ein egoistischer, abgefuckter

Mistkerl, der diesem atemberaubenden Mädchen hoffnungslos verfallen war.

Als Mira sich von mir löste, waren ihre Wangen gerötet und das Leuchten in ihren Augen dunkler geworden. Wortlos streichelte sie mir über die Wange, ein leises Lächeln auf den Lippen, dann drehte sie sich um und schmiegte ihren warmen Rücken an meine Brust.

Instinktiv schlang ich die Arme um sie, zog sie zu mir, sodass kein Blatt mehr zwischen uns gepasst hätte und ich ihren Herzschlag als meinen spürte.

Wer bist du, Joshka Alexander Graveman?

Ihre Stimme wehte als leises Echo durch meinen benebelten Kopf und vermischte sich mit ihrem gleichmäßigen Atem, der in meinen Ohren klang.

Wer ich bin? Ich bin derjenige, der dich unweigerlich in den Abgrund stürzen wird, antwortete ich ihr in Gedanken, *aber ich werde auch derjenige sein, der unten steht und dich wieder auffängt.*

KAPITEL 19

Who Is Joshka Graveman?

Mira

Mich weckte das stetige Rauschen von Wasser. Ein frischer Wind, der nach Regen und Wald roch, fuhr über meinen Oberkörper und ließ mich frösteln. Ich zupfte an der Decke, die mir bis auf die Hüfte gerutscht war, und zog sie wieder bis unter mein Kinn. Blinzelnd öffnete ich die Augen, eins nach dem anderen, und kniff sie sofort wieder zusammen. Zu hell. Viel zu hell.

Grummelnd drehte ich mich auf die andere Seite, streckte ein Bein aus – und landete mit einem Poltern unsanft auf dem Boden. »Mist«, murmelte ich und richtete mich langsam auf, die flauschige Decke wie einen Mantel um mich geschlungen.

Ich hatte offensichtlich – mal wieder – im Wohnzimmer des Gästehauses übernachtet, nicht in meinem Zimmer mit dem breiten Bett, aus dem man überhaupt nicht fallen *konnte.* Und irgendjemand hatte die Glastür, die auf die Terrasse führte, so weit aufgerissen, dass der Geruch und die Geräusche des kalten Novemberwetters den gesamten Raum erfüllten.

Bibbernd tapste ich auf nackten Füßen über den Holzboden und lehnte mich in den Türrahmen. Der graue Himmel hatte keine Struktur und wirkte wie ein farbloses Zelt, das weder Anfang noch Ende besaß. Dichter Regen fiel vom Himmel wie ein Vorhang aus funkelnden Perlen und machte es unmöglich zu sagen, wie spät es eigentlich war.

Die Arme vor der Brust verschränkt, schloss ich für einen Moment die Augen und atmete den frischen Duft der feuchten Luft ein, ehe ich mich wieder umwandte – und zusammenfuhr.

Joshka stand in Jeans und dunkelgrauem Pullover im Eingang zum Wohnbereich und betrachtete mich mit gerunzelter Stirn. Dunkle Schatten lagen unter seinen Augen und seine Haut hatte sich dort, wo Jill ihn erwischt hatte, blau und lila verfärbt. Ganz offensichtlich hatte er nach dem Abend gestern genauso schlecht geschlafen wie ich. Nach Jills Überfall. Und nach unserem Kuss.

Ich biss mir von innen auf die Wange und versuchte mich dann an einem kleinen Lächeln, was mir kläglich misslang. »Guten Morgen«, krächzte ich und zupfte an meiner Decke herum.

»Morgen. Ich wollte dich nicht wecken.« Seine warme, raue Stimme sorgte dafür, dass ich mich ein wenig entspannte.

»Hast du nicht.«

Er nickte und fuhr sich durch die dunkelblonden Haare, die am Ansatz noch feucht waren. Wahrscheinlich war er schon laufen gewesen – trotz Regen. »Wie geht es dir? Nach … nach gestern Nacht.«

Mein schiefes Lächeln glitt von meinen Zügen, und ich verspannte mich unwillkürlich, als die Bilder zurückkehrten.

Margot, die eigentlich Jill hieß.

Unsere Begegnung im Wald.

Die Waffe und dann die Polizei.

Der Kuss. Immer wieder der Kuss.

Ich klammerte mich an die Decke und schüttelte nur den Kopf. »Okay. Ich bin okay.«

Joshkas Gesichtsausdruck wurde sanfter, dann stieß er sich vom Türrahmen ab und deutete in Richtung des Küchentresens. »Setz dich. Ich mache uns einen Kaffee.«

Während er erst am Schrank mit den Tassen und dann an der Kaffeemaschine herumwerkelte, starrte ich Löcher in seinen breiten Rücken und versuchte, das Chaos in meinem Schädel zu ordnen. Eben noch hatte es tatsächlich funktioniert – für nicht mal zehn Minuten. Ich hatte mir vormachen können, dass alles in Ordnung und normal war. Dass es normal war, dass ich mit einem Kerl auf dem Sofa übernachtet hatte, der mich sonst akribisch auf Abstand hielt. Dass es normal war, sich vor jedem Geräusch zu fürchten, weil ich Angst hatte, Jill würde wieder mit ihrer Waffe auftauchen. Ich hatte mir eingeredet, dass alles nur ein dämlicher Traum gewesen war, weil so etwas nicht in unserer langweiligen, kleinen Stadt passierte. Aber dann hatte nur ein Blick auf Joshka gereicht, um in die Realität zurückzukehren. Joshka, von dem ich nicht einmal genau wusste, wer er eigentlich war.

Wortlos setzte ich mich auf einen der Hocker und schlang die Arme um meine angezogenen Beine. Meine Haare fielen mir wie ein Vorhang ins Gesicht.

»Es tut mir leid, Mira.« Die Worte kamen hart und gepresst, als würden zu viele Emotionen hinter diesem einen Satz lauern. »Das alles hätte nicht passieren dürfen … Ich weiß nicht, wie Jill so weit gehen konnte.«

Ich blickte langsam auf und begegnete Joshkas funkelnden Augen durch meine Strähnen hindurch. »Aber du hast damit gerechnet.«

Resigniert senkte er den Kopf und stellte mir eine große Tasse vor die Nase, ehe er sich mir gegenüber niederließ. »Nein. Nicht damit. Ich hätte nie gedacht, dass es Jill sein würde.«

Ich schloss die Finger um den warmen Becher und starrte in den Kaffee, als würde ich dort mehr Antworten bekommen. »Nicht Jill, aber jemand anderes?«

»Vielleicht«, murmelte er vage und stützte die Ellenbogen auf. »Du solltest aufhören, Fragen zu stellen. Bitte.«

Mein Kopf ruckte hoch. »Ist das dein Ernst? Himmel, Joshka, da kommt ein neues Mädchen an meine Uni, wir freunden uns an, und keine fünf Tage später lockt sie mich in einen Wald und bedroht mich, weil sie Geld von *dir* will. Und das Einzige, was dir dazu einfällt, ist, mir zu sagen, dass ich mich *raushalten* soll? Es tut mir leid, aber ich glaube, dafür ist es etwas zu spät.«

Joshka erwiderte meinen Blick bemerkenswert ausdruckslos. »Es ist vorbei. So, wie ich es dir gestern gesagt habe. Jill ist die Einzige, die von … die davon weiß. Es werden keine anderen kommen.«

»Andere? Wo bist du da reingeraten?«

»Mira«, begann er warnend und verengte die Augen kaum merklich. »*Bitte.*«

Entschlossen strich ich meine Haare zurück und setzte mich aufrechter hin. »Nein. Nein, ich werde nicht aufhören, Fragen zu stellen. Nicht, solange du mir nicht sagst, was zum Teufel hier eigentlich los ist. Was Jill mit deiner Vergangenheit gemeint hat, mit diesem Cam, der gewaltigen Summe Geld und deiner sogenannten *Foundation.*«

Beinahe mit Genugtuung nahm ich wahr, wie er bei meiner lauten Stimme zusammenzuckte und frustriert die Augen schloss.

»Oder vielleicht sollte ich Lilac fragen. Womöglich weiß er mehr, weil er auch in diesem ganzen Scheiß mit drinsteckt, hm?«

»Lil weiß nichts. Fast nichts«, fügte Joshka an, als er meinen Blick bemerkte, und seufzte dann. »Hör zu, das, was gestern passiert ist, das ist nur die Spitze des Eisbergs. Du hast keinen blassen Schimmer, was wirklich abgeht. Welche mächtigen Leute da ihre Finger im Spiel haben und wie schnell das alles den Bach runtergehen kann. Inklusive mir und all denen, die davon wissen. Das hier ist kein Spaß. Es geht nicht um ein spannendes Rätsel, das du lösen musst, um mich zu verstehen. Es gibt kein Rätsel, nur die hässliche Realität, die gefährlich und unberechenbar ist. Das, worum du mich bittest …«

Herausfordernd schob ich das Kinn nach vorn und bohrte meinen Blick direkt in seine grüngrauen Augen, die heute Morgen dunkler wirkten. So, als würde eine tonnenschwere Last auf seinen Schultern liegen. »Ich will es wissen, Joshka. Alles.«

»Hölle, Mira, hörst du mir überhaupt zu?« Seine Hände ballten sich zu Fäusten und lenkten meine Aufmerksamkeit auf die aufgeschlagenen Knöchel. Ich sah die Wut hinter seiner Fassade brodeln. Wut, Frust, Misstrauen. Und Einsamkeit.

Ich schüttelte kaum merklich den Kopf und lehnte mich ein Stück über den Tresen. Behutsam löste ich die Faust und umfasste seine viel größere Hand mit meinen. »Erklär es mir.«

Joshka blickte auf und seine Schultern sackten herab. Ich hatte gewonnen. »Gut. Aber nicht hier. Lass uns rausgehen.«

Es schüttete wie aus Eimern und ich hatte meine Turnschuhe und den Wollmantel kurzerhand gegen bunte Gummistiefel und eine passende Regenjacke getauscht. Joshka, der neben mir lief, begnügte sich mit dem winzigen Klappschirm, den ich im Gästehaus gefunden hatte, und starrte schweigend auf seine nassen Schuhspitzen. Der Einzige, dem das Wetter nichts auszumachen schien, war Flex, der um uns herumsprang, als wäre er im siebten Himmel.

Gemeinsam liefen wir immer tiefer in den Wald hinein, der bis auf das Tropfen des Regens in friedlicher Stille lag. Bisher hatte es mich immer beruhigt, nur von uralten Bäumen umgeben zu sein, doch heute machte mich die Abgeschiedenheit nervös. Ich wusste, dass Margot – Jill – vermutlich gerade in irgendeiner Zelle saß, weit weg von mir, und trotzdem konnte ich nicht verhindern, dass ich bei jedem Knacken zusammenfuhr und mir ständig über die Schulter sah.

So lang, bis Joshka schließlich nach meiner Hand griff und sie beruhigend drückte. »Du wirst sie nicht wiedersehen. Mein Vater sorgt dafür, dass Jill für lange Zeit hinter Schloss und Riegel bleibt.«

Sein Vater? Was zum Teufel sollte das heißen?

Ich drehte den Kopf zu ihm, lugte fragend unter meiner Kapuze hervor und versuchte, seine Gedanken zu erraten.

Joshka stieß den Atem aus und warf mir einen kurzen Seitenblick zu. »Er ist Staatsanwalt in New York. Wir haben kein besonders gutes Verhältnis, aber in solchen Angelegenheiten kann ich ihm vertrauen.«

Wir verließen den langen schmalen Pfad, der von unserem Gartentor aus in den Wald führte, und hielten uns rechts. Hier war das Blätterdach so dicht, dass es uns beinahe vollkommen vom Regen abschirmte.

»Ich weiß überhaupt nicht, wo ich anfangen soll – mit meinen Fragen, meine ich«, murmelte ich nach einer Weile und sah auf unsere ineinander verschränkten Finger. Ich runzelte die Stirn. Es fühlte sich merkwürdig an, seine Hand zu halten, wo er doch sonst auf Abstand gegangen war. Merkwürdig und gleichzeitig seltsam richtig und vertraut.

»In der Küche warst du noch wild entschlossen, jedes Detail aus mir herauszuquetschen.«

»Und du nicht besonders begeistert von der Idee, mehr Worte als unbedingt nötig über die ganze Sache zu verlieren«, erwiderte ich ungerührt, blieb stehen und starrte auf die Stelle, an der Flex gerade im Busch verschwunden war.

Joshka zuckte mit den Schultern und kickte einen Kiesel zur Seite. »Daran hat sich nichts geändert. Ich rede nicht gern über mich und dieser Umstand hat mir bisher den Hintern gerettet.«

»Wovor?«

Seine dunklen Augenbrauen wölbten sich. »Da haben wir doch schon die erste Frage.«

»Da, wo eine ist, warten noch unzählige andere.« Ich imitierte sein ironisches Lächeln und drückte seine Finger.

Joshka seufzte. »Mein Schweigen hat mich davor bewahrt, entweder in einer stinkenden Gefängniszelle oder tot in irgendeiner Gasse zu landen.«

Ich verschluckte mich beinahe an meiner eigenen Spucke. »Und jetzt? Jetzt kann das nicht mehr passieren?«

»Doch. Es hat sich nichts geändert – wenn überhaupt, ist die Lage jetzt noch angespannter, weil ich einige Leute ziemlich verärgert habe, als ich aus meinen alten Kreisen ausgestiegen bin. Und weil ich jetzt etwas zu verlieren habe.« Seine grüngrauen Augen flogen über meine Züge, und als mir die Wärme in die Wangen stieg, schaute ich schnell auf den Boden.

Ich setzte mich wieder in Bewegung, doch Joshka hielt mich sanft, aber bestimmt an der Hand zurück. »Mira.« Mein Name kam ihm wie eine Aufforderung über die Lippen und ließ mich aufsehen, direkt in sein Gesicht, in dem sich so viele Gefühle um die Vorherrschaft stritten. »Warum willst du das alles wissen? Es würde das Bild, das du von mir hast, für immer verändern.«

Ich musste den Kopf ein wenig in den Nacken legen, um ihm in die Augen schauen zu können, so nah standen wir voreinander. »Ich habe dir schon einmal gesagt, dass ich dich kennenlernen will. Alles von dir.«

Mit einem beinahe gequälten Ausdruck löste er seine Finger von meinen und strich mir behutsam über die Wange. Es fühlte sich an, als würden von seinen Fingerspitzen kleine Funken auf meine Haut überspringen. »Dann hoffe ich, dass du auf Enttäuschungen stehst. Denn mein ganzes Leben, *ich*, bin eine einzige Enttäuschung.«

»Meinst du nicht, dass ich die Chance bekommen sollte, mir meine eigene Meinung darüber zu bilden?«

Ein winziges Lächeln zupfte an seinen Mundwinkeln und brachte etwas Licht in seine dunklen Augen. Mittlerweile wusste ich, wie kostbar und selten diese kleinen Momente waren, und wünschte mir, ich hätte meine Kamera dabei, um diesen hier für immer einzufangen.

Joshka ließ seine Hand sinken und verschränkte unsere Finger wieder miteinander. Dann setzten wir unseren Weg ohne Ziel über das bunte, nasse Laub fort.

»Ich hatte eine ältere Schwester. Brittany. Wir waren in jeder Hinsicht das komplette Gegenteil voneinander und auch, wenn es oft nicht so schien, habe ich sie unglaublich geliebt. Ich wünschte heute, ich hätte ihr das öfter gesagt.«

Ich biss mir auf die Lippe und unterdrückte die nächste Frage.

»In den Augen meines Vaters hat sie alles verkörpert, was ich nicht war. Sie war perfekt und gehorsam, immer die Beste in allem. Ihre Noten, ihre Musikalität, ihr Aussehen, ihr Benehmen, zur Hölle, *alles* an ihr war genau so, wie Dad es sich immer gewünscht hat. Brit wollte sogar Jura studieren, um in die Fußstapfen unseres Vaters zu treten. Sie hat ihn zu all seinen wichtigen Veranstaltungen begleitet, und noch bevor sie überhaupt die Schule abgeschlossen hatte, kannte jeder wichtige Anwalt in ganz New York City ihren Namen. Dad hat alles für sie getan. Jede Minute seiner wenigen freien Zeit genutzt, um an ihrer Karriere zu arbeiten und sie zu unterstützen. Nach dem frühen Tod unserer Mom war Brittany sein ganzer Stolz und das war voll und ganz okay für mich. Denn dadurch, dass sie bei Dad immer im Fokus stand, konnte ich sein, wer immer ich wollte. Ich glaube, dass Brit viele der Dinge, die Dad von ihr verlangt hat, nur wegen mir getan hat.«

Joshka begann, gedankenverloren mit dem Daumen über meinen Handrücken zu streichen. Für ein paar Augenblicke füllten nur das Tropfen des Regens auf den Blättern und das Rascheln von Flex die Stille, bevor er ruhig fortfuhr.

»Dank meiner Schwester war ich frei. Ich war den ganzen Tag mit meinen Kumpels unterwegs. Wir haben all das gemacht, was verwöhnte, reiche Scheißkinder den Tag über so treiben. Wenn ich doch mal zu Hause war, habe ich mich hinter meinem Klavier oder irgendwelchen Videospielen vergraben und mit Brit Filme geschaut. Wir konnten stundenlang über Charaktere und irgendwelche bescheuerten Handlungen diskutieren.« Mit einem kurzen

Räuspern unterbrach er sich und atmete dann hörbar aus. »Wie gesagt, ich war glücklich. Elf Jahre lang. Dann bekam Brit die Diagnose einer besonders aggressiven Art von Leukämie. Es hat nur ein paar Monate gedauert und … und auf einmal war sie nicht mehr da.«

Ich blieb abrupt stehen und zwang ihn so dazu, mich anzuschauen. Seine Stirn lag in tiefen Falten, und der Schmerz, der in seinen Augen stand, raubte mir beinahe den Atem.

»Josh …«

Er blickte auf unsere verschränkten Hände herab und schluckte. »Dad hat ihren Tod nie verarbeitet, nie darüber gesprochen oder sich Hilfe gesucht. Stattdessen hat er angefangen, Brit auf mich zu projizieren. Plötzlich haben meine Noten nicht mehr gereicht, meine Leistungen waren nicht mehr genug. Es war nicht mehr okay, dass ich mit meinen Kumpels abgehangen und meine Zeit mit der PlayStation verschwendet habe. Er hat mir von heute auf morgen die Luft zum Atmen genommen. Also bin ich ausgebrochen – in jeder erdenklichen Art und Weise – und an einem Ort gelandet, der mir eine neue Perspektive, neue *Luft* gegeben hat.«

Einvernehmlich setzten wir uns wieder in Bewegung.

»Was war das für ein Ort?«

»Der Untergrund. Anfangs hielt ich die Jungs, die ich auf einem meiner nächtlichen Streifzüge in Brooklyn getroffen hatte, nur für Parkour-Freaks. Ich fand es cool, dass sie auf das Gesetz geschissen und ihre Aktionen überall durchgezogen haben. Sie haben mich fasziniert. Ihr Sport hat mich fasziniert. Die Herausforderung dahinter. Die Tatsache, dass sie ihr Leben leichtfertig für den perfekten Climb riskiert haben.« Er schüttelte schnaubend den Kopf. »Diese Jungs und ihr Sport standen für alles, was ich in meinem privilegierten, geordneten Leben in Uptown nicht hatte. Also bin ich ihnen gefolgt. Ich habe trainiert und versucht, ihre Tricks nachzuahmen. Mehrere Tage lang habe ich mich zu Hause nicht blicken lassen und bin stattdessen durch die dunklen Winkel von New York gestreift. Dad hat mir schon nach wenigen Stunden die Bullen auf den Hals gehetzt, aber ich habe schnell gelernt. Mit jedem Tag auf der Straße bin ich stärker geworden und habe schließlich meine ersten Climbs durchgezogen. Und irgendwann haben sie mich *wirklich* bemerkt.«

Ich versuchte mir einen jüngeren, ordentlichen Joshka vorzustellen, der von zu Hause ausbrach und stattdessen in den finstersten Ecken einer gefährlichen Stadt nach Freiheit suchte. Es gelang mir nicht.

»Die Typen haben mich zu ihrem damaligen Anführer geschleppt, und mir wurde relativ früh klar, dass hinter dem Parkour mehr steckt. Dass es nur ein winziges Zahnrad in einem riesigen Gefüge aus illegalen Geschäften, Drogen, Informationen und organisierter Kriminalität ist. Was soll ich sagen, es hat mich sofort gepackt und schneller, als ich schauen konnte, war ich auch schon Teil des Ganzen. Mich hat die Gefahr angezogen, die Unberechenbarkeit, der Kick. Ich hatte plötzlich eine Aufgabe. Eine Rolle, die ich spielen konnte. In der ich mich stark und unbesiegbar gefühlt habe.« Joshka hielt inne, ließ mich los und klappte den Regenschirm zusammen, wobei er jeden Blickkontakt vermied, als würde er sich vor meinem Urteil fürchten. »Ich war so bescheuert.«

»Nein, du warst jung und du hattest deine Schwester verloren. Du hast dich selbst verloren.«

»Das rechtfertigt nicht im Geringsten –« Fluchend brach er ab und schüttelte den Kopf. »Was ich alles getan habe … Die vielen

Missionen und Deals und Aufträge. Die Typen im Untergrund sind üble Gestalten, Mira. Bastarde und Mistkerle, die vor nichts haltmachen, um an Geld, Drogen und Macht zu kommen. Ihnen ist jeder Weg recht, um Menschen zu erpressen, ihnen zu drohen, sie zu brechen. Aber ich war – *bin* – tausendmal schlimmer.«

Mir lief es bei der Härte in seiner Stimme und der Kälte in seinen Augen eiskalt den Rücken herunter. Abwehrend verschränkte ich die Arme vor der Brust. »Das glaube ich dir nicht.«

Joshka lachte freudlos auf und strich mir eine Strähne hinters Ohr. »Du *willst* es nicht glauben. Das ist ein großer Unterschied. Du kennst nur diese eine Version von mir, aber das bin nicht ich. Nicht vollständig.«

»Was willst du damit sagen?« Ich holte Luft und wappnete mich für die nächste hässliche Wahrheit.

»All die Dinge, die ich abgezogen habe, ohne darüber nachzudenken, wer dabei verletzt wird oder draufgeht … Diese Dinge haben dafür gesorgt, dass ich innerhalb von drei Jahren zu ihrem Anführer geworden bin. Drei Jahre, und ich hatte mir einen Namen verschafft, den jeder mit Leid und Tod verband. Der den Leuten eine Scheißangst eingejagt hat.«

Wind kam auf und ließ mich frösteln. Ich wusste, ich hätte auch Angst haben sollen. Angst vor dem jungen Mann vor mir, an dessen Händen vermutlich mehr Blut klebte, als ich jemals erfahren würde. Und doch … verspürte ich keine Angst. Ich war wütend und erschrocken und seltsam abgeklärt. Aber ich hatte keine Angst.

»Tomber.«

Joshka nickte knapp. »Weil ich die gefährlichsten Dinge abgezogen habe und trotzdem der Polizei und dem Tod immer wieder von der Schippe gesprungen bin. Wie jemand, den man einfach nicht umbringen kann. Ein Untoter aus dem Grab. Du kannst dir nicht vorstellen, wie viele versucht haben, mich auszuschalten.« Wieder kam ihm dieses trockene Lachen über die Lippen. »Sie haben es nicht geschafft. Keiner von ihnen. Ich hatte – habe – über jeden etwas in der Hand, immer eine Hintertür. Und dass ich Joshka und Tomber streng getrennt habe, hat mich tatsächlich unsterblich gemacht – in gewisser Weise.«

»Warum bist du dann hier?«

»Die Dinge haben sich geändert. Ich habe Lilac kennengelernt, ihn unter meine Fittiche genommen, und er hat mir im Gegenzug unbeabsichtigt die Augen geöffnet. Für all das, was ich in meiner Wut auf das Leben nicht mehr gesehen habe.«

Ich löste meine verschränkten Arme und versenkte die Hände in den Taschen meines Regenmantels. Mit meinem Blick forderte ich ihn stumm auf, weiterzusprechen.

»Während Lil sich verbissen darauf gestürzt hat, Teil des Untergrunds zu werden, um seinem Leben zu entfliehen, habe ich nicht aus dem Kopf bekommen, was er mir über sich erzählt hat. Über seine Kindheit, was er durchmachen musste … und plötzlich habe ich sie überall gesehen. Die Kinder, die auf der Straße saßen, weil es dort immer noch sicherer war als zu Hause. Ihre offensichtlichen und unsichtbaren Wunden, den gebrochenen Ausdruck in ihren Augen. Ich habe angefangen, nachzudenken. Nicht länger nur über das Geld, den Untergrund oder den Schein-Joshka, den ich Dad vorgegaukelt habe, sondern das echte Leben.«

Ich fuhr mir über die Gänsehaut an meinen Armen. Lilac kam mir in den Sinn, die wenigen Dinge, die ich über seine Kindheit wusste …

Resolut schob ich diese schmerzhaften Gedanken zur Seite und konzentrierte mich wieder auf Joshka. »Dein Vater weiß nichts von Tomber?«

Er schüttelte den Kopf. »Ich vermute, dass er ahnt, dass ich nicht exakt das Leben lebe, das ich ihn sehen lasse – denn auch als Joshka war ich ein paarmal im Gefängnis –, aber nein, vom Untergrund weiß er nichts. Und das muss auch so bleiben.«

Ich nickte. »Wie ging es weiter?«

»Ich habe weniger Geld in das Netzwerk investiert, sondern stattdessen neue Konten angelegt. Verdeckte Konten, auf die ich Mittel abgezweigt habe, und mir einen vom Untergrund unabhängigen Partner – Neal – gesucht. Es hat mich einige Jahre gekostet, aber irgendwann war ich bereit für den nächsten Schritt. Ich hatte meine Position im Netzwerk gefestigt, mir einen Namen als einer der meistgesuchten Verbrecher in ganz New York verschafft und gleichzeitig genügend Geld aus der Kriminalität gezogen, um parallel ohne Preisgabe meiner Identität etwas Neues auf die Beine zu stellen.« Josh legte den Kopf in den Nacken und sah zum Blätterdach auf. »Aber dann bin ich vor ein paar Monaten beinahe doch noch draufgegangen. Eine meiner Aktionen als Tomber, ein ziemlich bescheuerter Climb, hat mich fast das Leben gekostet. Das hat mich dazu gebracht, endgültig auszusteigen. Ich habe mein Amt als Kopf des Netzwerks abgelegt und mich stattdessen darauf konzentriert, die neue Organisation aufzuziehen. Gemeinsam mit Jill, die schon davor meine rechte Hand gewesen ist, und mit Neal.«

Sprachlos sah ich ihn an. Sah die zwei Versionen von ihm, die er mir gerade präsentiert hatte. Den Anführer eines Netzes organisierter Kriminalität im Untergrund New Yorks und den jungen Mann, der es sich in den Kopf gesetzt hatte, das illegale Blutgeld in etwas Gutes zu investieren. Ich schüttelte nur den Kopf, öffnete den Mund und schloss ihn wieder.

Mit einem leisen Seufzen fuhr sich Josh durch die feuchten Haare. »Wir haben knapp zweihundert Kinder von den Straßen New Yorks geholt und ihnen dabei geholfen, ihr Leben wieder in den Griff zu kriegen. Dank des Geldes, das ich immer noch aus dem Untergrund ziehe, weil ich nach wie vor Kontakte nach unten habe. Die Leute dort halten nicht besonders viel von meinem schwachsinnigen Nachfolger Cam.«

Den Josh vermutlich genau deswegen dort platziert hatte.

Gegen meinen Willen breitete sich so etwas wie Anerkennung in mir aus. Anerkennung für das, was er auf fragwürdige Art und Weise geleistet hatte. Keine Ahnung, was das über mich aussagte.

»Dieser Cam ist hinter die Sache mit dem Geld gekommen, oder? Deswegen war Jill hier und deswegen auch der Drohbrief.«

Joshka zuckte mit den Schultern. »Ehrlich gesagt bin ich mir nicht sicher, ob er wirklich mit drinsteckt oder es doch nur Jill war. Klug genug ist sie. Ich vermute allerdings, dass Cam irgendwie von den abgezweigten Mitteln Wind bekommen hat – ob nun mit Jills Hilfe oder nicht. Nur hat sie gestern nicht von den Geldern gesprochen, die ich auf die offiziellen Konten meiner Organisation laufen lasse.«

Ich runzelte die Stirn. Das, was sie in ihrer Wut alles gesagt hatte … die Foundation. Diese ungeheure Summe. Wie passte das alles zusammen?

Als hätte Josh meine Gedanken gelesen, neigte er den Kopf und sah mir wieder ins Gesicht. »Ich habe auch bei der Organisation, die mehr oder weniger offiziell unter dem Namen meiner Schwester läuft, einen doppelten Boden eingebaut. Darüber habe ich dann eine internationale Stiftung ins Leben gerufen. Dort fließt momentan meine ganze Arbeit und das Geld rein, das ich verdiene. Geld, an dem kein Blut klebt und das ich über kluge Investitionen reinhole. Und eigentlich wussten von dem vollen Ausmaß dieser zweiten Organisation nur Neal und ich etwas.« Joshka straffte die Schultern und lächelte dünn, doch es erreichte seine Augen nicht. »Wie dem auch sei. Es ist vorbei. Jill ist aus dem Verkehr gezogen, und es scheint, als hätte sie zumindest dieses Mal die Wahrheit gesagt. Sie hat allein gearbeitet, um sich das ganze Geld selbst einstecken zu können. Keine Mitwisser.«

Eigentlich sollte das eine gute Nachricht sein, doch er klang nicht im Geringsten zufrieden oder beruhigt, als er das sagte.

Aus einem Impuls heraus griff ich nach seinen unruhigen Händen, die am Reißverschluss seines Parkas nestelten, und hielt sie fest. »Josh –«

»Jetzt hast du deine Antworten.«

Ich verdrehte die Augen. Ein paar Antworten, ja, und gleichzeitig unzählige neue Fragen. »Was wirst du jetzt tun? Suchen sie noch nach dir?«

»Nach Tomber werden sie immer suchen, aber nicht nach Joshka.« Sein Daumen fuhr über meinen Handrücken, dann grub sich eine steile Falte zwischen seine dunklen Brauen. »Ich denke, ich werde zurückgehen. Zurück nach New York und meinen Geschäften. Ich muss vieles neu regeln und einen Nachfolger für Jill finden. Mein Platz ist dort und ich bin schon viel zu lange weg. Außerdem … falls es doch einen Komplizen gibt, möchte ich ihn nicht auch auf direktem Weg nach Maple Creek führen.«

Zu dir.

Seine Worte und der niedergeschlagene Tonfall, der darin mitschwang, sorgten dafür, dass sich ein dicker Kloß in meinem Hals bildete. »Du hast gesagt, Jill sei die Einzige.«

»Ja, das habe ich gesagt.«

»Dann bleib.«

Joshkas Finger hielten inne, dann sah er mir direkt in die Augen. »Lilac hat Freunde gefunden. Er hat dich. Mein einziger Grund, hierherzukommen und meine Geschäfte zurückzulassen, war Lil, und er braucht mich nicht mehr. Ich habe schon mit ihm darüber gesprochen, er versteht, dass mich meine Arbeit zurück nach New York ruft. Dass ich dorthin gehöre. Nicht nach Maple Creek.«

Warum nur hatte ich das Gefühl, dass das, was er sagte und eigentlich meinte, zwei ganz unterschiedliche Dinge waren?

Ich umfasste Joshkas Hände fester und trat näher an ihn heran, sodass ich seine Wärme fühlen konnte. Sein Atem fuhr über meine kühle Haut, und ich spürte, dass sein Herz genauso schnell schlug wie meins. »Vielleicht … Aber was ist, wenn Lil nicht der Einzige ist, der dich braucht?«

Er schluckte und schüttelte resigniert den Kopf. »Mira … bitte nicht. Du hörst nicht zu.«

»Ich dachte, das hättest du mittlerweile verstanden«, erwiderte ich, bevor ich die kurze Distanz zwischen uns überwand und ihn küsste. Ich küsste ihn, bis mir die Luft wegblieb und Josh mit all seinen Geheimnissen und Facetten zu meinem Atem wurde. Es war kein sanfter, langsamer Kuss, sondern einer, in dem Verzweiflung und Verlangen lagen. Der von Schmerz und der Angst davor zeugte, dass das hier ein Abschied war, der keiner sein durfte. Ich küsste ihn, bis er jeden Winkel meiner Gedanken ausfüllte und es nur noch ihn gab. Ihn, seinen Geruch, seinen Geschmack. Ich konnte seine Anspannung förmlich mit meinen Fingerspitzen greifen. Ich spürte die unzähligen Emotionen, die sich in ihm stritten, seinen sturen, klugen Kopf, seine dunklen Dämonen, die an ihm rissen und sein großes Herz, das er so vehement verleugnete. Und dann den Moment, in dem er nachgab. In dem er seine Mauern fallen ließ.

Joshka schlang knurrend einen Arm um meine Mitte, zog mich zu sich heran und vergrub seine Hände in meinen Haaren. Er ließ all das los, was ihn bisher zurückgehalten hatte, bis es nur noch ihn und mich gab.

Und ich wusste, er würde bleiben – nicht für immer, aber für die nächsten Stunden, Tage, vielleicht Wochen.

Und das war alles, was im Augenblick zählte.

KAPITEL 20

How a Pigeon Became a Spy

Joshka

Ich würde bleiben.

Welcher Teufel mich auch immer geritten haben mochte – ich hatte in Miras Augen geschaut und ich hatte zugestimmt. Ich würde in Maple Creek bleiben.

Ich musste vollständig den Verstand verloren haben. Wie hatte ich das nur sagen können? Mit all dem Scheiß, der mir im Nacken saß. Mit all den ungeklärten Angelegenheiten und den Bergen an Arbeit, die auf mich warteten. Ganz zu schweigen von dem Chaos, das Jill in Gang gesetzt hatte.

Ich legte die Stirn in Falten und starrte auf meinen Bildschirm, bis die wenigen Zeilen, die ich bisher zustande gebracht hatte, vor meinen Augen verschwammen. Abwesend tastete ich nach der vergessenen Tasse Kaffee neben meinem MacBook, der mittlerweile kalt sein musste. So viel zum Thema Produktivität. Ich saß seit fast viereinhalb Stunden hier und hatte, wenn ich ehrlich war, die Punkte auf meiner To-do-Liste eher vermehrt als wirklich abgearbeitet. Ständig waren neue Sachen hinzugekommen und hatten mich davon abgehalten, *irgendetwas* zu schaffen. Ich war weder bei dem Mailverkehr mit den Investoren und Interessenten weitergekommen, noch hatte ich Neal endlich darum gebeten, mehr über Jill herauszufinden. Nüchtern betrachtet hätte ich also auch genauso gut einfach im Bett bleiben können. Hätte keinen Unterschied gemacht.

Mit einem gemurmelten Fluch sah ich von meinem Bildschirm auf und ließ den Blick durch das Café gleiten. Dicke Tropfen klatschten gegen die großen Scheiben des *A Lot Of Beans*, draußen eilten Menschen mit bunten Schirmen und hochgezogenen Schultern durch den dichten Regen. Was für ein Scheißwetter. Im Coffeeshop waren unzählige kleine Lampen erleuchtet, die eine gemütliche Atmosphäre verströmten, und so gut wie jeder Platz war besetzt. Selbst die älteren Damen, die sich hier regelmäßig zu ihrem Kaffeeklatsch trafen, waren wieder da und –

Da! Ich tat es schon wieder. Ich ließ mich von allem Möglichen ablenken. Erlaubte meinen Gedanken, sich frei durch den Raum zu bewegen, wo sie über ganz alltägliche Beobachtungen stolperten und letztlich doch immer wieder bei Mira hängen blieben.

Mira, die einen viel zu großen Einfluss auf mich ausübte.

Mira, die mir viel zu nahe gekommen war.

Mira, die mir nicht mehr aus dem Kopf ging, egal, was ich tat.

Ich fasste mir an die Nasenwurzel und drängte die Erinnerung an das Gefühl ihrer Haut und den Geschmack ihrer Lippen resolut zurück.

Ernsthaft, Josh? So weit bist du schon?

Ich zwang meine Aufmerksamkeit zurück auf das MacBook und entsperrte den Bildschirm. Die angefangene Mail breitete sich vor mir aus und wies mich wenig subtil darauf hin, dass ich heute nicht mal eine einfache Nachricht zustande bekommen hatte. Sie war an einen meiner Geschäftspartner gerichtet, um ihn darum zu bitten, die Bürgschaft für einen Teil der Stiftung über eine neue Kontoverbindung laufen zu lassen. Sicher war sicher. Und eigentlich duldete die Mail keinen Aufschub, denn ich wusste nicht, wie tief sich Jill in mein Labyrinth aus Fallstricken und doppelten Böden gegraben hatte. Deswegen klärte ich die Angelegenheit lieber gleich, bevor mich eine ihrer Aktionen kalt erwischen konnte. Einer der Gründe, aus denen ich so lang überlebt hatte und unterhalb des Radars der Behörden geblieben war, war der Tatsache geschuldet, dass ich übervorsichtig handelte. Ich sorgte immer vor – auch wenn es vielleicht auf den ersten Blick nicht nötig schien – und stellte Fallen, noch bevor es überhaupt jemanden gab, der hineintappen konnte. Allerdings war das vom anderen Ende des Landes aus einfacher gesagt als getan.

Seufzend legte ich die Hände auf die Tastatur und begann zu tippen. Es warteten noch etwa ein gutes Dutzend Mails dieser Art auf mich, die anderen hatte ich Neal übertragen. Woraufhin er mir ziemlich direkt mitgeteilt hatte, dass es Besseres zu tun gab. Den mysteriösen Verfasser des Drohbriefs finden, beispielsweise. Aber Neal wäre nicht Neal, wenn er die Aufgabe nicht trotzdem anstandslos übernommen hätte. Deswegen war er mein engster Partner. Er stellte keine Fragen, er machte einfach.

Frustriert hob ich ein weiteres Mal den Blick und atmete tief durch. So würde ich nicht weiterkommen. Nicht, wenn ich mich alle paar Minuten von meinen eigenen Gedanken ablenken lassen würde. Vielleicht würde ein frischer Kaffee dabei helfen, meinen verschollenen Fokus zurechtzurücken.

Ich wollte gerade aufstehen, als ein leises *Pling* meine Aufmerksamkeit zurück auf den Bildschirm zog. Eine neue Mail schob sich drängend in den Vordergrund und ließ mich zischend ausatmen. Sie war von meinem Vater.

Von: Graveman & Sons Kanzlei <gravemansons@jumail.com>
An: J. A. Graveman <ja.graveman@sunmail.com>
Betreff: Angelegenheit

Hallo Joshka,

nachdem ich dich telefonisch nicht erreicht habe, melde ich mich per Mail bei dir. Zu behaupten, es hätte mich überrascht, nur von dir zu hören, wenn du etwas von mir brauchst, wäre eine Lüge gewesen. Dennoch hatte ich gehofft, dass wir schon früher wieder Kontakt haben würden.

Kommen wir zu deinem Anliegen: Ich werde mich aus offensichtlichem Grund über diesen Weg nicht näher dazu erkundigen, aber ich erwarte eine Erklärung, mein Sohn. Nichtsdestotrotz habe ich mich darum gekümmert, das Verfahren um Jillian M. Bellamy schnell in die Wege zu leiten, und einen meiner besten Leute darauf angesetzt. Ich denke, die Situation wird sich zu deiner Zufriedenheit klären.

Ich erwarte eine baldige Antwort von dir.

Dad

Das konnte sich mein Vater getrost aus dem Kopf schlagen. Als würde ich ihm die Situation jemals erklären oder offenlegen, was ich in den letzten Jahren so getrieben hatte. Nur über meine Leiche. Spielte eigentlich auch keine Rolle. Dad kümmerte sich um Jill und das war im Moment das einzige Interessante an dieser Mail.

Ich tippte einen Einzeiler und schickte die Antwort ab, ohne noch einmal drüberzulesen, bevor ich mich endlich den drängenderen Angelegenheiten zuwandte. Mit ein paar Klicks öffnete ich die aktuelle Übersicht der Finanzen meiner offiziellen Organisation, die mir Neal heute Nacht geschickt hatte – der Mann schlief wirklich nie. Ich sollte diese Zahlen noch mit der letzten Version von Jill –

Neben mir wurde ein Stuhl geräuschvoll zurückgezogen. Nur einen Sekundenbruchteil später ließ sich Lilac schwer darauf fallen und schob mir eine dampfende Tasse Kaffee vor die Nase.

Die nächste Ablenkung.

»Zieh nicht so ein Gesicht, Josh. Ich bin auch gleich wieder weg«, begrüßte er mich und schenkte mir ein halbes Lächeln. »Außerdem habe ich deinem inneren Murrkopf sogar ein Friedensangebot mitgebracht. Du musst mich also schon allein des Anstands wegen zumindest ein paar Minuten ertragen.«

Grinsend griff ich nach dem Kaffee und klappte mein MacBook zu, bevor ich meinen kleinen Bruder musterte.

Lilac sah gut aus. Elias tat ihm offensichtlich gut, Mira tat ihm gut – zur Hölle, diese ganze Kleinstadt, die er am Anfang so verabscheut hatte, schien ihm gutzutun. Denn trotz der Sache mit seinem Dad, die immer noch nicht geklärt war, wirkte er glücklicher als in all den Jahren in New York zusammengenommen. Einen Augenblick lang blieb ich wieder an dem unangenehmen Gedanken hängen, dass Lil hierblieben und niemals zurück in unsere persönliche Hölle kehren würde, doch dann schalt ich mich einen egoistischen Mistkerl und konzentrierte mich stattdessen auf sein Lächeln. Ich freute mich für ihn, basta. Und wenn er hierbleiben wollte, dann wäre ich der Letzte, der ihn davon abhalten würde. Lilac hatte etwas Besseres als New York verdient. Er hatte das hier verdient. Mit allem Drum und Dran.

Ich ließ die Tasse sinken und lehnte mich zurück. »Was gibt's?«

»Wir haben seit Jills Aktion am Samstag kaum miteinander gesprochen. Also komm mir nicht mit so einer dämlichen Frage.« Sein Lächeln verrutschte und machte der typischen kühlen Maske Platz.

Ich fasste mir an die Nasenwurzel und nickte langsam. »Weil es dazu nichts mehr zu sagen gibt. Die Sache ist geklärt. Finde dich damit ab und lass es gut sein.«

Lil gab ein genervtes Schnauben von sich. »Ich mag vielleicht nicht so tief in deinen ganzen Angelegenheiten drinstecken, aber selbst ich merke, wenn du mich für dumm verkaufen willst. Und Eilmeldung, Joshka – es klappt nicht. Also, was hat Jill hier gemacht? Und die Polizei, die plötzlich aufgetaucht ist? Und was sollte das Verhör heute Morgen?«

Unwillkürlich verstärkte ich den Griff um die Tasse und runzelte die Stirn. *Verdammte Kleinstadt.* Natürlich hatte es längst die Runde gemacht, dass die Polizei auf dem geliebten *Fallington* anrücken musste. Trotz der haarsträubendsten Gerüchte hatte mich allerdings noch niemand damit in Verbindung gebracht, und ich hatte vor, es auch dabei zu belassen. Nur hatte ich meine Rechnung ohne Lilac gemacht, der natürlich längst eins und eins zusammengezählt hatte.

»Was willst du denn hören? Es ist hässlich geworden. Jill hat den Verstand verloren und die Polizei hat sie eingesackt. Ende der Geschichte.«

Nacheinander hob Lil erst die eine und dann die andere Augenbraue. Netter Trick. »Du hast da zwischendrin ein paar Details vergessen, glaube ich.«

Schweigend sah ich ihn an und nippte an meinem Kaffee. »Du wirst dich mit dieser Erklärung arrangieren müssen, Knirps.«

»Arschloch«, brummte der nur und griff nach seiner eigenen Tasse.

Meine Mundwinkel zuckten. »Warum bist du schon hier?«

»*Fallington* ist vorbei, und nachdem ich in den letzten Tagen so viel gearbeitet habe, durfte ich heute nach einem halben Tag Abbauen gehen.« Lilac grinste freudlos. »Mustergültig, was?«

Ich bedachte ihn nur mit einem vielsagenden Blick.

»Eli und ich fahren nach Portland in irgendeine Ausstellung – frag mich nicht. Er müsste jeden Augenblick hier sein«, fuhr er dann leiser fort und tippte gegen den dunkelbraunen Becher. »Aber weißt du, was merkwürdig ist? Er hat vorgeschlagen, mich im *ALOB* einzusammeln, weil er Mira ohnehin nach ihrer Schicht im *Maple's Adventures* hier absetzen wollte.«

»Sehr merkwürdig.«

»Und du bist auch hier.«

»Dir entgeht aber auch gar nichts.«

Lilac feixte und fuhr sich durch die Haare. »Meine Schwester und du? Klingt wie der Beginn eines ziemlich schlechten Romans. Und eure Angewohnheit, neuerdings ständig gemeinsam auf der Couch zu übernachten? Noch so eine Sache, die du mir erklären musst.«

»Schreib sie auf die Liste. Und jetzt lass mich damit in Ruhe, Lil.«

Ich würde ihn ganz sicher nicht in das Chaos in meinem Kopf, das Mira dort verursacht hatte, einweihen. Wie auch? Ich verstand es ja selbst nicht. Das Einzige, was ich mit absoluter Gewissheit sagen konnte, war, dass sie es schaffte, jedes meiner selbst auferlegten Prinzipien mit Leichtigkeit zu zerschlagen. Und dass ich unfähig war, mich dagegen zu wehren, obwohl es definitiv das Richtige gewesen wäre.

»Oh Mann, dieser Ausdruck auf deinem Gesicht ist beinahe unheimlich. Dich hat es voll erwischt.«

»Halt die Klappe, Lil.« Aber es kam mir nur halbherzig über die Lippen. Denn er hatte recht. Mira hatte sich in mein kaputtes, dunkles Herz geschlichen und war dadurch zu einer meiner größten Schwächen geworden. Ich bereute nicht, dass ich diese Grenze bei ihr überschritten hatte, aber ich bereute, was ich ihr damit angetan hatte. Es mochte vielleicht noch nicht offensichtlich sein, aber meine Vergangenheit – *ich* – würde Mira früher oder später zerstören. Das war keine Vermutung, sondern eine klare Tatsache. Und genau aus diesem Grund würde ich niemals zulassen, dass sie mir in meine Welt nach New York folgen würde. Das war das Letzte, was unsere Leben noch sauber voneinander trennte, und darum würde ich kämpfen.

»Wie dem auch sei. Ben hat Mira und mich morgen übrigens zu einem offiziellen Abendessen eingeladen. Wir vermuten, dass er endlich den Mund aufmacht und auspackt. Ich glaube, Miras Auszug hat ihm den Rest gegeben.« Lilac zog einen Fuß aufs Knie und drehte seine leere Tasse in den Händen.

Ich blickte auf und betrachtete ihn aufmerksam. »Wird auch Zeit. Wie geht es dir damit?«

Schulterzuckend sah er zur Seite. »Ich komme klar.«

Zweifelnd fuhr ich mir mit dem Zeigefinger über die Unterlippe.

»Wie auch immer es ausgeht, ich habe genügend andere Dinge, über die ich nachdenken muss.«

»Ach ja?«

»Macy hat mich gefragt, wie ich mir meine restliche Zeit in Maple Creek vorstelle. Ob es Aufgaben und Themenbereiche gibt, die mich besonders interessieren.« Lilac schnappte sich eines meiner Notizbücher, das ich ihm sofort wieder aus den Fingern riss. Er verdrehte die Augen. »Jedenfalls habe ich mit Eli gesprochen, und er hat seiner Mom daraufhin vorgeschlagen, mich mal mit in die Uni zu nehmen.«

Hätte er mir gesagt, er hätte herausgefunden, wie man durch ein Portal ins Märchenreich gelangen konnte, ich hätte nicht verblüffter sein können. Raubte diese vermaledeite Stadt uns eigentlich komplett den Verstand? Ich blieb wegen eines *Mädchens* entgegen aller hart antrainierten Vernunft in Maple Creek und Lil wollte *studieren*? Hölle, das hier musste ein Scherz sein. Nicht, dass ich es ihm nicht zutraute. Ich hatte immer gewusst, dass er überdurchschnittlich schlau und gerissen war. Viele der Bücher, die er als Kind gelesen hatte, verstand ich heute nicht. Aber ja, das war jetzt doch etwas plötzlich gekommen.

»Und ich denke, ich werde mir das mal anschauen. Die Uni und die Vorlesungen und all den Scheiß. Du weißt schon«, fuhr Lil bemüht unbeteiligt fort.

Nachdenklich fuhr ich mir über das Kinn. »Das klingt nach einer guten Sache.«

»Ja, oder?« Er hatte denselben Ausdruck im Gesicht wie vor einigen Jahren, als ich ihm das erste Kompliment zu seinen Parkourkünsten gemacht hatte.

Ja, oder? Ich bin gut, nicht wahr?

Das bist du, Knirps. Der Beste.

Ich lächelte in meine Tasse hinein und leerte den Kaffee.

»Bis dahin kann ich Macy in ihrem Laden unterstützen, hat sie angeboten.« Lilac betrachtete mich noch einen Moment länger, dann wanderten seine Augen an mir vorbei zum Eingang des Coffeeshops. Ich musste mich nicht erst umdrehen, um zu wissen, wen er gerade entdeckt hatte. Sein Lächeln und das Leuchten in seinem Blick sagten schon genug.

»Hey, Leute«, begrüßte Elias uns und trat mit Mira an unseren Tisch. »Ich stehe im absoluten Halteverbot, Lil, wir sollten uns also beeilen.«

»Hey. Klar, ich war sowieso fertig.« Lilac stand auf, drückte seine Schwester kurz an sich, was diese genauso zu überraschen schien wie mich, und hob dann eine Hand in meine Richtung. »Viel Spaß.« Dann waren er und Elias auch schon aus dem Café gerauscht.

Einen Moment lang sah ich ihnen kopfschüttelnd nach, bevor ich mich zu Mira wandte, die gerade mit ihrem dunkelgrünen Regenmantel kämpfte. Schmunzelnd erhob ich mich und half ihr aus der nassen Jacke. Darunter kam ein dunkelrotes, weites Kleid zum Vorschein, über das sie einen kurzen, braunen Pullover mit Zopfmuster trug.

Mira sah zu mir auf und erwiderte mein Lächeln, wobei sich ihre Wangen leicht röteten. »Hi, Josh.«

»Hi, Mira.« Ich schob ihr einen Stuhl zurecht, ehe ich mich selbst wieder setzte und meine Arbeitsunterlagen zusammensammelte. Für heute war ich definitiv durch mit dem Mist.

Geschickt fing sie eines der Blätter auf, das vom Tisch rutschte, und reichte es mir, ehe sie sich auf dem freien Platz direkt neben mir niederließ.

»Danke. Ich bin gleich fertig.«

»Keine Eile.« Ohne mich aus den Augen zu lassen, verschränkte sie die Hände unter ihrem Kinn. »Was hast du den ganzen Tag so getrieben?«

Prokrastiniert und an dich gedacht.

Ich räusperte mich. »Dinge geklärt – zumindest versucht, sie zu klären. Ist eine ganze Menge.«

Mira kräuselte die Stirn und presste die Lippen aufeinander. »Kann ich mir vorstellen … glaube ich zumindest.«

Aus einem Impuls heraus griff ich nach einer ihrer Hände, lockerte die Verschränkung und hob einen Mundwinkel. »Nichts, worüber du dir Gedanken machen müsstest. Also, was ist? Wollen wir hierbleiben, oder was hast du dir vorgestellt?«

Mira hatte mich gestern gefragt, ob ich Lust hätte, den Montagnachmittag nach ihrer Schicht im Outdoorladen mit ihr zu verbringen, und obwohl ich mich eigentlich mit meinen Projekten beschäftigen sollte, hatte ich Ja gesagt. Natürlich hatte ich das. Weil ich wusste, dass unsere gemeinsame Zeit begrenzt war und ein Ablaufdatum besaß. Ich hatte zugestimmt, bei Mira in Maple Creek zu bleiben, ja, aber in diesem Versprechen war gleichzeitig auch die Tatsache mitgeschwungen, dass es nicht für immer sein würde. Und deswegen wollte ich jede freie Minute, die mir hier noch blieb, mit ihr verbringen. Denn in New York würde es diese Zeit nicht mehr geben.

»Oh, ich *hatte* einige Pläne. Die berühmte Bridge und den Creek erkunden oder eine weitere Wanderung. Aber dann hat mir das miese Wetter einen Strich durch die Rechnung gemacht.« Schulterzuckend griff sie nach den Salz- und Pfefferstreuern und ordnete sie neu. »Also, was hältst du von Kino?«

Skeptisch runzelte ich die Stirn. »Am Nachmittag? Da kommen doch nur Filme für Kinder, oder?«

Sie grinste und ich ahnte nichts Gutes. »Das sind die besten. Hast du schon mal was von dem über den Agenten gehört, der in eine Taube verwandelt wird?«

Ich spürte, wie sich ein schiefes Lächeln auf meine Lippen schlich. »Warum in drei Teufels Namen sollte ich mir so etwas anschauen?«

»Weil es lustig ist, Josh. Du solltest definitiv mehr Kinderfilme schauen. Sie machen glücklich, vertrau mir.« Verschwörerisch wackelte sie mit den Augenbrauen und hielt mir eine ausgestreckte Hand hin, die ich nach einer Sekunde des Zögerns ergriff.

Mit einem kräftigen Ruck zog ich Mira zu mir, sodass sie auf meinen Schoß stolperte, ihr Gesicht nur wenige Zentimeter von meinem entfernt. Augenblicklich schlich sich wieder diese süße, verräterische Röte auf ihre Wangen.

»Es gibt auch andere Dinge, die mich glücklich machen würden.« Meine Stimme war leise und sie so nah, dass ich ihre prickelnde Wärme auf meiner Haut spürte.

Mira hob eine Hand, fuhr über mein Kinn und verharrte dann mit ihren weichen Fingern an meiner Unterlippe. »So viele Dinge, so wenig Zeit«, murmelte sie und beugte sich zu mir herab, um mir einen federleichten Kuss auf den Mund zu hauchen.

Dieser Kuss war fast noch schlimmer als gar keiner. So, als würde man einem Verdurstenden einen winzigen Tropfen Wasser geben, sodass das Verlangen danach nur umso größer wird. Wer hätte gedacht, dass die unschuldige Mira dieses Spiel so gut beherrschte?

Mit einem Schmunzeln im Gesicht sprang sie von meinem Schoß und griff dann nach ihrem Regenmantel. »Wenn wir uns beeilen, schaffen wir die Vorstellung in fünfzehn Minuten.«

Seufzend schüttelte ich den Kopf, stand auf und verschränkte meine Finger mit ihren. Diese Frau war wirklich unverbesserlich.

Kurz darauf verließen wir den Coffeeshop, um uns tatsächlich einen Kinderfilm über Taubenagenten anzuschauen.

Dieser Streifen war für Kinder. Das hatte Mira mehrmals lachend auf meine wiederholte Frage hin bestätigt. Die bunten Farben, die cartoonartigen Szenen – das alles sprach dafür. Doch am Ende musste ich zugeben, dass ich diesen Film nicht verstanden hatte. Trotz unbeschränkter Altersfreigabe. Vielleicht musste man dafür einen knappen Meter groß und im Grundschulalter sein. Keine Ahnung, damit hatte ich keine Erfahrungen. Aber mal ehrlich, so lustig die Story auch gewesen war: ein Agent, der in eine Taube verwandelt wurde und gemeinsam mit einem Nerd die Welt rettete? Was sollte mir das sagen? Dass die ganzen Tauben, die unsere Städte vollkackten und damit historische Gebäude und teuren Autolack zerstörten, mehr als gewöhnliche Flattertiere waren? Dass wir diese Mistviecher unterschätzten?

»Sag mir bitte nicht, dass du immer noch über den Film nachdenkst«, sagte Mira und sah mich über das Glas ihres Roséweins hinweg an, das sie in der Hand hielt.

»Du hast damit angefangen, also musst du jetzt auch mit den Konsequenzen leben.«

Sie verdrehte nur die Augen und nahm einen langsamen Schluck. »Es ist ein *Kinder*film, Josh. Den muss man nicht verstehen.«

»Worin liegt dann der Sinn, ins Kino zu gehen? Abgesehen davon, dass ich jetzt ein paar echt verstörende Fakten über Tauben weiß?«

Kopfschüttelnd stellte Mira ihren Wein zur Seite und lehnte sich mit verschränkten Armen in der Sitznische zurück. »Du bist schräg.«

»Das nehme ich einmal als Kompliment.«

Ihr breites Grinsen übertrug sich automatisch auf meine Lippen.

Nach dem irritierenden Film hatte sie mich zu einem ihrer Lieblingsrestaurants gelotst. Ich hatte nur trocken nachgefragt, wie viele es denn in Maple Creek gab, wenn sie sogar aus gleich mehreren Favoriten wählen konnte, woraufhin sie mir prompt einen Klaps gegen die Schulter versetzt hatte. Wie ich feststellen musste, war Mira kräftiger, als sie aussah. Im *Wooden Treasure* gab es einfaches, aber sehr leckeres Essen, die Einrichtung war gemütlich und rustikal, und an der Wand über der Bar hing ein gigantischer ausgestopfter Elchkopf, der einen aus riesigen Knopfaugen anstarrte. Ich kam nicht umhin, dass mein Blick immer wieder zu seinem mächtigen Geweih wanderte.

»Was hast du jetzt vor?«, fragte Mira nach einer Weile und schob ihren leeren Teller von sich.

»Du meinst, jetzt, wo ich entschieden habe, noch etwas hierzubleiben?«

Langsam nickte sie und fuhr sich mit der Zunge über die Lippe. Aus irgendeinem Grund hatte ich Mühe, woanders hinzusehen, und das schien sie nur allzu genau zu wissen.

Ich räusperte mich vernehmlich. »Ich kenne da jemanden, der mir sicherlich gerne Maple Creek und seine wunderschöne Umgebung zeigen möchte.«

»Höre ich da Ironie aus deinen Worten?«

»Schön möglich, aber ich bin bereit, mich vom Gegenteil überzeugen zu lassen.«

»Herausforderung angenommen. Warte es nur ab, wenn ich dir *mein* Maple erst gezeigt habe, dann wirst du diese Kleinstadt lieben und willst gar nicht mehr zurück in das dreckige, laute Manhattan mit all seinen Schattenseiten.«

Ich starrte sie an und presste die Kiefer aufeinander. Ich vermisste meine Stadt. Ich vermisste eben jenen Lärm, die Schatten – mein Revier. Dort war mein Platz, mein Zuhause. Doch wenn ich ehrlich war, dann rückte diese Sehnsucht mit jeder Minute, die ich hier mit Mira verbrachte, weiter in den Hintergrund. Eine Tatsache, die mich beunruhigte. Die gefährlich war.

Ich zwang mich, meine verkrampften Hände zu lösen und legte sie flach auf die Tischplatte. »Du weißt, dass das nicht geht.« Meine Stimme war ruhig und dennoch lag eine gewisse Schärfe in meinen Worten, die Mira nicht entging.

Mit vorgeschobenem Kinn ging sie in Abwehrhaltung und beugte sich weiter über den Tisch. »Wegen irgendwelchen zwielichtigen Typen, die *eventuell* auftauchen und Fragen stellen könnten?«

Ich bezweifelte, dass sie nur Fragen stellen würden. Zumal es nicht nur diese Mistkerle waren, um die ich mir Sorgen machte, sondern auch um die Bedeutung und Folgen dieses Drohbriefs, der mir nicht mehr aus dem Kopf ging.

Auch Untote können sterben.

Mit einem Schaudern wischte ich die stumme Mahnung zur Seite und konzentrierte mich auf Miras blaue Augen, die mich noch immer eindringlich musterten. »Es tut mir leid. Ich hätte nicht davon anfangen sollen. Nicht heute.«

Sie hielt ihre finstere Miene noch einen Moment aufrecht, dann sackte sie in sich zusammen und nickte. »Dito. Ich weiß ja, worauf ich mich einlasse, nicht wahr? Es war von Anfang an klar, dass es keinen festen Ablaufplan für das hier gibt.« Sie versuchte sich an einem kleinen Lächeln. »Vergessen wir das für den Augenblick einfach und nutzen die Zeit, die wir haben.«

Dankbar erwiderte ich ihr Lächeln und griff über den Tisch nach einer ihrer Hände. Sofort verschränkten sich unsere Finger ineinander. Es war erstaunlich, wie gut sie zusammenpassten. Mit gerunzelter Stirn strich ich mit dem Daumen über ihre weiche Haut. Ich wünschte, ich könnte Mira immer so halten und beschützen. Aber seit diesem Brief fühlte ich mich nicht einmal mehr in Maple Creek ganz sicher. Es war beinahe so, als würde sich die Drohung wie ein Schatten über die Postkartenidylle der Stadt legen. An einem anderen Ort würde die Sache ganz anders aussehen, oder?

Ich blickte ruckartig auf und hob einen Mundwinkel, als sich eine Idee in meinem Kopf formte. Vielleicht wäre es gut, wenn Mira und ich eine kleine Auszeit nehmen würden. Ein paar Tage, in denen wir nicht ständig an das erinnert wurden, was hier geschehen war. In denen ich der Mann sein konnte, den sie verdient hatte.

Und welcher Mann soll das sein, Tomber? Einer, der Mira ein Wochenende schenkt, bevor er wieder abhaut?

Ich drückte ihre Hände fester und überging den bitteren Gedanken geflissentlich. Was wusste meine innere Stimme schon? »Was hältst du davon, wenn wir am Wochenende einen kleinen Ausflug machen? Ich hätte da so eine Idee …«

KAPITEL 21

How I Met Your Mother

Mira

Das *Especias,* Maple Creeks berühmtestes – und auch einziges – Tapasrestaurant, war erstaunlich gut besucht für einen gewöhnlichen Dienstagabend. Unzählige Stimmen summten in der Luft, die von leiser, spanischer Musik untermalt wurden, und der Geruch nach südländischen Köstlichkeiten füllte den großen Gastraum. Ich hatte schon immer eine Schwäche für Tapas gehabt. Schuld daran war Tami, deren eine Mom spanische Wurzeln hatte und uns schon seit unserer Kindergartenzeit mit den kleinen Delikatessen verwöhnte. Und normalerweise wäre ich die Erste gewesen, die aufsprang und an die Theke lief, um sich die erste Runde zusammenzustellen. Doch heute schaffte es nicht einmal mein Lieblingsessen, den Knoten in meinem Bauch zu lösen. Mir war übel, ein hartnäckiger, pochender Schmerz hatte sich hinter meiner Stirn eingenistet, und am liebsten hätte ich auf dem Absatz kehrtgemacht und wäre auf demselben Weg, den wir vor ein paar Minuten gekommen waren, wieder verschwunden.

Lilacs gequältem Gesichtsausdruck nach zu urteilen, ging es ihm nicht anders. Er gab sich alle Mühe, möglichst unbeteiligt zu wirken, aber mittlerweile wusste ich, dass er damit nur zu verbergen versuchte, wie sehr es in ihm brodelte. Der Einzige, der noch immer gute Miene zum bösen Spiel machte, war unser Vater, der gerade etwas zu enthusiastisch nach dem Menü griff und darin zu blättern begann. Als wäre die Speisekarte ein mitreißender Roman.

Ich verdrehte die Augen und ließ den Blick durch das Restaurant schweifen, das Eli, Tami und ich regelmäßig für mehrere Stunden belagerten. Unser Platz lag in einer ruhigeren Ecke etwas abseits der Theke, an der man die Tapas quasi direkt aus der Küche essen konnte, und wurde von drei orangefarbenen Kerzen und einer gedimmten, goldenen Lampe erhellt. Die Zeichnung eines Torerokämpfers inklusive schwarzem Stier zierte die hintere Wand der Sitznische, in der Lil und ich auf der einen und Dad auf der anderen Seite saßen.

Doch trotz der gemütlichen Atmosphäre des Lokals fühlte es sich an, als würden wir unserem Vater in einer nüchternen und wenig aussichtsreichen Vertragsverhandlung gegenübersitzen. Denn wenn wir ehrlich waren, war dieses offizielle Essen von Anfang an zum Scheitern verurteilt. Lilac und ich hatten darüber nachgedacht, es ein weiteres Mal abzulehnen, aber die ganze Situation belastete uns alle. Und genau aus diesem Grund waren wir jetzt hier. Auch, wenn ich nach wie vor der Meinung war, dass unsere Couch vielleicht der bessere Ort für diese Unterhaltung gewesen wäre, aber Dad hatte auf einen neutralen Boden bestanden.

»Ich denke, ich werde mir heute einen Rotwein genehmigen«,

verkündete er und legte die Karte zurück auf den dunklen Holztisch. »Was ist mit euch?«

Lil gab ein ziemlich angefressenes Brummen von sich. »Ich wäre dafür, dass wir endlich zum Punkt kommen.«

Dad runzelte die Stirn und öffnete den Mund, wurde jedoch von der Bedienung unterbrochen, die sich nach unseren Getränkewünschen erkundigte. Ich seufzte leise und drehte den filigranen, silbernen Ring an meinem kleinen Finger.

Als der Kellner wieder gegangen war, räusperte sich unser Vater vernehmlich und fuhr sich übers Kinn. »Ich hatte gehofft, wir könnten das Ganze etwas angenehmer gestalten.«

»Vielleicht wäre es das auch, wenn du nicht Wochen damit gewartet hättest.« Ich gab mir wirklich Mühe, einen diplomatischen Tonfall anzuschlagen, aber auch mein Geduldsfaden war kurz vor dem Reißen. »Ich verstehe nicht, warum wir nicht einfach darüber sprechen können, Dad. Lilac und ich sind alt genug, und ich denke, wir verdienen es, endlich die ganze Geschichte zu erfahren.«

Mit einem resignierten Seufzen richtete er sich auf und nickte langsam. »Ich habe nicht wegen mir oder meinen Bedenken gezögert, Mira«, murmelte er und sah zwischen Lilac und mir hin und her. »Es ging mir vielmehr darum, das Bild, das ihr von eurer Mutter habt, nicht zu zerstören.«

Lil schnaubte ungläubig und schnappte sich eine der dunkelorangenen Servietten, die er daraufhin mit rastlosen Fingern zu zerpflücken begann. »Das Bild unserer Mutter? Für Mira gab es nie eine Mutter, und für mich …« Seine Miene kühlte um einige Grad ab. »Ich habe ihr ein paar gute Erinnerungen zu verdanken, aber das war's auch schon. Meine Kindheit war beschissen, und Mom … Sie hat irgendwann aufgehört, meine Mutter zu sein, und das weißt du auch, Ben. Du hast sie getroffen – in Boston. Du hast gesehen, dass sie nicht mehr sie selbst war. Dass die Drogen sie zerfressen haben.«

Mein Vater wurde blass und umfasste seine Gabel, die er gerade zurechtgerückt hatte, fester. »Du erinnerst dich?«

Lilac nickte, während seine Hände weiterhin Hackfleisch aus der Serviette machten. »An das Wichtigste. Daran, dass Mom Hilfe gebraucht hat und du sie ihr nicht gegeben hast. Dass du uns abgewiesen hast«, gab er mit harter, anklagender Stimme zurück und verengte die Augen.

Dad sank in sich zusammen. »Lilac …«

Die Bedienung brachte die Getränke und fragte nach unserer Tapas-Bestellung, doch er erwiderte nur knapp, dass wir noch etwas Zeit brauchten. Vermutlich hatte selbst er eingesehen, dass wir nicht zum Essen kommen würden, solange die Vergangenheit zwischen uns stand.

Ich lehnte mich nach vorn. »Meinst du nicht, dass du endlich reinen Tisch machen solltest? Was ist damals passiert? Wieso hast du Lil bei unserer … Mom gelassen, wenn sie drogenabhängig war?« Es auszusprechen machte alles nur noch schlimmer. Wie hatte Dad das zulassen können?

Er senkte den Blick und griff nach seinem Wein. Ohne zu zögern leerte er ihn bis zur Hälfte, und mich beschlich die leise Vermutung, dass er den Alkohol für dieses Gespräch brauchte. »In Ordnung, aber wie ich schon sagte, ging das, was zwischen Jane und mir vorgefallen ist, alles andere als gut aus.«

Lilac stieß ein freudloses Lachen aus. »Oh, mach dir keine Umstände, für Mira und mich musst du nichts beschönigen.«

Dad überging den Sarkasmus geflissentlich und sah in sein Glas, als würde er dort einen Anfang für das alles finden. Dann begann er zu erzählen. »Jane und ich haben uns in der Abschlussklasse getroffen – und uns sofort ineinander verliebt. Sie war klug, hübsch … und ich vollständig ihrem Bann verfallen.«

Ich verstärkte den Griff um mein Wasser, während ich den ersten Worten lauschte. Ich wusste, wie diese Story ausgehen würde, dass sie ein hässliches Ende hatte, und dennoch kam ich nicht umhin, neugierig auf diese Frau zu sein. Auf die Mutter, die ich nie hatte kennenlernen dürfen. Auf das, was hätte sein können, wenn die Geschichte eine andere Wendung genommen hätte.

»Wir haben gemeinsam die Schule beendet, sind auf dieselbe Universität gegangen und haben unser ganzes Leben geplant. Jane wollte immer ein Weingut in Kalifornien eröffnen, und ich träumte davon, ein großes Haus für unsere Kinder zu entwerfen.« Dads Stimme hatte einen seltsamen Unterton angenommen.

Schmerz, erkannte ich. *Schmerz und Sehnsucht nach etwas, das es nie gegeben hat.*

Ich biss mir auf die Unterlippe und schluckte gegen den Kloß in meinem Hals an.

»Aber es kam nicht dazu. Stattdessen landeten wir erst mal in einer kleinen Wohnung, die wir uns kaum leisten konnten, und versanken beide im Prüfungsstress. Ich wusste, es war nur eine Übergangsphase, trotzdem zerrte es an unseren Nerven. Kurz vor unserem Abschluss lernte Jane dann einen Mann kennen – Ed – und er wurde ihr bester Freund. Sie sagte immer wieder, dass er sie besser verstehen würde, als ich es jemals könnte. Dass er ihr männlicher Gegenpart wäre.« Dad schüttelte langsam den Kopf. »Jane war immer ein Freigeist gewesen. Bis heute habe ich das meiste von dem, was sie gesagt hat, nicht wirklich verstanden, aber das brauchte ich auch nicht. Ich liebte sie, und das war alles, was für mich zählte.«

Aus dem Augenwinkel sah ich, wie sich Lil merklich anspannte. Ich wusste noch immer kaum einen Bruchteil über ihn und sein Leben in New York, aber er hatte mir erzählt, dass er unter dem neuen Mann unserer Mom gelitten hatte. Und dieser winzige Hinweis und seine Angst vor Berührungen hatten vollkommen ausgereicht, um mir den grausamen Rest zusammenzureimen.

»Was auch immer dieser Ed an sich hatte, sie war von ihm fasziniert. Ihre Träume änderten sich, *Jane* änderte sich. Sie ging viel aus, war mit Leuten feiern, die sie früher nie interessiert haben. Ständig hat sie unsere Treffen abgesagt, um sich mit ihrem besten Freund zu treffen und an irgendwelchen *Universitätsprojekten* zu arbeiten. Sie war kaum noch zu Hause.«

Lilac gab ein ungläubiges Murren von sich und griff nach der nächsten Serviette. »Solche *Projekte* kenne ich.«

Unser Vater bedachte ihn mit einem langen Blick und nickte. »Ja, ich auch. Ich wusste es damals und ich weiß es heute, aber ich wollte es nicht wahrhaben. Immer wieder habe ich Jane verziehen, über ihre Entschuldigungen hinweggesehen und versucht, sie weiter bei mir zu halten, obwohl sie mir längst entglitten war. Vielleicht hätte ich sie einfach gehen lassen sollen.« In diesem Moment wirkte Dad älter. Die Niedergeschlagenheit, die er damals verspürt haben musste, hatte sich in seine Züge geschlichen und in Form einer tiefen Furche zwischen seine Augenbrauen gegraben. »Ich hielt sie mit Worten, Geschenken und Versprechungen. Und sie blieb. Sie blieb bei mir und das reichte mir – auch, wenn ich sie nicht für mich allein hatte. Ihr könnt von mir denken, was ihr wollt, aber damals war es mir genug.«

Ich zog die Unterlippe zwischen die Zähne und versuchte mir vorzustellen, was in seinem Kopf vorgegangen sein musste. Konnte man jemanden so sehr lieben, dass man bereit war, ihn mit jemandem zu teilen, nur um diese Person nicht gänzlich aufgeben zu müssen?

»Und dann wurde Jane schwanger. Von mir, nicht von Ed«, fügte Dad bei unseren entsetzten Gesichtern hinzu und nahm einen hastigen Schluck Wein. »Obwohl es vielleicht nicht der allergünstigste Zeitpunkt war, freute ich mich unendlich darauf, Vater zu werden. Ich sah darin eine Chance für uns …«

»Aber es machte alles nur schlimmer, nicht wahr?«, beendete Lilac seinen Satz. Resignation und Bitterkeit schwangen in seinen Worten mit.

»Nein, nicht schlimmer. Zu diesem Zeitpunkt gab es schon nichts mehr, das hätte schlimmer werden können. Nur habe ich das damals nicht sehen wollen.« Dad fasste sich an die Nasenwurzel, als würde er bei den Gedanken an die Vergangenheit stechende Kopfschmerzen bekommen. »Während der Schwangerschaft zog sich Jane immer mehr von mir zurück. Wir verbrachten kaum noch Zeit miteinander. Ich setzte alles daran, sie nicht zu verlieren, aber mit jedem Schritt, den ich auf sie zumachte, entfernte sie sich zwei von mir. Hin zu Ed. Ein paar Tage nach eurer Geburt forderte sie dann offiziell die Trennung von mir und die Aufhebung unserer Verlobung.«

Ich atmete langsam aus. Meine Wangen waren erhitzt und ich spürte ein beständiges Trommeln zwischen meinen Schläfen. »Wie kam es dazu, dass wir nicht beide bei Jane aufgewachsen sind?«, fragte ich leise und zupfte gedankenverloren einen Serviettenschnipsel von meinem Cordrock.

»Ich weiß nicht, was Ed und Jane genau getrieben haben, wenn sie zusammen waren. Vermutlich möchte ich das auch gar nicht wissen, aber ich bin sicher, dass eine Menge Drogen dabei im Spiel waren. Ich halte es bis heute für ein Wunder, dass die Schwangerschaft so reibungslos verlaufen ist, bei all dem Zeug, das sie davor zu sich genommen hat. Was alles hätte passieren können …«

Lilac lachte trocken, was mir eine Gänsehaut bescherte. »Was für eine Untertreibung.«

Dad stimmte ihm stumm zu. »Als Jane die Verlobung lösen wollte, verlangte sie gleichzeitig auch das alleinige Sorgerecht für euch beide. Ich vermute, dass schon damals Ed die treibende Kraft dahinter gewesen ist, denn Jane hatte sich immer eingeengt von dem Gedanken gefühlt, sich um zwei Kinder kümmern zu müssen. Jedenfalls habe ich mich sofort dagegengestellt. Ich wollte euch nicht in die Hände dieses dreckigen … Es wäre euch dort nicht gut ergangen.« Er blickte auf und sah zwischen uns beiden hin und her. »Und glaubt mir, wenn ich sage, dass ich es bis heute bereue, nicht hartnäckiger für euch beide gekämpft zu haben.«

»Es hätte nichts geändert«, murmelte Lil und schaute zur Seite.

Ich schluckte und legte wortlos eine Hand auf seine kalten Finger. Er zuckte merklich unter der Berührung zusammen, ehe er die Schultern sinken ließ und sich seine Stirn zumindest ein wenig glättete.

Nach ein paar Minuten, in denen die spanische Musik und die vielen Stimmen um uns herum die einzigen Geräusche gewesen waren, nahm Dad den Faden wieder auf. »Ich habe einen Freund von mir aus dem Studium kontaktiert, der sich mit Familienrecht auskannte, und um Rat gebeten. Genauso wie zwei weitere Anwälte bestätigte auch er, dass die Mutter im Streitfall bevorzugt wird. Gerade, wenn es um Säuglinge geht.«

»Selbst, wenn sie sich jeden Tag mit Drogen abschießt?« In Lilacs Augen erwachte ein zorniges Funkeln. »Und der potenzielle Stiefvater ein psychopathischer Schläger ist? Willst du mich verarschen?«

Unser Vater zuckte bei diesen heftigen Worten zusammen. »Ich hatte keine Beweise, Lilac. Nichts, womit ich hätte belegen können, dass Jane nicht zurechnungsfähig war. Und ohne Beweise gibt es keine gerichtliche Anordnung für einen Drogentest. Sie schien nach außen hin wie die perfekte, liebevolle Mutter und nachdem sie Ed überhastet geheiratet hatte, konnte sie auch noch ein harmonisches Zuhause vorweisen. Meine Chancen als alleinstehender Vater mit Vollzeitjob standen ziemlich schlecht.«

»*Harmonisch*«, wiederholte Lil verächtlich, wobei sich seine Miene, wenn überhaupt möglich, noch weiter verfinsterte.

Ich stützte mein Kinn auf eine Hand und sah Dad fassungslos an. »Was ist mit diesem Ed? Hätte man den nicht überprüfen können?«

Er schüttelte den Kopf. »Oberflächlich betrachtet war er mustergültig. Keine Einträge bei der Polizei, ein geordnetes Einkommen … Ich hatte keine Chance.«

»Dieser verdammte Mistkerl«, fluchte Lilac unterdrückt und warf die kläglichen Reste seiner Serviette von sich. »Wenn wir eines nicht hatten, dann ein geordnetes Einkommen.«

»Ich vermutete damals, dass Eds perfekte Fassade eben genau das war. Also bohrte ich weiter, aber mein damaliger Anwalt riet mir, es gut sein zu lassen. Mit jedem Angriff auf Jane und Ed lieferte ich ihnen nur noch mehr Munition gegen mich.« Wieder griff Dad nach dem Wein, dieses Mal zitterten seine Finger merklich. »Ed ist trotzdem dahintergekommen, dass ich mich in seine Angelegenheiten eingemischt habe …«

Meine Augen weiteten sich, als mir klar wurde, worauf das hinausgelaufen war. »Er hat dir einen Deal angeboten.«

Dads Schultern sackten herab, als würde eine tonnenschwere Last darauf liegen. »Ja, das hat er. Ich durfte dich, Mira, behalten, wenn ich Jane Lilac zugestehen würde.«

»Das ist nicht dein Ernst, oder?« Lils laute Stimme sorgte dafür, dass sich einige Gäste an den benachbarten Tischen zu uns umdrehten. Doch meinem Bruder schien das herzlich egal zu sein. »Und du bist darauf eingegangen?«

»Lilac, ich weiß, wie das für dich klingen mag, aber hätte ich nicht zugestimmt, dann …«

»Klar sicher, ich verstehe schon. Ohne den Deal wären wir beide diesem Monster zum Opfer gefallen. So hast du nur ein Kind geopfert und durftest mit dem anderen ein perfektes Leben führen.« Lils bitterer Zynismus schnitt selbst mir ins Fleisch.

Dad stellte sein Glas zur Seite und fuhr sich durch die Haare. »Nein, ich habe mit diesem Deal verhindert, euch niemals wiedersehen zu dürfen. Ed hat damit gedroht, mich vor Gericht anzuzeigen und eine einstweilige Verfügung gegen mich zu erwirken«, erwiderte er mit harscher Stimme, die verriet, dass auch er mit den Nerven am Ende war. »Ich habe als Student leistungsfördernde Substanzen genommen, um dem Druck standzuhalten. Ed ist irgendwie dahintergekommen und wenn er das vor Gericht geschleift hätte … Was hätte ich denn bitte tun sollen?«

Der Nachhall seiner Frage füllte die Luft zwischen uns und legte sich wie ein erdrückendes Gewicht über den gesamten Tisch.

»Du hättest kämpfen sollen. Für *beide* Kinder.«

Dads und Lilacs Augen richteten sich auf mich. Ich schluckte und stieß hörbar den Atem aus. »Ich verstehe deine Seite, das tue ich wirklich, aber meine Meinung dazu bleibt dieselbe. Du hättest nicht aufgeben dürfen. Du hättest weiter nach Beweisen bohren müssen. Du hättest niemals damit aufhören dürfen, zu versuchen, auch Lilac zu dir zu holen. Aber du hast es dir einfach gemacht und kapituliert. Du hast dir eingeredet, du hättest keine Wahl. Aber man hat immer eine Wahl, Dad. Und du hast damals die falsche getroffen.«

Später am Abend saß ich wieder in eine dicke Decke gehüllt auf der Bank im Garten. Es war einer dieser letzten Tage, an denen sich der November noch einmal milde zeigte. Flex hatte es sich zu meinen Füßen im Gras gemütlich gemacht und den Kopf auf seine Vorderpfoten gelegt. Ich wälzte Dads Schilderungen in meinen Gedanken hin und her, gefolgt von den Antworten, die Lil und ich ihm gegeben hatten. Nach diesem Gespräch fühlte ich mich seltsam taub. Taub für die Kälte um mich herum und taub für die widerstreitenden Gefühle, die Verwirrung, die in mir tobte. Ich hatte das, was ich zu Dad gesagt hatte, auch so gemeint. Ich verstand seine Rolle in der ganzen Tragödie. Ich verstand, warum er diesen Deal überhaupt in Erwägung gezogen hatte. Ich konnte mich in seine Lage hineinversetzen, in die Furcht, die er damals verspürt haben musste, und die Angst, beide seiner Kinder zu verlieren. Ed hatte Druck auf ihn ausgeübt, und Dad so reagiert, wie er es für richtig gehalten hatte. Ich war mir sicher, dass auch Lil bis zu einem gewissen Grad nachvollziehen konnte, warum alles so gekommen war, wie es kommen musste. Denn hinter all der Wut, die in seinen Augen gelegen hatte, hatte ich auch einen Anflug von Verständnis gesehen.

Doch die Enttäuschung und der Schmerz saßen tief bei meinem Bruder. Die Gewissheit, dass sich der eigene Vater gegen ihn entschieden und aufgegeben hatte. Und diesen Schmerz spürte auch ich in meinem Herzen. Ich war hin- und hergerissen zwischen den gegensätzlichen Gefühlen. Und je mehr ich darüber nachdachte, desto mehr schlug dieser Widerstreit seine Krallen in meinen Magen. Es gab keinen Ratgeber für eine solche Situation. Niemanden, der mir sagen konnte, was richtig und was falsch war. Wie viel Zeit brauchte ich, um über so etwas hinwegzukommen? Wie lang würde ich mich so zerrissen fühlen, bis ich mich für eine Seite entscheiden konnte? Wie lang dauerte es, um die Vergangenheit, die wir nicht mehr ändern konnten, zu akzeptieren und weiterzumachen? Und konnte man das überhaupt? Einfach weitermachen?

Ich massierte meine pochenden Schläfen. Zumindest hatten wir heute den ersten Schritt getan. Was danach folgen würde, würde die Zukunft zeigen.

Der Song auf meinem Handy wechselte, sodass leisere, ruhigere Klänge meine Ohren füllten, während ich mich gedankenverloren hinabbeugte und Flex' weichen Kopf kraulte.

»Mira?« Joshkas tiefe Stimme ließ mich aufblicken. Selbst in dem schwachen Licht der Solarlaternen konnte ich die Sorge in seinen Zügen erkennen und die Zuneigung, mit der er mich bedachte.

Ich zupfte mir die Kopfhörer aus den Ohren und klopfte neben mich auf die weiche Unterlage der Holzbank. »Setz dich.«

Mit einem sanften Lächeln ließ er sich neben mir nieder und

zog mich ohne ein weiteres Wort zu sich, bis mein Kopf auf seiner Schulter ruhte. Seine warmen Finger malten kleine Kreise auf meinen Rücken, während mich sein vertrauter Geruch nach Wald und Regen einhüllte.

»Wie geht es Lilac?«, fragte ich nach einer Weile und blickte zu ihm auf.

Joshs Atem entwich mit einem leisen Seufzen. »Ich glaube, er ist okay. Lil braucht Zeit für sich selbst, aber er ist nicht am Boden zerstört.«

Einer der unzähligen Knoten in meinem Bauch löste sich. »Das ist gut. Vielleicht liegt es daran, dass er nicht länger glaubt, alles allein durchstehen zu müssen. Er hat jetzt Eli, dich und mich.«

»Ja, wahrscheinlich«, murmelte Josh und hauchte einen Kuss auf meine Haare, der mich auf angenehme Art und Weise erschaudern ließ. »Was ist mit dir?«

»Ich weiß es nicht.« Ich schloss die Augen und lauschte seinem stetigen, festen Herzschlag. »Frag mich morgen noch mal, vielleicht kann ich es dir dann sagen.«

»Das werde ich.« Ich meinte, ein leises Lächeln aus seinen Worten herauszuhören und spürte, wie meine Mundwinkel ein Stückchen nach oben wanderten. Josh hatte diese Wirkung auf mich. Seine ruhige, unerschütterliche Art, als könnte ihn nichts und niemand aus der Fassung bringen. Als hätte er für jedes Problem sofort eine Lösung.

Ich öffnete die Augen wieder und suchte seinen Blick. »Verrätst du mir jetzt, was du vorhast? Am Wochenende, meine ich.«

Seine dunklen Brauen wölbten sich. »Du möchtest immer noch fahren?«

»Natürlich«, erwiderte ich und rutschte etwas nach oben, sodass unsere Gesichter kaum eine Handbreit voneinander entfernt waren. Die Dämmerung ließ Joshs grüngraue Augen dunkler wirken und tauchte seine markanten Züge in ein Spiel aus Licht und Schatten. Ich schluckte. Noch immer war es ungewohnt, beinahe unwirklich, dass ich ihm jetzt so nahe war, wo er mich wochenlang von sich gestoßen hatte.

Eine seiner rauen Hände fuhr federleicht über meine Wange und strich eine lose Strähne hinter mein Ohr. »Ich dachte, dass du nach diesem Abend vielleicht hierbleiben möchtest. Bei deinem Dad.«

Kopfschüttelnd senkte ich den Blick zu Flex, der uns beide aus großen Augen ansah, als wüsste er genau, worüber wir sprachen. Dann legte er seine warme Schnauze in meinen Schoß. Lächelnd zupfte ich ein verirrtes Blatt aus seinem Fell. »Wir brauchen Abstand. Es wird uns guttun, wenn wir uns dieses Wochenende geben, um über das alles nachzudenken. Es für ein paar Tage auf uns wirken lassen. Danach sehen wir die Geschehnisse vielleicht mit anderen Augen und sind bereit, den nächsten Schritt zu gehen.«

Josh legte die Stirn in Falten. »Den nächsten Schritt?«

»Lilac braucht einen Vater – er sehnt sich danach. Und ich … ich vermisse meinen Dad. Ehrlich gesagt fällt es mir schwer, nicht einfach ins Haus zu stürmen und ihm um den Hals zu fallen.«

Josh nickte und gab mir schweigend den Raum, die richtigen Worte für meine aufgewühlten Gedanken zu finden.

»Aber ich bin einfach so … enttäuscht. Verletzt. Verwirrt.«

»Sie mögen nicht so offensichtlich sein, aber psychische Wunden müssen genauso heilen wie physische. Und in den meisten Fällen brauchen sie mehr Zeit, mehr Hingabe und Pflege als körperliche Verletzungen.«

Ich hob den Kopf und begegnete seinem klaren Blick. »Ist es nicht einfach eine bewusste Entscheidung, sich von dem allen zu distanzieren?«

Josh umfasste mein Gesicht und beugte sich so weit vor, dass sich unsere Nasen berührten. Dass wir dieselbe Luft atmeten. Dass ich das Funkeln in seinen dunklen Augen sehen konnte. Ich spürte, wie sich mein Herzschlag beschleunigte und ich mich automatisch weiter in seine Richtung lehnte.

»Nein. Deine Gefühle sind eine Reaktion auf das, was dich belastet. Du solltest auf deinen Körper hören und dir und deiner Seele die Möglichkeit geben, sich zu erholen.«

Das Leuchten in seinen Augen wurde heller, dann fiel sein Blick auf meine Lippen. »Und wenn du es zulässt, Mira, dann helfe ich dir dabei.«

JETZT

Hold Me While I'm Falling

Lilac, 19 Jahre, Maple Creek

Keuchend fuhr ich hoch und wischte mir hektisch die Haare aus der verschwitzten Stirn. Mein dunkles Herz galoppierte in meiner Brust, als wollte es meine Rippen zertrümmern, und raubte mir den Atem.

Ich erstickte. Ich fiel und ich erstickte und ich bekam keine Luft.

»Lil?«

Ich drehte mich nach rechts, wandte mich der verschlafenen Stimme zu, in der Besorgnis und Furcht mitschwangen. Und Zärtlichkeit.

Elias. Ich war in Elias' Zimmer.

»Hey, atme, Lil. Atme.« Eli richtete sich langsam auf, als hätte er Angst, mich zu verschrecken und legte mir behutsam eine Hand auf die Schulter.

Ich zuckte zusammen und schmiegte mich einen polternden

Herzschlag später an ihn. Ich war nicht allein. Nicht mehr. Ich zwang frische Luft in meine brennende Lunge. Dieses Mal klappte es. Ich schloss die Augen. War erschöpft. War mit den Nerven und meiner Kraft am Ende. Aber ich lebte.

Und ich bin nicht allein.

»Geht es wieder?«

Ich schüttelte den Kopf, woraufhin mich Eli sanft mit sich zurück in die Kissen zog, sodass mein nackter, vernarbter Rücken an seiner Brust lag. Sein Herz raste genauso wie meins. »Ist schon okay, Lil. Es ist okay, wenn es nicht geht. Wenn du nicht okay bist.« Sein warmer Atem fuhr angenehm über meine verschwitzte Haut, beruhigte mich. »Ich halte dich fest. Und wenn du fällst, falle ich auch. Wir fallen zusammen.«

Ein bisschen fühlte es sich wirklich so an. Eli hielt mich, während ich in die Tiefe stürzte. Er stürzte mit mir, und dadurch fühlte es sich nicht länger wie Fallen an, sondern wie … Fliegen.

Ich biss mir auf die Unterlippe und drehte mich dann in seiner Umarmung um. So, dass wir einander in seinem dunklen Zimmer in die Augen sehen konnten. So, dass ich das Funkeln in seinem Blick erkannte, mit dem er mich betrachtete, als wäre ich das Schönste, was er je zu Gesicht bekommen hatte. Als würde er meine Finsternis, die Narben, die Monster nicht bemerken oder als würden sie ihn schlichtweg nicht interessieren. Als würde er sich nur für *mich* interessieren.

Was bist du nur für ein außergewöhnlicher Mann, Elias Morton?

Ich befeuchtete meine Lippen und legte eine Hand an seine Wange. Elias hauchte einen Kuss in die Innenfläche und lächelte. Nur für mich. »Ich sehe dich, Lilac. Vergiss das nicht. Ich sehe dich und ich habe nicht vor, wegzuschauen.«

Mein Hals wurde eng. Seine Worte jagten mir eine Scheißangst ein und fühlten sich gleichzeitig an, als wäre ich unbesiegbar. Als könnte ich irgendwann wirklich stärker sein als das, was mich bisher zurückgehalten hatte. Mit Elias an meiner Seite.

»Ben hat es uns erzählt«, wisperte ich mit rauer Stimme. »Er hat uns alles erzählt.«

Eli verschränkte seine Finger mit meinen, sah mich an, hielt mich weiterhin, während ich es wagte, einen Schritt in meine Dunkelheit zu machen.

»Ich dachte, es würde mir danach irgendwie besser gehen, aber ich … fuck. Es kommt alles hoch. All die neunzehn Jahre in New York. Mom. *Er.*« Meine Stimme brach und meine Augen begannen zu brennen. Hölle, warum musste das so wehtun?

»Es muss dir nicht besser gehen. Ein einzelner Abend, ein paar Worte können nicht ungeschehen machen, was dich dein Leben lang begleitet hat. Und das ist völlig in Ordnung.« Ohne mich aus den Augen zu lassen, streichelte Eli über meine Haare, meine Wange. »So etwas braucht Zeit. Zeit, Hingabe, Vertrauen, Mut. Und ich bin mir sicher, dass du das alles und noch viel mehr finden wirst, wenn es so weit ist. Wenn *du* so weit bist. Und das entscheidest du ganz allein, Lilac.«

Ich runzelte die Stirn. »Aber es sollte alles so sein, oder?«

Elias rutschte noch näher, so nah, dass ich seine Worte mehr auf meinen Lippen spüren als hören konnte. »Wer sagt das? Egal, was du fühlst, es ist okay. Es liegt ganz bei dir, wie du damit umgehst oder was es mit dir macht. Vergiss das nicht. Deine Gefühle. Deine Entscheidung.«

Ich lehnte mich ein winziges Stück vor, küsste ihn federleicht auf den Mund und legte dann meine Stirn an seine. »Und wenn ich nicht weiß, wie ich mich entscheiden soll? Wenn ich mich so verloren und durcheinander fühle, dass ich mir vorkomme, als würde ich jeden Moment den Verstand verlieren?«

»Dann werde ich da sein, um dich aufzufangen, Lilac. Ich werde deine Hand nehmen und sie nicht mehr loslassen. So lang, bis du mir sagst, dass ich gehen soll.« In seinen Worten lag ein warmes Lächeln, das jede einzelne meiner verkorksten Zellen zum Kribbeln brachte.

Ich drückte mich fester an ihn, tauchte in seine Geborgenheit, seinen Geruch ein und ließ mich endlich fallen. Weil ich wusste, dass er da war und mich auffangen würde. »Da kannst du lange warten, Eli. Ich habe nicht vor, dich gehen zu lassen.«

»Ich hatte gehofft, dass du das sagst.«

KAPITEL 22

My Tree of Wishes

Mira

Das rötliche Sonnenlicht des frühen Donnerstagnachmittags fiel durch das Blätterdach und tauchte den Pfad vor uns in wirre Schattenmuster. Die Geräusche der Natur füllten die Luft, gepaart mit dem Knirschen von Wanderstiefeln auf Kies und dem lauten Schnaufen hinter mir, während wir den nördlichen Waldhang hinaufstiegen.

Lächelnd ließ ich den Blick über den ansteigenden, steinigen Weg, die hohen Bäume rechts und links davon und die kleinen Flecken blauen Himmels über unseren Köpfen schweifen. Dann blieb ich ein weiteres Mal stehen und schaute zu meiner Gruppe zurück. Peony, meine Chefin, hatte mir heute Morgen eine Nachricht geschrieben, ob ich zufälligerweise Zeit hätte, die geführte Mittagstour auf den *Sailor's Peak* zu übernehmen. Zeit vielleicht nicht unbedingt – ich ließ zwei Vorlesungen sausen und hätte mich eigentlich längst an die Prüfungsvorbereitungen machen sollen –, dafür aber das dringende Verlangen danach, endlich den Kopf freizubekommen.

Also hatte ich zugesagt und mir kurzerhand meine Wanderstiefel und Tami als Unterstützung geschnappt. Schon nach den ersten Minuten an der frischen Luft, umgeben von nichts als Natur und Weite, hatte ich gewusst, dass ich die richtige Entscheidung getroffen hatte. Meine beste Freundin bildete heute das Schlusslicht, um die langsameren Teilnehmenden unserer elfköpfigen Gruppe nicht aus den Augen zu verlieren. Als sie meinen Blick bemerkte, hob sie grinsend einen Daumen hoch. Heute trug sie ihre rosafarbenen Haare zu zwei geflochtenen Zöpfen, die ihr etwas Freches verliehen.

Ich erwiderte ihr Lächeln und zupfte an den Trägern meines Tagesrucksacks herum. Es war herrliches Wetter für die Berge. Noch nicht zu kalt, um sich aus der Baumlinie auf die Gipfel zu wagen, und frisch genug, um bereits den ersten Geruch nach Schnee in der Luft erschnuppern zu können. Ich liebte diese letzten Tage im Jahr, an denen man noch wirklich hoch ins Gebirge konnte, ohne gleich nach Steigeisen und Seil greifen zu müssen. Die ausgedehnten Herbstwanderungen und Abende unter sternenklarem Himmel waren eine echte Wohltat. Leider war diese Zeit bald vorbei und die heutige Gruppe eine der letzten der Saison, wie ich aus dem Plan des *Maple's Adventures* Tourenprogramm wusste.

»Wie weit ist es noch bis zum Gipfel?« Ein schwarzhaariges Mädchen von vielleicht fünfzehn Jahren schob sich als Erste über das steile Stück aus dem Wald und trat zu mir auf die kleine freie Fläche neben dem Pfad. Ihr Atem ging schnell und ihre Wangen waren vor Anstrengung gerötet. Der harte Südstaatenakzent, der auf ihren

Worten tanzte, erinnerte mich automatisch an Greta, die die besten Corn Dogs in ganz Maple Creek machte.

»Noch etwa eine Stunde. Wir lassen bald die letzten Büsche hinter uns und dann geht es an einem Wasserfall vorbei ins hochalpine Gebiet.« Ich deutete durch eine Lücke im Geäst, wo die Spitze zu sehen war. »Dort oben machen wir dann eine längere Pause, ehe es über die andere Seite des Bergrückens wieder ins Tal geht.«

Das Mädchen – ihrem bunten Namenssticker zufolge war ihr Name Zoey – nickte. »Puh, klingt gut. Ich brauche definitiv eine Pause.«

Hinter ihr kamen vier weitere Wanderer in Sicht und kämpften sich den steinigen Abschnitt hoch.

»Keine Sorge, der restliche Weg bis zum Peak ist nicht mehr so steil. Das Schlimmste hast du hinter dir.«

Mit einem schiefen Lächeln zog sie ihre pinkfarbene Wasserflasche hervor und wandte sich dann zwei Neuankömmlingen zu.

Ich atmete aus und rückte meine *Maple's-Adventures*-Cap zurecht. Es erkundigten sich noch drei andere Teilnehmende der geführten Wanderung nach dem weiteren Verlauf der Tour, ehe ich endlich selbst nach meiner Flasche greifen konnte. Nach ein paar großen Schlucken setzte ich mich wieder, die Gruppe im Rücken, in Bewegung.

»Erklär mir noch mal, warum ich zugestimmt habe, diese Tortur mitzumachen. Freiwillig und ohne Bezahlung, wohlgemerkt.« Tami kämpfte sich mit einem theatralischen Seufzen an meine Seite und erwiderte mein High Five nicht halb so enthusiastisch wie sonst.

Ich lächelte zuckersüß und stupste sie in die Seite. »Weil der *Sailor's Peak* dein liebster Berg ist und ich deine allerliebste beste Freundin bin.«

Tami legte die Stirn in Falten, als müsste sie ernsthaft über diese Erklärung nachdenken, und schüttelte dann ein paar Sekunden später entschieden den Kopf. »Nein, kann nicht sein – oh warte, jetzt fällt es mir wieder ein. Ich wollte Antworten von meiner *allerliebsten besten Freundin*, mit denen sie sonst nicht herausrückt.«

Augen verdrehend sah ich sie an. »Es ist bisher nichts zwischen Josh und mir passiert, und sobald – *falls* – sich daran etwas ändert, bist du die Erste, die es erfährt.«

»Das kannst du vielleicht deiner Großmutter erzählen, aber nicht mir. Er hat dich auf einen Wochenendtrip eingeladen. Das muss etwas bedeuten. Das ist quasi ein Code.«

Allein bei dem Gedanken daran breitete sich augenblicklich eine angenehme, kribbelige Wärme in meinem Bauch aus. So viel zum Thema Ablenkung und den Kopf freibekommen. Ich hatte eigentlich darauf gehofft, hier oben, umgeben von Bergen, der Natur und der Wandergruppe inklusive meiner besten Freundin, nicht jede freie Minute darüber nachdenken zu müssen. Darüber, was genau Josh vorhatte, was das für eine Idee war, von der er gesprochen hatte. Und was das alles für uns bedeutete. Aber Pustekuchen. Meine Gedanken wanderten von dem geplanten Wochenende weiter zu dem Grund, aus dem wir uns diese Auszeit überhaupt nahmen. Das Gespräch mit Dad. Die Geschichte von Jane und ihm. Ich verzog das Gesicht.

»Dein Dad, oder?«, fragte Tami und verharrte mit einem Müsliriegel vor ihrem geöffneten Mund.

»Ich denke ununterbrochen darüber nach.« Meine Stimme war leise geworden, und selbst ich konnte hören, wie viele zurückgehaltene Emotionen darin mitklangen.

»Du weißt, dass du jederzeit mit mir reden kannst, okay? Nicht nur über Joshkas knackigen Hintern, sondern auch über das richtig miese Zeug. Dafür sind beste Freundinnen da.«

Ich griff nach ihrer Hand und drückte ihre Finger. »Danke, Tami. Lass uns oben darüber reden. Jetzt sollten wir erst mal dafür sorgen, dass alle sicher auf dem Gipfel ankommen.«

Sie erwiderte meine Geste, dann ließ sie mich los und wandte sich zur Gruppe um. »Auf geht's – wir haben es bald geschafft und oben wartet die große Belohnung«, verkündete sie mit ihrer üblichen mitreißenden Art und klatschte in die Hände. »Wer trödelt, wird den Bären zum Fraß vorgeworfen.«

Ich verpasste Tami lachend einen freundschaftlichen Klaps gegen die Schulter und beruhigte rasch die jüngeren Teilnehmenden – Bären waren hier ziemlich selten –, ehe wir uns endlich wieder in Bewegung setzten.

Und mit jedem Schritt, mit dem wir uns dem Gipfel näherten, wurden meine pochenden Gedanken leiser.

Einen Wasserfall, der meine oberste Kleidungsschicht komplett durchnässt hatte, zwei Klettersteige und einen kleinen Sturz später erreichten wir den *Sailor's Peak* bei schönstem Wetter. Glücklicherweise war bei dem Unfall nichts Schlimmes passiert, sodass die gesamte Gruppe heil oben ankam und den atemberaubenden Ausblick genießen konnte. Der Himmel war aufgerissen und nur vereinzelt schwebten kleine Schäfchenwolken auf dem hellblauen Grund. Wäre es nicht so frisch, könnte man fast meinen, es wäre noch Sommer.

Meine Gruppe verteilte sich überglücklich über die Spitze des Berges, schoss Fotos von der Aussicht und machte Selfies mit dem

Gipfelkreuz. Mehrere Male mussten Tami und ich als Fotografinnen herhalten und veranstalteten ein regelrechtes Shooting, ehe wir uns alle in das Gipfelbuch eintrugen. Erleichtertes Lachen und begeisterte Ausrufe flogen zu mir, während ich es mir auf einem von Schnee und Regen geschliffenen Stein am Abgrund gemütlich machte und mein Sandwich herausholte. Kurz darauf schob sich Tami mit ihrem eigenen Proviant neben mich, sodass unsere Beine gemeinsam über der Tiefe baumelten.

Ein paar Augenblicke lang saßen wir schweigend da, genossen den weiten Blick über Maple Creek, die bunten Wälder, die Bergkette, die die Stadt einrahmte, und ließen die angenehme Erschöpfung nach einer langen Wanderung in uns nachwirken. Von diesem Gefühl der Grenzenlosigkeit würde ich niemals genug bekommen.

»Du hast recht, dieser Peak ist wirklich mein liebster«, sagte Tami nach einer Weile und schnappte sich eine Kirsche aus meiner Tupperdose. »Ich habe sogar unsere alten Einträge im Gipfelbuch wiedergefunden.«

Das Gipfelbuch wurde auf der Spitze in einem kleinen Eisenkasten aufbewahrt, wo es vor der Witterung geschützt war und nun schon seit fast vierzehn Jahren hier oben lag.

»Meinst du den, als sich Eli an einem Gedicht versucht hat? Oder deine Hommage an Oliver aus der Oberstufe?«

»Weder noch«, gab sie ungerührt zurück und ließ die Kirsche in ihrem Mund verschwinden. »Ich rede von dem Tag, als wir hier hochgekommen sind und unsere Wünsche für das neue Jahr in den Wunschbaum geschrieben haben, den du so krakelig gezeichnet hast.«

Gegen meinen Willen musste ich daran denken, dass Josh vermutlich einen perfekten Wunschbaum hinbekommen hätte. Lächelnd lehnte ich mich zurück und nickte. »Eli hat sich gewünscht, dass er in die Lacrosse-Mannschaft der Uni aufgenommen wird und endlich über seinen Schatten springt. Er hatte solche Angst vor seinem Coming-out.« Ich bedachte Tami mit einem langen, glücklichen Blick. »Er hat es geschafft. Seine Wünsche sind alle in Erfüllung gegangen. Und jetzt hat er sogar noch Lilac an seiner Seite. Ich freue mich, dass es so gekommen ist.«

Tami erwiderte mein Lächeln, bevor sie sich vorbeugte und den Kirschkern in den Abgrund spuckte. So wie wir es früher als Kinder immer getan hatten.

Kurzerhand schnappte ich mir auch eine Kirsche und zupfte den Stiel aus der Frucht. »Und dein Wunsch … Ging es dabei nicht um eine Zulassung für das Praktikum in New York in dieser renommierten Kunstgalerie? Oder den Studienplatz für Fotodesign und Mode?«

Seufzend nickte Tami. »Beides, wobei der erste Teil des Wunsches noch etwa eineinhalb Monate Zeit hat, in Erfüllung zu gehen – er sollte sich also beeilen.«

Ich drückte ihre Hand. »Die Galerie wäre dämlich, wenn sie dich nicht nehmen würde. Du hast so viel Talent und Leidenschaft. Es wäre ihr Verlust, nicht deiner.«

»Mag sein, aber mit einem Praktikum dort würden mir alle weiteren Türen offen stehen, und manchmal reicht Talent eben einfach nicht aus.« Gedankenverloren griff Tami nach ihrer Analogkamera, die neben ihr auf dem Stein ruhte, und reichte sie mir. »Außerdem haben sie sich in diesem Jahr auf Landschaftsfotografie spezialisiert und du weißt, dass das deine Stärke ist, nicht meine. Und dabei ist es für dich sogar nur ein Hobby.«

Ich nahm ihr Schätzchen entgegen, das an einem bunten Band

baumelte, und stellte, ohne groß drüber nachdenken zu müssen, die richtige Belichtung ein, wählte die passende Blende und suchte mir dann ein Motiv, ehe ich den Schärfegrad anpasste. Das Licht fiel perfekt ein und gab dem Bild einen beinahe magischen Touch – doch ich drückte nicht ab. »Mach dich nicht kleiner, als du bist, Tami«, meinte ich, nachdem ich ihr die Kamera zurückgegeben hatte. »Und gib nicht auf.«

»Was mich direkt an deinen Wunsch erinnert.« Meine beste Freundin drehte die alte Nikon in ihren Händen und hielt sie sich nun selbst vors Auge. »Hattest du nicht darauf gehofft, dass endlich *mehr* geschieht? Dass es mehr in deinem Leben gibt als deinen üblichen Weg mit deinem Dad, dem Studium und dem Job? Etwas Neues?«

Ich richtete den Blick in die Ferne. Einer der Sonnenstrahlen fiel direkt ins Tal und traf dort auf den Fluss, sodass das Wasser von innen heraus zu leuchten schien. Wie ein silbernes Band, das die breite Schlucht durchmaß. Jetzt wäre ein guter Moment, abzudrücken.

»Sieht so aus, als hätte ich das auch bekommen.«

Mehr Familie.

Mehr Probleme.

Mehr Rätsel.

Mehr Bedingungen.

Mehr von allem.

Ich runzelte die Stirn und strich gedankenverloren über die raue Oberfläche des Felsens. Er war warm von den letzten Sonnenstrahlen des Herbstes.

Mehr von Joshka.

»Mira?« Ich blickte auf und sah zu meiner besten Freundin. In ihren braunen Augen stand eine Mischung aus Neugier, Sorge und Verwirrung. »Ist dieses Mehr, das du bekommen hast, das Mehr, das du dir gewünscht hast?«

Schulterzuckend zog ich ein Bein an und schlang die Arme locker darum. »Ja und nein. Vielleicht hätte ich meinen Wunsch damals etwas präziser formulieren sollen.« Ich schnitt eine Grimasse. »Es sind viele Mehrs, weißt du? Einige davon machen mich glücklich, und andere … machen mir Angst.« Seufzend wandte ich mich kurz zur Gruppe um und ließ den Blick dann wieder in die Ferne gleiten.

»Du weißt, dass du nicht allein bist, oder? Was auch immer dir Angst macht, Eli und ich sind für dich da. Daran hat sich auch jetzt nichts geändert, wo zwei schicke New Yorker in dein Leben getreten sind. Daran wird sich nie etwas ändern.«

»Danke, Tami.« Ich lächelte sie ehrlich an. »Aber ich fürchte, bei manchen dieser Mehrs könnt nicht einmal ihr mir helfen.»

Sie legte die Stirn in Falten. »Ich glaube, das musst du mir erklären. Ist es wegen deinem Dad? Hat sich die Lage nach eurem Gespräch noch weiter verschlimmert?«

Ich winkte ab. »Nein, nicht deswegen. Abgesehen von der Spannung zwischen uns, bin ich … glücklich. Sehr glücklich, und *das* macht mir Angst, weil ich weiß, dass es vergänglich ist. Dass eine einzelne Person in der Lage ist, mir dieses Glück wegzunehmen, und ich es dennoch zulasse.«

»Schätzchen, wenn du so an die Sache herangehst, dann wirst du dieses Glück niemals genießen können.« Mit einem leisen Seufzen legte Tami mir einen Arm um die Schultern und zog mich an ihre Seite. »Jeder Moment, in dem wir glücklich sind, ist auf seine Art und Weise vergänglich. Aber wir haben dennoch die Chance, ihn voll und ganz auszukosten und zu leben.«

»Ich wusste gar nicht, dass du so weise bist.«

»Das liegt daran, dass ich mir alle Mühe gebe, es zu verstecken. Ist meine geheime Superkraft, weißt du?«

Schmunzelnd sah ich zu ihr hoch, wurde dann jedoch wieder ernst. »Was ist, wenn ich nicht bereit bin, zu akzeptieren, dass dieser kleine Glücksmoment vergänglich ist?«

Tami verzog die Lippen zu einem wissenden Lächeln. »Sprechen wir hier von Joshka?«

Ich richtete mich hastig auf, als meine Wangen warm wurden, und blickte zur Seite. »Er bleibt nicht in Maple, weißt du? Er wird zurückgehen. Das mit uns, was auch immer es sein mag, hat ein Ablaufdatum, und ich …« Kopfschüttelnd brach ich ab und legte mein Kinn auf die angezogenen Knie. »Ist es ratsam, sich darauf einzulassen, wenn ich bereits weiß, wie es enden wird? *Dass* es enden wird?«

»Mira.« Tami sprach meinen Namen mit so einer Überzeugung aus, dass ich den Kopf wieder ich ihre Richtung drehte. »Du wirst dich darauf einlassen und es genießen – und weißt du auch, warum? Weil du und ich keine Ahnung haben, *ob* es überhaupt enden wird. Das können wir noch gar nicht wissen, und solange du es nicht zulässt, wirst du es auch niemals erfahren. Außerdem ist New York nicht das Ende der Welt. Hab etwas Vertrauen in das Ganze.«

Vielleicht nicht New York, aber Josh und sein Untergrund fühlen sich definitiv unerreichbar an.

Ich hob eine Augenbraue und zupfte an meiner Outdoorhose herum. »Was bringt dich dazu, daran zu glauben?«

»Du magst ja sonst unglaublich klug sein, aber in dieser Hinsicht bist du echt schwer von Begriff. Joshka ist bis über beide Ohren in dich verliebt, Mira! Selbst ein Blinder würde erkennen, wie er dich ansieht.« Tami holte tief Luft, griff nach meinen beiden Händen und umschloss sie fest mit ihren. »Also: Genieß es. Genieß das Wochenende mit ihm. Genieß, dass er alles stehen und liegen lässt, um bei dir zu sein. Denn irgendetwas sagt mir, dass er das nur für jemanden tun würde, der ihm sehr am Herzen liegt.«

KAPITEL 23

A Trip to Alaska

Joshka

Ich blickte von der Tasse, die ich gerade unter die Kaffeemaschine schob, zu meinem Handy, das mit einem hohen Ton den Eingang einer neuen Nachricht verkündete. Und verzog die Mundwinkel.

Neal

Seattle? Interessante Wahl.

Mit exakt so einer Reaktion von Neal hatte ich gerechnet und auch damit, dass sich hinter seinen sorgsam gewählten Worten eine versteckte Forderung verbergen würde. Denn genau wie ich war auch meine rechte Hand gern informiert – und nach den gehäuften Vorfällen in den letzten Wochen schloss das jetzt augenscheinlich auch mein Privatleben mit ein.

Grandios.

Ich startete die Kaffeemaschine und tippte eine rasche Antwort.

Joshka

Kann mich nicht daran erinnern, dich nach deiner Meinung gefragt zu haben.

Neal

Und ich kann mich nicht daran erinnern, dich jemals so erlebt zu haben.

Ich runzelte die Stirn und lehnte mich gegen die Küchentheke. Hatte Neal gerade nichts Wichtigeres zu tun, als sich mit meinem Privatleben zu beschäftigen, das ihn – entgegen seines Erachtens – absolut nichts anging? Wenn dem so war, sollte ich ihm dringend noch ein paar meiner To-dos übertragen, davon gab es genug. Oder ihm ein Haustier kaufen. Vielleicht einen kleinen Hamster …

Joshka

Gibt es etwas Neues, oder warum schreibst du?

Neal

Habe nur deine Buchungen gesehen.

Alter Mistkerl.

Joshka

Das geht dich nichts an. Behalte deine Finger in deinen Angelegenheiten.

Ich konnte Neals dreckiges Lachen quasi durch das Handy hindurch bis nach Maple Creek hören.

»Hey, Josh, bist du so weit?« Beim Klang von Miras heller Stimme sah ich vom Display hoch und klappte den Mund auf, wie ein erstickender Fisch auf dem Trockenen. Was in drei Teufels Namen hatte sie in diesem Outfit vor?

Bewaffnet mit einer dunkelgrünen Duffle Bag, die aus allen Nähten zu platzen drohte, und einer kleinen Lederhandtasche stand Mira in kurzem Cordrock, Strumpfhose und dickem Strickpullover in der Tür zum Wohnbereich. Eine dunkelrote Mütze saß auf ihren leicht gewellten Haaren und ein passender Schal hing um ihren Hals. Ihre Füße steckten in gefütterten Winterstiefeln und Handschuhe baumelten an einer Schnur in ihrer rechten Hand, während sie einen gefütterten Wintermantel an sich drückte. Sie sah aus, als wollte ich sie in die Antarktis entführen.

Ich ließ das Handy sinken und schenkte ihr ein schiefes Lächeln. »Du weißt schon, dass wir nicht nach Sibirien reisen, oder?«

Schulterzuckend verzog sie das Gesicht. »Du sagst mir ja nichts. Und wenn wir doch nach Kanada oder Alaska fahren? Ich bin eben gern vorbereitet.«

»Übers Wochenende?« Mir kam bei ihrer ratlosen Miene und der steilen Falte zwischen ihren Augenbrauen ein trockenes Lachen über die Lippen. »Mira, wir fahren *nicht* nach Alaska.«

Mit einem leisen *Uff* stellte sie die Duffle Bag ab und wickelte sich aus dem Schal. »Wo geht es dann hin?«

Die Kaffeemaschine in meinem Rücken gab ein schrilles Piepen von sich und forderte offensichtlich irgendeine eine Aktion von mir. Ich hatte sie mittlerweile vollkommen vergessen. »Wir machen einen Städtetrip – mit geschlossenen Räumen und Autos mit Heizung. Du kannst die Winterausrüstung also hierlassen.«

»Witzig«, murmelte sie mit einem schiefen Lächeln und schlüpfte aus ihren Schuhen. »Dann habe ich meinen Daunenschlafsack und die Ohrenschützer ja völlig umsonst eingepackt. Also, welche Stadt hast du ausgesucht?« Mit einem Zwinkern in meine Richtung ging Mira zur Maschine und ließ sich selbst einen Kaffee raus. Dabei kam sie mir so nahe, dass mir ihr verlockender Duft direkt in die Nase stieg.

Ohne weiter darüber nachzudenken, griff ich nach ihrer schlanken Hüfte und zog sie zu mir, sodass sie zwischen meinen Beinen vor mir stand und unsere Gesichter nur noch wenige Zentimeter voneinander entfernt waren. Ich spürte ihren schnellen Herzschlag und ihren Atem, der über meine Haut fuhr. Lächelnd beugte ich mich weiter zu ihr herunter und strich federleicht mit meinem Mund über ihre Lippen. Mira erschauderte und ich genoss es in vollen Zügen. Sog jede ihrer Regungen in mich auf. Als wäre sie meine Droge. Als wäre sie das Einzige, auf das ich jeden einzelnen Tag hinarbeitete. Wann hatte sie so eine Macht über mich erlangt?

»Komm schon, sag es mir, Josh«, murmelte sie zwischen zwei Küssen und kicherte, als ich an ihrer Unterlippe knabberte.

»Wenn ich es dir jetzt schon verrate, ist die Überraschung dahin, meinst du nicht?« Ich löste mich von ihr und schob eine ihrer Haarsträhnen zurück. »Gedulde dich noch ein wenig.«

Atemlos sah sie zu mir auf, direkt in meine Augen, direkt in mich hinein. »Habe ich dir schon gesagt, dass das nicht gerade meine größte Stärke ist?«

Ich lachte leise und umfasste ihr Gesicht vorsichtig mit beiden Händen. So, als könnte es unter meinen Fingern zerbrechen – als könnte ich diese wunderschöne Frau zerbrechen, wie ich schon so vieles kaputt gemacht hatte. Mein Magen zog sich zusammen.

Am Ende richtest du doch alles und jeden zugrunde, Tomber.

»Josh?« Miras leise Stimme holte mich aus meinen dunklen Gedanken.

Ich schüttelte kaum merklich den Kopf und atmete leise aus. »Es wird dir gefallen, vertrau mir.«

Ein zögerliches Lächeln schlich sich auf ihre Züge. »Das glaube ich auch.«

Ich hauchte ihr einen weiteren Kuss auf den Mund, einfach, weil ich es konnte, und schob sie dann sanft in Richtung Küchentheke. »Was hältst du davon, wenn wir noch einen Kaffee trinken und dann losfahren?«

»Klingt gut. Dad weiß auch Bescheid.« Mira holte sich einen Hocker heran, sodass sie mir direkt gegenübersaß und legte den Kopf schief. »Wo ist eigentlich Lilac? Ich habe ihn seit unserem Abendessen kaum mehr zu Gesicht bekommen.«

Ich zog die erste Tasse unter der Maschine hervor und stellte sie samt aufgeschäumter Milch und Zimtpulver vor ihrer Nase ab. »Lil ist bei Elias gewesen. Er braucht etwas Abstand und einen Tapetenwechsel. So war es schon immer bei ihm, und ich habe gelernt, nicht zu viel nachzufragen. Er weiß, was er tut.«

Mira nickte langsam und schüttete sich den gesamten Milchschaum in die riesige *Maple's-Adventures*-Tasse, ehe sie ihr Werk unter einer Schicht Zimt vergrub. Skeptisch verzog ich das Gesicht, verkniff mir aber jeglichen Kommentar. Diese Diskussion hatten wir schon geführt und sie war, kurz gesagt, absolut aussichtslos.

Mit dem zweiten Kaffee in der Hand ließ ich mich ihr gegenüber nieder und stellte den Becher neben meinem Handy ab. »Also, rate weiter.«

»Warum? Du sagst mir ohnehin nicht, wenn ich richtigliege, oder?« Sie hob eine Augenbraue und leckte sich etwas Milchschaum von der Unterlippe.

Dieses Bild stellte Dinge mit mir an, über die ich im Augenblick noch nicht mal nachdenken sollte. Nicht, solange zwischen Mira und mir so viel ungeklärt war und in meinem Rücken bereits die nächste Lawine an Problemen wartete. Wie sehr ich mir doch wünschte, es wäre anders. Einfacher. Ohne all den Scheiß.

»Rate«, sagte ich nur und rutschte auf meinem Hocker herum. »Vielleicht gebe ich dir ja einen Hinweis.«

Mira seufzte und stellte ihre Tasse ab. »Oookaay, du hast gesagt, es wird ein Städtetrip … Fahren wir nach Westen oder nach Osten?«

Mein Handy ertönte wieder.

Neal.

Ich würde ihm definitiv noch ein paar Aufgaben geben, schließlich bezahlte ich ihn nicht dafür, sich in meine Privatangelegenheiten einzumischen.

»Ist er ein Freund von dir? Neal?«

»Hm?« Ich blickte vom Display auf und verharrte mit der Tasse an meinen Lippen. Ich würde nicht so weit gehen und sagen, wir wären Freunde, aber ich würde ihm, ohne zu zögern, Lilacs oder Miras Leben anvertrauen, und das bedeutete in meiner Welt weit mehr als schlichte Freundschaft. »Kann man so sagen«, gab ich schließlich zurück und schielte auf die Nachricht.

Neal

Wo bliebe dann der Spaß, Tomber?

Neal

Ich war so frei und habe euch noch ein
Upgrade besorgt. Kannst mir später danken.

Darunter war ein Link mit einer kurzen Vorschau auf den Inhalt.

»Dieser Mistkerl«, murmelte ich mit einem Schmunzeln, das halb Belustigung, halb Entnervung geschuldet war, und sah zu Mira, die mich abwartend betrachtete.

»Was ist?«

»Sag mal, hast du Abendgarderobe?«

Ihre Augen begannen zu leuchten. Ein kleines bisschen hasste ich Neal dafür, dass er mit seinem *Upgrade* bei ihr scheinbar direkt ins Schwarze getroffen hatte. »Ist das dein Ernst?«

Ich zuckte mit den Schultern und leerte meinen Kaffee. »Ich mache keine Scherze, Mirella. Vielleicht solltest du noch einmal umpacken. Es scheint, als hätten wir eine Einladung.«

KAPITEL 24

The Gold of Miras Secret

Joshka

Lächelnd lehnte ich mich im weichen Ledersitz meines BMW i8 zurück und warf Mira einen kurzen Seitenblick zu. Die Abendsonne tauchte ihr Profil in rötliches Licht und ließ ihre Haare wie flüssiges Gold schimmern. In diesem Moment war sie einfach so unglaublich perfekt, dass es mir beinahe den Atem verschlug.

Wir waren auf der Interstate 5 nach Norden unterwegs – in Richtung Seattle –, nur wusste Mira das nicht. Ganz offensichtlich wurmte sie das, denn wann immer wir ein Straßenschild passierten, klebte sie förmlich mit der Nase an der Scheibe. Während der ersten Stunde unserer Fahrt hatte sie mich ununterbrochen nach unserem Ziel gefragt und kaum Atempausen eingelegt. Dabei waren ihr die abstrusesten Städtenamen eingefallen, Orte, von denen ich noch nie etwas gehört hatte, und auch Seattle war bereits unter ihren Vermutungen gewesen. Allerdings hatte ich bei der Erwähnung der Stadt keine Miene verzogen und jedes Mal nur möglichst monoton mit Nein geantwortet. So lang und so unbeugsam, dass Mira irgendwann mit einem frustrierten Schnauben aufgegeben hatte. Ehrlich gesagt, hatte ich gedacht, sie würde länger durchhalten, aber vielleicht hatte sie auch einfach beschlossen, sich doch überraschen zu lassen.

Nach ihrem Ratespiel hatte sie etwas am Radio herumgedrückt, was mich schier wahnsinnig gemacht hatte, und war schließlich bei einem ruhigeren Sender stehen geblieben, dessen Musik nun das Innere des Autos füllte. Dann hatte sie ihre Beine auf den Sitz gezogen und nach einem Buch gegriffen. Knappe zwei Stunden später saß Mira noch immer unverändert zu einem Knoten zusammengerollt, den Kopf an die Scheibe gelehnt, auf dem Beifahrersitz und war in ihre Lektüre versunken.

Während ich sie wieder und wieder mit kurzen Blicken bedachte, kamen mir unweigerlich zwei Fragen in den Sinn.

Erstens: Was las sie da, und wie konnte es sie so sehr fesseln, dass sie nicht einmal aufgeblickt hatte, als wir auf die Interstate nach Seattle gewechselt waren?

Und zweitens: Wie konnte sie so lange als menschliche Brezel dasitzen, ohne dass ihr sämtliche Gliedmaßen einschliefen?

Ich legte die Stirn in Falten und trommelte auf dem Lenkrad herum, während ich mir den Kopf über diese dämlichen Fragen zerbrach.

»Ist alles in Ordnung bei dir?« Als ich dieses Mal zu Mira schaute, sah sie mich direkt mit ihren blauen Augen an, in denen ein amüsiertes Funkeln lag.

»Sicher.« Ich löste eine Hand vom Steuer und streichelte über ihren Oberschenkel. »Was liest du da?«

Mira klappte ihr Buch zu und fuhr beinahe zärtlich über den bunten Einband des Wälzers. Ich hatte tatsächlich nie besonders viel für Literatur übriggehabt, mir lagen Kunst und Musik weit mehr. Ganz im Gegensatz zu Lilac, der sich, genauso wie seine Zwillingsschwester, tagelang in Büchern verlieren konnte. Ob Lil und Mira wussten, dass sie diese Eigenschaft teilten? Ich hatte Menschen schon immer um die Fähigkeit beneidet, so einfach der Realität entfliehen zu können. Nur ein paar Worte, mehr brauchte es nicht.

»Es ist im Prinzip ein Reisebericht. Es geht um ein Mädchen, das seine Sachen gepackt hat und von heute auf morgen ohne viel Geld oder Besitz in die Welt rausgegangen ist.«

Ich beschleunigte und überholte zwei LKW, ehe ich mich wieder weiter rechts auf der fünfspurigen Straße einordnete. »Warum macht sie das? Warum lässt sie einfach alles hinter sich?«

Aus dem Augenwinkel sah ich, wie sich Miras Mundwinkel zu einem Lächeln verzogen. »Sie ist auf der Suche nach ihrem ganz persönlichen Abenteuer. Nach *mehr.*«

»Würdest du das auch machen? Einfach losziehen?« Aus irgendeinem Grund fiel es mir nicht schwer, mir Mira mit einem riesigen Rucksack und Wanderstiefeln auf einem Weg vorzustellen, den nur sie allein sehen konnte. Diese Seite an ihr hatte ich bereits in den Bergen bemerkt. Ihren unerschütterlichen Drang nach Freiheit und der Natur. Draußen schien sie in ihrem Element zu sein. Nicht länger eingeengt von Menschen und Gebäuden.

Mira seufzte leise und setzte sich wieder aufrechter hin, ehe sie das Buch in ihren Schoß legte, die Hände darauf gebettet. »Hättest du mich vor ein paar Monaten gefragt, wäre die Antwort eine andere gewesen als jetzt, schätze ich mal. Es ging mir immer darum, meinen Weg zu finden, aber im Moment fühlt es sich so an, als hätte ich ihn schon gefunden. Als hätte er *mich* gefunden.« Ihre Stirn legte sich in Falten, während sie aus dem Seitenfenster schaute. »Ich möchte raus, ja. Reisen, die Welt sehen und dorthin, wo beinahe noch niemand vor mir gewesen ist. Doch gerade habe ich das Gefühl, dass es mehr Dinge gibt, die mich hier halten. Dass ich bleiben sollte.«

»Ist das nicht oft so? Dass man geht, obwohl es Menschen und Aufgaben gibt, die das einem eigentlich nicht erlauben?«

»Das klingt nach dir, Josh.« Ihre Stimme war leise, als sie das sagte, und der Blick, den sie mir zuwarf, begleitet von einem undurchsichtigen Lächeln.

Schulterzuckend überholte ich einen aufgemotzten Sportwagen, dessen Fahrer mich mit einer obszönen Geste bedachte, als ich ihn mühelos hinter mir ließ.

Mistkerl.

»Das war keine Antwort auf meine Frage«, erinnerte ich sie dann und zog zurück auf die mittlere Spur.

Mira zog ein Bein an ihre Brust und zupfte an einem losen Faden ihres Cordrocks. »Was ist, wenn ein Ort nur so gut ist wie die Menschen, die du dort kennst? Was ist, wenn ich dann irgendwo auf einem der Berge stehe, die ich schon immer besteigen wollte, und feststelle, dass mir etwas fehlt? Dass mir *jemand* fehlt?«

»Du wirst es nie erfahren, wenn du es nicht machst.« Ich griff über die Mittelkonsole hinweg nach ihren kühlen Fingern und fuhr mit dem Daumen über ihren Handrücken. »Wenn es dich wegzieht, dann geh. Lass dich nicht von irgendwelchen theoretischen Überlegungen abhalten. Denn zurückkommen kannst du immer wieder.«

Unsere Hände verschränkten sich ineinander, und ein angenehmer Schauer jagte durch meinen Körper, was so gar nicht zu mir passte. Genauso wenig wie die gesamte Situation hier. Der gefürchtete Tomber saß mit einem Mädchen Händchen haltend im Auto auf dem Weg zu einem Wochenendtrip. Dank Neal inklusive eines Galaabends bei einem alten Bekannten, den ich lieber irgendwo verscharrt wissen würde als im Frack vor mir. Hölle, wenn mich meine Leute jetzt so zu sehen bekommen würden … Mein Ruf wäre dahin. Aber aus irgendeinem Grund war mir das gleich.

Ich lächelte und drückte Miras Finger. »Wenn du gehen möchtest, dann geh«, sagte ich noch einmal und hoffte, sie würde zwischen den Zeilen lesen, was ich ihr eigentlich zu sagen versuchte.

»Vielleicht möchte ich das gar nicht mehr. Gehen, meine ich. Es hat sich so viel verändert. Lilac ist in mein Leben getreten und …« Mira beendete den Satz nicht, und das brauchte sie auch gar nicht, denn ich wusste auch so, was sie hatte sagen wollen.

Du. Du bist in mein Leben getreten.

Bei der Hölle, ich sollte nicht der Grund sein, warum sie blieb. Ich sollte der Grund sein, warum sie ging. Warum sie alles hinter sich ließ. Doch ich hatte die leise Ahnung, dass wir die Grenze, an der wir das hätten entscheiden können, längst überschritten hatten. Und das jagte mir eine Scheißangst ein. Mein Verlangen, Mira nahe zu sein und sie vor all dem Mist da draußen zu beschützen, jagte mir Angst ein. Die Wucht, mit der mir das alles um die Ohren fliegen würde.

Denn das würde es.

Ich wusste nur noch nicht, wann.

»Hast du geraten oder heimlich Tami ausgequetscht?« Mira strich sich die Haare hinter die Ohren und richtete sich merklich in ihrem Sitz auf, als die ersten schimmernden Hochhäuser Seattles in Sicht kamen.

»Warum hätte ich das tun sollen?«

»Weil Seattle schon ewig auf meiner Bucket List steht.«

Ich bedachte sie mit einem ungläubigen Seitenblick und ordnete mich Richtung Stadtzentrum ein. »Du willst mir ernsthaft verkaufen, dass du in Maple Creek wohnst, was keine sechs Stunden von Seattle entfernt liegt, und noch nie hier warst?«

Mira zog tatsächlich eine Schnute und verschränkte die Arme vor der Brust, sodass sie starke Ähnlichkeit mit einer Fünfjährigen hatte, der man ihren Lieblingslolli weggenommen hatte. »Sag das nicht so. Es hat sich einfach nicht ergeben, okay?«

»Dann habe ich mit meiner Wahl ja Glück gehabt.«

»Könnte man so sagen.«

»Oder das teuflische Untergrundgenie in mir hat zugeschlagen.«

»Das ist dann doch etwas weit hergeholt.«

Ich setzte mein kühles Tomber-Lächeln auf und zuckte mit den Schultern. »Du wärst überrascht, kleine Mira.«

Sie versetzte mir lachend einen Klaps auf den Oberschenkel, in der nächsten Sekunde klebte ihr Blick auch schon wieder am Fenster und der Umgebung, die langsam Gestalt um uns herum annahm. Zugegeben, Seattle zeigte sich von seiner schönsten Seite, als wir über die Interstate einfuhren, auf der nicht besonders viel los war. Schillernde Wolkenkratzer funkelten in den letzten goldenen Sonnenstrahlen des frühen Abends und schienen uns geradezu willkommen zu heißen, während wir tiefer ins Herz der Stadt vordrangen. Einer Stadt, die ich beinahe genauso gut kannte wie New

York. Eine *interessante Wahl,* hatte Neal es genannt. Reichlich untertrieben, wenn man bedachte, dass ich mit dem Untergrund hier bis vor ein paar Monaten sehr engen Kontakt gepflegt hatte. Es war ein respektvoller Umgang gewesen, sofern man das in Anbetracht der Tatsache, dass es um Drogengeschäfte und andere illegale Machenschaften ging, sagen konnte. Zwischen Seattles Untergrund und mir ist es nie zu Problemen gekommen, und dennoch blieb ein Rest Beklommenheit, als uns die Straßen der Stadt verschluckten.

Im Radio wechselte der Song zu *Girls Like Us* von Zoe Wees und Mira begann leise mitzusingen. Ihre helle Stimme und das Leuchten in ihren Augen sorgten mühelos dafür, dass sich die Gedanken an meine Vergangenheit zurückzogen und all dem Platz machten, was ich mir für dieses Wochenende überlegt hatte.

»Wo übernachten wir? Im Hafenviertel? Oder in der Nähe der Space Needle?«

»Weder noch«, gab ich zurück und lenkte den Wagen in Richtung Meer, dorthin, wo beinahe direkt an der Küstenlinie die funkelnden Wolkenkratzer mit ihren schicken Privatappartements lagen.

Als Mira erkannte, welchen Ort ich ansteuerte, wurden ihre Augen groß, und meine Mundwinkel verzogen sich unwillkürlich zu einem schiefen Lächeln. Mein Vater mochte in seiner Rolle als Dad nicht besonders viel taugen, aber er hatte mir die ein oder andere nützliche Lektion mit auf den Weg gegeben, die mir bereits einige Male den Hintern gerettet hatten. Eine davon war, sich immer eine Hintertür in Form von Investitionen und Rückzugsorten offenzuhalten und nicht jeden davon wissen zu lassen.

»Ist das dein Ernst?«

»Es hat auch Vorteile, ich zu sein«, sagte ich mit einem dunklen

Unterton und lenkte meinen BMW durch eine Schleuse in die Tiefgarage eines der Wolkenkratzer. Es war der höchste und neueste in erster Reihe mit uneingeschränktem Blick auf die Bucht und die unendliche Weite dahinter. Ich stellte den Wagen zwischen anderen schicken SUVs und teuren Sportwagen ab und führte Mira kurz darauf direkt in einen der polierten Aufzüge, die den Bewohnern der oberen Stockwerke vorbehalten waren. Mit raschen Fingern gab ich den Zugangscode ein, dann war der Weg nach oben frei.

Penthouse.

Es hatte nie in meiner Natur gelegen, mit dem, was ich besaß, anzugeben. Dafür hatte ich zu hart gearbeitet, zu viel verloren und gekämpft, um es zu halten. Doch in diesem einen Moment genoss ich Miras Staunen in vollen Zügen, als sie beinahe wie in Trance in das Appartement trat und sich verblüfft umsah. Ihr Mund stand leicht offen, und ihre Hände öffneten und schlossen sich immer wieder, während ich grinsend am Aufzug lehnte und sie beobachtete. Die Lichtstrahlen des jungen Abends ließen ihr Haar leuchten und sie beinahe wie eine Figur aus einem Roman erscheinen, die in eine fremde Welt gestolpert war. Mira wirkte seltsam fehl am Platz in diesem hochmodernen Penthouse, wo sie doch normalerweise in der Natur zu Hause war. Und doch schien sie genau hierherzugehören. Mit mir, in dieses kleine Schloss über den Dächern dieser magischen Stadt.

Ich verschränkte die Arme vor der Brust und versuchte, mein Appartement mit ihren Augen zu sehen. Den dunklen Holzboden, den weitläufigen Raum, der die Höhe von drei gewöhnlichen Zimmern besaß und dessen hintere Wand komplett aus Glas bestand. Man hatte einen grandiosen Blick auf das Meer, den Hafen und die ganze Stadt. Eine freischwingende Glastreppe führte auf die zweite Ebene, von welcher aus man auf die Dachterrasse gelangte. Moderne Kristallleuchter hingen von der hohen Decke in den Raum, der Küche, Esszimmer und eine ausladende Couchlandschaft aus hellem Leder beherbergte. Es gab einen gewaltigen Flachbildfernseher, eine Hochglanzküche, edle Holzmöbel und helle Hochfloorteppiche, die Miras langsame Schritte schluckten, während sie weiter in das Appartement trat. Direkt vor der Glasfront stand mein schimmernder schwarzer Flügel, auf dem sich einige Notenblätter stapelten, obwohl ich schon lang nicht mehr nach Noten spielte. Fotografien des Mount Rainier Nationalparks hingen als Prints an den weißen Wänden, dazwischen Schwarz-Weiß-Aufnahmen meiner liebsten Städte dieser Welt. Ich hatte mir nie besonders viel aus einem Zuhause gemacht. Für mich war immer nur wichtig gewesen, einen Ort zu haben, an dem ich sicher schlafen konnte – ob es nun ein verlassenes Gebäude in Downtown oder eine Hotelsuite war, hatte dabei nie eine Rolle gespielt. Aber hier, hier hatte ich mir das erste Mal zugestanden, so etwas wie ein Zuhause zu schaffen. Meinen ganz persönlichen Rückzugsort.

»Es ist wahnsinnig schön, Josh.« Miras Stimme klang beinahe ehrfürchtig, als sie das sagte. Dann drehte sie sich wieder zu mir um. »Danke, dass du mich hierhergebracht hast.« Ihre Wangen hatten einen rosigen Schimmer angenommen, und ich konnte nur daran denken, dass *sie* wahnsinnig schön war. Anders hätte ich es selbst mit allen Worten dieser Welt nicht ausdrücken können.

Lächelnd stieß ich mich von den geschlossenen Aufzugtüren ab und kam Mira entgegen, die Hände locker in den Hosentaschen versenkt. »Das freut mich zu hören. Oben sind vier Schlafzimmer. Such dir einfach eins aus und mach dich etwas frisch, wenn du möchtest.« Einen knappen Meter vor ihr blieb ich stehen, sah zu ihr herab und verlor mich einen Moment lang in dem aufgeregten Leuchten in ihren Augen. »Wenn du Hunger hast, kann ich uns noch etwas Kleines bringen lassen, bevor wir uns für den Abend fertig machen.«

»Die Einladung?«

Ich schob ihr eine verirrte Strähne aus der Stirn und folgte dann mit meinem Zeigefinger der Linie ihres Wangenknochens. »Nur, wenn du möchtest. Neal hat es vielleicht etwas übertrieben in seinem Anfall von Enthusiasmus. Wir müssen nicht ausgehen. Wir können auch einfach hierbleiben, einen Film schauen, Popcorn essen …«

Mira legte eine ihrer Hände auf meine und schüttelte den Kopf. »Ich wollte dich schon immer mal im Anzug sehen, also lass uns ausgehen. Zeig mir dein Seattle.«

Mein Griff um ihre Wange wurde fester, ehe ich mich so nah zu ihr herunterbeugte, dass wir uns die Luft zum Atmen teilten. Beinahe augenblicklich übernahm jene Magie, die mich unweigerlich zu Mira zog, und machte es schier unmöglich, die kurze Distanz zwischen uns länger auszuhalten. »Ich hatte gehofft, dass du das sagen würdest. Das mit der Stadt, nicht das mit dem Anzug«, raunte ich.

Dann überwand ich den Abstand zwischen uns und ließ mich von der Anziehungskraft zu dem Mädchen treiben, das mir den Verstand geraubt hatte.

Es war, als wäre ich durch eine Tür in eine fremde Welt gefallen. In eine Welt, in der ich eine ganz andere Person in einem komplett anderen Spiel war. Mir war bewusst, dass das nicht der Realität entsprach, dass meine hässliche Wahrheit eher früher als später wieder an die Tür klopfen und mich zurückreißen würde, aber für heute Nacht gestand ich mir zu, das alles schlichtweg zu vergessen. Einfach zu leben. Diese bildhübsche Frau an meiner Seite zu genießen, die bei mir blieb, obwohl sie einen tieferen Einblick in meine Abgründe bekommen hatte als die meisten anderen. Die aus einem mir unbegreiflichen Grund über all das hinwegsah und stattdessen nur *mich* sah. Den jungen Mann, der ich vielleicht geworden wäre, wäre meine Schwester nicht gestorben und ich nie in die Fänge des Untergrunds geraten. Mira, die mir das Gefühl gab, dass das alles nicht existierte. Dass es keine Rolle spielte, woher wir kamen, nur dass wir gemeinsam hier waren.

Ich drückte unsere ineinander verschränkten Finger und sah sie ein weiteres Mal an. Ich konnte gar nicht anders. Mira bot einen Anblick, der mir buchstäblich den Atem raubte und in mir das Verlangen schürte, sie geradewegs zurück in das Taxi zu führen, mit dem wir hergekommen waren. Irgendwohin, wo wir ungestört wären, wo ich sie für mich ganz allein hätte und stundenlang anschauen könnte.

Vermutlich konnte man mir meine Gedanken vom Gesicht ablesen, denn Miras Wangen röteten sich merklich und ein undurchsichtiges Lächeln zupfte an ihren roséfarben geschminkten Lippen.

Ich spürte, wie mir die Hitze in den Nacken stieg. Und sich noch an ganz anderen Orten sammelte.

Scheiße, das wird ein langer Abend.

Miras schwarzes Kleid saß eng an ihrem Oberkörper und fiel bis zu ihren Knien in fließenden Stoffbahnen herab. Feine Spitze in derselben Farbe bedeckte ihre zarten Schultern. In der Kuhle unter ihrem Hals lag ein kleines, goldenes Medaillon, passende Ohrringe funkelten an ihren Ohren. Ihre hellen Haare trug sie seitlich hochgesteckt und kleine, goldene Blätter saßen darin, als wäre sie direkt aus ihrem geliebten Wald in den geschmückten Saal gekommen, den wir nun betraten. Mira war bildschön, auf unkomplizierte Art und Weise und zog bereits jetzt die Blicke der Männer und Frauen um uns herum auf sich, während ihre Augen staunend über das Bild huschten, das sich uns bot. Als würde sie gar nicht merken, wie perfekt sie war.

Mit diesem schicken Date, das uns Neal freundlicherweise verschafft hatte, war eine Benefizgala gemeint gewesen, zu der ich von einem Bekannten eingeladen worden war. Wir hatten einander bei einem Geschäft kennengelernt und danach einige Deals miteinander abgewickelt, ehe sich unsere Wege wieder getrennt hatten. Aus gutem Grund, denn Marc Tellings war zwar sehr wichtig für meine Projekte und ein guter Investor, aber im gleichen Zug auch ein überhebliches Arschloch. Und diese Sorte Mensch brachte in mir die schlechtesten Seiten hervor. Ehrlich gesagt, wusste ich nicht genau, warum Neal in meinem Namen doch für diese Veranstaltung zugesagt hatte, aber ich vermutete, dass er Mira diesen Teil meines Lebens zeigen wollte. Den Teil, der nicht mit dem Untergrund zusammenhing und mehr dem Joshka entsprach, der ich eines Tages zu sein hoffte.

Das *Château du Monde* war ein weitläufiges Sternerestaurant, zu dem unter anderem ein gewaltiger Saal gehörte, der gut und gerne direkt aus Versailles hätte stammen können. Es gab Gold und Prunk im Überfluss. Ein Quartett untermalte die Gala mit klassischer Musik, während sich Kellner in dunklen Livreen darum bemühten, kein Glas der unzähligen Gäste in Abendgarderobe trocken zu lassen. Goldene Lüster tauchten das Bild in weiches Licht, das von der verspiegelten Decke eingefangen wurde. Wie gesagt, es war wie eine skurrile, verdrehte Welt, in die Mira und ich Hals über Kopf gestolpert waren.

»Ich kann nicht fassen, dass *das* real ist«, murmelte sie und nahm mir damit sozusagen die Worte aus dem Mund. »Wie kommt es, dass du hier …«

»Du meinst, weil ich mich sonst im Untergrund New Yorks herumschlage und zwielichtige Geschäfte führe?«, beendete ich ihre Frage, die sie nicht laut ausgesprochen hatte.

Miras Augen richteten sich erstaunlich fest auf mich, dann schüttelte sie vehement den Kopf. »Nein, das habe ich nicht sagen wollen, Joshka. Es wundert mich nur, weil dir das alles hier so gar nicht ähnlich sieht. Die ganzen alten Menschen und die höflichen Konversationen.«

Mir kam ein trockenes Lachen über die Lippen. »Autsch.«

Grinsend stieß sie mich an und ließ sich dann von mir tiefer in den Saal hineinführen. Vor dem Quartett hatte sich eine freie Fläche gebildet, auf der einige Tanzende über das auf Hochglanz polierte Parkett schwebten. Frauen und Männer in beinahe lächerlich schicker Garderobe hatten sich in Grüppchen drum herum positioniert, in ihre wichtigen Geschäftsdiskussionen vertieft, mit einem Auge jedoch aufmerksam auf der Tanzfläche. Immer wieder spürte ich schwere Blicke auf mir lasten, alte Bekannte und wichtige Partner, mit denen ich zu tun gehabt hatte und teilweise noch hatte, aber bisher war keiner von ihnen dumm genug gewesen, mir zu nahe zu kommen.

Scheint also doch noch etwas von meinem guten *Ruf übrig geblieben zu sein.*

»Was für eine Überraschung. Ich habe nicht erwartet, dich hier zu sehen, Joshka Graveman«, erklang eine tiefe Stimme hinter uns, die mir leider nur allzu bekannt war. Wenn man vom Teufel sprach – so hieß es doch, oder? Ich verdrehte die Augen.

Vielleicht machen sich doch nicht alle Menschen etwas aus meinem Ruf.

Mira warf mir einen fragenden Blick zu, ehe wir uns der Stimme zuwandten, die ganz offensichtlich zu jemandem gehörte, der noch nichts von meiner geschätzten Privatsphäre gehört hatte. Oder die ihm schlichtweg scheißegal war. Bei diesem Idioten hier war das schwer zu sagen.

Vor uns stand, wie befürchtet, Marc Tellings. Wir waren ungefähr im selben Alter, allerdings fehlte ihm bereits gut die Hälfte seiner weißblonden Haare. Ein Verlust, den er augenscheinlich durch eine geschmacklose, viel zu große Diamantuhr zu kompensieren versuchte. Was ihm nicht gelang. Am liebsten hätte ich ihn sofort dorthin zurückgeschickt, wo er hergekommen war, aber dann rief ich mir seine Bedeutung für meine offizielle Wohltätigkeitsorganisation ins Gedächtnis und die Tatsache, dass Mira direkt neben mir stand. Tellings war der Dunkelheit, die unter meiner Fassade lauerte, auch so schon oft genug zu nahe geraten, da musste ich ihm nicht noch mehr Gründe liefern, weiter nach doppelten Böden zu graben. Schlimm genug, dass er immer wieder auf der Frage herumritt, woher ich eigentlich das Startkapital für meine Projekte bekommen hatte. Aber allein schon, wie er Mira in diesem Moment ansah, diese widerliche Lüsternheit …

Schluck es runter, Joshka.

»Marc«, begrüßte ich ihn kühl und ergriff seine ausgestreckte Hand, die er einen Tick zu überschwänglich schüttelte.

Seine blassblauen Augen glitten vielsagend zu den deutlich sichtbaren Narben an meinen Knöcheln, die von meiner Zeit im Untergrund zeugten, dann verzogen sich seine schmalen Lippen zu einem Haifischlächeln. »Also ist es wahr, was man sich so erzählt? Dass sich der mysteriöse Joshka Graveman auf seinem Weg an die Spitze immer noch die Hände schmutzig macht?«

»Wüsste nicht, was dich das angeht«, gab ich scharf zurück und zog Mira instinktiv näher an meine Seite.

»Und ich habe nie verstanden, warum du so ein Geheimnis daraus machst. Wir alle haben unsere eigenen Methoden, ist es nicht so, mein Freund? Und glaub mir, wenn ich sage, dass ich nicht der Einzige bin, der neugierig auf den Mann hinter diesem Wunderwerk ist. Es ist erstaunlich, was du in so kurzer Zeit auf die Beine gestellt hast. Und noch viel erstaunlicher ist, was man sich so über dich erzählt. So viele verschiedene Geschichten, und keine scheint zu passen.« Tellings' Zähne blitzten hell auf.

Ich war mir der vielen Gerüchte und Schauergeschichten, die um mich kursierten, nur allzu bewusst, und sie waren mir recht, solange sie mir nicht zu nahe kamen. Mir und der Wahrheit, die ich sorgfältig vor gierigen Augen verbarg.

Ich straffte die Schultern und hob herausfordernd das Kinn. »Ich belasse es dabei, Marc. Wie gesagt, es ist meine Sache.«

»Das ist mir schon aufgefallen. Du lässt dir nicht gern in die Karten schauen, dabei brenne ich förmlich darauf, zu erfahren, was hinter deiner schicken Fassade steckt. Und jetzt, wo du dich schon mal hier blicken lässt –«

»Entschuldigung, aber wir wurden einander noch nicht vorgestellt.« Mira schob sich zwischen Marc und mich, noch ehe ich den Mund hätte aufmachen können. Vermutlich, weil sie das Brodeln in mir nur zu genau spürte und ahnte, dass diese Begegnung ohne Intervention kein gutes Ende nehmen würde.

Tellings ließ von mir ab, schaute zu Mira und ergriff ihre Hand. »Marc Tellings. Joshka und ich haben in der Vergangenheit gemeinsam an einigen wichtigen Projekten gearbeitet. Und mit wem habe ich das Vergnügen?«

»Mirella Aberdeen. Ich fürchte, Josh hat Sie noch gar nicht erwähnt.«

Mir kam ein überraschtes Lachen über die Lippen, das ich rasch mit einem Hüsteln kaschierte. Wer hätte gedacht, dass die unschuldige Mira diese Art der Konversation so gründlich beherrschte?

Das Quartett spielte einen Tusch und zog damit sämtliche Aufmerksamkeit auf die Tanzfläche, die sich nun rasch füllte.

»Wenn das kein Stichwort ist. Vielleicht können wir einander besser kennenlernen? Bei einem kleinen Tanz? Ich kann Ihnen versichern, Mirella, ich bin ein ganz ausgezeichneter Tänzer.« Elegant deutete Tellings eine leichte Verbeugung an und bot Mira seinen Arm an.

»Ich denke nicht –«, begann ich warnend, doch da hatte sie sich auch schon mit einem Zwinkern in meine Richtung von mir gelöst und sich bei Marc untergehakt.

Was in drei Teufels Namen …?

Beschwingt führte Tellings meine Begleitung zwischen die anderen Tanzenden, ohne mich eines weiteren Blickes zu würdigen. Vermutlich hoffte er, von Mira mehr über mich zu erfahren. Oder aber, er wollte mich schlichtweg bloßstellen und auflaufen lassen, was ihm hervorragend gelang.

Arschloch.

Kurzerhand folgte ich den beiden und blieb am Rand der Tanzfläche stehen, wo ich eine gute Sicht auf die Paare hatte, die nun Aufstellung nahmen. Allen voran Mira und Marc, der seine Hände genau so platzierte, dass es gerade noch dem Anstand entsprach. Es ärgerte mich, dass er ihr so nahe war. Und es trieb mich regelrecht zur Weißglut, dass er mit Mira diese Macht über mich in seinen schmierigen Händen hatte. Genau aus diesem Grund ging ich Beziehungen und Freundschaften aus dem Weg. Sie passten nicht in meine Welt, in mein Spiel, das ich so gern spielte. Sie lenkten mich nur ab, brachten mich dazu, Fehler zu begehen.

Die Arme betont lässig an meinen Seiten, verfolgte ich mit wachsamen Augen, wie Tellings und Mira langsam zu tanzen begannen. Es war ein Walzer, ruhig und gleichmäßig, und stand im harten Kontrast zu der Glut, die in mir brodelte. Drehung ging in Drehung über, Marc wusste definitiv, was er tat, und seinem aalglatten Lächeln nach zu urteilen, war ihm das auch durchaus bewusst.

Okay, es reicht. Du hattest deinen Spaß, Mistkerl.

Ich setzte mich in Bewegung, um ihn abzulösen, statt weiterhin wie der Idiot, zu dem er mich machen wollte, am Rand zu stehen, als er plötzlich mit weit aufgerissenen Augen erstarrte. Mira machte einen kleinen Schritt zurück und sagte irgendetwas, das Marc dazu brachte, hektisch zu nicken und entschuldigend die Hände zu heben.

Ich zog die Augenbrauen zusammen und bewegte mich instinktiv in ihre Richtung, was Tellings' erschrockenen Blick für einen Sekundenbruchteil auf mich lenkte, ehe er wieder zu Mira schaute und abermals nickte. Ein kaltes Lächeln huschte über ihre Züge, als sie ihrerseits den Kopf neigte und ihm den Arm tätschelte. Im nächsten Moment war Tellings auch schon, eine Hand vor den Mund gepresst, von der Tanzfläche gestürmt, als wäre der Teufel persönlich hinter ihm her.

Ich trat zu Mira und führte sie mühelos zurück in den Walzer, der um uns herum nicht einen Moment gestockt hatte. Sie wirkte seltsam zufrieden, und in ihren Augen stand ein dunkles Leuchten, das vorher noch nicht dort gewesen war.

»Sollte ich fragen, was das gerade gewesen ist?«, raunte ich so dicht an ihrem Hals, dass mir der angenehme Duft ihres Parfüm in die Nase stieg.

Miras Mundwinkel zuckten. »Ich habe Marc nur ein kleines Geheimnis über dich anvertraut.«

Ich kniff die Lippen zusammen und umfasste ihre Seite unwillkürlich fester, doch sie lachte nur leise und fuhr mit einer Hand meinen Arm rauf und wieder runter. »Entspann dich. Nichts davon entspricht auch nur im Entferntesten deiner Wahrheit, aber es sollte reichen, um ihn dir vorerst vom Hals zu halten.«

Kopfschüttelnd sah ich sie an und kam für einen Augenblick aus dem Takt. »Was hast du zu ihm gesagt, Mira?«

Ein mysteriöses Lächeln umspielte ihre Mundwinkel, dann stellte sie sich auf die Zehenspitzen und kam mir so nahe, dass ihr warmer Atem über mein Ohr glitt, ehe sie flüsterte: »Das bleibt *mein* Geheimnis.«

Ein eiskalter Schauer lief mir den Rücken hinunter, während ich Mira ungläubig ansah. Den zarten Schwung ihrer Lippen, das kluge Funkeln in ihren Augen, ihr leicht vorgeschobenes Kinn. Ihr unergründlicher Blick.

Vielleicht hatte ich mich geirrt.

Vielleicht beherrschte sie längst die Regeln meiner Welt. Kannte die Melodie und die feinen Nuancen von Licht und Schatten.

Ich strich über ihre Wange und hob einen Mundwinkel.

Vielleicht passte Mira doch in meine Welt.

KAPITEL 25

Sleepless in Seattle

Mira

Seattle übertraf alle meine Erwartungen, als wir am nächsten Vormittag gemeinsam unser Sightseeing-Programm starteten. Die Stadt war wie ein magisches Kunstwerk, das mich innerhalb von Sekunden in seinen Bann zog. Die bunte Mischung aus historischen Bauten und modernen Wolkenkratzern, und der einzigartige Zauber, der in den Straßen lag, packten mich und ließen mich nicht mehr los. Überall schien es nach frischem Kaffee und salziger Seeluft zu duften, während die Space Needle ihren wandernden Schatten über die Häuser warf, als würde sie über die Stadt wachen.

Und Josh … Josh wurde hier, fernab von New York oder Maple Creek, das ihn buchstäblich einzuengen schien, zu jemand ganz anderem. Er wirkte befreit, weniger gehetzt, sah sich nicht ständig über die Schulter und schien inmitten der Fischerhäuschen und Cafés regelrecht aufzublühen. Der grüblerische, ernste Mann war verschwunden und einem regelrechten Charmeur gewichen, der unzählige Daten und Fakten über jede einzelne Straße zu wissen schien. Als wir durch die Pike Street schlenderten, wisperte er mir zu, dass hier *Starbucks* gegründet worden war, und etwas weiter unten im Hafen verriet er mir, wann die ersten Siedler Seattle erreicht hatten, während er mir eine Strähne hinters Ohr schob. Seine warmen, starken Finger hielten meine fest umschlungen, führten mich durch eine Stadt, die uns mit einem Bann belegt hatte, aus dem ich niemals wieder erwachen wollte. Ein Zauber, der mich den Streit mit Dad vergessen ließ und Josh von seinen Problemen in New York ablenkte. Zwar bestritt er weiterhin vehement, dass es überhaupt Schwierigkeiten gab, aber ich wusste, dass er das nur sagte, um mich zu beruhigen. Die tiefen Furchen in seiner Stirn verrieten ihn. Doch in Seattle schienen sie nicht länger zu existieren. Die kleinen und die großen Probleme. Und immer wieder erwischte ich mich dabei, wie ich mir wünschte, dass wir einfach hierbleiben könnten. Denn irgendetwas sagte mir, dass, wenn wir nach Maple Creek zurückkehrten, nichts mehr von diesem Zauber übrig sein würde.

Mit einem kleinen Schubser bugsierte mich Josh durch eine schmale hölzerne Tür, in die ein Fenster aus buntem Glas eingelassen worden war. *Hot & Cozy Coffee* stand in grünlichen Buchstaben darin und verriet noch vor dem Duft nach gerösteten Bohnen, was sich hinter der historischen Fassade verbarg.

»Bist du sicher, dass es eine kluge Idee ist, noch mehr Koffein zu uns zu nehmen? Ich habe schon jetzt das Gefühl, dass jede meiner

Zellen vor Energie vibriert«, wandte ich mich schmunzelnd an Josh, als wir durch den Gastraum mit der hohen verzierten Decke an die Theke traten.

»Kluge Ideen sind langweilig. Die richtig schlechten hingegen machen am meisten Spaß. Außerdem ist der Kaffee hier der beste der ganzen Stadt. Vertrau mir.«

Kopfschüttelnd pustete ich mir eine lose Strähne aus der Stirn und schlüpfte aus meinem karierten Mantel. »Das hast du bei den anderen drei Cafés, in denen wir heute schon waren, auch gesagt.«

Mit einem gerissenen Funkeln in den Augen legte er mir eine Hand um die Taille und trat dann neben mich, um der jungen Barista hinter der Kasse unsere Bestellung zu nennen. Ich hatte es schon längst aufgegeben, meine eigene Wahl zu treffen – Josh verfolgte sein Ziel, mir den *besten Kaffee der Welt* zu zeigen, mit bemerkenswerter Sturheit. Nachdem er bezahlt hatte, lotste er mich an einen kleinen runden Marmortisch direkt vor einem der großen Fenster, von welchem aus wir einen guten Blick auf das bunte Treiben der 1st Avenue hatten. Die Stühle, auf denen wir uns niederließen, waren mit grünem Samt bezogen und herrlich bequem. Würde ich in Seattle wohnen, wäre das hier definitiv eines meiner Lieblingscafés, um zu arbeiten.

»Was gefällt dir bisher am besten an dieser Stadt?«, fragte Josh leise, als hätte er meine Gedanken gelesen. Seine Augen flogen aufmerksam über meine Züge, während er die Nummer unserer Bestellung in der Mitte des Tischs platzierte.

Ich erwiderte seinen neugierigen Blick. Ein Lächeln zupfte an meinen Lippen. *Du*, hätte ich am liebsten gesagt. *Du und wie du hier bist. Die Art, wie du mir Seattle zeigst. Dein befreites Lachen am Meer und deine Hand in meiner.*

Aber das sprach ich nicht laut aus. Vielleicht, weil ich noch nicht benennen konnte, was genau das zwischen uns war. Wir hatten uns schon einige Male geküsst und gestern auf der Gala hatten wir unzählige Lieder lang getanzt und einander nicht mehr losgelassen. Ich wusste, dass ich Josh liebend gern an meiner Seite hätte. Nicht nur für das viel zu kurze Wochenende in Seattle, das morgen schon wieder enden würde, oder unsere begrenzte Zeit in Maple Creek. Ich wollte ihn bei mir behalten, mit ihm die Tage verbringen, nach meiner Arbeit im *Maple's Adventures* mit ihm auf der Couch sitzen, reisen, ihm mein Zuhause und die Welt zeigen. Aber mir war bewusst, dass dieses *Wir* nicht für immer sein konnte. Dass es enden würde und ich nicht das Geringste daran ändern konnte. Josh hatte es nie direkt gesagt, doch ich wusste auch so, dass er gehen würde. Dass sein Bleiben in Maple Creek eher ein kurzes Verweilen war, bevor ihn New York zurückforderte. Vielleicht nicht morgen oder in zwei Wochen, aber er würde gehen, ohne zurückzublicken, und ich fürchtete mich bereits jetzt davor, was sein Verschwinden mit mir machen würde.

»Mira?«

Ich sah von der Nummer aus dunklem Holz auf und fuhr mir über die Arme, auf denen sich eine Gänsehaut ausgebreitet hatte. »Hm?«

»Du hast mir nicht auf meine Frage geantwortet.« Josh wölbte eine Augenbraue und fuhr sich über die Unterlippe.

»Scheint zur Gewohnheit zu werden.« Ich verschränkte locker die Arme vor mir auf dem Tisch und legte den Kopf schief. »Außerdem ist es eine schwere Frage. Ich muss erst darüber nachdenken.«

Mit einem leichten Nicken streichelte er über meinen Unterarm und malte kleine Muster darauf. Ich lächelte.

»Okay, ich mag das Alte und das Neue in den Straßen von Seattle. Ich mag das Meer, die funkelnden Hochhäuser und die Space Needle. Den Spaziergang an der Promenade, das Sandwichpicknick im Park, den unterirdischen Busbahnhof und den riesigen Outdoorladen mit der Feuerstelle in der Mitte. Der war echt genial!«

Josh grinste und stützte den Kopf in seine unter dem Kinn gefalteten Hände. »Und weiter?«

»Ich mag das alles. Ich glaube … ich glaube, ich habe mich in diese Stadt verliebt.« Sein Blick verhakte sich mit meinem, und ich sah ihn schlucken, als ich mich weiter über den Tisch beugte, so nah, dass sein Atem auf meinen Lippen prickelte. »Ich habe mich in Seattle verliebt.«

»Mira …«, begann er rau und fuhr hoch, als die Bedienung unsere Kaffees auf dem Tisch ablud.

Automatisch bedankte ich mich, griff nach meiner großen Tasse und umschloss sie mit beiden Händen, als mir ein kalter Schauer über den Rücken lief.

Habe ich das wirklich gerade gesagt?

Josh räusperte sich und nahm einen Schluck von seinem Kaffee. »Es freut mich, dass dir die Stadt so gut gefällt. Als ich das erste Mal hier war, hatte ich gleich das Gefühl, dass ich an diesem Ort richtig bin. Daran hat sich bis heute nichts geändert.« Seine Stimme war ruhig und gefasst, und doch konnte ich das leichte Zittern darin hören, das wie ein Echo meines viel zu schnellen Herzschlags klang.

Ich schaute in seine grüngrauen Augen, die in dem Licht die Farbe von dunklen Kiefern besaßen und stellte meine Tasse ab. »Warum bist du nach New York zurückgegangen, wenn es sich hier richtig angefühlt hat?«

»Manchmal lässt einem das Leben keine Wahl – auch, wenn alle meinen, man hätte *immer* eine Wahl. Und vielleicht wollte ich es auch genauso. Seattle ist für mich ein sicherer Hafen. Ein Ort, an den ich zurückkehren kann, wenn es mir woanders zu viel wird, und wo mich keine alten Probleme belagern können. Das will ich mir bewahren«, erwiderte Josh in seinem für ihn so typischen ernsten Tonfall. »In New York kennen mich zu viele Menschen, aber hier … bin ich weit entfernt von alledem. Womöglich ist Seattle sogar mein Zuhause.«

In Augenblicken wie diesem kam er mir älter vor als dreiundzwanzig, und ich begann mich wie in so vielen Momenten zuvor zu fragen, was genau ich eigentlich wirklich über Joshka Alexander Graveman wusste. Ich biss mir auf die Lippe und strich gedankenverloren über den Rand meines Bechers. »Immer, wenn ich glaube, ich würde dich endlich verstehen, gibst du mir neue Rätsel auf.«

Ein Schmunzeln huschte über seine Züge und vertrieb die Nachdenklichkeit aus seinem Gesicht. »Ich könnte dasselbe über dich sagen.«

Mir entfuhr ein trockenes Lachen. »Ich? Ein Rätsel? Bei mir ist alles so klar und durchsichtig wie Glas. Nenn mir eine Sache an mir, die bei dir Fragen aufwirft.«

Josh schob seine Kaffeetasse zur Seite und beugte sich etwas über den Tisch. »Du magst vieles sein, Mirella Elisabeth Aberdeen, aber ganz sicher nicht durchschaubar. Du hast unendlich viele Facetten, und jedes Mal, wenn ich mir ein Bild von dir gemacht habe, zeigst du mir eine neue und bringst alles durcheinander. Du belehrst mich eines Besseren, jeden Tag aufs Neue. Das ist … faszinierend.« Meine Wangen wurden unter der Intensität seines Blicks warm. »Und glaub mir, wenn ich dir sage, dass es bisher nur sehr,

sehr wenige Menschen gab, die es geschafft haben, dass ich bleibe. Aber dir ist es mühelos gelungen und das ist mir ein Rätsel.« Josh streckte eine Hand nach mir aus und strich mir sanft über die Unterlippe. »Du hast mich dazu gebracht, mehr zu wollen, als gut für mich ist. Zu bleiben, obwohl ich eigentlich gehen sollte.« Seine kaum hörbaren Worte, die das Treiben und die Stimmen im Café verschwinden ließen, sorgten dafür, dass sich eine prickelnde Wärme in mir ausbreitete. Dann umfasste er meine Wange zärtlich, aber bestimmt, und zog mich näher zu sich heran. »Du bist mein ganz persönliches Buch voller Rätsel, Mira.«

Noch ehe ich etwas hätte erwidern können, fuhren seine Lippen auch schon federleicht über meine. Ich schloss die Augen, atmete seinen Geruch, seine Nähe ein und spürte, wie mein Herzschlag in die Höhe schoss.

»Vielleicht helfe ich dir dabei, die Rätsel zu lösen, wenn du mir Fragen stellst«, murmelte ich, als sich Josh einen Sekundenbruchteil später von mir löste und wieder auf seinen Stuhl zurücksank.

»Wie viele Fragen gibst du mir?«

Ich tippte mir ans Kinn, als müsste ich ernsthaft darüber nachdenken und ließ ihn dabei keine Sekunde aus den Augen. Diesen schönen, geheimnisvollen Mann. »In jedem Märchen sind es drei, oder nicht?«

Langsam nickte er.

»Dann gewähre ich dir zwei.«

»Das scheint mir nicht fair zu sein«, gab Josh zurück und zog seine Tasse wieder zu sich heran.

»Hast du nicht zu mir gesagt, das Leben wäre nicht fair?«

»Touché. Also gut, dann zwei.« Seine langen Finger schlossen sich um den hellblauen Becher und tippten einen schnellen Rhythmus auf das Porzellan. »Wenn du jetzt deine Sachen packen und verschwinden könntest, wo würde es dich hinziehen?«

Ich legte überrascht die Stirn in Falten. »Interessante Frage. Inwieweit bringt sie dich beim Lösen der Rätsel weiter?«

Ein undurchsichtiges Lächeln umspielte seine Mundwinkel. »Das verrät mehr über dich, als du ahnst. Also, wohin?«

In Rekordschnelle flogen all die Ideen und imaginären Routen und Pläne, die ich mir gemacht hatte, durch meinen Kopf. Ich sah meine Bucket List, die Weltkarte, die ich in verschiedenen Farben angemalt hatte, und meine unzähligen Reisenotizbücher vor mir. Doch eines der Ziele schob sich immer wieder mit Leichtigkeit über alle anderen. »Patagonien. Ich würde an den südlichsten Zipfel von Südamerika reisen und mir den *Torres del Paine* anschauen.«

Sein Lächeln wurde merklich breiter, als hätte ich mit dieser Antwort irgendeine seiner Vermutungen bestätigt. Mir gab er dadurch nur ein weiteres Rätsel auf. Womöglich sollte ich in der nächsten Runde den Spieß umdrehen.

»Und weiter? Was ist deine zweite Frage?«

Bedächtig, als würde er das hier mit jeder Faser seines Körpers genießen, legte er die Hände flach auf den Tisch und sah mir direkt ins Gesicht. »Was hast du auf der Gala zu Marc gesagt?«

Nun war ich diejenige, die grinste und ziemlich selbstzufrieden die Arme verschränkte. »Das wird noch etwas länger Teil meiner Rätsel bleiben, Joshka Graveman.«

KAPITEL 26

Between Naan and Reality

Joshka

Irgendwann zwischen dem dritten Kaffee und unserem Besuch in der Kunstgalerie am Hafen hatten Mira und ich beschlossen, unseren Abend in meinem Appartement vor dem Fernseher zu verbringen. Vielleicht lag es daran, dass wir den ganzen Tag auf den Beinen gewesen waren. Wir hatten so gut wie jeden Winkel des Zentrums abgelaufen und waren mehr Treppen rauf- und runtergestiegen, als ich jemals in Seattle vermutet hätte. Und nach all den Stunden draußen erschien ein gemütlicher Serienabend auf der Couch sehr verlockend. Dazu bestellten wir uns etwas beim Indischen Lieferservice um die Ecke, wobei ich wieder etwas Neues über Mira lernte: Sie war absolut verrückt nach Käse-Naan und legte gleich fünf der Fladenbrote, die förmlich vor Käse überquollen, in den Warenkorb.

Der Geruch nach frischem orientalischem Essen füllte mein

Appartement, als wir es uns in lockeren Klamotten auf der weitläufigen Sofalandschaft bequem machten und der große Flachbildfernseher uns gegenüber zum Leben erwachte. Irgendwie war es beruhigend zu wissen, dass selbst Mira, die immer in Bewegung war und nicht still sitzen konnte, eine Vorliebe für einen guten Serienmarathon besaß.

Nachdem ich meinen Teller auf dem niedrigen Tisch abgestellt hatte, schnappte ich mir die Fernbedienung und sah sie von der Seite an. Sie überkreuzte ihre Beine gerade zum Schneidersitz, ihre Käse-Naans wie einen persönlichen Schatz dicht neben sich und eine Schüssel mit gelbem Curry in den Händen. Ihre hellen Haare saßen als chaotischer Knoten auf ihrem Kopf und ihr Kleid hatte sie gegen eine gepunktete Leggings und einen viel zu großen Hoodie getauscht, der mir verdächtig bekannt vorkam.

»Ist das mein Pullover?«

Mira blickte von ihrem Essen auf und strich sich eine lose Strähne zurück. »Vielleicht?«

Aus irgendeinem Grund sorgte dieser Anblick für ein warmes Gefühl in meiner Mitte. Dasselbe warme Gefühl, das sie in den vergangenen Tagen viel zu häufig in mir ausgelöst hatte. Ich fuhr mir über den Nacken und nickte in Richtung des Fernsehers. »Irgendwelche Vorschläge?«

Meine Netflix-Startseite erschien, mehrere Cover prangten in ordentlichen Reihen unter dem breiten Werbebanner für einen neuen Dokumentarfilm über die Burgen Europas.

Miras Augenbrauen hüpften nach oben. »Burgen?«

»Jeder hat so seine Marotten. Du hast eine ungesunde Vorliebe für Käse-Naan und ich finde historische Bauwerke gut«, gab ich diplomatisch zurück, was sie grinsen ließ.

»Interessant, Mr Graveman. Okay, lass mal sehen …« Ohne Vorwarnung stellte sie kurzerhand ihren Teller zur Seite und schnappte sich blitzschnell die Fernbedienung, ehe sie in Rekordzeit durch meine Startseite zappte. Titelbilder und Kategorien flackerten über den Fernseher, so schnell, dass einem schlecht davon werden konnte. Es war mir ein Rätsel, wie sie dabei überhaupt noch etwas lesen oder erkennen konnte. Im nächsten Moment rief sie wie aus der Pistole geschossen: »Ich hab's!«

Ich griff nach meinem eigenen Teller und ließ mich schulterzuckend tiefer in das Polster sinken. »Was ist das?«

Entrüstet sog sie die Luft ein und starrte mich an, als hätte ich sie gefragt, was eine Mikrowelle wäre. »Du willst mir jetzt aber nicht wirklich weismachen, dass du *The Mentalist* nicht kennst, oder?«

»Nie gehört.« Die Wahrheit war, dass ich zwar stolze vier Abonnements für Streaming-Anbieter besaß, sie aber so gut wie nie nutzte, weil mir schlichtweg die Zeit dazu fehlte. Abende wie dieser waren in meinem Leben in etwa genauso selten wie Urlaub – quasi nicht vorhanden.

Mira gab ein ungläubiges Schnauben von sich und wählte entschlossen die erste Folge der Serie aus, die laut der Kurzzusammenfassung irgendeine schräge Mischung aus Crime, Drama und psychologischen Tricks war und von einem gewissen Patrick Jane handelte. »Das gehört sozusagen zur Allgemeinbildung, Joshka. Vertrau mir, du wirst sie lieben. Man kann sich nicht gegen die Anziehungskraft der Charaktere wehren.« Und während ich sie noch zweifelnd ansah, lehnte sich Mira, nur leise in sich hineinlächelnd, zurück und widmete sich ihrem ersten Käse-Naan.

Knapp dreißig Minuten später war ich angefixt. Und nach drei

Episoden rund um den schrägen, aber ziemlich genialen Patrick Jane bereits hoffnungslos verfallen. Wer hätte gedacht, dass ich einmal nach einer Krimiserie süchtig sein würde? Die Ironie dahinter ließ mich grinsen.

Folge um Folge verging, wir aßen das Essen auf, machten uns Popcorn und rutschten enger zusammen, während es draußen immer dunkler wurde und die Lichter Seattles ansprangen. Ich fühlte mich wie in ein anderes Leben versetzt. Ein Leben, das niemals meines sein würde und dem ich mich trotzdem nicht entziehen konnte. Diese Wirkung hatte Mira auf mich. Sie war wie meine ganz persönliche Droge. Eine, die mich aufputschen und im selben Zug zerstören konnte. Instinktiv umfasste ich ihre Taille fester, hielt sie bei mir, als könnte sie sich jeden Moment unter meinen Fingern in Luft auflösen. Und mit ihr diese wundervolle Blase, in der wir uns gerade befanden.

Mira rührte sich, den Kopf auf meinem Schoß, und gab ein leises Seufzen von sich, dann wurde sie wieder still.

Ich sah vom Fernseher, auf dem gerade der Abspann der achten Folge lief, zu dem Mädchen, das auf meinen Beinen eingeschlafen war, und spürte, wie sich die verräterische Wärme in mir ausbreitete. Ich hatte Mira nicht verdient. Ich hatte dieses kleine, fragile Glück mit ihr nicht verdient, weil ich derjenige sein würde, der ihr all das wieder nehmen würde. Und das Schlimmste daran war, dass ich das längst wusste und es trotzdem zuließ. Gedankenverloren fuhr ich ihr über die weichen Haare und schaltete den Fernseher aus. Es war längst nach drei Uhr morgens und ich spürte die Müdigkeit in jedem meiner Knochen. Vorsichtig legte ich eine Hand um ihren oberen Rücken und fasste mit der anderen unter ihre Kniekehlen, ehe ich mit ihr in den Armen aufstand. Ohne aufzuwachen, schmiegte sie sich enger an mich, als wäre ich ihr Anker und nicht der tosende Sturm, der sie niederreißen würde, während ich sie durch den Wohnbereich trug.

Ihre Worte aus dem Café kamen mir wieder in den Sinn, das, was sie zu mir gesagt hatte … und was sie damit gemeint hatte. Mein Hals wurde rau und ich wünschte, ich könnte es vergessen. Das würde alles so viel leichter machen.

Ich hielt Mira unwillkürlich fester, als ich auf die erste Stufe der gläsernen Treppe trat und sie in die obere Etage brachte. Lautlos öffnete ich eines der Schlafzimmer. Ihr Geruch hing in dem Raum, schloss mich sofort ein und ließ jedes meiner Nervenenden prickeln. »Was machst du nur mit mir?«, flüsterte ich kaum hörbar und kniete mich auf ihr Bett, um sie vorsichtig in die Kissen gleiten zu lassen, so, als könnte sie bei der kleinsten Bewegung zerbrechen.

Wieder gab Mira ein leises Murmeln von sich, ehe sie sich auf die Seite drehte und die Decke, die ich über ihr ausbreitete, an sich zog. In dem sanften Licht, das vom Flur in das Zimmer einfiel, konnte ich den friedlichen Ausdruck auf ihren hübschen Zügen erkennen, den leichten Schwung ihrer Lippen, das sanfte Heben und Senken ihrer Brust.

Die plötzliche Sehnsucht nach ihr überkam mich mit so einer Macht, dass ich reflexartig jeden Muskel anspannte und die Zähne zusammenbiss. Mira hatte von dem Zauber dieser Stadt gesprochen – dabei war sie es. Sie war es die ganze Zeit über gewesen. Wie ein Bann, mit dem sie mich belegt hatte und nun nicht mehr gehen ließ. Und in diesem Moment wünschte ich mir nichts mehr, als mich dieser Magie hinzugeben und treiben zu lassen. Zu sehen, wohin es uns führen würde.

Doch ich hatte schon früh in meinem Leben gelernt, dass es

nichts brachte, in Traumwelten zu leben. Sie waren nicht real und zerstörten einen, bis nur noch Trümmer übrig blieben. Deswegen war ich Realist geworden. Ein Realist mit klaren Grenzen und Regeln. Es wurde Zeit, dass ich diesen endlich wieder folgte und mich am Riemen riss. Dass ich wieder aufwachte, auch wenn die Wirklichkeit beschissen und kalt und einsam war.

Ein letztes Mal fuhr ich über Miras Haare, dann stand ich von ihrem Bett auf und verließ das Schlafzimmer, ohne noch einmal zurückzublicken.

Irgendwann in dieser Nacht weckte mich ein schmaler Lichtspalt, der auf mein Gesicht fiel. Füße tapsten leise über den Boden, dann senkte sich meine Matratze kaum merklich, ehe eine vertraute Wärme an meine Seite huschte.

Mira.

»Josh?« Ihr Wispern flog durch die Stille, die nur von dem Prasseln des Regens auf die große Fensterscheibe unterbrochen wurde. »Bist du wach?«

Ich drehte mich auf den Rücken, öffnete die Augen – und begegnete Miras Blick. Ihre Haare hingen ihr in ungebändigten Wellen auf die Schultern herab, umrahmten ihr Gesicht, sodass sie wie aus einem Traum erschien. Sie trug noch immer meinen Pullover, der ihr bis auf die nackten Oberschenkel reichte, ihre Leggins musste sie ausgezogen haben.

»Ist alles in Ordnung?«, fragte ich verzögert und rieb mir die Augen.

Mira nickte langsam und setzte sich auf ihre Knie. »Es ist nur …

das Gewitter. Ich habe normalerweise kein Problem damit, aber hier …«, murmelte sie und nestelte an einer Strähne herum.

Mein Blick glitt zum Fenster. Bis eben hatte ich das Unwetter nicht einmal bemerkt. Starker Regen peitschte in wilden Böen gegen das Glas. Immer wieder durchzuckten helle Blitze den nachtschwarzen Himmel und tauchten den Mount Rainier in einiger Entfernung in grelles Licht. Über allem lag das tiefe Donnergrollen des Herbstgewitters.

Ich sah wieder zu Mira, die mich abwartend betrachtete, rutschte etwas nach oben und breitete die Arme aus. »Komm her.«

Mit einem dünnen Lächeln kroch sie über meine schwarze Satinbettwäsche zu mir und kuschelte sich an mich. So viel zum Thema Grenzen und Regeln.

Doch mein Beschützerinstinkt schob meine Bedenken mit einem Wisch beiseite und ließ mich all das, was ich mir nur ein paar Stunden zuvor vorgenommen hatte, vergessen. Stattdessen hob ich einen Zipfel meiner Bettdecke an, um sie über uns zu ziehen, umschlang Miras schmale Gestalt und sank mit ihr wieder tiefer in die Kissen. Ihr Kopf ruhte so dicht an meiner Schulter, dass ihr schneller Atem über meine Haut strich. Ich spürte ihren Körper der Länge nach an meinem, ihre Wärme, das rasche Heben und Senken ihrer Brust. Und es stellte Dinge mit mir an, die ich mir gar nicht erst ausmalen sollte. Meine Müdigkeit, die letzten Reste meines Schlafs waren verschwunden, und ich konnte nur noch daran denken, wie sich Mira unter meinen Händen anfühlte. Wie nah sie mir war und dass sie mit mir in meinem Bett lag. An einem Ort, an dem uns niemand kannte, an dem wir allein waren.

Diese eine Grenze, Joshka, überschreite nicht diese letzte Grenze, die dir noch geblieben ist.

Draußen zuckte ein Blitz über den pechschwarzen Himmel und ließ ihn für einen Sekundenbruchteil in Flammen aufgehen.

Mehr braucht es gar nicht, dachte ich. *Es reicht ein einziger verfluchter Moment, um alles in Brand zu setzen.*

Ich atmete betont langsam ein und aus, versuchte, ihren anziehenden Geruch zu ignorieren, das Verlangen, das sie in mir hervorrief. Und wusste, ich würde verlieren.

»Josh?« Mira drehte ihren Kopf so, dass sich unsere Lippen beinahe berührten. »Woran denkst du gerade?«

Ich schluckte, gefangen von dem Funkeln in ihren hellen Augen. Hatte ich jemals wirklich eine Chance gehabt? Die klare und ernüchternde Antwort lautete: Nein. Nein, aus dem einfachen Grund, dass ich mich nicht länger dagegen wehren wollte. Weil ich *sie* wollte. »An dich, Mira. Ich denke jede verdammte Sekunde nur noch an dich«, gab ich genauso leise zurück, umfasste ihr Gesicht und fuhr mit dem Daumen über ihre Unterlippe. »Selbst, wenn ich es nicht tun sollte.«

Ich spürte, wie ihr Atem schneller wurde, dann sah sie mich ein letztes Mal lächelnd an, bevor sie die Augen schloss und mich küsste. Sie nahm mir die Luft zum Atmen, als sie sich an mich presste und wir eins wurden. Sie küsste mich, als wäre das hier alles, was sie jemals gewollt hätte, und als wäre ihr bewusst, dass unser Zauber nach dieser Nacht gebrochen sein würde. Als wollte sie ein letztes Mal alles nehmen, was ich ihr geben konnte.

Ich packte sie fester, drehte sie auf den Rücken und schob mich über sie, während ich nicht eine Sekunde von ihr abließ. Meine Hände fuhren über ihren Körper, hielten sie an Ort und Stelle, während sie unter mir erbebte und keuchte. Allein dieses Geräusch … Ruckartig hielt ich inne, sah auf Mira herab. In ihre leuchtenden Augen und auf ihren leicht geöffneten Mund.

»Wenn wir weitergehen …«, begann ich und hörte selbst, wie das unbändige Verlangen nach ihr auf meinen Worten tanzte.

Als könnten wir noch aufhören.

»Shhh«, wisperte sie und strich mit einem Finger über meinen nackten Oberkörper. Das Kreuz, das auf meine linke Brust tätowiert war, den lateinischen Spruch auf meinem rechten Rippenbogen, die feine Haarspur, die zum Bund meiner schwarzen Boxershorts führte. Sie erkundete jeden einzelnen Zentimeter, die Narben und Tattoos, die meine Geschichte erzählten. Die lange Liste meiner Opfer.

Ich erschauderte unter ihren Berührungen, die den letzten Funken in mir entzündeten. Mehr brauchte ich nicht. Meine Lippen senkten sich wieder auf ihre herab, während ich mir nahm, was ich wollte. Ich vergrub die Finger in ihren Haaren, ihren Armen, ihrer Hüfte und ließ die letzte Grenze weit hinter mir, während ihre Hände ungehindert über meinen nackten Rücken fuhren.

Miras leises Keuchen war Musik in meinen Ohren, trieb mich an und sorgte dafür, dass ich mich mit jedem Augenblick, der verging, mehr in ihr verlor. In ihrem Geruch, ihrer Wärme, ihren Berührungen. Und ich wollte mehr. Ich zog ihr meinen Pullover über den Kopf, ließ meine Finger über ihre Schlüsselbeine zu ihren Brüsten wandern, deren Spitzen sich unter dem dünnen Stoff ihres T-Shirts aufstellten. Dann hauchte ich eine Spur aus Küssen auf den Streifen nackter Haut zwischen dem Saum des Shirts und ihrem schwarzen Spitzenhöschen. Gott, diese Frau raubte mir im wahrsten Sinne des Wortes den Verstand.

Mira wand sich unter meiner Liebkosung, vergrub die Finger in meinen Haaren und gab Geräusche von sich, die es mir beinahe unmöglich machten, mich noch länger zurückzuhalten. »Josh«, flüsterte sie immer wieder und mit jedem Mal, das mein Name ihre Lippen verließ, schwand meine Beherrschung ein kleines bisschen mehr.

Meine Fingerspitzen fuhren über ihre Brustwarzen, neckten sie, während ich einen Kuss knapp oberhalb ihres Bauchnabels hauchte und ihr T-Shirt hochschob. Mira zögerte nicht länger und riss es sich selbst über den Kopf. Entblößte ihren wundervollen Körper.

Ich nahm mir einen Moment, um sie einfach nur zu betrachten. Ihre kleinen, festen Brüste, ihren straffen Bauch, ihre Hüften, den kleinen Leberfleck, der genau in der Mitte ihres Dekolletés saß. Wenn überhaupt möglich, verzauberte mich Mira in diesem Augenblick nur noch mehr. Wie sie dort vor mir lag, mich ansah und ohne Worte oder Berührungen zu sich zog.

Ich lächelte und folgte ihrer stummen Aufforderung. Quälend langsam ließ ich meine Finger über ihre samtige Haut wandern, während ich sie küsste und ihren Mund eroberte. Ich fuhr über ihre Brüste, folgte der perfekten Rundung und strich federleicht an ihren Seiten herab, bis meine Hand ihre Mitte erreichte. Mira fuhr mit einem Stöhnen zusammen, als meine Finger ihr Ziel fanden und ich sie nur noch fester, stürmischer küsste. Ihr leises Wimmern schluckte und ihr Beben genoss. All die Emotionen und Gefühle, die sie mir so bereitwillig schenkte. Mein Name kam über ihre Lippen, lauter und intensiver, und als sie unter mir mit einem letzten Aufbäumen zersprang, brachte mich das selbst beinahe an meine eigene Schwelle. *Noch nicht.*

Rastlos, als könnte sie nicht genug von diesem Rausch bekommen, packte Mira mit zittrigen Fingern nach meinen Shorts, zog sie herunter und schaute dann wieder zu mir, als bräuchte sie noch irgendeine Erlaubnis. Als wäre ich ihr nicht längst hoffnungslos verfallen. Keuchend, mit geröteten Wangen und glänzender Stirn, komplett entblößt und allein meins, war sie das schönste Wesen, das ich jemals zu Gesicht bekommen hatte. Sie verschlug mir den Atem und in diesem Moment hätte ich *alles* für sie getan.

»Es ist nicht nur die Stadt, in die ich mich verliebt habe«, flüsterte sie und fuhr mir über die Wange.

Ich griff nach ihrer Hand und küsste jeden einzelnen ihrer schlanken Finger. »Es war niemals nur die Stadt. Für keinen von uns«, gab ich genauso leise zurück und folgte ihren Kurven nach weiter unten, wo ich das Höschen herunterschob und der Spur mit meinen Lippen folgte. »Das muss der Zauber von Seattle sein.«

Mira wand sich unter der süßen Folter, der ich sie aussetzte, und sog scharf die Luft ein, als meine Zunge ihr Zentrum erreichte und sie dort traf, wo ihre Nerven zusammenliefen. Ihre Finger krallten sich in meine Schultern, während sich die Muskeln ihrer Beine anspannten und ihr Atem ein weiteres Mal in dieses berauschende Keuchen überging. »Josh … Ich, ich brauche dich. Bei mir«, stieß sie hervor und zog mich zu sich nach oben.

Ich sah von ihrer Mitte auf, begegnete ihrem Blick und leckte mir über die Lippen. Die Wahrheit war, ich hätte mich noch stundenlang in ihr verlieren können. In ihrer Süße, ihrem Geruch, ihrem Geschmack – aber genauso sehr verzehrte ich mich danach, endlich in sie eintauchen zu können und diese letzte Grenze hinter mir zu lassen. Eins mit ihr zu werden.

Ich nickte, holte eines der Kondome aus dem Nachtschrank und war wenige Momente später wieder über ihr. »Mira …« Ich hauchte ihren Namen und versank in ihren schier endlos tiefen Augen, die direkt in mich hineinzuschauen schienen. Direkt in meine dunkle Seele.

Und dann brauchte es keine Worte mehr. Ich überwand das wenige, das noch zwischen uns gelegen hatte und tauchte in Mira ein, bis uns nichts mehr trennte. Bis sie auch die letzten Winkel meiner Gedanken ausfüllte und es nur noch sie gab. Auf jede erdenkliche Art und Weise.

Bis ich endlich ankam.

Mit ihrem Namen auf meinen Lippen und ihrer Wärme unter meinen bebenden Fingerspitzen.

Mein Zuhause.

Miras nackter, warmer Körper lag an meiner Seite, ihr ruhiger Atem strich über meine verschwitzte Brust, während ich langsam ihre weiche Haut streichelte. Wäre es nach mir gegangen, hätte dieser Moment eine Ewigkeit dauern können. Das Gewitter war verstummt, zurückgeblieben war nur das leise Flüstern des Regens, der über das Glas strich und verworrene Muster auf die Scheibe zeichnete. Weit unter uns lag das nächtliche Seattle, Flugzeuge zogen am dunklen Himmel entlang und schienen so weit entfernt, als würden sie nicht länger zu diesem Augenblick gehören, den ich mit Mira in den Armen genoss.

Ich lächelte und hauchte einen Kuss auf ihre Haare, ehe mein Blick an die Decke über mir glitt. Ein Teil von mir verfluchte mich dafür, diese letzte Grenze überschritten zu haben. Aber der andere, der Teil, der es mir gönnte, glücklich zu sein, war stärker. Er sorgte dafür, dass ein angenehmes Prickeln durch meine Adern rauschte und jeder dunkle Gedanke auf Abstand blieb. Als würde Miras bloße Anwesenheit dafür sorgen, dass mir die Finsternis meines

Lebens nicht zu nahe kommen konnte. Ihr Licht war heller. Ich hatte nicht gewusst, dass ein einzelner Mensch eine solche Wirkung auf mich haben konnte. Ich hatte nicht gewusst, *wie* es sein konnte. Und es veränderte alles.

»Josh.« Ihre Stimme ließ mich den Kopf zu ihr drehen. Noch immer waren ihre Wangen gerötet, ihre Haare klebten ihr auf der Haut, und ich spürte das gleiche Summen in ihr, das auch in mir kribbelte.

»Hm?«

»Ich kann deine Gedanken bis hierher hören«, murmelte sie schmunzelnd und legte eine Hand auf meine Brust, genau dorthin, wo mein Herz ein wildes Stakkato schlug.

»Es sind gute Gedanken«, gab ich zurück und schob ihr die Haare aus der Stirn. »Sehr gute sogar. Ich bin glücklich. So glücklich, dass es mir Angst macht.«

Mein Geständnis ließ ihr Lächeln breiter werden. »Gut«, erwiderte sie schlicht und fuhr im nächsten Moment zusammen, als ein schrilles Piepen die friedliche Stille durchbrach.

Mir kam ein unterdrücktes Fluchen über die Lippen, während ich einen Arm unter der Decke hervorzog und nach meinem Handy griff, um es stumm zu schalten.

»Was ist?«, fragte Mira leise und gähnte.

»Nichts, ich mache es einfach aus.« Ich schob mich im Bett etwas höher und entsperrte das Smartphone, als eine Benachrichtigung von oben in den Bildschirm flog – und mich erstarren ließ. Alles in mir kam mit einem brutalen Ruck zum Stehen.

Mira, die meine veränderte Haltung sofort bemerkte, setzte sich abrupt auf. »Josh? Was ist?«

Ich las Neals knappe Nachricht einmal, zweimal und ließ das

Handy tonlos sinken. Dann sah ich zu Mira, begegnete ihren hellen Augen, in denen Sorge und eine Spur von Furcht lagen.

Mein Magen zog sich schmerzhaft zusammen.

Ich hatte es gewusst.

Ich hatte gewusst, dass ich mir dieses Glück niemals hätte gestatten sollen.

Dass es alles nur noch schlimmer machen würde.

Mira griff nach meinen Händen und blickte mir direkt in die Augen. »Rede mit mir!«

Ich blinzelte und schüttelte den Kopf. »Es geht um Lilac. Er … er ist spurlos verschwunden.«

KAPITEL 27

Where Do All the Bad Boys Go?

Mira

Mit mehr Wucht, als nötig gewesen wäre, knallte ich den schweren Karton mit der neuen Lieferung auf den Tresen und riss an der unnachgiebigen Pappe. Doch das Einzige, was sich öffnete, war die Haut an meinem Daumen, der sofort zu bluten anfing. »Scheiße!«, stieß ich hervor und spürte, wie bereits erneut Tränen in mir aufstiegen.

»Versuch es mal hiermit«, hörte ich den tiefen Bariton von Bash, mit dem ich mir die heutige Schicht im *Maple's Adventures* teilte. Eine Schere schob sich in mein Blickfeld, daneben eine bunte Packung Taschentücher.

Ich murmelte etwas Unverständliches, das so gut wie alles hätte bedeuten können, und griff nach den Taschentüchern.

»Warum bist du hier, Mira?« Bash griff nach der Schere und machte sich nun eigenhändig daran, den Karton zu öffnen.

»Das ist mein Job«, gab ich tonlos zurück und hörte selbst, wie fragil meine Stimme klang. So fragil und zittrig und kaputt. Ich verabscheute sie dafür. Ich blinzelte gegen die Tränen an und verfolgte, wie Bash die Lieferung öffnete und die neuen Angelköder und Schwimmwesten säuberlich auf dem Tresen vor uns stapelte.

»Mag sein, aber es geht dir augenscheinlich nicht gut. Und Peony zahlt definitiv nicht genug, um zu arbeiten, wenn du nicht ganz auf dem Damm bist.«

Mir kam ein freudloses Lachen über die Lippen, das mehr nach einer erbärmlichen Mischung aus Schnauben und Husten klang. *Nicht ganz auf dem Damm*, so konnte man es natürlich auch ausdrücken. »Ich bin okay«, antwortete ich schließlich und fuhr mir über das Gesicht, ehe ich meine Haare zu einem neuen Knoten zusammenfasste.

»Sicher. Deswegen hast du heute auch schon zwei Buchungen verwechselt, die Größen der Neoprenanzüge falsch eingeordnet und starrst alle zwei Sekunden auf dein Handy.«

Meine Wangen wurden warm. »Und wenn schon, das geht dich nichts an, Bash.«

Gleichgültig zuckte er mit den Schultern und faltete den leeren Karton auseinander. »Ich mache mir trotzdem Sorgen. Geh nach Hause, Mira. Den Rest schaffe ich auch allein.«

Nach Hause. Dorthin, wo mich ein leeres Gästequartier an alles erinnerte, was ich innerhalb weniger Stunden verloren hatte? Oder zurück ins Haupthaus, das nun, wo Dad für eine Woche auf einer Tagung in Toronto war, noch größer und verwaister wirkte? Keine der beiden Optionen würde irgendetwas an meiner Lage verbessern. Ganz im Gegenteil.

Ich drückte das Taschentuch fester auf die Wunde und zuckte zusammen. Der Schmerz tat gut, er lenkte mich von dem Abgrund in mir ab, in den ich jeden Moment zu stürzen drohte. »Ich bin okay, wirklich«, sagte ich wieder – schärfer dieses Mal – und senkte den Blick. »Lass mich die Schicht beenden, dann bist du mich für heute los.«

Bash schüttelte nur den Kopf und legte die Schere zurück. »Keine Ahnung, warum du dir das antust, aber wenn es dir damit besser geht, bitte.«

Ich nickte wortlos und lehnte mich an die Theke, während er sich die Köder schnappte und weiter hinten im Shop einsortierte.

Besser ging es mir vermutlich nicht damit, weiter so zu tun, als würde ich mein Leben normal weiterführen. Aber es war leichter, als irgendwo allein zu sitzen und weitere unnütze Tränen zu vergießen. Das hatte ich schon zur Genüge getan und es hatte zu nichts geführt. Genauso wenig wie die endlosen Stunden, in denen ich wieder und wieder darüber nachgedacht hatte, wie es so weit kommen konnte. Wie eine einzelne Nachricht alles hatte zerstören können.

Lilac war vor knapp zwei Tagen verschwunden.

Josh war ihm vor dreiunddreißig Stunden gefolgt.

Und ich … ich war zurückgeblieben. Ohne ein Wort der Erklärung. Ohne einen letzten Blick. Ohne ein weiteres Lebenszeichen von meinem Bruder oder dem Mann, den ich gerade erst in mein Herz gelassen hatte. Ich war allein mit einem Haufen an Gefühlen, die mich in unzählige Richtungen zerrten. Da waren diese unbändige Wut und die tiefe Enttäuschung. Ich spürte körperlichen

Schmerz, obwohl ich äußerlich unversehrt war, und fühlte mich so hilflos. Das alles nahm mir die Luft zum Atmen, als würde ich mit jeder weiteren Sekunde, die verging, ein wenig mehr ersticken.

An der Sorge um meinen Bruder.

An der Sorge um Josh.

Eine Träne tropfte auf den bunten Tourenplaner, der auf dem Tresen lag, eine zweite folgte, dann wischte ich mir wütend über die Augen und richtete mich auf. Bashs vielsagender Blick landete auf mir, aber ich überging ihn geflissentlich und konzentrierte mich stattdessen auf die neue Anfrage, die im Mailprogramm erschienen war.

Ich konnte das schaffen.

Ich konnte mir einreden, dass Josh und das, was zwischen uns gewesen war, niemals wirklich existiert hatten. Dass es von Anfang an ein Ablaufdatum gegeben hatte und dieser Fall vorprogrammiert gewesen war. Dass ich es gewusst und mich bereitwillig darauf eingelassen hatte. Dass ich ganz allein die Schuld an meinem Leid trug.

Nur änderte das nichts an dem klaffenden Loch in meiner Brust. Es änderte nichts daran, dass ich mich entgegen aller Vorsicht Hals über Kopf in den undurchschaubaren Joshka verliebt hatte. Oder daran, dass mir sein wortkarger Abschied den Boden unter den Füßen weggerissen hatte. Mir jeden Halt genommen hatte, sodass ich immer weiter in eine scheinbar endlose Tiefe stürzte.

Nur, dass niemand da war, um mich aufzufangen.

Die Tage vergingen wie im Nebel. Ich hörte nichts von Josh. Ich hörte nichts von Lilac. In den Telefonaten mit Dad, die sich noch immer komisch und gezwungen anfühlten, sagte ich ihm, dass alles in bester Ordnung war und die beiden es sich in New York gut gehen ließen. Dass auch ich in bester Ordnung und nur vom vielen Lernen erschöpft war. Und zwischen all den Lügen geisterten Joshs letzte Worte, die er mir zwischen Tür und Angel an den Kopf geworfen hatte, ununterbrochen durch meine Gedanken. Sie waren wie ein dunkles Mantra, das mich nicht mehr losließ.

Schalte nicht die Polizei ein.

Such nicht nach mir.

Versuch erst gar nicht, mich zu finden, denn es wird dir nicht gelingen.

Komm mir nicht nach, schau nicht zurück.

Ich regele das, ich bringe das in Ordnung.

Selbst jetzt, fünf Tage nach seinem Aufbruch, krallten sich seine nüchternen Sätze noch immer wie eisige Klauen in mein Inneres. Sie schmerzten mehr, als jede Klinge es gekonnt hätte.

Wie? Wie soll ich das machen?

Was hast du vor? Was ist los?

Das hatte ich ihn auf der Fahrt von Seattle nach Maple Creek gefragt und noch einmal, als er mit seiner Tasche aus dem Gästehaus zu seinem Wagen gestürmt war, ohne mich anzuschauen, ohne einen Blick zurückzuwerfen.

Wie willst du das in Ordnung bringen? Rede verflucht noch mal mit mir, Joshka!

Er hatte nur kurz innegehalten und den Kopf geschüttelt. *Ich regle es so, wie ich die Dinge immer erledige, Mira. Allein und auf meine Art. Also halt dich da raus.*

Dann war er ins Auto gestiegen und gefahren. Hatte Maple Creek und mich hinter sich gelassen, als hätte es die letzten Wochen nicht gegeben – als hätte es *uns* nicht gegeben.

Uns? Welches Uns?, fragte die gehässige Stimme in meinem Kopf, die mich von Anfang an vor Joshka gewarnt hatte.

Ich brachte sie resolut zum Schweigen, so wie ich es in den vergangenen Tagen ständig getan hatte. Ich wollte es nicht hören.

Wie in Trance schlang ich die Decke fester um meine Schultern und starrte von der gepolsterten Fensterbank des Wohnzimmers hinaus auf die Straße. Ich war wieder ins Haupthaus gezogen und hatte in einem Anfall von Rastlosigkeit mein Zeug zurück in mein altes Zimmer geräumt. Stundenlang hatte ich sämtliche Möbel mehrfach umgestellt, Bilder von den Wänden gerissen und schließlich doch alles so angeordnet, wie es zuvor gewesen war.

Vor Josh.

Vor dem Moment, an dem ich mein Herz an ihn verloren hatte.

Vor all seinen Geheimnissen, die ihn nicht eine Sekunde in Frieden gelassen und selbst hier in Maple Creek verfolgt hatten.

Vor dem Mann, den ich nie wirklich gekannt hatte.

Ich zweifelte nicht eine Sekunde daran, dass seine Vergangenheit schuld an Lilacs Verschwinden war. Eine Vergangenheit, von der ich noch immer kaum einen Bruchteil wirklich verstand und die ich einfach nicht hatte wahrhaben wollte. Ich war absichtlich blind für das gewesen, was mir Josh die ganze Zeit über sagen wollte. Für die Grausamkeit, die Gefahr, die Dunkelheit. Für die Striche auf seinen Unterarmen, deren Bedeutung er mir erklärt hatte und die ihre ganz eigene, düstere Sprache sprachen. Bis eben jene Vergangenheit angeklopft und Lilac entführt hatte.

Meine Finger krallten sich in den weichen Stoff der Decke, als ich in mich zusammensank. Es machte mich wahnsinnig, dass ich nicht wusste, wo sie gerade waren, wie es den beiden ging oder was ich unternehmen konnte.

Ob sie noch leben.

Ich sorgte mich nicht nur. Ich hatte Angst. Angst davor, was Joshka tun würde, um Lilac zurückzubekommen. Davor, dass er für immer verschwinden würde. Doch all die Angst brachte nichts. Ich war dazu verdammt, hier tatenlos zu sitzen und zu warten. Josh hatte immer exakt darauf geachtet, mir nur genau so viele Hinweise hinzuwerfen, dass ich zwar zufrieden mit seinen Antworten war, aber nicht genug in der Hand hatte, um ihn jemals finden zu können. Ich wusste einiges und doch gar nichts.

So ein Mistkerl.

Ich spürte, wie neue Tränen über meine Wangen liefen und wischte sie wütend weg. Es fühlte sich an, als wäre er nach wie vor ein Fremder für mich. Selbst nach den Erklärungen und unserer gemeinsamen Zeit. Er blieb, was er gewesen war, als er nach Maple Creek gekommen war. Ein Phantom.

Regen wurde von wütenden Böen gegen die Scheibe gepeitscht und verursachte ein unheimliches Geräusch, das mich aufblicken ließ. Verworrene Wassermuster rannen über das Fenster, dahinter lagen der graue Himmel des Donnerstagabends und Bäume, die sich im starken Wind bogen. Blätter wurden durch die Luft gescheucht und immer wieder durchbrachen einzelne Blitze die andauernde Dunkelheit. Es war, als würde das Wetter genau das wiedergeben, was in meinem Kopf vor sich ging: Finsternis, strudelnde Gedanken, wütende Blitze und unzählige neue Pfade, die ich nicht vor mir sehen konnte. Das reinste Chaos.

Es klingelte an der Tür und der plötzliche hohe Ton ließ mich zusammenfahren. Zögerlich stand ich von der Bank auf und lief zum Flur, wo ich durch das kleine Fenster der Haustür einen vertrauten rosafarbenen Haarschopf erkannte. Wie angewurzelt blieb ich stehen und wickelte mich fester in die weiche, warme Decke, sodass ich wie ein menschlicher Burrito aussehen musste.

Wieder klingelte es, dann klopfte eine Hand gegen das Glas. »Ich weiß, dass du da bist, Mira! Falls es dir noch nicht aufgefallen ist, ich kann dich *sehen.* Mach die Tür auf«, drang Tamis Stimme gedämpft durch das Holz und ließ mich die Zähne zusammenbeißen.

Ich hatte mich die gesamte Woche über die meiste Zeit von ihr und Eli ferngehalten und sie mit fadenscheinigen Erklärungen und Lügen abgespeist. Es war klar gewesen, dass mir das Ganze irgendwann um die Ohren fliegen würde. Sie waren meine besten Freunde, kannten mich besser als ich mich selbst. Ich konnte nicht noch länger vor ihnen davonlaufen.

Seufzend trat ich zur Tür und öffnete sie, sodass mir ein kalter, nasser Schwall Luft entgegenkam, gefolgt von einer ziemlich wütenden Tami. »Was zum Teufel soll das, Mira? Was ist hier los? Eli erreicht Lilac nicht mehr. Und du … du bist wie ausgewechselt, seit du aus Seattle zurück bist. Du hast kein einziges Wort über das Wochenende verloren und jeden meiner Anrufe ignoriert.« Ihre Augen funkelten, während sie sich herrisch aus ihrem gelben Regenmantel schälte. »Und wage es ja nicht, mir noch mehr Blödsinn aufzutischen.«

»Tami …«, begann ich, doch weiter kam ich nicht. Meine Stimme brach, Tränen erstickten jedes weitere Wort, das ich hatte sagen wollen, rissen mich mit sich.

Und dann waren da plötzlich Tamis Arme, die mich in eine tröstliche Umarmung zogen und hielten, während ich fiel und fiel. »Ach, Mira …«, sagte sie leise und strich mir über den Rücken. »Wo bist du da nur reingeraten?«

Wir verzogen uns in mein Zimmer. Mit dampfenden Teetassen in unseren Händen, saßen wir aneinandergekuschelt auf meinem Bett – so, wie wir es schon als kleine Mädchen gemacht hatten – und genossen die Gegenwart der anderen.

Ich brauchte einige Zeit, bis ich den Mut und die Kraft gefunden hatte, wieder zu sprechen. In den letzten Tagen hatte ich wenig geredet und noch viel weniger preisgegeben. Ich hatte das Gefühl, längst vergessen zu haben, ohne Lügen und Geheimnisse zu leben.

Tami gab mir diese Zeit, blieb schweigend neben mir sitzen und schenkte mir Trost und Geborgenheit. Sie war ein Anker in all dem Chaos, in dem ich mich verloren hatte.

Und dann irgendwann, als es draußen längst ruhig und dunkel geworden war, erzählte ich meiner besten Freundin alles.

Jede hässliche Wahrheit.

Jede schmerzhafte Dolchspitze.

Jede Sekunde.

Ich sprach über Joshka, seine Vergangenheit und das, was er mir erklärt hatte. Wanderte zu den Ereignissen an *Fallington,* als Jill, die wir als Margot kennengelernt hatten, ausgetickt war und er mich gerettet hatte. Ich ließ kein Detail über seine Zeit im Untergrund als Tomber aus und die Dinge, die er getan hatte. Ich erzählte von den brutalen Umständen, die Lilac und ihn zusammengebracht hatten, und beschrieb ihr unser fragiles Glück, das wir in Seattle miteinander geteilt hatten. Sprach von meinen widerstreitenden Gefühlen für diesen undurchsichtigen, gefährlichen Mann. Ich weinte immer wieder, lachte unterdrückt und schluchzte gleichzeitig, während mich Tami hielt und mir geduldig zuhörte.

Und als ich fertig war, war unser Tee längst kalt und mein Hals rau von den vielen verbotenen Dingen, die ich ausgesprochen hatte. Die Worte der letzten Minuten lagen nun ausgebreitet vor uns und füllten mein ganzes Zimmer mit den Puzzlestücken, die uns hierhergeführt hatten. Wie ich sie so betrachtete, fühlte ich mich seltsam leer. So, als hätte ich alles, was in mir gewesen war, rausgelassen, bis schlichtweg nichts mehr übrig blieb. Und trotzdem hatte ich das erste Mal seit Joshs Abreise und Lilacs Verschwinden das Gefühl, wieder etwas freier atmen zu können.

Nach einer kleinen Ewigkeit holte Tami tief Luft, nahm einen Schluck ihres kalten Tees und schüttelte dann den Kopf. »Und du hast wirklich keine Ahnung, wo genau er sein oder wer dahinterstecken könnte?«

»Nein. Josh hat mir versichert, dass es nur Jill gibt und sie als Einzige überhaupt von seinem geheimen Geschäft weiß. Und dass sie längst festgenommen wurde.«

Meine beste Freundin stellte ihren Becher ab und runzelte die Stirn. »Offensichtlich war das gelogen.«

»Oder er wusste wirklich nicht, dass es noch mehr Mitspieler gibt, die es nun auf Lilac abgesehen haben«, hielt ich dagegen und wusste nicht, warum ich ihn überhaupt noch nach all den Lügen und seinem Verschwinden verteidigte.

Tamis Gesichtsausdruck nach zu urteilen, fragte sie sich das Gleiche. »Glaubst du das wirklich?« Sie schnaubte skeptisch und zog eines der Kissen auf ihren Schoß.

»Ich weiß nicht, was ich noch glauben soll, Tami. Oder wie ich mich verhalten soll«, erwiderte ich hitzig und strich mir die Haare zurück. »Lilac und Joshka sind bald seit einer Woche verschollen – ist es da nicht meine Pflicht, die Polizei zu informieren? Irgendetwas zu tun?« Herrgott noch mal, ich fühlte mich so machtlos. Ein schreckliches Gefühl, das schal und bitter schmeckte und eine ungnädige Kälte durch meine Adern jagte.

»Um der Polizei was zu erzählen? Dass einer der meistgesuchten Kriminellen New Yorks losgezogen ist, um deinen Bruder mit wer weiß welchen Methoden zurückzuholen? Du hast keine Ahnung, was Sache ist, und wenn ich das richtig sehe, ist die Polizei das Letzte, was Joshka gerade gebrauchen kann.« Tami machte sich von mir los, schlug die Decke zurück und stand entschieden auf.

Verwirrt blickte ich aus brennenden Augen zu ihr auf und zog die Brauen zusammen. »Was hast du vor?«

Sie verschränkte entschlossen die Arme vor der Brust und hob das Kinn. »Ich sage dir, was wir machen. Wir holen uns unsere eigenen Antworten.«

Mutlos sackten meine Schultern herab. »Wo? Ich habe schon überall nach Hinweisen gesucht.« Das hatte ich wirklich. Ich hatte Lilacs und Joshs Zimmer auf den Kopf gestellt, wieder und wieder, und mich wie eine Besessene durch das Wenige gewühlt, das ich in die Finger bekommen hatte. Erfolglos. Es war so, wie ich es gesagt hatte: als hätten die beiden nie wirklich existiert. Als wären sie niemals hier gewesen.

Meine beste Freundin schüttelte den Kopf. »Du schon, aber ich nicht. Ich habe vier Geschwister, glaub mir, ich kenne jedes Versteck.«

»Tami …«

»Nein, Mira«, fuhr sie mir dazwischen und schnappte sich meine Hände, um mich vom Bett hochzuziehen. »Niemand verschwindet einfach so. Nicht einmal dein mysteriöser New Yorker. Er hat irgendetwas hinterlassen. Irgendetwas, das uns zu ihm führen wird. Und wir – wir werden es finden.«

KAPITEL 28

The City That Never Sleeps

Joshka

Es regnete. Es war kalt. Und meine Laune war im Keller, während ich die Fifth Avenue mit hochgestelltem Kragen entlanglief, den Blick fest geradeaus gerichtet – ohne, dass ich wirklich etwas sah. Nicht unbedingt die besten Voraussetzungen für das, was ich vorhatte, aber wirklich etwas daran ändern konnte ich auch nicht. Und ehrlich gesagt, war es mir auch scheißegal. Es spielte keine Rolle mehr. Mein Geduldsfaden war irgendwo zwischen meiner überhasteten Abreise aus Maple Creek und meinem viel zu langen, turbulenten Flug nach JFK gerissen, und ich war mit meinen Nerven am Ende. Ich hatte alles, was mich beschäftigte, jedes meiner Bedürfnisse weggesperrt und ignorierte das lodernde Loch in meiner Brust geflissentlich. Ich unterband jedes Gefühl, um meinen alten Fokus und meine gefährliche Berechnung zurückzugewinnen, und schob alles, was mich ablenken konnte, resolut zur Seite.

Kurz gesagt: Ich war nicht weit davon entfernt, wieder zu dem gefühlskalten Arschloch zu werden, das ich vor Maple Creek gewesen war.

Vor Mira.

Ich spürte, wie mein Puls allein bei dem Gedanken an ihren Namen unwillkürlich in die Höhe schoss – aus Gründen, die ich gerade absolut nicht gebrauchen konnte. Ich stieß sie entschlossen zurück in einen hinteren Winkel meines Verstandes. Sie, ihren verführerischen Duft, ihre unbeschwerte Art, das seidige Gefühl ihrer Haut unter meinen Fingern – und es brachte mich schier um.

Fluchend biss ich die Zähne zusammen, als sich eine eisige Hand in meine Eingeweide krallte, und beschleunigte meine Schritte. Der beißende Wind peitschte mir kalte Regentropfen ins Gesicht, die ich wütend wegblinzelte, während ich meine Hände in den Jackentaschen zu Fäusten ballte. Meine Nägel schnitten mir in die Haut und sandten einen feinen, scharfen Schmerz durch meinen Körper, der mir half, mich wieder zu fokussieren.

Himmel und Hölle noch mal! Reiß dich endlich zusammen, Tomber.

Vielleicht wäre es besser gewesen, wenn ich nie damit aufgehört hätte, Tomber zu sein. Joshka passte nicht mehr in mein Leben und womöglich hatte er das auch nie. Joshka sorgte nur dafür, dass ich mich immer wieder, immer tiefer in die Scheiße ritt. Ich hätte nie zulassen dürfen, dass ich mich so weit von meinen Prinzipien entfernte, davon, was mich bisher am Leben und in der Spur gehalten hatte. Doch all diese Gedanken und Überlegungen kamen zu spät. Es half mir herzlich wenig, mir jetzt die Zähne an der Vergangenheit auszubeißen, an der ich nichts mehr ändern konnte. Ich musste im Hier und Jetzt bleiben, die Hintertür aus dieser Situation finden und dazu brauchte ich Tomber. Den abgebrühten Mistkerl, der immer einen Weg kannte und immer allen drei Schritte voraus war.

Grimmig versenkte ich die Hände noch tiefer in meinem schwarzen Mantel und überholte eine Gruppe Mädchen, die sich kichernd an ihre Einkaufstüten klammerten. Sie mussten in etwa in Miras Alter sein, eine von ihnen hatte sogar pinke Haare –

Fokus, Tomber. Informationen sammeln, Fakten zurechtlegen, mögliche Optionen durchgehen, Weg wählen.

Das durch den dicken Stoff des Mantels gedämpfte Klingeln meines Handys riss mich aus meinen verworrenen Gedanken, die unkontrolliert zwischen Tomber und Joshka hin und her sprangen, als wären wir nicht ein und dieselbe Person. Angespannt stieß ich den Atem aus, bevor ich abhob.

»Ja?«, bellte ich harsch und schalt mich im selben Moment dafür. Neal konnte nichts für diese Scheiße und war der Letzte, der meine schlechte Laune abbekommen sollte. Oder die Folgen meiner Persönlichkeitskrise.

»Ich habe dich schon dreimal angerufen und du bist nicht rangegangen, du Idiot!« Neals Stimme war so laut, dass ich das Smartphone ein Stück von meinem Ohr weghalten musste. Wut ließ seinen britischen Akzent härter wirken als sonst.

»Du klingst wie eine eifersüchtige Freundin.«

Im Hintergrund hörte ich Neals Finger über eine seiner unzähligen Tastaturen fliegen und konnte ihn förmlich vor mir in seiner Höhle hocken sehen. In der ganzen Zeit, die ich nun schon mit ihm zusammenarbeitete, hatte ich erst ein paarmal erlebt, dass er überhaupt ans Tageslicht gegangen war. »Das ist mir scheißegal, Tomber. Ich wusste nur, dass du nicht tot in irgendeiner Ecke liegst, weil ich dich geortet und hier auf dem Schirm habe. Was soll die Kacke?«

Ich verdrehte die Augen und funkelte den Kerl vor mir vernichtend an, bis er mir erschrocken aus dem Weg ging. »Was hast du für mich?«

»Danke, Tomber, ich hab dich auch lieb.«

»Neal«, knurrte ich ungeduldig und lief über eine rote Ampel, ohne mich um das Hupen oder die obszönen Gesten der Fahrenden zu kümmern. »Komm zum Punkt. Wo ist er?«

»Nicht mehr dort, wo er zuletzt war.«

Ruckartig blieb ich stehen und wäre beinahe direkt in eine junge Frau mit vier Coffee-to-go-Bechern hineingelaufen. »Was soll das heißen?« Fluchend fasste ich mir an die Nasenwurzel. Vor einer knappen halben Stunde hatte mir Neal geschrieben, dass sich Lil in der Nähe der Grand Central Station befand, meinem aktuellen Ziel.

Wieder klapperten die Tasten und ich hörte ihn leise vor sich hin murmeln. »Das bedeutet, dass ich Lilac verloren habe. Er ist irgendwo, wo das NYPD keine Kameras mehr hat. Vom Radar verschwunden, sozusagen.«

»Dann klink dich in irgendein anderes System ein, Herrgott noch mal«, fuhr ich ihn ungehalten an und ließ den Blick über das nachmittägliche Gewusel der berühmtesten Straße Manhattans schweifen. Unzählige Menschen strömten wahlweise mit Einkaufstüten, Fast Food oder ihren Hunden über die Bürgersteige, hasteten von einem Termin zum nächsten, ohne sich um ihr Umfeld zu scheren. Angestellte versuchten hektisch, ihre Aufgaben unter einen Hut zu bekommen, ihren Vorgesetzten am Handy, das zwischen Ohr und Schulter eingeklemmt war. Männer in Anzügen drängten sich durch die Menge, mit den Gedanken schon beim nächsten Meeting, und zwischendrin all die Touristen, die wie magisch von Manhattan angezogen wurden – von dieser unersättlichen Stadt mit all ihrer schönen Hässlichkeit.

Ein freudloses Grinsen verzog meine Lippen. Wie ich New York liebte.

»Nicht, dass ich das nicht könnte, aber ich befürchte, das ist nicht länger nötig. Ich habe eine Nachricht für dich reinbekommen.«

»Wie reizend. Von meinem unbekannten Verehrer?« Der psychopatische Vollidiot, der dumm genug war, sich mit mir anzulegen, mir einen Drohbrief geschrieben und sich nun Lilac gekrallt hatte. Der abgefuckte Teil von mir freute sich beinahe darauf, endlich sein Gesicht zu sehen.

Neal überging meinen Sarkasmus geflissentlich. »Es wird dir gefallen, ist sehr einprägsam: *Du musst uns nicht länger suchen, Tomber. Wir werden dich finden.*«

»Da bekomme ich richtig Herzklopfen«, kommentierte ich nüchtern und spürte das kühle Metall der Glock, die in meinem Hosenbund steckte, brennend auf meiner Haut. Ich würde diesem Mistkerl ein für alle Mal klarmachen, dass er sich mit dem Falschen angelegt und sich im wahrsten Sinne des Wortes die Hölle auf Erden ins Haus geholt hatte.

»Du klingst nicht, als würdest du dir Sorgen machen, Tomber. Aber vielleicht solltest du das. Es geht schließlich um Lilac. Und wer auch immer dein *Verehrer* ist, er kennt deinen Namen. Deinen richtigen Namen und dein Gesicht.«

Als ob ich das nicht selbst wüsste. Als ob ich nicht wüsste, dass mir mein unbekannter Gegner viel zu nahe, und was noch viel schlimmer war, *zuvor*gekommen war. Dieser Jemand kannte meine

Familie, kannte Mira, war dichter an mich herangekommen als jeder vor ihm. Er hatte geschafft, was bisher niemandem zuvor gelungen war: ein Druckmittel gegen mich, den berüchtigten Untergrundboss Tomber, in die dreckigen Finger zu bekommen. Bis zu einem gewissen Grad kam ich nicht umhin, den Typ dafür zu bewundern, dieses Kunststück vollbracht zu haben.

»Dann lasse ich sie eben zu mir kommen. Weniger Arbeit für mich.« Ich knirschte mit den Zähnen und setzte mich wieder in Bewegung. Langsamer dieses Mal, ohne ein wirkliches Ziel, während mein Blick unauffällig über die Menschen um mich herum glitt. Irgendetwas sagte mir, dass sie mich eher früher als später finden würden. »Irgendwelche hilfreichen Tipps und Hinweise?«

»Was hast du Mira gesagt?«, erwiderte Neal statt einer richtigen Antwort, als ich gerade einen weiteren Block hinter mir gelassen hatte.

Wieder kam ich mit einem Ruck zum Stehen, während das unangenehme Prickeln im Nacken, das mich seit zwei Querstraßen begleitete, mit jedem Schritt zunahm. Meine Stimme war kalt und aalglatt, als ich antwortete: »Falsches Thema, Neal.«

Am anderen Ende des Telefons atmete er hörbar aus. »Du hast ihr überhaupt nichts gesagt, oder?«

»Melde dich, wenn du was Neues hast«, knurrte ich nur kurz angebunden und drückte seine nächsten Worte weg. Ich konnte weder seine plötzliche Fürsorge für mein ungebetenes Beziehungsleben noch Mira selbst in meinem Kopf gebrauchen. Nicht jetzt, wo sich zwei Kerle auffällig nah an meinen Seiten positionierten. Sie hatten mich also gefunden.

Ich spannte mich merklich an und entdeckte drei weitere Typen in meinem direkten Umfeld – womit alle möglichen Fluchtwege abgeschnitten waren. Nicht, dass ich vorgehabt hätte zu fliehen. Ich kannte keinen Einzigen von ihnen, war mir aber ziemlich sicher, dass sie Teil dieses bescheuerten Zirkus waren. Ihre breiten Schultern, die dunklen Klamotten und langweiligen Gesichter, die perfekt in der Menge untertauchen konnten, sprachen jedenfalls für sich.

Die zwei Gorillas rechts und links von mir kamen näher, bis sie mir so sehr auf die Pelle gerückt waren, dass es wirkte, als wären wir Kumpels, die gemeinsam über die Fifth Avenue schlenderten. Ein perfektes Bild, wäre da nicht der Lauf einer Waffe, den mir einer der Arschlöcher unnachgiebig in den Rücken drückte, und die Hand, die, verborgen unter dem hohen Kragen meines Mantels, meinen Nacken gepackt hielt.

»Machen wir einen kleinen Spaziergang, Tomber«, nuschelte der Linke und stieß die Pistole schmerzhaft in meine Wirbelsäule. »Es gibt da jemanden, der dich unbedingt wiedersehen möchte.«

Dann konnte das Spiel ja beginnen.

Wir liefen nicht lang.

Nach etwa fünf Minuten wurde ich von meiner persönlichen Eskorte zu einem unscheinbaren Lieferwagen geführt, der die Handschrift des New Yorker Untergrunds trug. Die Gorillas stießen mich unsanft in den Ladebereich, fesselten meine Hände mit Kabelbindern und nahmen mir Waffe und Handy ab. Dann zogen sie mir einen schwarzen Sack über den Kopf und ließen die Welt vor meinen Augen verschwinden.

Zumindest muss ich so nicht länger in ihre verfluchten Visagen schauen.

Ich ließ alles anstandslos über mich ergehen. Wehrte mich nicht, sagte nichts und ging auf keine ihrer Sticheleien ein. Stattdessen tat ich, was ich am besten konnte: Ich beobachtete, analysierte und zog meine eigenen Schlüsse, während sie sich gegenseitig mit ihren dummen Sprüchen zu überbieten versuchten.

»Da sitzt der große Tomber von New York, fein geschnürt wie ein Paket – wo ist sein messerscharfer Verstand jetzt?«, höhnte einer von ihnen, woraufhin die anderen wie Hyänen lachten und quiekten wie Schweine auf der Schlachtbank.

Macht nur weiter so, ihr Vollidioten, dachte ich grimmig und lehnte mich gegen die Wand des Lieferwagens, der sich holpernd in Bewegung setzte. Meine Hände kribbelten, weil die Fesseln zu eng saßen und mir ins Fleisch schnitten, aber ich war hellwach. Ich bekam alles mit. Dass wir über zwei Brücken fuhren. Die gedämpften Geräusche von draußen, die Gerüche und die wechselnden Straßenbeläge.

»Er ist ein Nichts ohne seinen Hofstaat«, feixte ein anderer und versetzte mir einen Tritt in die Seite, der mich husten ließ.

Verfluchte Mistkerle. Genießt euren Spaß, solange ihr ihn noch habt.

»Dreckige Kanalratte. Kein Wunder, dass er sich irgendwo am Arsch der Welt verkrochen hat, wo er irgendeine Provinzschlampe vögelt, um zumindest noch über *irgendetwas* zu herrschen.«

Ein weiterer Tritt, etwas Hartes traf mich am Kopf, das eine gefährliche Welle von Schwindel über mich brachte.

Bleib wach, verflucht!

»Nichts weiter als ein Schlappschwanz. Kommt angelaufen, nur weil jemand seinen kleinen Liebling in die Finger bekommen hat«, tönte es aus der Richtung des Fahrers. »Nichts als eine Schande für unser Geschäft.«

»Ihr seid tot«, erwiderte ich nur. Kalt, tonlos, unnachgiebig, wie etwas, das bereits in Stein gemeißelt war. »Ihr seid alle tot.«

Höhnisches Lachen wehte mir entgegen, in dem jedoch eine Spur Furcht lag, die ich mit jeder Pore meines Körpers in mich aufsog. Furcht und Verunsicherung.

Meine Mundwinkel zuckten. *Gut so.*

»Du hast verloren, Tomber. Das musst selbst du mit deinem widerlichen Hochmut irgendwann einsehen. Besser früher als später. Und jetzt stellt ihn kalt, wir sind bald da«, knurrte jemand rechts von mir. Eine Stimme, die mir entfernt bekannt vorkam.

Bald da.

Wenn ich richtig lag, dann befanden wir uns fast in der dunkelsten Ecke Brooklyns. Meinem Revier.

Diese Narren, dachte ich noch, dann spürte ich, wie kaltes Metall meine Schläfe küsste.

Wo bist du?, hörte ich ausgerechnet Miras helle Stimme in meinen Gedanken, während sich eine alles verzehrende Dunkelheit in mir ausbreitete. *Wer bist du, Joshka Alexander Graveman?*

Ich konnte ihr auch dieses Mal keine Antwort darauf geben. Vermutlich würde ich das niemals können, denn ich wusste es selbst nicht.

Ich bin Tomber. Ich bin Joshka. Ich bin …

Im nächsten Moment wurde um mich herum alles schwarz.

KAPITEL 29

Welcome to New York

Mira

»Bitte bringen Sie Ihre Sitze in eine aufrechte Haltung, klappen Sie Tische und Blenden hoch und verstauen Sie persönliche Gegenstände sicher unter Ihren Vordersitzen oder in den Staufächern über Ihnen. Wir werden in Kürze in New York landen.«

Ich hörte die höfliche Stimme der Stewardess, die über die Lautsprecher leicht verzerrt klang, aber keines ihrer Worte schaffte es wirklich in mein Bewusstsein. Sie streiften mich nur, waberten irgendwo an der Grenze zu dem Chaos, das meinen Kopf beherrschte, und besaßen nicht ansatzweise die Wichtigkeit, um auch nur einen Hauch meiner Aufmerksamkeit zu erregen. Genauso wenig wie die grauen Wolken, die uns einhüllten, als wir ruckelnd in den Sinkflug übergingen, die unzähligen Regentropfen, die auf das Flugzeug trommelten, oder der Druck, der sich unangenehm auf meine Ohren legte.

Tatsächlich war ich nicht zu mehr in der Lage, als mit leerem Blick aus dem runden Fenster zu starren. Ich hatte die Hände zu Beginn des Flugs fest in den dicken Stoff meines Pullovers gekrallt und seitdem kaum gelöst, während ich versucht hatte, die etlichen zusammenhangslosen Fetzen in meinem Kopf immer wieder zu einem großen Bild zu ordnen. Als würde das irgendetwas bringen. Als würde es nicht alles nur noch schlimmer machen und mir mehr und mehr vor Augen führen, was ich längst wusste: Ich stand vor einem unmöglichen Unterfangen. Und trotzdem hatte ich mich entgegen aller Vernunft und Warnungen in etwas gestürzt, das ich nicht ansatzweise verstand.

Schuld daran war nicht zuletzt der übersprühende Optimismus einer ganz bestimmten Person mit rosafarbenen Haaren, die neben mir saß und zum wiederholten Male durch die *geheimen Unterlagen*, wie sie sie getauft hatte, blätterte. Dabei war ich mir ziemlich sicher, dass sie den genauen Wortlaut der Papiere bereits seit Stunden auswendig kannte. Aber so geheim sie auch sein mochten, nichts davon half uns in irgendeiner Art und Weise weiter. Weder das zerknitterte Briefpapier noch der kryptische Spruch darauf, der mir eine Gänsehaut verschaffte.

Auch Untote können sterben.

Dann waren da noch die vielen langweiligen Tabellen, die keinen Sinn ergaben und erst recht nicht in Zusammenhang mit Lilacs Verschwinden oder Joshkas Abreise zu stehen schienen. Wenn überhaupt, führten sie mir nur umso deutlicher vor Augen, dass wir gar nichts hatten. Nichts außer wertlosen Notizen und Zahlen. Absolut unbrauchbar und sinnlos. Dieses ganze Unterfangen war sinnlos. Wie sollten Tami und ich jemanden wie Josh in New York finden, wenn er nicht gefunden werden wollte? Er hatte es selbst gesagt, diese Stadt war *seine* Stadt. Er würde mit ihr verschmelzen und unsichtbar werden. Wenn er das nicht längst geworden war. Zwei Mädchen aus dem verträumten Maple Creek konnten daran wenig ändern. Von den zwielichtigen und unheimlichen Typen, die dabei sicherlich ihre Finger im Spiel hatten, mal abgesehen. Wer waren Tami und ich schon verglichen mit dem, was sich da um uns herum zusammenbraute?

Ich zog die Brauen ein weiteres Mal zusammen – mittlerweile musste ich eine Furche von der Tiefe des Grand Canyons auf der Stirn haben – und biss mir auf die Lippe.

»*Wir werden zur Landung die Lichter in der Kabine ausschalten. Falls Sie weiterhin lesen möchten, schalten Sie bitte die Lampe über Ihrem Sitz ein.*«

Was Tami sofort mit Begeisterung tat und sich im nächsten Moment nur noch enthusiastischer in ihren Papierstapel stürzte. Was zur Hölle *tat* sie da eigentlich?

Ich atmete langsam aus, schloss die Augen und lehnte den Kopf zurück in den Sitz. Wie auf Knopfdruck kehrte Josh in meine Gedanken zurück. Sein Gesichtsausdruck, mit dem er mich bedacht hatte, bevor er gegangen war. Die Dringlichkeit darin, die Kälte, das Gehetzte, das in seinem Blick gelegen hatte. All die Emotionen, die miteinander gestritten und doch rein gar nichts ausgesagt hatten.

Reflexartig fuhr ich mir über die Arme und versuchte, den Schmerz in meinem Magen zurückzudrängen, ehe mir wieder übel werden konnte. Eine Übelkeit, die ganz sicher nicht von dem holprigen Flug herrührte.

Wie konntest du, Joshka? Wie konntest du mir das antun? Wie konntest du gehen, ohne etwas zu sagen? Ohne irgendetwas *zu sagen?*

Ich spürte, wie sich eine warme kleine Hand in meine schob und ihre Finger mit meinen verschränkte.

Tami. Tami hielt mich, drückte meine Hand und ließ sie nicht mehr los, als wüsste sie nur zu genau, mit welchen inneren Dämonen ich gerade zu kämpfen hatte. Dass ich gegen sie zu verlieren drohte. »Wir finden sie, Mira. Wir finden Lilac und Joshka«, murmelte sie leise und mit so viel Zuversicht in der Stimme, dass es mir fast die Luft abschnürte.

Ich wusste nicht, woher sie all ihren Optimismus nahm und wünschte, ich würde auch nur einen Bruchteil davon besitzen. Irgendetwas, das mir sagte, dass wir nicht versagen würden. Ein bisschen Licht in all der Dunkelheit. Aber es fiel mir schwer, auch nur den kleinsten Funken zu sehen.

»Was ist, wenn das ein Fehler war?«, fragte ich genauso leise, öffnete ein Auge und linste aus dem Fenster. Der nasse Asphalt der Landebahn kam mit erschreckender Geschwindigkeit näher, als würden wir jeden Moment darauf zerschellen.

Tami umschloss meine Finger fester. »Ich kenne dich, Mira. Ich kenne dich schon dein ganzes Leben und ich habe dich noch nie so erlebt, wie du mit Joshka bist.«

Ich drehte den Kopf in ihre Richtung und begegnete ihrem sanften Blick. »Du meinst unausstehlich, wankelmütig, nicht zurechnungsfähig und unsicher? Absolut durchgeknallt? Ganz wunderbar.« Da war er wieder: mein bitterer Sarkasmus, der mich in den letzten Tagen davor bewahrt hatte, endgültig zusammenzubrechen.

Meine beste Freundin verzog nicht eine Miene und blieb unbeeindruckt. »Nein, Mira. *Glücklich.*«

Wärme stieg in meine Wangen, dann sah ich ruckartig zur Seite.

Machte er mich wirklich glücklich? Oder war es vielmehr die Vorstellung von Glück, die mich zu ihm zog? Und wenn es tatsächlich Glück war, war dieses kurze, kostbare Hochgefühl dann all den Ärger, Schmerz und die Zweifel wert, die offensichtlich Teil von Joshs Rolle in meinem Leben waren? So sollte es doch nicht sein, oder?

Wir setzten mit einem Ruck auf, kurz flackerten die Lichter in der Kabine, bevor die Beleuchtung wieder ansprang, gefolgt von kitschiger Musik, die klang, als würde ein Buckelwal gerade schreckliche Qualen erleiden.

Ich verzog das Gesicht.

»*Willkommen in New York! Die aktuelle Ortszeit beträgt vier Uhr nachmittags, es ist bewölkt und mit fünf Grad recht frisch draußen. Im Namen der gesamten Crew von* United Airlines *wünsche ich Ihnen einen angenehmen Aufenthalt oder eine sichere Weiterreise. Vielen Dank, dass Sie sich für unsere Airline entschieden haben. Auf Wiedersehen.*«

Tami ließ meine Hand nicht los, während das Flugzeug sich zwar langsam, aber unaufhörlich in Richtung Parkposition bewegte. »Ich weiß, es fällt dir schwer, Mira, aber vielleicht solltest du mal versuchen, die Zweifel in deinem Kopf zur Seite zu schieben und auf das zu hören, was du wirklich möchtest.«

»Und wenn ich nicht weiß, was das ist?«

Tamis Zähne blitzten hell auf, als sie grinste und entschlossen die Unterlagen zusammenschob. »Du würdest nicht hier sitzen, wenn dem wirklich so wäre, oder?«

Eine knappe Stunde später saßen wir in einem Taxi auf dem direkten Weg ins Zentrum von Manhattan. Außer unseren kleinen Rucksäcken hatten wir kein Gepäck dabei, schließlich veranstalteten wir keinen Wochenendausflug, und unser Aufbruch in Maple Creek war ziemlich überstürzt gewesen. Wir kamen schneller voran, als mir lieb war, denn mit jedem Meter rasten wir dem näher, was in der Stadt auf uns wartete – was auch immer das letztlich sein würde.

Tami und ich hatten den mehr oder weniger einzigen Hinweis, der direkt zu etwas Brauchbarem führen könnte, als unseren Startpunkt auserkoren: die große Anwaltskanzlei, die Joshkas Vater gehörte. Zwar hatten wir erfahren, dass er jetzt als Staatsanwalt eigentlich von dem Büro am Gericht aus arbeitete, jedoch trotzdem einen Großteil seiner freien Zeit in der Kanzlei verbrachte, die er gegründet hatte. Ich hielt diese Vorgehensweise immer noch für Schwachsinn, weil Josh bei all seinen Vertuschungen und Unwahrheiten keinen Hehl daraus gemacht hatte, dass er seinen Dad nicht ausstehen konnte und keinen Bezug zu ihm hatte. Dass er in seinem Leben keine Rolle spielte. Aber Tami hatte mich mit ihrer gnadenlosen Logik geschlagen. Die Kanzlei war unser einziger Anhaltspunkt – de facto unsere einzige Chance, *überhaupt* etwas herauszufinden.

Seufzend legte ich den Kopf an die kühle Scheibe, sah dem abendlichen New York zu, wie es an uns vorbeiflog, während ich mich ein weiteres Mal fragte, wie ich überhaupt an diesem Punkt angelangt war. Wie hatten meine chaotischen und zwiegespaltenen Gefühle für einen praktisch Fremden mit unsagbar schlechten Manieren zum Verschwinden meines Bruders und einem wahnwitzigen Trip ans andere Ende des Landes werden können? Die banale, aber auch ziemlich niederschmetternde Antwort war, dass ich keinen blassen Schimmer hatte. Vermutlich waren wir mit jedem einzelnen Schritt unaufhörlich auf diesen Abgrund zugesteuert, ohne dass wir es bemerkt hatten. Und jetzt … jetzt war es zu spät. Wir waren gefallen und hatten jeden Halt verloren.

»Endstation. Die Kanzlei ist auf der gegenüberliegenden Straßenseite, Ladys.« Die knarrende Stimme des Taxifahrers holte mich aus meinen Gedanken zurück und ließ mich aufblicken. Wie waren wir so schnell ins Zentrum von Manhattan gekommen? Wir waren umringt von glänzenden Wolkenkratzern, Menschen in Anzügen, versteckt unter schwarzen Regenschirmen, und vielen weiteren Taxen. Regelrecht eingekesselt von New York und seinen einschüchternden Dimensionen. Beinahe so, als würde diese gierige Stadt nicht schnell genug ihre Finger nach uns austrecken können, um uns endgültig zu verschlingen.

Ich sah aus dem Fenster, betrachtete den Financial District und spürte, wie sich mein Herzschlag beschleunigte. Dort, eingelassen in gräulichem Stein, hing ein goldenes Schild, das so groß war, dass ich den Namen der Kanzlei von Joshkas Dad selbst von hier aus lesen konnte. Es war lächerlich, wie laut mir der Puls in den Ohren pochte, als ich den vertrauten Nachnamen las. Nichts sprach dafür, dass wir hier Antworten finden würden, und doch konnte ich den leisen Schimmer von Hoffnung, der in meinen Fingern kribbelte, nicht bestreiten.

Ungeduldig nestelte ich an meinem Gurt herum, schnappte mir meinen Rucksack und drückte dem Taxifahrer einige Scheine in die Hand. Tamis Blick legte sich für einen Moment auf mich, dann verzogen sich ihre Lippen zu einem schiefen Lächeln. »Ich habe dir ja gesagt, dass du weißt, was du willst.«

Ohne auf ihre Worte einzugehen, sprang ich aus dem Wagen und schloss die Tür hinter mir mit einem dumpfen Schlag. Fröstelnd verschränkte ich die Arme vor der Brust und flüchtete mich mit hochgezogenen Schultern durch den anhaltenden Regen zu dem schmalen Unterstand des Eingangs. Was für ein Mistwetter.

Meine beste Freundin trat keine Sekunde später neben mich und wischte sich einige Regentropfen von der Nase. »Da bin ich endlich in meiner Traumstadt und werde *so* begrüßt«, brummte sie nicht ohne ein Schmunzeln in den Augen, bevor sie entschlossen auf die Klingel neben dem Schild drückte. »Na, dann los. Mal schauen, was uns dort erwartet.«

»Tami …«, begann ich mahnend, doch eine scharfe Frauenstimme unterbrach mich so unerwartet, dass ich beinahe zusammengezuckt wäre.

»Antragsnummer?«

Wir wechselten einen raschen Blick, den Tami mit einem Schulterzucken quittierte. Dann hob sie einen Mundwinkel und beugte sich zu dem Lautsprecher. »Wir haben einen Termin mit Mr Graveman«, gab sie genauso schneidend wie die körperlose Stimme zurück. Als hätte sie jedes Recht, hier zu sein und würde so etwas tagtäglich machen.

»Dann haben Sie sicherlich auch eine Antragsnummer für mich.«

»Sie kann sich ihre dämliche Antragsnummer sonst wohin stecken«, fauchte Tami unterdrückt, ehe sie ein weiteres Mal die Gegensprechanlage betätigte.

Langsam kam ich mir echt bescheuert vor. Bescheuert und unwohl. Ein unangenehmes Kribbeln hatte sich in meinem Nacken festgesetzt und wurde mit jeder Sekunde, die wir hier draußen standen, drängender. Wie eine unausgesprochene Warnung, ein lautloses Wispern, das mich aufforderte, sofort zu verschwinden. Es war amtlich: Ich war dabei, den Verstand zu verlieren.

»Hören Sie, es ist wirklich dringend. Wir *müssen* mit Mr Graveman sprechen. Sofort.«

»Ohne Nummer kein Termin.« Es knackte in dem Lautsprecher, dann erlosch das kleine grüne Licht. Damit war unsere Audienz offensichtlich beendet.

Ich stieß den Atem aus, den ich unbemerkt angehalten hatte, und unterband den Drang, mich ein weiteres Mal umzusehen.

Mach dich nicht lächerlich. Niemand weiß, dass du hier bist.

»Lass uns gehen, Tami. Wir kommen da nicht rein.«

Ihre dunklen Augenbrauen schossen nach oben und ein Funkeln, das nichts Gutes verheißen konnte, trat in ihren Blick. »Glaubst du das wirklich? Wo hast du denn deinen Kampfgeist gelassen, Schwester?«

Verschwörerisch spitzte sie die Lippen und schaute nach rechts und links, als wäre sie eine Agentin in einem besonders schlechten Krimi-Streifen, was mich merkwürdigerweise an Tauben denken ließ. Dann hatte sie sich auch schon meinen Unterarm geschnappt und mich kurzerhand hinter einem Kerl in Anzug und mit Zugangsberechtigung durch die Tür gezogen.

Das hatte sie nicht wirklich getan, oder?

Augenscheinlich hatte sie aber *genau* das getan, denn Tami schleppte mich bereits gnadenlos in Richtung der goldenen Aufzüge, noch bevor ich einen Blick auf die glamouröse Eingangshalle werfen konnte.

»Tami«, zischte ich und brachte sie vor einem der Fahrstühle mit einem Ruck zum Stehen. »Hast du den Verstand verloren? Was machen wir hier?«

»Antworten besorgen.«

»Die rufen die Polizei, wenn sie uns erwischen, und dann können wir gar nichts mehr ausrichten«, gab ich flüsternd zurück und warf einen schnellen Blick an ihr vorbei zu dem Sicherheitsmann, der wachsam seine Augen über die schicke Kanzlei-Lobby wandern ließ. *Oh Mann, wir sind so was von fällig!*

»Einen Teufel werden die. Wir haben schließlich allen Grund, hier zu sein.« Tami wischte meine Bedenken mit einer lässigen Handbewegung zur Seite und drückte einen der Knöpfe, um den Fahrstuhl zu rufen.

Weil mir kaum etwas anderes übrig blieb, folgte ich ihr in den hell beleuchteten Aufzug und konnte nicht fassen, dass wir das wirklich taten. Der Fahrstuhl setzte sich in Bewegung und legte Stockwerk um Stockwerk zurück – bis wir die achtundvierzigste Etage erreichten, wo die Räume der Kanzlei-Leitung lagen und damit auch das Büro von Joshkas Vater. Nur, dass wir es nie erreichten.

Wir hatten kaum den Aufzug verlassen, da schob sich auch schon eine Gruppe von mehreren wichtig aussehenden Männern, zwei Polizisten und drei Sekretärinnen, die aus einer der Türen rechts von uns kamen, direkt in unseren Weg. In ihrer makellosen Kleidung wirkten sie wie eine Streitmacht von Bürokraten, die sich gegen uns verschworen und nur darauf gewartet hatten, uns in die Pfanne zu hauen.

Vielen Dank auch, Karma, dachte ich, getrieben von meinem beißenden Sarkasmus.

»Was haben Sie hier zu suchen und wie sind Sie hier hochgekommen?«, fragte einer der Männer, der uns sofort bemerkte, und senkte das Dokument in seiner Hand. Er war groß und schlank und trug einen perfekt sitzenden, grauen Anzug. Auf seinen Zügen lag ein professioneller und unergründlicher Ausdruck, während sich seine grünlichen Augen merklich verengten und uns von Kopf bis Fuß musterten. Das unangenehme Prickeln, das sein Blick bei mir auslöste, war merkwürdig vertraut.

Eine der Damen an seiner Seite schob ihre schmale Brille höher und wirkte, als würde sie jeden Moment explodieren. »Das tut mir leid! Ich werde umgehend den Sicherheitsdienst rufen, Mr Graveman.«

Mein Herz setzte einen Schlag aus. Konnte das wirklich sein? Konnte uns dieser Zufall tatsächlich direkt in die Arme von Joshkas Vater getrieben haben?

»Nicht nötig.« Der kräftigere der beiden Polizisten schob sich mit unmissverständlicher Miene vor Mr Graveman.

Ich biss die Zähne zusammen und griff nach Tamis Arm, doch meine beste Freundin dachte scheinbar gar nicht daran, jetzt einen Rückzieher zu machen. »Mr Graveman, wir müssen dringend mit Ihnen sprechen. *Jetzt.* Es geht um Ihren Sohn.«

Alle Augen richteten sich auf Tami, die entschlossen die Arme vor der Brust verschränkt hielt und diesen Menschen mit einem Selbstbewusstsein begegnete, als könnten sie sie nicht innerhalb eines Wimpernschlags vor Gericht zerquetschen. Ich konnte mich nicht entscheiden, ob ich ihr für ihren Mut auf die Schulter klopfen oder sie für ihre Dummheit schütteln sollte. Also entschied ich mich dafür, sie nur fassungslos anzustarren.

Ein weiteres Mal drängte sich die Dame mit der Brille nach vorn. »Vereinbaren Sie einen Termin mit der Kontaktstelle, wenn Sie ein Anliegen ha–!«

»Schon gut, Diane«, fuhr ihr Mr Graveman bestimmt, aber nicht unhöflich ins Wort.

Dianes Wangen röteten sich vor Scham, als sie sofort einen Schritt zurückmachte.

»Sagen Sie die nächsten zwei Termine ab. Ich möchte nicht gestört werden.«

Diane strich sich mit fahrigen Fingern über den dunkelgrauen Dutt. »Mr Graveman, der Senator –«

Joshkas Vater wischte ihren Einwand zur Seite und richtete seine Augen stattdessen ungerührt auf mich. »Folgen Sie mir.«

Tami und ich sahen uns an, dann beeilten wir uns, zu ihm aufzuschließen. Konnte diese Situation noch verdrehter werden?

Ich zog die Unterlippe zwischen die Zähne und umfasste die Träger meines Rucksacks fester, während wir dem hell erleuchteten Flur bis vor eine Glastür folgten, auf der in schlichten Buchstaben *Louis Malcom Graveman – Managing Senior Partner* stand. Dann traten wir schließlich in ein weiträumiges Büro.

Drinnen schien alles entweder aus Glas, kühlem schwarzen Leder oder glänzendem Chrom zu bestehen. Es war unpersönlich, kalt, und am liebsten wäre ich sofort wieder verschwunden. Denn jeder einzelne Zentimeter des schicken Eckbüros schrie förmlich, dass Tami und ich nichts an diesem Ort verloren hatten. Weder hier oben über den Dächern von New York noch in der Stadt selbst.

»Setzen Sie sich«, wies uns Mr Graveman kühl an, ohne uns etwas zu trinken anzubieten. Nicht, dass ich damit gerechnet hätte.

Tami und ich ließen uns auf der schwarzen Ledergarnitur nieder, sodass wir Joshkas Vater direkt gegenübersaßen. Es fühlte sich an, als wären wir vor Gericht in einem Prozess, bei dem es für uns nicht besonders gut aussah.

»Ich dachte, meinem Sohn wäre bewusst, dass er seine *Geschäfte* von meiner Kanzlei fernhalten soll«, eröffnete Mr Graveman dann ohne Umschweife und schenkte sich ein Glas Wasser ein. »Ich habe nicht die Absicht, etwas an meinen deutlichen Aussagen zu ändern.«

Mir wäre beinahe die Kinnlade heruntergefallen. Wusste Joshs Vater vom Untergrund? Seiner Stiftung? Wovon genau sprach er?

»Mr Graveman, wir sind nicht wegen irgendeines Geschäfts hier«, begann ich zögerlich, nachdem Tami mich wenig diskret dazu aufgefordert hatte, und legte die Hände in den Schoß.

Er runzelte die Stirn und nickte. »Umso besser. Ich habe keinerlei Interesse daran, in seine *Projekte,* wie er sie nennt, verwickelt zu werden. Gott allein weiß, dass ich das schon viel zu oft zugelassen habe.« Ich fuhr mir übers Kinn und speicherte diese Information schweigend ab. »Aber verraten Sie mir eins: Wenn es hierbei nicht um etwas Geschäftliches geht, warum sind Sie dann unangekündigt in meinen übervollen Terminkalender geplatzt?«

Ich entschied, dass Gegenangriff die beste Strategie war. »Wissen Sie, wo Joshka im Augenblick ist?«

Mr Graveman nahm einen Schluck von seinem Wasser, ohne mich aus den Augen zu lassen – eine nervtötende Eigenschaft, in der er seinem Sohn in nichts nachstand. »Ich wüsste nicht, was Sie das angeht, junge Lady.«

»Hören Sie, Joshka ist hier in New York. Nicht länger in Maple Creek. Es gibt Schwierigkeiten.«

Wenn es Mr Graveman überraschte, dass ich Kenntnis über all dies besaß, so ließ er es sich nicht anmerken. *Ganz der Anwalt.*

Seufzend schüttelte ich den Kopf. »Er ist vor ein paar Tagen abgereist, und ich möchte nur wissen, ob er seitdem mit Ihnen in Kontakt getreten ist.«

Die Runzeln auf Mr Gravemans Stirn vertieften sich. »Warum sollte er?«

»Weil Lilac verschwunden und Joshka wie ein Irrer nach New York gereist ist, um nach ihm zu suchen«, gab Tami ungeduldig zurück und sorgte dafür, dass Graveman beinahe sein Glas aus den Händen gefallen wäre. »Wir haben keine Ahnung, wo er ist, aber wir müssen ihn wirklich dringend finden.«

Ich wäre es vermutlich diplomatischer angegangen, aber zumindest hatte es die ganze Sache definitiv beschleunigt. Die Karten waren auf dem Tisch.

»Wie bitte?«

Ich hielt Tami mit einer raschen Handbewegung zurück, bevor sie die zweite Runde eröffnen konnte, und bemühte mich um einen besonnenen Tonfall. Das Letzte, was wir jetzt noch gebrauchen konnten, war, dass Mr Graveman die Polizei oder sonst jemanden alarmierte. »Wir möchten Sie nicht beunruhigen – vermutlich ist alles in Ordnung, aber …«, begann ich und schluckte gegen den schalen Geschmack der Lüge an, »wir haben nur gehofft, dass Sie uns vielleicht sagen können, wo wir Joshka finden. Dann klären wir die Sache unter uns, ohne Sie länger zu behelligen. Sie kennen Ihren Sohn und diese Stadt schließlich weit besser als wir.«

Louis Graveman ließ das Glas sinken und sah zur Seite, während ein resignierter Ausdruck über seine Züge flog. »Ich fürchte, Sie haben ihre Zeit vergeudet. Ich kenne meinen Sohn nicht. Vermutlich habe ich das nie.« Die Selbstsicherheit und der Stolz, die noch wenige Augenblicke zuvor in seiner Haltung gelegen hatten, flossen aus ihm heraus und ließen ihn seltsam verwundbar zurück. In diesem Moment wirkte er seinem Sohn so ähnlich, dass ich automatisch die Luft anhielt. »Und wenn ich Ihnen einen Rat geben darf, dann versuchen Sie erst gar nicht, Joshka zu fassen zu bekommen. Er wird es Ihnen unmöglich machen und Sie nur immer weiter in den Abgrund ziehen.« Mr Graveman sah auf, und der plötzliche Schmerz und die Furcht in seinen Augen fühlten sich wie eine stumpfe Klinge an, die mir ohne Vorwarnung in den Bauch getrieben wurde.

Er fürchtet sich vor ihm. Er fürchtet sich vor seinem eigenen Sohn.

»Wie auch immer Joshkas Leben aussehen mag, es ist eines, von dem man sich fernhalten sollte. Ich wünschte, ich könnte etwas anderes über mein eigenes Kind sagen, aber …« Kopfschüttelnd brach er ab und erhob sich. Jegliche Emotionen waren aus seinen Zügen verschwunden und hatten einer kühlen, harten Maske Platz gemacht. »Gehen Sie jetzt.«

»Mr Graveman …« setzte ich noch einmal an. Frust trieb mich voran. Frust und eine ungewollte Hoffnung, die gefährliche Wurzeln in mir geschlagen hatte, obwohl ich längst wusste, dass sie vergebens war.

»Gehen Sie. Oder ich rufe den Sicherheitsdienst.«

KAPITEL 30

Tomber Back to the Tomb

Joshka

Meine Beine waren eingeschlafen. Ich spürte meine Hände kaum noch und hatte das Gefühl, unter dem Sack über meinem Kopf zu ersticken. Es gab mehrere Stellen an meinem Körper, die schmerzhaft pochten, und der Geschmack von Blut lag mir auf der Zunge. Diese Idioten hatten definitiv ein paar ätzende Treffer gelandet. Mein Schädel dröhnte, als hätte ich nächtelang durchgemacht, mir jede Art von Alkohol hinter die Binde gekippt und mehrere Schachteln Kippen innerhalb weniger Stunden geraucht. Ich hatte Schwierigkeiten, überhaupt einen klaren Gedanken zu fassen. In mir wütete das reinste Chaos. Tausende von Eindrücken und Erinnerungsfetzen schossen durch meinen Kopf, während ich nicht einmal sagen konnte, wie viel Zeit zwischen dem Lieferwagen und jetzt vergangen war. Keine besonders gute Ausgangssituation.

Probehalber ruckte ich ein weiteres Mal an den Fesseln, die mich an den harten Stuhl banden, und erreichte damit nur, dass brennende Schmerzen durch meine Hand- und Fußgelenke schossen. Gepresst stieß ich den Atem aus und fühlte eine neue Welle der Übelkeit über mich hinwegspülen. Scheiße, hatten die mir irgendeine von ihren Drogen eingeflößt?

Ich versuchte, meine verkrampften Muskeln zu lockern und gleichzeitig den Knoten in meinem Kopf Stück für Stück zu lösen. In meiner Vergangenheit war ich schon in übleren Situationen und Verfassungen gewesen und so etwas wie das hier war zu erwarten gewesen – schließlich hatte ich im wahrsten Sinne des Wortes eine Einladung von meinem Gegner erhalten. Trotzdem spürte ich dieses Mal ein ungewohntes Ziehen in meiner Mitte, das mich mit den Zähnen knirschen ließ.

Angst.

Langsam, Tomber, eins nach dem anderen.

Wieder atmete ich ein und aus und versuchte, meine Umgebung wahrzunehmen. Es roch modrig und nach nacktem Beton – also vermutlich war ich auf einer unterirdischen, verlassenen Baustelle. Vielleicht auch in einem Keller oder einem alten Lagerhaus. Irgendwo tropfte es, die Luft war feucht und ich meinte, einen Fluss rauschen zu hören – ich befand mich demnach in der Nähe eines Ufers oder der Kanalisation. Das grenzte die Plätze, an denen ich sein konnte, deutlich ein. Denn im Untergrund New Yorks gab es kaum einen Ort, den ich nicht wie meine Westentasche kannte.

Diese simplen, aber essenziellen Beobachtungen halfen mir, mich langsam wieder in dem Dunst in meinem Schädel zurechtzufinden. Mein Herzschlag beruhigte sich ein wenig und die Beklemmung zog sich ein Stück weit zurück.

Gut, weiter. Was weißt du noch?

Ich war an einen Stuhl gefesselt. Jemand wollte nicht, dass ich das Umfeld sah – zumindest schloss ich das aus dem stinkenden, dunklen Stoff auf meinem Kopf –, was wiederum bedeutete, dass ich den Ort höchstwahrscheinlich kannte. Vielleicht eine meiner alten Folterkammern, die ich selbst nur zu gern genutzt hatte. Wer auch immer mein Kerkermeister war, er hatte augenscheinlich einen Sinn für schwarzen Humor.

Ich versuchte, meine brennenden Schultern etwas kreisen zu lassen und legte den Kopf in den Nacken, als ich ein Klappern hinter mir hörte. Etwas klackte und ein Schwall kühler Luft begrüßte mich. Dann näherten sich Schritte – mehrere schwere Schritte, begleitet von leichtfüßigeren.

»Was für ein wundervoller Anblick.«

Ich zuckte ungewollt zusammen, als ich die Stimme wiedererkannte. Diese ungleichmäßige Stimme, die zu hoch und schrill für ihren Besitzer schien, der aber nun die vertraute Note von Naivität und Stumpfsinn fehlte.

Cameron – Cam. Jills Halbbruder und der Typ, den ich nach meinem offiziellen Ausstieg aus dem Untergrund auf meinen Thron gesetzt hatte. Cam, der ganz offensichtlich hinter allem steckte – der Drohung, Lils Verschwinden, vermutlich sogar hinter den Leuten, die Mira beschattet hatten, und jetzt auch meiner Entführung. Cam, von dem ich niemals geglaubt hätte, dass er auch nur ansatzweise zu so etwas in der Lage gewesen wäre.

Wie sehr man sich doch täuschen kann.

»Ah, wie ich sehe, hast du nicht damit gerechnet, auf mich zu treffen, was, Tomber? Bist du überrascht?« Er sprach meinen Spitznamen wie eine Beleidigung aus.

Ich spannte meine kribbelnden Hände an und verfluchte die Kapuze und die Fesseln, die mich daran hinderten, diesem Bastard den Hals umzudrehen.

»Niemand rechnet damit, nicht wahr? Niemand denkt auch nur im Entferntesten daran, dass der ach so überforderte, einfältige Cam dazu in der Lage wäre, so ein Ding durchzuziehen. Nicht einmal der kluge Tomber, der immer allen *meilenweit* voraus ist.« Seine Stimme war nun direkt an meinem Ohr und schickte einen Schauer über meine Haut, den ich nur zu gern unterdrückt hätte.

Er hatte recht. Diese Ratte hatte recht. Ich hatte nicht damit gerechnet, dass er mir jemals gefährlich werden könnte. Deswegen hatte ich ihn damals überhaupt erst ausgewählt. Weil er dumm und naiv erschienen war, der perfekte Nachfolger, unfähig, meine Fußstapfen auszufüllen, und damit ideal, um mir noch genügend Spielraum zu lassen. Nur hatte ich ihn unter- und mich selbst augenscheinlich heillos überschätzt. Was für ein Trottel ich doch gewesen war. Mir lag ein Fluch auf der Zunge, doch ich würde einen Teufel tun und ihm die Genugtuung geben, ihn auch auszusprechen.

Aber vermutlich musste ich das auch gar nicht. Denn im nächsten Moment schallte auch schon sein zufriedenes Lachen durch den Raum und hallte seltsam hohl von den Wänden wider. »Ach, Tomber, du hattest nie die geringste Chance.«

Bevor ich etwas erwidern konnte, wurde mir grob die Kapuze vom Kopf gerissen. Innerhalb eines Atemzugs hatte ich die Situation erfasst: den modrigen kleinen Raum, der Teil des Untergrundgefängnisses war, seine Männer, die ihre Waffen direkt auf mich gerichtet hielten, und Cam. Einen Herzschlag später fand ich mich auch schon Auge in Auge mit dem Mistkerl, der seit Wochen sein krankes Spiel mit mir trieb.

»Hallo, Cam«, spuckte ich ihm entgegen. Diesem ätzenden Widerling, der vor Selbstgefälligkeit nur so zu strotzen schien. »Ich glaube, du hast etwas, das mir gehört.«

Cam steckte die Hände in die Hosentaschen seiner schwarzen Jeans und schnalzte mit der Zunge. »Ich liebe es, wie du immer gleich auf den Punkt kommst. Das erspart uns eine Menge Zeit und Ärger, nicht wahr?«

Mein Blick bohrte sich in seinen, während die Wut in mir mit jeder Sekunde, die ich ihm länger ins Gesicht sehen musste, stieg. Blinde, rohe Wut auf mich selbst. Wie hatte ich das nicht sehen können? Wie hatte ich diese Berechnung in seinem kalten Blick nicht bemerken können, als ich ihn auf den Thron gesetzt hatte? War ich so sehr auf meine eigenen Pläne und Geschäfte fixiert gewesen? War ich wirklich so blind gewesen?

»Hach, es ist göttlich, mitanzusehen, wie es in deinem kleinen Köpfchen rattert. Wie du versuchst, Jills armseligen Auftritt, die wundervolle Drohung und diese Situation jetzt in einen Zusammenhang zu bringen und es dir einfach nicht gelingt.«

»Jill war nur eine Ablenkung«, erwiderte ich durch zusammengebissene Zähne. »Ihre Aktion war nichts als eine Farce.«

Cam klatschte in die Hände, an denen das Blut so vieler klebte. »Bravo. Dein hübscher Kopf funktioniert ja doch noch. Und ich dachte schon, meine Männer wären etwas zu brutal mit dir gewesen. Aber ja, du bist nicht der Einzige, der mit doppelten Böden arbeiten kann, und meine Halbschwester mit ihren zerstörten Träumen war ein hübscher Pluspunkt in dem ganzen Werk. Sie war so wütend auf dich. Wusstest du, dass sie dir nie verziehen hat, dass du ausgestiegen bist? Nein? Sie hat Tomber geliebt. Wollte an die Spitze des Untergrunds mit dir, doch du hast ihr alles mit deiner Wohlfahrtsnummer versaut. Arme kleine Jill.«

»Fick dich, Cam«, knurrte ich und hasste mich im selben Moment dafür, dass meine Wut einen Schlupfwinkel in meiner Mauer aus Gleichgültigkeit gefunden hatte.

Cam aalte sich förmlich in meinem offensichtlichen Frust. »Na, na. Immer langsam mit den jungen Pferden. Wir gehen das ganz in Ruhe an, und ich werde das hier genießen, mein Lieber. Bis zur letzten Sekunde.«

Ich leckte mir über die aufgeplatzte Lippe. »Warum tust du uns beiden nicht den Gefallen und spuckst einfach aus, was du zu sagen hast? Oder bringst es am besten einfach gleich hinter dich und erschießt mich? Dann können wir uns diese ganze Scheiße sparen.«

Ehrlich überrascht riss Cam seine eiskalten Augen auf. »Dich erschießen? Warum sollte ich? Ich habe etwas viel Besseres mit dir vor. Außerdem kenne ich dein wertvollstes Geheimnis und das macht mich zu einem sehr reichen Mann in unserer Welt, nicht wahr?«

Mir gefiel der Glanz, der dabei in seinen Blick trat, ganz und gar nicht. Scheiße, der Typ war komplett durchgeknallt, und ich wusste aus Erfahrung, dass die Irren die gefährlichsten Gegner waren. Und dass er von meinem Doppelleben wusste, machte es nicht besser.

»Welche Rolle spielt Lilac dabei?«, tastete ich mich vor und ballte die gefesselten Hände zu Fäusten.

»Der kleine, fluchende Hosenscheißer? Gar keine. Er war nur der Lockvogel und kann meinetwegen gehen.« Großzügig breitete

Cam die Arme aus und setzte ein schiefes Grinsen auf, das seinem Gesicht einen entrückten Ausdruck verlieh.

»Ich nehme an, es gibt einen Haken an der Sache.«

»Einen Haken? Du beleidigst meine Ehre, Tomber. Es gibt keine hinterhältigen Bedingungen, nur einen klaren, festgelegten Deal zwischen zwei ehrlichen Geschäftsmännern.«

Beinahe wäre mir ein ungläubiges Schnauben über die Lippen gekommen. Was sollte diese Show? Wenn es nicht mein Tod war, den er sich wünschte – und davon war ich bis eben ausgegangen –, was zum Teufel wollte dieser Psychopath dann? Ich kam nicht umhin, dass sich ein ungutes Gefühl in meiner Magengegend ausbreitete. Was, wenn es hierbei um Mira ging? Um ihre Freunde und Maple Creek? Wenn das hier weiter reichte? »Was willst du?«, stieß ich hervor. »Das Geld?«

»Geld?« Er lachte trocken und schüttelte den Kopf, als wäre ich ein kleines, dummes Kind.

Ehrlich gesagt kam ich mir im Augenblick auch genauso vor. Dumm. Naiv. Als hätte ich nichts dazugelernt. Als hätte ich nach all den Jahren im Untergrund nicht gelernt, jeden noch so kleinen Stein mehrmals umzudrehen.

»Es geht mir nicht um banales Geld, Tomber, davon habe ich mehr als genug. Nein, hierbei geht es um etwas ganz anderes. Es geht um Genugtuung, Rache – darum, dir das zu nehmen, was du insgeheim am allermeisten brauchst …«

Das Ziehen in meinem Bauch wurde unangenehmer, während das Leuchten in Cams Augen immer heller wurde. Mira schob sich in meine Gedanken, die Zuneigung und Liebe, die sie mir geschenkt hatte, und bittere Galle stieg in mir auf. *Wenn er Mira –*

»Deinen Ruhm«, sagte er einen Augenblick später und ihre imaginäre Gestalt verschwand schlagartig aus meinem Kopf. »Die Anerkennung, die dir der Untergrund noch immer zollt.« Unterdrückte Wut und Neid sprachen aus Cams gepressten Worten und gaben damit mehr preis, als ihm vermutlich selbst bewusst war. »Ich mag an der Spitze stehen, aber du bist noch immer ihr Anführer. *Ihr Held.* Obwohl du sie alle im Stich gelassen hast.«

Darum ging es ihm? Um meine Macht?

Cam kam mir so nahe, dass sich unsere Nasen fast berührten, während ich ihn nur irritiert anstarren konnte. »Du bist nach wie vor ihr unsterblicher Boss. Ihr Tomber«, zischte er. »Selbst nach all dem, was geschehen ist. Selbst, nachdem du den gesamten Untergrund verraten hast und abgehauen bist. Sie vergöttern dich immer noch genauso wie früher.«

»Und wie willst du das ändern, Cam?«, fragte ich leise und schneidend und schob das Kinn ein Stück vor. »Nicht einmal du kannst die Vergangenheit rückgängig machen.«

Er versetzte mir einen brutalen Schlag ins Gesicht. Nur einen Sekundenbruchteil später schnellten seine Hände nach vorn und krallten sich in meine Haare. Als wollte er mir das Genick brechen. »Nein, das kann ich nicht. Aber du wirst die Zukunft für uns beide neu schreiben und damit deine Vergangenheit ganz von allein begraben. Du wirst vor den Augen des gesamten Untergrunds zu Staub zerfallen, bis nichts mehr von dir übrig ist.«

»Du bist wahnsinnig«, stieß ich hervor und verengte die Augen.

Seine Nägel bohrten sich tiefer in meine Kopfhaut und ließen mich zusammenzucken. »Was ist Wahnsinn schon anderes als Genialität?«

Darauf gab ich ihm keine Antwort, sondern erwiderte nur starr seinen Blick und wartete auf das, was sichtlich unter seiner Fassade brodelte und kurz davor war, aus ihm herauszubrechen. Den finalen Dolchstoß.

Cam ließ von mir ab. »Ich bin kein Freund von Klischees, aber ich habe mich dazu entschlossen, dir trotzdem ganz klassisch die Wahl zu lassen. Auch, wenn ich nicht glaube, dass du allzu lange über deine Entscheidung nachdenken wirst.«

Mein Puls beschleunigte sich unwillkürlich, während ich ihn weiterhin unverwandt ansah. Seine selbstgefällige Haltung, seine zuckenden Mundwinkel, die Gier in seinen irren Augen. »Was willst du?«, wiederholte ich meine Frage und konnte nicht verhindern, dass meine Stimme verräterisch heiser klang. Übelkeit breitete sich in mir aus, ließ mich schlucken und sorgte dafür, dass sich die Sekunden wie Stunden anfühlten.

Und Cam schien jede einzelne davon voll und ganz zu genießen. Er nährte sich förmlich an meiner Nervosität, an meiner Ungewissheit. Dann öffnete er endlich seinen verlogenen Mund und sprach aus, was ich insgeheim schon vermutet hatte. »Ich will, dass du vor mir auf die Knie fällst. Du wirst mir vor allen die Treue schwören, meine Befehle befolgen. Du wirst die Drecksarbeit für mich erledigen und dein unsterbliches Leben in meine Hände legen.« Er leckte sich gierig über die Unterlippe. »Du wirst dich selbst und den Mythos um Tomber vernichten und zu meinem tödlichen Spielzeug werden. Du wirst tun, was auch immer ich dir auftrage. Du wirst *mir* gehören.«

Ich lachte trocken und spuckte einen Schwall Blut aus. »Wenn du glaubst, ich würde das tun, bist du noch bescheuerter, als ich angenommen hatte.«

Er versetzte mir einen weiteren Schlag und packte dann meine Kehle. Drückte mir die Luft ab, bis schwarze Punkte vor meinen

Augen tanzten. »Entweder das, oder ich werde alles zerstören, was dir jemals etwas bedeutet hat. Angefangen mit Mirella Aberdeen. Und du wirst hilflos dabei zusehen, wie sie zu deinen Füßen um ihr Leben kämpft.«

KAPITEL 31

He Has Made His Choice

Mira

Mittlerweile war es stockdunkel. Das Wasser stand auf den Straßen und es regnete noch immer sintflutartig. Dicke, gnadenlose Tropfen klatschten gegen die Scheiben des Coffeeshops, in den Tami und ich uns nach unserem Rauswurf aus der Kanzlei geflüchtet hatten. Hier drin war es wundervoll warm, trocken und merkwürdig heimelig. Ein bisschen wie zu Hause in Maple Creek. Doch selbst der leckere Kaffeeduft, die gemütlichen Sessel und das angenehme Ambiente mit all dem Holz, den vielen Büchern und der ruhigen Musik schafften es nicht, die durchdringende Kälte in mir zu überwinden. Sie hatte sich festgesetzt und mit ihr all die Zweifel und Ängste. Die Gewissheit, dass wir verloren hatten.

Ich hatte gesehen, was in den Augen von Mr Graveman gestanden hatte. Hatte die Furcht vor seinem eigenen Kind gesehen. Er wusste von den gefährlichen Machenschaften seines Sohnes und nicht mal er als einer der mächtigsten Anwälte in New York City wagte es, Joshka in die Quere zu kommen. Er hatte es akzeptiert und es war ihm gleich. Es interessierte ihn nicht, dass Josh da draußen war und vermutlich gerade um sein Leben kämpfte. Um das von Lilac. Er hatte es einfach so hingenommen, als würde sich kein Teil von ihm mehr Gedanken darüber machen. Als wäre er leer.

Und ebenjene dunkle Leere zog auch mich immer weiter zu Boden. Ich hatte keine Kraft mehr, keinen Antrieb. Josh wollte nicht gefunden werden, also würden wir ihn auch nicht finden. Wir standen wieder genau dort, wo wir angefangen hatten.

»Hey«, sagte Tami leise und schob den Teller mit dem Schokoladenkuchen, den ich nicht einmal angerührt hatte, weiter in meine Richtung. »Das war nur ein kleiner Rückschlag. Wir finden sie.«

Ich schüttelte bloß matt den Kopf. Vielleicht war es dafür längst zu spät. Meine Finger schlossen sich fester um die große Tasse und ich spürte, wie Tränen in meinen Augen zu brennen begannen. Tränen der Verzweiflung. Tränen der Wut. Tränen der Machtlosigkeit.

»Wir haben es bis hierher geschafft, oder nicht? Und wer weiß schon, vielleicht werden auch wir gefunden. Wenn Joshka diese Stadt so gut kennt, wie du gesagt hast, dann wird er wissen, dass wir hier sind. Dass wir seinem Vater einen Besuch abgestattet haben.« Tami stand von ihrem roten Sessel auf und stemmte die Hände in die Hüften. »Du wirst sehen, wir finden eine Lösung, oder sie findet uns, je nachdem, aber es wird sich auf jeden Fall klären. Wir gehen nicht ohne Antworten.« Dann gab sie mir einen raschen Kuss auf die Wange und nahm ihre Tasche. »Bin gleich wieder da.« Mit diesen Worten verschwand sie in Richtung der Toiletten und ließ mich mit meinen Gedanken zurück.

Ich runzelte die Stirn und schluckte gegen den Kloß in meinem Hals an, der mir beinahe die Luft zum Atmen nahm. Wir würden nichts herausfinden. Nicht mehr. Dafür waren wir längst zu spät.

»Mirella.«

Eine tiefe Stimme, auf der ein unverkennbarer britischer Akzent tanzte, ließ mich zusammenzucken und ruckartig aufblicken.

Vor mir stand ein schlanker und unscheinbarer junger Mann mit eckiger Nerdbrille, blasser Haut und hellbraunen Locken, die ihm in die Stirn fielen. Seine Hose schien ihm etwas zu groß zu sein, der dunkelblaue Kapuzenpulli wirkte beinahe wie ein Sack an seiner dünnen Gestalt und sein erschreckend durchdringender Blick wollte nicht so recht zu diesem ganzen Bild passen. Als wäre das alles nur Fassade, um etwas zu verbergen.

Sofort setzte ich mich aufrechter hin und verengte die Augen. »Ja?«

Ohne auf eine Einladung zu warten, ließ er sich auf Tamis Platz nieder und faltete die Hände vor sich auf dem Tisch. »Wir haben wenig Zeit, also wäre ich dir sehr verbunden, wenn du mir einfach zuhören würdest.«

Ich öffnete bereits den Mund zu einer Erwiderung, als der Typ mit einer schnellen Handbewegung dazwischenging. »Keine Fragen. Meine bloße Anwesenheit könnte uns schon das Leben kosten, und ich habe mir nicht jahrelang den Arsch aufgerissen, nur um jetzt wegen … nun ja wegen dem allen hier aufzufliegen.«

»Du bist Neal«, stellte ich fest. Joshs Freund. Ein aufgeregtes Prickeln stieg in mir auf.

»Ich sagte doch–!«

»Das war keine Frage«, hielt ich dagegen und schob das Kinn nach vorn. »Schickt Joshka dich?«

»Shhht!«, fuhr er mich an und sah sich hastig um.

Super unauffällig.

Ich lehnte mich weiter zu ihm und verabscheute mich gleichzeitig für diese kribbelnde Hoffnung, die jedes meiner Nervenenden befeuerte. »Wo ist er?«

»Nicht hier, offensichtlich. Und das wird sich auch nicht ändern.« Seine Antwort war kühl und nüchtern.

Fragend sah ich ihn an. »Was bedeutet das?«

Neal seufzte und schob sich die Brille auf der Nase höher. »Das bedeutet«, begann er, als wäre ich ein kleines begriffsstutziges Ding, »dass er seine Wahl getroffen hat. Und du bist nicht Teil dieser Wahl, Mirella.«

»Bullshit«, kam es mir über die Lippen. »Ich bin nicht bescheuert, okay? Was ist hier los? Wo ist mein Bruder? Und wo ist Josh?«

Eine seiner Hände schoss nach vorn, griff nach meinem Unterarm und druckte ihn warnend. »Joshka ist genau dort, wo er hingehört. Auf seinem Thron. Am Leben. In Sicherheit – vorerst. Das muss dir reichen. Du solltest anfangen, dich damit abzufinden, dass er vielleicht für eine kurze Zeit Teil deines Lebens war, aber nie dazu bestimmt gewesen ist, zu bleiben. Er ist weg und er wird nicht zu dir zurückkehren.«

Die winzige Hoffnung zerbarst in unzählige funkelnde Splitter. Diese paar Worte schafften es, meine gesamte Welt in ihren Grundfesten zu erschüttern. So sehr, dass ich beinahe dankbar für Neals festen Griff war, weil er mich an Ort und Stelle hielt, während ich ein weiteres Mal den Boden unter den Füßen zu verlieren drohte.

Auf seinem Thron.

Am Leben.

In Sicherheit – vorerst.

Weg.

Ich schüttelte den Kopf, öffnete den Mund, aber es kam kein einziger Ton über meine trockenen Lippen, als hätte ich das Sprechen verlernt. Mein Herz krampfte sich schmerzhaft zusammen.

Neals Ausdruck wurde ein wenig weicher, als er seinen aufmerksamen Blick über mein Gesicht wandern ließ. »Er hatte seine Wahl. Und er hat sie getroffen. Akzeptiere es, das macht es leichter.«

Meine Augen begannen zu brennen, während mein Verstand noch immer fieberhaft zu verstehen versuchte, was hier gerade geschah. Es gelang mir nicht ansatzweise.

Mit einem letzten Tätscheln löste Neal seine Hand langsam von mir und stand auf, als wäre alles gesagt, was es zu sagen gegeben hatte. Als hätte er nicht gerade meine Welt in Trümmer gelegt. »Und was deinen Bruder betrifft …«

Das leise Klingeln eines Glöckchens ließ Neals Augen zum Eingang des Coffeeshops wandern, wo gerade ein junger Mann mit schwarzer Kapuze und mürrischer Miene eintrat. Blutergüsse verunstalteten sein Gesicht, seine Lippe war aufgeplatzt und er humpelte merklich, als er den Raum durchschritt und jeden einzelnen Blick an sich abprallen ließ.

Lilac.

»Nutzt diese Chance, Mira.« Neals Stimme war mir plötzlich so nah, dass sein Atem über meine Haut fuhr. »Gott allein weiß, wie hoch der Preis dafür gewesen ist.«

Dann ging er genauso schnell, wie er gekommen war, und mit ihm die letzte Chance auf Antworten, die ich einen Moment zuvor noch direkt vor mir gehabt hatte. Und das gab mir den Rest. Ich verlor den Boden unter den Füßen.

Im nächsten Moment schlangen sich auch schon starke Arme um meinen Oberkörper. Hielten mich, als ich zu fallen drohte, und hüllten mich in einen vertrauten Geruch. Stumme Tränen quollen aus meinen Augen, liefen über meine Wangen und brannten unsichtbare Spuren in meine Haut.

Während die Welt um mich herum einstürzte.

Während mein Herz Stück für Stück auseinanderbrach.

»Ich habe dich«, flüsterte eine raue Stimme an meinem Ohr.

Lilac.

Mir kam ein Schluchzen über die Lippen, dann vergrub ich den Kopf an seiner warmen Brust und sperrte meine Umgebung aus.

Lilac strich behutsam über meinen Rücken und hauchte einen Kuss auf meine Haare. »Es ist Zeit zu gehen, Mira«, flüsterte er kaum hörbar.

Und ich wusste, er hatte recht.

TRIGGERWARNUNG

Liebe*r Leser*in,

bevor ich dich nach Maple Creek entführe, möchte ich dir noch ein paar Worte zu den Hintergründen der Charaktere mit auf den Weg geben.

Die *Maple-Creek*-Dilogie erzählt die Geschichte von Mira, Joshka und Lilac. Alle drei haben eine ganz persönliche Vergangenheit, die sie zu den Menschen gemacht hat, die sie jetzt sind. Ihre Schicksale sind zwar frei erfunden, jedoch leider oft traurige Realität. Aus diesem Grund möchte ich euch vor möglichen Triggern warnen und euch ans Herz legen, dieses Buch nur zu lesen, wenn ihr euch dazu emotional in der Lage fühlt.

Potenziell triggernde Inhalte sind:
Gewalt, häusliche Gewalt, Missbrauch, Homophobie und Verlust

Wenn es euch mit diesen oder ähnlichen Themen nicht gut geht und sie bestimmte Gefühle und Gedanken hervorrufen, könnt ihr euch unter anderem bei der Telefonseelsorge (0800-111 0 111) kostenlose und anonyme Hilfe holen.

Ich wünsche euch ein bestmögliches Leseerlebnis.

Eure
Alexandra

Danksagung

Ehrlich gesagt, kann ich es kaum glauben.

Diese Geschichte von *Maple Creek*, Mira und Josh und all den anderen ist eigentlich nur entstanden, weil ich auf unserer großen Weltreise nicht ohne konnte. Nicht ohne das Schreiben, ohne meine eigene kleine Welt, in die ich in ruhigen und weniger ruhigen Momenten verschwinden konnte. Eine Geschichte ohne Regeln und ohne Plan – einfach mal so drauflosgeschrieben.

Und dann ist daraus *das* hier geworden! Dieses Buch – nein, nicht ein Buch, zwei. Eine Dilogie, weil *Maple Creek* größer und bunter geworden ist, als ich es mir jemals hätte vorstellen können.

Hätte mir im Herbst 2019, als ich im Zelt am Lake Motosuko (Japan) die ersten Worte von *Maple Creek* auf Wattpad getippt habe, jemand gesagt, dass ich gut eineinhalb Jahre später die Danksagung für ein Taschenbuch schreiben würde … Nun ja, ihr könnt euch denken, wie ich dann geschaut hätte.

Und genau aus diesem Grund muss ich nach diesem unglaublich fiesen Cliffhanger noch ein paar Worte loswerden. Ein paar Dankeschöns, die mir auf der Seele brennen, weil einige Menschen genauso zu dieser Geschichte, zu *Maple Creek* gehören wie Mira, Josh und Lilac.

Mein Dank gilt:

Meinem wundervollen Mann Maximilian, der mit mir das Abenteuer Weltreise gestartet und damit dieses Buch überhaupt möglich gemacht hat. Danke, dass du das Lagerfeuer zum Laufen gebracht hast, während ich *Maple* zum Leben erweckt habe.

Meiner Agentin und Heldin – in ihrem Fall ein und dasselbe – in schimmernder Rüstung: Gerlinde, du hast *Maple Creek* sofort unter deine Fittiche genommen und ein wundervolles Zuhause für Mira und Co. gefunden, als ich by the way erwähnt habe, dass es da *diese* Wattpad-Geschichte von mir gibt. Danke für deine Begeisterung – besonders für den *undurchsichtigen Joshka.*

Dem Team von Ravensburger und allen voran Paula, meiner unerschrockenen Lektorin, die mir mit Rat und Tat zur Seite steht und sich kopfüber in das ziemlich turbulente Projekt gestürzt hat! Danke, dass du diesen Sprung mit mir gewagt und das Beste aus meinen Worten herausgeholt hast. In diesem Zuge auch danke an Anna Rohner für das großartige Cover! Ich liebe es!

Wie fast immer gilt mein Dank meiner lieben Alina, die *Maple Creek* innerhalb kürzester Zeit verschlungen und geliebt hat! Ich wüsste echt nicht, was ich ohne dich und deine Begeisterung für meine Texte machen sollte!

Genauso, wie ich mir das Schreiberling-Leben nicht mehr ohne meine unbezahlbaren Testleserinnen Lisa, Lena und Franka vorstellen könnte – danke, dass ihr unsere verrückte *Maple*-Gruppe ins Herz geschlossen habt, auch, wenn ich es euch immer wieder breche. ♥

Und ein RIESENgroßes Dankeschön geht dieses Mal an alle meine Wattpad-Leser:innen. Ich meine es absolut ernst, wenn ich sage, dass es diese Story ohne euch nicht geben würde. Hättet ihr euch nicht so begeistert auf jedes Kapitel gestürzt, mir so viele Nachrichten und Kommentare und Herzchen geschickt, dann wäre aus *Maple Creek* wohl nie das geworden, was es jetzt ist: ein Zuhause so vieler ganz unterschiedlicher Charaktere, die mir so unglaublich viel bedeuten.

Danke an alle Blogger:innen, die jedes Kapitel und ihre Begeisterung sofort auf Instagram geteilt und mir damit so viel gegeben haben! Danke, dass ihr von Anfang an dabei wart, als ich noch nicht einmal wusste, wohin die Reise von Mira und Joshka führen wird. Ihr könnt euch gar nicht vorstellen, wie viel es mir bedeutet, dass ihr diese Geschichte heute in den Händen halten könnt!

Von ganzem Herzen danke für eure Unterstützung und eure Liebe für meine Worte. Ich kann es kaum erwarten, wenn wir uns das nächste Mal in Maple Creek wiedersehen.

Bis dahin alles Liebe.

Eure
Alexandra

Die Geschichte von Mira und Joshka ist noch nicht vorbei …

Alexandra Flint
»Meet Me in Maple Creek«
Maple-Creek-Reihe, Band 1
ISBN 978-3-473-58631-8

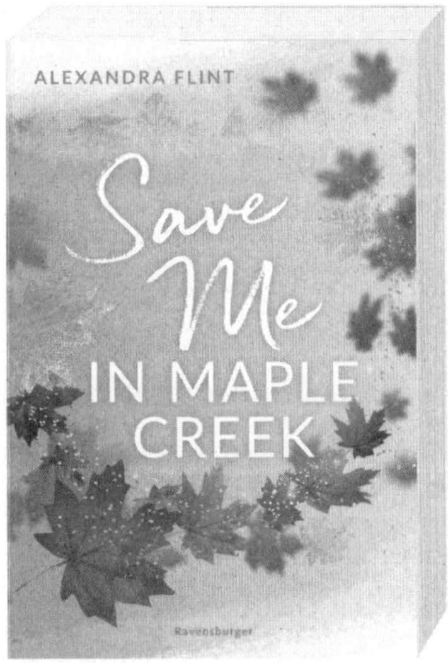

Alexandra Flint
»Save Me in Maple Creek«
Maple-Creek-Reihe, Band 2
ISBN 978-3-473-58632-5

Band 2 ist ab sofort erhältlich!

Kein Tag vergeht, an dem Mira nicht an Joshka und seinen übereilten Aufbruch aus Maple Creek denkt. Mit gebrochenem Herzen versucht sie, ihr Leben wieder in geordnete Bahnen zu lenken. Als sie ihren Zwillingsbruder jedoch für einen wichtigen Termin nach New York begleiten muss, holen sie die Gefühle, vor denen sie sich nie ganz verschließen konnte, mit aller Macht ein – denn plötzlich steht Joshka vor ihr. Und obwohl die Anziehung zwischen ihnen stärker denn je ist, stößt er Mira sofort von sich. Verletzt von seinem Verhalten und gleichzeitig bestürzt über seinen Zustand, fragt sie sich umso mehr, was ihm in den letzten Monaten widerfahren ist. Was sie nicht ahnt: Joshka hat sich auf einen riskanten Deal mit dem Untergrund eingelassen. Und der Einsatz ist Miras Leben.

»Zwei starke Charaktere, die gegen das Schicksal und für ihre Liebe kämpfen. Könnte man sich mehr wünschen als tiefe Gefühle, Humor und Spannung bis zum letzten Satz? Gut gemeinter Tipp: Lasst euch Mira und Joshka nicht entgehen!« (Theresa von @bookslove128)

Hier geht's zur Leseprobe!

LESEPROBE

Alexandra Flint
»Save Me in Maple Creek«
Maple-Creek-Reihe, Band 2
ISBN 978-3-473-58632-5

Not Enough

Mira

Pfannkuchen-Mittwoche waren die neuen Pfannkuchen-Freitage.

Nicht im übertragenen Sinne, sondern eher praktisch gesehen. Denn in diesem Semester fiel mein vorlesungsfreier Tag auf den Mittwoch, nicht länger auf den Freitag, und damit waren auch die Pfannkuchen, die ich mir traditionell an diesem Tag gönnte, dorthin gewandert. Normalerweise hatte ich nichts gegen Veränderungen. Nachdem mein Leben neunzehn Jahre lang einer geraden und ziemlich vorhersehbaren Bahn gefolgt war, hatte ich jede noch so kleine Abweichung vom Skript begrüßt. Doch nach den letzten Monaten hatte ich genug von Hiobsbotschaften aller Art. Genug davon, dass sich Bekanntes in Unbekanntes verwandelte und mich ohne Schirm im eiskalten Regen stehen ließ.

Und genau deswegen ging mir der Pfannkuchen-Mittwoch gehörig gegen den Strich.

»Mira, Schätzchen, kannst du mir bitte den Ahornsirup geben?«

Ich blickte von meinem Teller, auf dem die zwei goldbraunen, perfekt gebackenen Pfannkuchen unangetastet lagen, auf und reichte meinem Vater, Ben Aberdeen, mechanisch die geschwungene Flasche.

»Du hast dich wirklich wieder selbst übertroffen. Ich sollte mir öfter den Mittwoch freinehmen und mit dir essen«, fuhr er fort, als ich nichts erwiderte und ertränkte sein Frühstück in dem dickflüssigen Ahornsirup, der nur ein paar Meilen von Maple Creek entfernt gewonnen wurde.

Wie hypnotisiert starrte ich auf die schimmernde Suppe und hasste, dass mich selbst dieser Anblick an Joshka erinnerte. An die Male, die wir zusammen Pfannkuchen gegessen und er mich damit aufgezogen hatte, ob ich zu meinem Sirup nicht auch noch etwas Richtiges essen wollte.

Unwillkürlich ballte ich die Hand fester um meine Gabel und schluckte gegen den Kloß in meinem Hals an. Hundertdreiunddreißig Tage und fast dreitausend Meilen zwischen uns und er versaute mir immer noch mein Frühstück.

»Mira, hörst du mir überhaupt zu?«

Ich zog die Augenbrauen zusammen. »Hm?«

Mein Vater seufzte schwer, legte das Besteck zur Seite und lehnte sich auf seinem Stuhl zurück. Das erste Mal an diesem Mittwochmorgen sah ich meinen Dad richtig an und hätte bei dem Ausdruck in seinem Blick am liebsten sofort wieder zur Seite geschaut. Seit Wochen – *Monaten* – sah mich nun jeder schon so an. Mit Mitgefühl, Sorge, Furcht und Vorsicht, als könnte ich jeden Moment die Fassung verlieren und durchdrehen. Ich wusste, alle meinten es gut, wenn sie sich erkundigten, wie es mir ging, aber die Wahrheit war, dass es das irgendwie schlimmer machte. Weniger erträglich. Denn bei jeder Frage, jedem nachsichtigen Blick wurde ich unwillkürlich an den Grund für die Dunkelheit in mir erinnert. An Joshka. An seine Wahl, die nicht auf mich gefallen war.

Ich zwang mich zu einem dünnen Lächeln und schüttelte leicht den Kopf. »Tut mir leid, ich war mit den Gedanken bei der Uni.«

Die Furchen auf Dads Stirn vertieften sich. »Genau danach habe ich ja gefragt.«

Mist.

Wieder seufzte er und dieses Mal klang es irgendwie endgültig. So, als hätte er sich ein abschließendes Bild gemacht und ein Urteil gefällt. Dabei konnte er das gar nicht. Dad wusste kaum von einem Bruchteil dessen, was ich mit mir rumschleppte. Für ihn hatte ein junger Mann mein Herz gebrochen und war dann sang- und klanglos zurück ans andere Ende des Landes abgehauen. Es fasste die Situation zwar ganz gut zusammen, und doch ließ es all die hässlichen Details aus, die mir tagtäglich die Luft zum Atmen nahmen. Manchmal wünschte ich mir, so ahnungslos wie Dad zu sein. Nicht zu wissen, wo Joshka war, wie sein Leben wirklich aussah. Denn dann wäre das alles wahrscheinlich etwas leichter gewesen. Vielleicht hätte ich es sogar geschafft, ihn zu vergessen. Dann wäre er einfach nur ein bedeutungsloser Typ gewesen …

»Wenn du nicht mit mir sprichst, dann kann ich dir nicht helfen, und das möchte ich«, setzte Dad an und griff nach einer meiner kalten Hände. »Ich sehe, dass es dir schlecht geht und auch, wenn wir in der letzten Zeit einiges durchgemacht haben, bin ich immer noch dein Vater. Du kannst mit mir über alles reden, Schätzchen. Ich hoffe, das weißt du.«

»Das weiß ich. Das weiß ich wirklich.« Ich zog die Unterlippe zwischen die Zähne.

Nach der Bombe, die Dad über Lilacs und meine Trennung und unsere Mutter hatte platzen lassen, hatte unser liebevolles Miteinander ziemlich gelitten, aber er gab sich Mühe. Mit meinem Bruder und mit mir. Aber selbst, wenn es die Vergangenheit nicht gegeben hätte und alles so wie vor Lils Erscheinen in unserem Leben wäre, hätte ich Dad jetzt nicht mehr sagen können. Aus dem einfachen Grund, dass ich nicht viel mehr wusste, als dass ich Josh mit jeder Faser meines Körpers vermisste. Mich nach ihm sehnte, obwohl es verflucht noch mal so wehtat.

Dad drückte meine Finger. »In Sachen Liebe bin ich vermutlich kein besonders guter Ratgeber, aber ich bin für dich da. Egal, worum es geht und jederzeit, okay?«

»Okay«, erwiderte ich und ließ meinen Atem langsam entweichen. Keine Ahnung, wie oft wir dieses Gespräch schon geführt hatten. In letzter Zeit landeten alle Unterhaltungen irgendwie immer genau an diesem Punkt. Jemand wollte mit mir reden, ich verlor mich in meinen Gedanken, Sorgen über mein zurückgezogenes Verhalten wurden geäußert und Ende.

Ich hatte es satt. Hatte es satt, im Fokus des allgemeinen Mitleids zu stehen und nicht länger die Mira zu sein, die ich *davor* gewesen war. Was für ein lächerlich kleines Wort für etwas so Großes. Und doch klammerte ich mich zwischen Pancakes und Sirup an das Davor. An die Mirella Elisabeth Aberdeen vor Joshka Alexander Graveman, um endlich mal ein anderes Gesprächsthema zu haben. Was ich tun würde, wenn ich wieder allein sein würde, stand auf einem ganz anderen Blatt. Jetzt zählte das Davor.

Also richtete ich mich merklich auf, hörte auf, meine Unterlippe zu malträtieren und suchte Dads Blick. »Du wolltest über die Uni sprechen?«

Kurz wirkte er überrascht, dann trat jedoch so etwas wie Erleichterung auf seine Züge. Erleichterung darüber, dass unter der jungen Frau, in die ich mich in den vergangenen Monaten verwandelt hatte, seine Tochter hervorlugte. Wenn auch nur für einen Sekundenbruchteil. »Ja, ähm, ich habe mit Professor Corringham gesprochen und er sagte, er würde sich sehr darüber freuen, wenn du endlich ganz in den Fachbereich Architektur wechselst.«

Ich konnte mir das Schnauben beim besten Willen nicht verkneifen. Wir sprangen von einem leidigen Thema zum nächsten. »Dad, ich habe dir doch gesagt, dass ich noch nicht weiß, für welchen Schwerpunkt ich mich entscheide.«

»Nach der letzten Prüfungsphase hatte ich angenommen, dass du das längst hast.«

»Weil ich durch zwei Matheklausuren gerasselt bin?«

Das hatte einen ganz anderen Grund. Einen mit grünen Augen, dunkelblonden Haaren und mehr Geheimnissen, als ein Mensch haben sollte.

»Das habe ich nicht gemeint. Ich finde nur, dass es gezeigt hat, dass du eine Wahl treffen solltest. Nicht einmal du schaffst zwei derartig komplexe Fachbereiche in einem Studium gleichzeitig, Mira.« Dad ließ mich los und fuhr sich über das Kinn.

Das Wort *Wahl* zupfte unangenehm an meinen Nervenenden.

»Mir ist bewusst, dass du gerade eine … schwierige Zeit durchmachst, aber ein einzelner Junge sollte dich nicht davon abhalten, deinen Weg zu gehen, Kleines. Zumal du dein Studium doch liebst und schon so viel investiert hast.«

So konnte man es natürlich auch ausdrücken.

»Wann endet die Frist?«, fragte er dann, obwohl ich mir ziemlich sicher war, dass ihm sein Freund Corringham das bereits mitgeteilt hatte.

Ich pustete mir eine lose Strähne aus den Augen und griff wieder nach meiner Gabel. »Nächsten Mittwoch.«

»Na siehst du. Da ist doch noch genügend Zeit. Und ich bin mir sicher, dass du, egal, ob du nun Mathematik oder Architektur wählst, einen großartigen Abschluss machen wirst.«

Mir kam es nicht so vor, als wäre das auch nur annähernd genügend Zeit. Wie sollte ich mich zwischen zwei Wegen entscheiden, die mich im Augenblick beide gleichermaßen einengten? Wo es mich gerade einfach nur wegzog? Raus. In die Weite. Weg von allem, was mich erstickte. Irgendwohin, wo mich nicht alles in jeder einzelnen Sekunde an die verschlingende Finsternis in mir erinnerte.

Seufzend nickte ich langsam. »Sicher.«

Ich hatte absolut richtiggelegen: Pfannkuchen-Mittwoche waren für den Arsch.